我所创造的怪物

Arknoah
僕のつくった
怪物

[日] 乙一 著

郭勇 译

中国友谊出版公司

图书在版编目（CIP）数据

我所创造的怪物 /（日）乙一著 ; 郭勇译. -- 北京 : 中国友谊出版公司, 2022.9（2024.4 重印）
ISBN 978-7-5057-5488-1

Ⅰ. ①我… Ⅱ. ①乙… ②郭… Ⅲ. ①长篇小说—日本—现代 Ⅳ. ① I313.45

中国版本图书馆 CIP 数据核字（2022）第 091074 号

著作权合同登记号　图字：01-2022-4374

ARKNOAH 1: BOKU NO TSUKUTTA KAIBUTSU by Otsuichi
Copyright © 2013 Otsuichi
All rights reserved.
Originally published in Japanese by SHUEISHA Inc., Tokyo.
Simplified Chinese translation copyright © 2022 by Beijing Xiron Culture Group Co., Ltd.
This Simplified Chinese edition published by arrangement through HonnoKizuna, Inc., Tokyo, and Beijing Kareka Consultation Center.

书名　我所创造的怪物
作者　[日] 乙一
译者　郭　勇
出版　中国友谊出版公司
发行　中国友谊出版公司
经销　新华书店
印刷　嘉业印刷（天津）有限公司
规格　880毫米×1230毫米　32开
　　　　9.5印张　255千字
版次　2022年9月第1版
印次　2024年4月第3次印刷
书号　ISBN 978-7-5057-5488-1
定价　46.80元
地址　北京市朝阳区西坝河南里17号楼
邮编　100028
电话　（010）64678009

如发现图书质量问题，可联系调换。质量投诉电话：010-82069336

目录

人物介绍

艾尔·阿修比

阿修比家的长子，爸爸早亡，艾尔和妈妈以及弟弟三个人一起生活。他和弟弟在学校都饱受同学的欺凌。不过他发现了一本不可思议的绘本——*Arknoah*[①]。

格雷·阿修比

艾尔的弟弟。从爸爸去世的时候起，格雷的目光就变得不太友善。他说话尖酸刻薄，属于典型的“毒舌”，所以总是令周围的人大为光火。要想理解并接受他耿直的性格，还真不是一件容易的事。

丽泽·利普顿

艾尔他们在 Arknoah 遇到的少女，绰号“铁锤女孩”。在 Arknoah，丽泽·利

---

① 文中“Arknoah”这个词，*Arknoah* 指代绘本，Arknoah 则指代地名。

普顿是一个特殊的存在，人们对她敬而远之。她超级喜欢花生酱。

康亚姆·康尼姆

长了一个狗头的男子，统率着“深绿军团”，和丽泽·利普顿一起行动。

基曼

曾为艾尔他们提供帮助的男人，待人和蔼可亲，就是受不了格雷的毒舌。

乌龙博士

科学家，知识非常渊博，发明了各种各样奇妙的工具。

梅尔洛兹

乌龙博士的助手，戴着眼镜的白衣女子。

斯琼

“大森林”房间的居民，怪物袭击的受害者。

哈罗兹

“星光旅馆”经理，一位大腹便便的大叔。

鲁夫纳

因为身材瘦小，被吸收加入深绿军团的“空军分队”。

纳普克

深绿军团成员，脸上长满雀斑的红头发青年，性格有点懦弱。

毕杰罗

深绿军团成员，身材矮小但肌肉结实，简直像“矮人族”的一员。

第一章

1-1

我和弟弟正躲在房间里，用大头针猛戳照片中那些令人生厌的家伙的脸。就在这时，妈妈推门进来大喊道："不得了啦！出大事了！你们快来看……"

我们连忙跟随妈妈来到客厅，发现妈妈所说的大事，原来是电视机里正在播放的一则突发新闻。新闻里说，就在几分钟之前，一座遥远的城市中发生了一起校园枪击案。在案发的小学里，有十多名学生中弹身亡。事后警方与嫌犯展开了激烈的枪战，并最终将嫌犯击毙。据说嫌犯是一名年仅十二岁的少年。

"嫌犯和艾尔同龄哟。"弟弟格雷·阿修比用玩世不恭的眼神看着我说道。而此时，电视机的画面中出现了很多警车、救护车和惊慌失措、掩面而泣抑或四散奔逃的孩子的身影。

"这事要是发生在我们学校该多好……"格雷不紧不慢的语气中透露出一丝遗憾的意味。

在接下来的几天里，这起校园枪击案成了新闻报道的焦点。从新闻中得知，少年嫌犯枪杀同学的那把手枪，是从他爸爸那里偷来的。一天，嫌犯无意中在他爸爸的衣橱中发现了那把手枪，而后就决定用这把枪去

“干掉”学校里那些欺负他的同学。

每天早晨，我和弟弟格雷都会被一辆黄色的校车“运往”学校。弟弟的眼神阴暗，而且充满了仇恨。他的口头禅是：“该死！所有人都死光才好！”这样的一个弟弟，每天的“必修课”之一就是被同学淋一身的果汁。于是，我每天的“必修课”之一就是把“落汤鸡”弟弟带到学校的一个角落里，帮他脱下衣服并将其拧干。在穿上衣服之前，弟弟就只穿着一条内裤到水龙头前洗掉身体上残留的果汁。而恰巧这时候，总会有女生从附近经过。看到弟弟的窘相，她们都会捂着嘴笑个不停。遭遇这样的情况，任凭谁都会感到窘迫，我弟弟也不例外。他一般都会涨红了脸低下头去，眼睛却翻抬起来盯着嘲笑他的人。此时，他的双眼已被憎恶和仇恨填满。

当然，对于弟弟的遭遇我绝不会袖手旁观。欺负他的都是他的同级生，比我低三个年级，所以面对他们这些“小朋友”我还是充满自信的。从身材上说，我比他们要高出一头，即使动起手来，我也不会吃亏。于是，我来到这些欺负人的少年面前，扯着嗓子叫道：“你们最好给我老实点！上课时你们干的那些勾当，我可是了如指掌！”

那段时间，在格雷的班级里非常流行上课时玩反射太阳光的游戏。学生们会趁着老师面向黑板写字的空当，用碎镜片、银色铅笔盒等反光的东西把阳光反射到我弟弟格雷的脸上。看到格雷被强烈的光线照得睁不开眼的样子，全班同学都会窃笑不已。而当老师听到动静转过身来的时候，那些坏小子又把反光的东西藏进书桌里，装出一副若无其事的样子。

“你们有本事冲我来呀！来呀！要是不敢的话，以后都给我老实一点！”对于这些坏小子，我给了他们每人一拳。毕竟我要大他们三岁，年龄的优势让我轻松取胜，没有人敢还手。

面对那些抱头鼠窜的家伙，我又追加了一句：“看你们谁敢再欺负我弟弟！要你们好看！”

“再遇到什么烦心的事儿，就跟我说，我是你大哥呀。他们再敢欺负你，我一定好好教训他们。”听到我这样的安慰，弟弟咬着嘴唇点了点头。

“喂！你就是艾尔·阿修比？”第二天，学校高年级的不良少年团体找上了我。他们把我围在中间，将我困在了学校的一个僻静角落。这群高年级的学生是我前一天教训的那帮坏小子的哥哥们。他们抓住我的衣领把我推来搡去，还把我踹倒在地。我吓坏了，一边哭一边不住地道歉。这时，那帮欺负我弟弟的坏小子为了让弟弟看到我出丑的窘态，也把他拉到了现场。

“喂！看啊！那不是你大哥吗？他好像吓得尿裤子了呢。”

听到这话，我才意识到自己的裤裆确实湿了。我真的太害怕了，才不知不觉失禁了。那帮家伙更是哄堂大笑，还有人掏出手机对着我一顿乱拍，然后便一哄而散，不知去向。我坐在地上不停地抽泣，弟弟格雷蹲在我身边轻轻拍了拍我的背，算是一种安慰吧。

那些令我颜面尽失的照片，很快就被发送到每一个同学的手机上。之后在我身上发生的事情，越来越令人难以忍受。比如，有时我的书包会突然失踪，当我着急四处寻找的时候，会有同学一脸坏笑地告诉我：“我在厕所见过你的书包。”我到厕所一看，结果发现书包被塞在了马桶里。还有，以前经常和我一起讨论漫画书、动画片的朋友，现在都故意躲着我，即使我主动打招呼，他们也假装没看见。也有的同学见到我后，会三五成群地聚在一起悄悄谈论些什么，我偶尔能从他们那里听到“废物”“蠢蛋”之类的话。另外，老师发给每位同学的通知单，只有我经常收不到，估计是被他们截留了。因此，我经常因为不知道老师的通知而受到批评。

平静的日子已经永远地成了过去式。全班所有同学都在背后联起手来整我。在我们班里，使艾尔·阿修比出丑的阴谋诡计随处可见，防不胜防。我完全被排斥在同学们的圈子之外，课间休息时，没有人搭理我，我也不知该去哪里，该做些什么，于是只好把自己藏在学校人迹罕至的旮旯里偷偷度过那既短暂又漫长的课间休息时间。

可更加悲惨的是，我已经有了心上人，一个名叫珍妮佛的女同学。不久之前，她还曾找我借游戏软件光盘。但在发生“照片扩散”事件之后，有一次在学校楼道里相遇时，我和她打招呼，她却对我说：“看到你我就恶心！我半径十米的范围之内，不许你靠近！”

而且，不一会儿，老师把我叫到了办公室，质问我说：“艾尔·阿修比，有传言说你曾偷过女生的私人物品，还偷窥女生换衣服，有这事吗？”

我从来没做过那种见不得人的事，可老师却对我充满怀疑。我想，珍妮佛肯定也相信了那些传言。虽然大家都误信传言怀疑我，但我只想对珍妮佛澄清事实。因为我心里非常喜欢她，甚至在我的梦中都会出现她的身影。没想到不久之后，我听说珍妮佛开始和一位高年级的学长谈起了恋爱，而那家伙正是曾经围攻我并拍下我尿裤子照片的坏孩子中的一员。每当在楼道中与他们擦肩而过的时候，他们都会以一副鄙夷的神情瞟我一眼。其中最令我痛心的，莫过于珍妮佛那嘲笑的表情。

在学校，我和弟弟格雷都经受着各种欺负与凌辱，但为了不让妈妈担心，我们在家里说话、行事都很谨慎。比如弟弟被人淋了果汁，那他放学回家后，会在妈妈下班之前把衣服塞进洗衣机洗干净。从爸爸去世到现在，妈妈始终闷闷不乐，我们甚至经常看到妈妈眼中满含泪水，几欲流出。只有在我和弟弟给她讲起校园趣事时，妈妈的脸上才会难得地露出些许笑意。一边大嚼比萨饼，一边兴味盎然地讲述学校发生的有趣故事，是我们哄妈妈开心的一种方法。可是妈妈并不知道，那些所谓的趣事，都是我和弟弟“创作”出来的。

“他们所有人都好讨厌，真希望他们遇到不幸！”这是我和弟弟经常在不经意间异口同声说的一句话。看到有女生为打篮球的男生加油喝彩时，我们会异口同声地说那句话；看到珍妮佛在街角和男生一起吃冰激凌时，我们会异口同声地说那句话；看到电视机中有人把会弹钢琴的小朋友奉为神童时，我们会异口同声地说那句话；看到因出演电影而赚大钱的小学生时，我们也会异口同声地说那句话……

一天夜里，我从睡梦中醒来准备去上厕所，却发现格雷的床上空无一人。我揉了揉惺忪的睡眼，察觉到有光亮从爸爸书房的门缝中透出来，便过去一探究竟。结果，我看到格雷正在爸爸的衣柜里翻东西。

“你干什么呢？”我问。

“找东西。”格雷背对着我，头也不回地说，他埋头在爸爸的衣柜中翻找着，问道，“你知道我在找什么吗？”

“手枪吗？”我想起了那个在学校里枪杀十多名同学的十二岁少年。他的凶器—— 一把手枪，就是从他爸爸的衣柜里找到的。

“我所寻找的，是能在那些浑蛋家伙的脑袋上开个洞的工具。”

“所以，你在找手枪，对吧？快别提那些浑蛋家伙了，他们以前也不是那样的啊。你找那东西打算干什么？”

“光是想想用枪指着他们的样子也很开心呀。”

“已经很晚了，赶快去睡觉吧。趁早放弃你的危险想法比较好，况且，这样的地方也不可能有枪。”

“不找一找，怎么能断定没有呢？”格雷回过头来，用他那阴暗的目光看着我，“很久以前，我见过爸爸的手枪。”

“喂，赶快回床上去吧。要是吵醒了妈妈，被她看见就麻烦了。你是知道的，妈妈不希望任何人动这个房间里的东西。”

衣柜里整齐地挂着爸爸生前穿过的衣服，格雷的手轻抚着那些衣服的衣袖。妈妈想把爸爸的衣服、物品一直保存下去，让这个房间永远定格在爸爸离开我们那天时的样子。

我们的爸爸死于一场惨烈的事故。那场事故异常惊人，世界各国都以头版头条的形式加以报道。而爸爸的尸身直到最后都没有找到，可见其惨烈程度。自从爸爸离开我们，弟弟格雷就变得沉默寡言，脸上的表情也异常呆滞木讷。以前格雷眼中闪烁着的灵光也消失了，而且行为越来越孤僻，不愿和周围的人打成一片。为了养活我们兄弟两人，妈妈开始到一些不太正派的场所工作。而这件事情，是同学们瞧不起我和弟弟的根源。接下来他们便开始欺负我们，往格雷身上淋果汁也是从那时开始的。

“我梦见爸爸了。”格雷望着衣柜中爸爸的衣服说，“那是一个爸爸离我们而去的梦。他背对着我向远方走去，我朝着他的背影大喊，可爸爸根本没听见我的喊声，而且越走越远……”

“该睡觉啦，关上衣柜，咱们回房间吧。”就在我伸手去关衣柜门的时候，格雷似乎有了惊人的发现，不禁叫了出来：“咦！那是什么？”他蹲下身去，仔细察看那个新发现。

“什么情况？”我问。

“快看！这里有个小洞。”

在爸爸衣柜的底板上，有一个比手指稍粗的小洞。这绝不是老鼠啃出来的洞。这个洞是一个标准的圆形，切口也很光滑，好像是为了将手指伸进去把底板掀起来而专门设计的。

格雷说：“不掀开看个究竟就回去睡觉的话，恐怕也难以入睡吧。这下面绝对有能把那帮浑蛋家伙的脑浆打出来的工具，绝对有！”

“不要再说那种话啦！”我希望格雷放弃那个危险的念头。

不过我想，要掀开这块板子，还是由我来做吧。我把手指伸进小洞，将底板提了起来。正如我之前预料的，底板下面是一个可以藏东西的空间。弟弟蹲在我旁边，就在我提起底板的同时，我听见他喉咙里发出咕嘟一声，显然是吞了一大口口水。但是，那里并没藏着什么手枪，映入我们眼帘的只有一本貌似很古老的书。没有手枪，这让我们多少有些失望，但与此同时，我们紧张的心情似乎也一下子放松了下来。因为在我们心中，并没有真的打算用枪口对准同学的脑袋。我和弟弟都清楚，如果我们干出那样的事，一定会让妈妈痛不欲生的。

“这是什么东西？”

我把这本书拿在手里仔细端详了一番。它是一本很大的书，宽度甚至和弟弟的肩膀差不多，只不过也许是页数不多的缘故，并不算太厚。封面已经有些发黄，上面还用艺术字体印刷着“Arknoah”字样，看起来应该是这本书的书名。我又啪啦啪啦地翻了翻内文。

“好像是一本绘本。”

每横跨左右两页就是一幅完整的画，上面密密麻麻地画着很多内容，而且几乎找不到文字。为什么爸爸要悄悄保存这么一本书呢？在电灯的光亮下，我们开始研究书中的插画。

书中画的好像是巨大建筑物的截面图。不！更像是船之类的水上交通工具的截面图。瞬间，我联想到了“诺亚方舟”中出现的方舟。书中所画的不正是一艘大船的纵截面图吗？这艘船非常大，大大小小的房间有好几层，房间中生活着各种各样的人和动物。

“原来是《沃利在哪里？》① 的山寨版啊。”格雷盯着那本旧书说。

书中每一页都画得满满当当，不管是背景还是人物都描绘得非常逼真细腻。从这一点来看，确实和《沃利在哪里？》那套绘本很像。也许这就是一本让读者从纷繁复杂的背景中找出某个特定人物的绘本。

即便真是那样的绘本，我也觉得书中描绘的房间存在很多奇怪的地方。有的房间中生长着茂密的植物；有的房间中有河流静静流淌；有的房间中有木制瀑布飞流而下，那木制瀑布的线条非常优美，不禁让人联想到古典木制家具；有的房间像沙漠一样满是沙子；也有的房间中有城市，有人类文明的迹象。甚至还有一条铁路，铁轨貌似将所有房间串联了起来，上面竟有火车在飞驰。

“真让人摸不着头脑。”格雷低语道。

---

①《沃利在哪里？》：*Where's Wally ?* 是英国插画作家马丁·汉福德（Martin Handford）创作的绘本，请读者在绘本中人山人海的画面里找到沃利。（译注）

就在这时，妈妈房间里传来了响动，没准妈妈被我们吵醒了。

“撤退！我们赶快回房间，否则要被妈妈大骂一顿了。”

“这本书怎么办？”格雷问。

我看得出来他不甘愿放下这本书，其实我也一样。爸爸为什么要把这样一本书藏在衣柜的暗格里呢？

“没有理由再把它放回去呀。”我做了决定。

我们把衣柜的活动底板放回原处，然后关上衣柜门，又关掉了书房的电灯，抱着那本书蹑手蹑脚地回到了自己的房间。

1-2

“妈妈，您还记得这本书吗？”

吃早饭的时候，我一边咀嚼麦片粥，一边把绘本摊到餐桌上。妈妈看了一眼 *Arknoah* 的封面，然后摇了摇头。

随后，妈妈说：“这本书是从哪儿来的？从图书馆借的吗？先不说这个，我要喝咖啡，你们喝点什么呢？橙汁，还是热可可？”

我和弟弟对视了一下，心中有了共识。看来，对于爸爸衣柜中隐藏的这本书，妈妈是一无所知的。于是，我和弟弟小声地交换着意见。

“真的很奇怪。有关这本书的事情，爸爸甚至都没有告诉妈妈。难不成这本书里隐藏着什么秘密？”

“秘密？爸爸的秘密？”

“具体是什么秘密我就不太清楚了，但肯定是爸爸的隐私，他不想告诉别人。”

因为今天学校放假，所以我们决定去图书馆逛逛，没准能从图书馆中找到有关这本书的蛛丝马迹呢。于是我把 *Arknoah* 装进书包，对妈妈说：“我们出去一趟，午饭前就回来。”

“路上别被坏人拐走了哟！我可没钱付赎金。”

外面的天空湛蓝无比，路上我和弟弟还买了冰激凌，边走边吃。图书馆位于石板路上车来车往的市中心，它正面的墙上几乎被茂密的蔷薇所覆盖。大门两侧，两尊狮子雕像正襟危坐了不知多少年。进入正门，在图书馆的大厅中，有一座螺旋楼梯通往二楼。在宽阔的空间中，书架整齐地排列着，似乎等待着读者的检阅。图书馆里一片宁静，有几个大学生模样的人正在里面专注地看书学习。我们径直来到了少儿图书角。这个角落的书架上摆放着少儿读物和绘本，很多已经被不知爱惜书籍的少年们翻得破烂不堪。我搜寻了半天，始终找不到有关 *Arknoah* 的任何踪影。于是我开始寻找相同作者或同一出版社的书籍，可是同样一无所获。这时，格雷拽了拽我的衣襟，指了指图书馆柜台后的大婶。那位大婶看起来很闲，不住地打着哈欠。

“这好像是一本自费出版的书。”

图书馆大婶看了看 *Arknoah* 的封面道，然后在柜台上的电脑中输入了一些关键词，帮我们在网上搜索了起来。

“自费出版？什么意思？”

“就是作者出于兴趣爱好，自己花钱印刷的书籍。一般情况下，书店是不会销售这种书的，作者只是赠送给自己的亲朋好友阅读。书上也没有注明是哪家印刷厂印制的。”

图书馆大婶刚才在网络上搜索的关键词，现在有了结果。大婶望着电脑屏幕上显示出来的搜索结果，表情瞬间认真起来。我和格雷很好奇，于是探身越过柜台去看大婶的电脑。电脑屏幕上显示的是一些孩子的黑白照片，而且数量很多，有一些照片的年代似乎已经相当久远。

“这是什么呀？”

“这是寻人网站，上面登载的全是失踪孩子的照片。我搜索你们那本书的相关信息，为什么会找到这个网站呢？对了，我问你们，这本书你们是在哪里找到的？我觉得你们最好还是少碰这本书为妙。”图书馆大婶严肃地对我们说。

“为什么？”格雷瞪着眼睛问道。

大婶继续操作电脑，更加深入地搜索相关信息，与此同时，她的双眉之间也起了变化，渐渐地拧成了一个疙瘩。她说：“关于 *Arknoah* 这本书，在‘超自然现象’网站，有人曾经提到过。围绕这本书，好像还有一些恐怖的传闻。”

大婶的神情越来越奇怪。后来她一动不动地盯着电脑显示器，似乎把我和弟弟两个人都给忘记了。

这时，格雷拽了拽我的衣角，说：“不知道这个人脑袋里到底在想些什么，我们还是快点走吧。”

于是，我轻轻地把柜台上的 *Arknoah* 绘本拿过来，抱在怀里，然后和弟弟一起轻手轻脚地朝图书馆大门走去。正当我们快走到大门的时候，大婶发现我们准备离开，就从后面追了上来，嘴里喊道：“喂！等等！你们两个等等！”

但是，我们并没有停下脚步，而是一溜烟地跑出了图书馆大门。

早晨还是万里无云的晴空，可当我们踏出图书馆大门的时候，已经完全变了天。太阳已被厚厚的云层挡住，还刮起了大风，树枝随风摇摆。我们俩在街上闲逛，顺手买了些糖果和巧克力，打算到公园里找个地方坐下来慢慢吃。

在公园里找了张长椅坐下后，格雷便迫不及待地打开 *Arknoah* 看了起来。高达好几层的房屋截面图，其中画着很多人和动物，可是都非常小，有些不用放大镜几乎看不清。画到如此精细的地步，相信作者当初在绘制这本书的时候，一定费了不少心力。

“看书时眼睛别离那么近，对视力不好。”

“你是要当爸爸吗？和爸爸管教人的语气一模一样。”

“这是我作为哥哥对你的忠告。”

“先管好你自己的事情吧，在高年级学生的面前，被吓得屁滚尿流……”

弟弟的毒舌戳中了我的旧伤。难过的我蜷缩在长椅上，双手抱膝独自啜泣起来。也许弟弟对刚才的恶语伤人感到了一丝愧疚，他竟然主动轻声细语地和我说话：“你来看这个，真有意思。”说完，他又把脸埋到了书中。

我凑过去问了句：“什么呀？”

“水在发光呢。”

“水？”

“这个房间里有河流啊。”

格雷把 *Arknoah* 推到我的面前。我仔细一看，发现书上描绘的河流表面似乎被涂了一层会反光的小颗粒，看起来就像真正的水在流淌。拿着书本不断变换角度，河流反射的光线也会发生变化，从而像流动的水反射的光线。如此精巧的细节处理，让我十分惊叹，我开始仔细观察其他细节，以期再找到惊喜。结果发现，一些植物上也涂了反光颗粒。改变书的角度，植物的枝叶会反射出不同的光线，看上去真像在随风飞舞。不知不觉间，我已经被这本书深深吸引住了，脸几乎要贴到打开的书页上了。房屋的截面图已经占满了我视野的全部，而我感觉自己仿佛就要钻进书中了。我竖起耳朵悉心一听，仿佛听到了书中生活的人们的谈话声、叹息声以及各种嘈杂的声音。不过，我的意识告诉我，那些声音无非是公园里的风吹拂树木时，枝叶发出的沙沙声。可是，一瞬间，我在书中看到了一个意想不到的景象。正当我想再仔细看一看书中的奇怪景象，以确认自己没有看错时，格雷一下子把书从我手中抽走了。

“艾尔，你一直霸占着，太不像话了！我也想看呢。”

“赶快！还给我！”

“我才不给呢，轮到我看了。”

“马上就好，我就确认一下。刚才，我看到了一幅奇怪的画面……”说着，我强行从弟弟手里把书抢了回来，又翻到了刚才那一页。弟弟也跟随着我的视线，看到了我说的那个奇怪画面。

“这不可能！”弟弟几乎叫了出来。看来，并不只有我一个人对此感到惊奇。

这一页画的是一个满是茂密森林的房间，其中有两个少年的身影是我们感到奇怪的根源，这两个少年实在太眼熟了。他们两个都是茶色的头发，身体瘦弱。大一点的少年看上去有十二岁，另一个有九岁的样子。乍看上去，画中的两个人与我和格雷非常相似。而且，画中人物上衣的图案、裤子的颜色，都与现实中我和弟弟的一模一样。

这时，我和弟弟不约而同地回过头去看了看身后，因为我们都隐约感觉到有人在后面呼唤我们。但是，背后一个人也没有，只有强风刮个不停。就在我们走神的短短瞬间，*Arknoah* 的页面被风吹得哗啦啦地乱翻个不停。

“你觉得这是偶然吗？”格雷问。

我回答说：“嗯，多半是个偶然。你想嘛，书里画了那么多人，偶尔遇到一两个和我们穿着相似的少年，也不足为奇吧。况且，我们穿的衣服，不都是妈妈从超市买来的吗？恐怕很多人都会穿吧。”

“可是，画中的男孩，稍大点那个和艾尔你实在太像了。一副弱不禁风的样子，一看就不会打架，估计一拳就可以给他揍个跟头。这点跟你完全一样啊。”

“这么说的话，画里那个小矮子，还正好和格雷你差不多呢。”

尽管真的很像，但那肯定也只是偶然或巧合。因为我们现在的形象被画在古老的绘本中，这是绝不可能的事情。

天上的乌云渐厚，光线变得越来越暗，我们甚至能嗅到空气中潮湿的气味。看来，一场大雨就在眼前了。与其待在这里被大雨淋成落汤鸡，不如趁早回家。回到家里安安稳稳地研究那绘本，不是更好吗？于是我和弟弟走出公园，在熟悉的街角转弯，向家走去。路上，我想起了图书馆的那位大婶。电脑显示器到底出现了什么，让大婶看得那么入神？失踪孩子的黑白照片和 *Arknoah* 这本书究竟有什么样的关联呢？

这时，背后传来空易拉罐在地上滚动的声音，这个声音把我从沉思中拉回了现实。我通过停在路边的汽车的后视镜，观察了一下后方的情况，发现后面不远处有一排人影在攒动。

“不要回头看！前面那个路口一转弯，我们就拼命跑！”我小声地命令着旁边的弟弟。此时，从旁边商店橱窗的反光中，已经能发现后面的人越来越近了。

“那帮浑蛋家伙，真是无处不在啊。”格雷愤愤地说。

跟在我们后面的，是欺负弟弟的那些同学，以及围攻我并拍下侮辱照片的高年级学生。对他们来说，阿修比兄弟可是消磨时光的好玩具。他们肯定是想叫住我们，然后给我们头上或肚子上来一拳，再翻看我们的口袋，把里面的钱全部拿走。

转过弯之后，我们兄弟俩开始不顾一切地奔跑。注意到我们打算逃跑之后，那帮家伙也不再躲躲闪闪了，撒开腿在后面猛追。一场猫捉老鼠的游戏就这样开场了。我们俩一边奔跑一边躲避街上的行人，跌跌撞撞地就拐进了一条胡同。“啊哈哈哈哈！”那帮家伙一边追一边狂笑。在追赶的过程中，他们还会故意踢飞路边的垃圾袋，任垃圾像雪片一样四处飘洒；遇到牵狗散步的老妇人，他们就嗖嗖地从狗身上飞跃过去，把狗吓得不知所措。不管怎样，我们之间的距离越来越近。我和弟弟都不擅长运动，急速的奔跑几乎让我们喘不上气来。

“艾尔！我不行啦！跑不动啦！”

格雷的速度明显变慢了，而我也已接近体力的极限了。就在这时，我们看见前方不远处有一扇生了锈的大铁门，那是一座无人居住的老宅。院子里枯死的树枝随风飘摇，房子窗户上的玻璃也碎得七零八落。这座老宅是一个三层楼的建筑，规模挺大的，很久以前就没有人居住了。于是，这里就变成了附近少年们探险的好场所。传闻这里有幽灵出现，有些自称天不怕地不怕的孩子，会在晚上潜入这里，测试自己的胆量。前段时间，我和弟弟两个人也曾进入这座老宅进行过探险。

“进去吧！我们去老宅里面找个地方躲起来！”

说着，我们推开生锈的大门钻进了老宅的院子。穿过一派荒芜的庭院，我先从破碎的窗户跳进房子里，再回头把格雷也拉了进来。我们俩穿行于满是蜘蛛网的楼道中。

“啊哈哈哈哈！你们逃啊！使劲逃啊！”

“逃到哪里都会把你们捉住！”

我们听到了那帮家伙的叫嚣。根据声音判断，他们也进入了这座老宅。他们的鞋子踩在古老的木地板上，发出杂乱的咚咚声。为了远离他们，我和格雷只顾埋头往老宅深处跑。楼道的窗户上挂着霉味扑鼻的窗帘，在这阴暗的楼道中，我们越走越深。墙壁上还有不少涂鸦，那是来此探险的少年留下的标记。在随处都是裂缝、破洞的木地板上狂奔一阵后，我们踏上了一段铺满灰尘的楼梯。不知在楼梯上走了多久，我们在一个房间中发现了一架蒙着布的大钢琴。于是我们便钻到钢琴下面，藏了起来。

“出来吧！躲也没用的！”

“快出来吧！有好东西给你们看！是珍妮佛的裸照哟！艾尔，你不是喜欢珍妮佛吗？我们都知道的。珍妮佛说你是胆小鬼呢！”

“啊哈哈哈哈！”

老宅内充斥着侮辱性的笑声和嘈杂的脚步声，但是，这些声音始终没有接近我们。我和弟弟在钢琴下面透过布的缝隙观察外面的状况，我们附近似乎很安全。不久之后，那帮家伙开始有些不耐烦了。

“该死！他们跑哪儿去了？”

“你看看那边！有没有？”

“他们没准已经跑到屋子外面去了。”

看来他们准备放弃了，我和格雷相视一笑，都长长地舒了口气，悬着的心终于放回了原处。又过了一会儿，房子里已经完全听不到那帮家伙的声音了。也许他们已经彻底放弃，离开老宅了吧。保险起见，我们屏住呼吸侧耳倾听，再次确认了一下外面的动静。真的什么也听不见了，这才完全放心。我们从钢琴底下钻了出来，蹑手蹑脚地走到这个房间的门旁，伸出半个脑袋向楼道里张望，再次确认是否安全。

“这里是几楼？”

“不清楚。刚才只顾跑了，究竟上了几层楼梯也没留意。”

如果能找个窗子向外望一望，不就能知道我们身处几楼了吗？但是，这个楼道里根本没有窗户。不过，楼道里也并不是漆黑一片，我们不知道光源在哪里，但楼道里有微弱的光线，足够我们看清周围的事物。

“以前我们来探险的时候，遇到过这样的楼道吗？”

弟弟这样说着，走进离我们最近的一个房间想看个究竟。这个房间里装饰着一些雕刻品和绘画作品。那些绘画作品有画猴子的，有画蛇的，还有画苹果的。

“上次来的时候，没见过这些装饰品哟。”

“上次肯定是我们看漏了。当时以为会有幽灵出现，所以心里也是战战兢兢的，看漏什么东西也很正常，不是吗？”

“战战兢兢的是你，当时我可没害怕。所以我看得一清二楚，也记得一清二楚。那时绝对没有这样的房间，也没有这样的楼道。”

“喂，我说格雷，大哥说什么，你乖乖记下来就行了，最好不要顶嘴。好啦，我们还是赶快离开这里，回家见妈妈吧。”

于是，我们开始在这座房子里寻找出口。可是转了很久，也没有找到通向外界的路。

而且，在房子里转来转去的过程中，我们还看到了很多奇妙的光景。比如，我们在一条走廊里，发现地板和天花板上分别有一扇门。还有的房间里的地毯上有一个明显的凸起，我们把地毯掀开，才发现下面原来是一扇门，而那个凸起，则是门把手。也有走到中途就突然中断的楼梯，还有上去之后又从另一个方向绕下来的首尾相连、毫无实际作用的楼梯。

不管怎样，我们遇到一扇门就打开看看里面的样子，希望能找到一条通往外界的路。哪怕房间里有一扇可以看到室外的窗户也好啊，可是我们所到之处一扇也没有。房间里还有更加令我们惊奇的场面，很多房间中都摆放着奇怪的家具。比如足可以容纳大象睡觉的大床，小手指大小的小床。还有布满了尖刺、根本不能坐人的椅子，以及表面呈波浪状、放上杯子绝对会倒的桌子……

“真是奇怪了！这座房子不应该有这么大的。上次我们来探险的时候，把所有房间都走了一遍，也没用到十五分钟呀。”

突然，一只蓝色的蝴蝶飞过我们眼前，飘飘摇摇地朝楼道深处飞去。我们赶快追着蝴蝶跑，心想，说不定这蝴蝶是从哪里飞进来的，这样说来，肯定有与外界连通的出口，跟着蝴蝶跑说不定就能找到那个出口呢。跑着跑着，一股温暖的风从楼道深处迎面吹来，其中还夹杂着潮湿的气息以及植物的芳香。

前方出现一扇开着的门，蝴蝶忽地一下就飞了进去。

“快跟上！那个房间一定有窗户！”

我们满怀希望冲进了那个房间，可是，依然没有找到窗户。那个房间很是宽敞，还有很多电灯为其提供照明。房间中生长着茂密的植物，大树的枝叶都长到天花板附近了。在树根的间隙，还有小的积水潭。除了植物之外，房间里还有桌子、餐具柜和沙发，不过这些家具上都长满了青苔。

“该死！”

“等等，有风从对面吹过来。”

我们穿过整个房间，发现房间的另一边还有一扇门，于是毫不犹豫地走入了那扇门。穿过门，一片沙漠出现在我俩面前。其实这是一个地板上铺满了沙子的房间，天花板上有亮度很强的电灯，还设置有加热用的电阻丝，所以这个房间火辣辣地热。这里就像是为了拍电影而专门布置的场景，非常逼真，而我们就迷失在其中。我在一棵仙人掌旁停了下来，脱下鞋，抖掉里面的沙子，然后继续向前探索。

在隔壁的房间里，有一条河。河里的水草顺着水流轻柔地摇摆，成群的鱼儿自由嬉戏。河边就摆着一张沙发，于是我和弟弟决定坐下来休息一下。我们能感觉到风是从这个房间深处的某个地方吹过来的，但因为实在太累了，此时我们一步也不想再走了。

“这里的电费，谁来交呢？”室内有电灯照明，这说明这座建筑有供电。

这个房间的地面上长有杂草，我仔细一看，草地上还有蚂蚁和蚱蜢等小虫子的身影。对面的墙壁上有一个壁炉，河水就是从那里流出来的。

“这是一幢非法建筑物！世间怎么可能有这样的建筑物？咱们还是快点回家吧，说不定妈妈正担心我们呢。而且午饭也快要凉了。”

我和弟弟的肚子，同时发出了咕咕的抗议声，看来它们早就空荡荡了。

为了寻找出口，我和格雷只好又上路了。我们打开地板上的门钻了进去，在满是蔷薇花的房间中穿行，被划得浑身都是小口子。还有，为了躲避厨房中挂着的无数把菜刀，我的头不小心撞在了铁锅上，非常痛，但我也只能忍痛继续前进。终于，我们发现了一个类似于玄关的地方。根据这个大厅的构造，门的大小、厚度，我们可以判断出，这绝对是老宅的大门。可是，就在我们忐忑不安地推开这扇大门之后，发现门外并不是我们期待的室外，而是另一个玄关大厅。

“之前买的糖果和巧克力都吃光了吗？艾尔，再这样下去的话，我们都会饿死的！”

“是啊。看来，和爸爸见面的日子不远了，这可比我预计的时间提前了很多呀。”

这个大厅相当宽敞，能让人联想到高大的俄罗斯宫殿。我们没有心情欣赏这些，继续寻找出路。我们穿过了一个令人相当不舒服的房间，天花板上不时会有毛毛虫掉下来。后来我们又发现了一间全是混凝土制成的书房，除了地板、墙壁、天花板之外，就连书桌、椅子、钢笔、笔记本等，全是由混凝土制成的。当我还在这个奇怪的书房中流连时，弟弟突然在楼道里大喊："艾尔！快来这里！"

我赶过去一看，弟弟面前有一扇木门，门上有个牌子写着"食品仓库"。

"我们该怎么办？"

我们在犹豫到底该不该打开这扇门。为什么呢？因为门上还用大头针钉着一张纸，那是一张警告字条。上面写着：

注意！

绝对不要打开此门！

有漏水的危险！

把纸条上的字反复读了几遍后，我和弟弟交换了一下眼神。

"漏水有什么大不了，总比在这里饿死强！"格雷说道。

我点头表示同意，说："那我们就打开门看看吧。"

我抓住门把手用力一拧，咔嚓，门锁发出了一声清脆的声响。就在这一瞬间，有一股强大的力量从里向外把门猛然推开。我被快速打开的门推倒，撞在了站在我后面的格雷身上。我们双双摔倒，还来不及起身，大量的水就从门里劈头盖脸地冲了出来。看来，警告字条上所写的"漏水"，并不是指像自来水管的漏水那么简单。水从门里冲出来的气势是如此恢宏，让我怀疑这个"食品仓库"是和海底相连的。转眼之间，楼道已经被水淹没，水为了寻找泄流的出口，四处奔流，我和格雷也被卷入其中。

我们在水中时沉时浮、上下翻滚，以很快的速度随波逐流着，每当遇到楼道拐弯的地方，我们都会被水流狠狠地冲到墙上。楼道中奔流的水，压力很大，把路过的房间门一扇一扇地冲开，然后注入其中。我的手脚在水中拼命划动，以便把头露出水面喘一口气。窗帘、墙上挂的画等各种物品都被水冲下来，漂浮在水面上以同样的速度前进。

格雷不会游泳，所以他只能紧紧地抓住我的身体，我们俩在水流中共同沉浮。我们的运气还真不错，一张沙发漂到了我们旁边。我赶紧拉着弟弟爬上了沙发。

“你没事吧？”我关心地询问格雷。

“唉，终于能够理解马桶中的大便被冲走时的心情了。”格雷气还没喘匀，就又开始毒舌了。

水流逐渐弱了下来，变成了缓慢前进。我们以漂浮的沙发为小舟，在被水淹没的楼道和房间中四处漂流。水中还有桌子、椅子等家具陪我们一起漂。我把腿伸出沙发外，遇到墙壁或大的漂浮物就蹬一脚，这样就可以让沙发改变方向，漂向我们想要去的地方。这时，沙发轻微晃动了一下，原来是弟弟向外探出了头，他兴奋地喊道：“苹果！”

水面上漂浮着一个红色的苹果。我用脚蹬了墙壁一下，让沙发向那个苹果靠近。我伸手抓起了那个苹果。这是一个真正的苹果！颜色鲜艳，没有一点腐坏的痕迹。我狠狠地咬了一口，香甜的果汁在口腔里扩散开来。

“艾尔，我也要吃！”格雷着急地说。

我把苹果交到弟弟手里，他那架势像是要吞掉整个苹果一样，在上面大大地咬了一口。我朝水面望去，检查着是否还有其他苹果，结果惊喜地发现，就在不远的地方，漂着一只装满苹果的圆木桶。

我操控着沙发小舟朝木桶漂去，抓住那只桶，我们获得了大量的苹果。我和弟弟开心得不得了，我们一手抓一个苹果轮流往嘴里送，想用苹果暂时填饱饥渴难耐的肚子。吃剩的苹果核被我们随意丢弃在水面上。因为吃得太过入神，我们甚至没有注意到周围景色的变化。水流的速度在变快，载着我们和苹果桶的沙发小舟在各种各样的房间中穿行而过。我们就像在水上乐园玩“激流勇进”一样。沙发小舟沿水流进入一段向下的楼梯，那段楼梯很长。从上面向下滑，我们的速度一下子加快了很多。为了不被甩出沙发小舟，我和弟弟紧紧抓住沙发不放。可是没有办法固定的苹果桶就只有被甩出去的命运了，我们眼看着苹果桶狠狠地撞在墙壁上，碎裂开来，苹果散落得到处都是。这段下坡水道还有很多转弯的地方，忽而向左忽而向右。每当沙发小舟随着急流转弯的时候，我和弟弟的心都提到了嗓子眼儿，不自觉地大声尖叫起来。最后我们终于被冲到了水平的楼道里，可奇怪的是，在这里，水流的速度并没有减缓，反而更快了。而且，我们可以听到从前方传来的低沉的“怒吼声”。

“我有一种不祥的预感。”

“我也一样！”

我们的沙发小舟在汹涌的洪流中显得那么渺小和脆弱。因为速度实在太快，用脚蹬墙来改变漂流方向的做法根本不奏效。所以，我们兄弟二人当前能做的只有紧紧抓住沙发，任由水流将我们冲向楼道的尽头。

终于，我们可以看清前方的情况了！楼道突然中断了，所有的水都被抛到了空中。轰轰轰——那是瀑布特有的低沉水声。

我们的沙发小舟和大量的水一起被抛到了空中，在下落的过程中，我们和沙发一起翻了好几个跟头，这使我有机会看到整个瀑布的全景。这绝对是地球上独一无二的瀑布。因为它是一种具有古典木家具风格的木制瀑布。从那么高的地方落下来，我竟然忘记了喊叫，因为我完全被那木制瀑布的优美曲线吸引了。

轰轰轰——

我和格雷从沙发中被抛了出来，和大量的水一起落入了瀑布下面的深潭。

1-3

妈妈在悲伤地哭泣。

我和弟弟的床都是空的。

爸爸早已离开人世，所以，偌大个家里只剩妈妈一个人了。

教室里，同学们三五成群地聚在一起，说着他们彼此感兴趣的话题，笑着聊着。但是，在我踏进教室的那一瞬间，教室里顿时安静了下来。同学们都无言地把视线集中到了我的身上。我朝自己的座位走去，而同学们的目光也跟随我的身体移动。渐渐地，我听见有人开始小声地谈论起关于我的话题，甚至还传来哧哧的窃笑声。我觉得所有的同学都在排斥我，不愿接近我。我内心生出一种无处容身的孤寂感，还有切齿的憎恨感。

可就在这时，那些聚在一起聊天的女生突然开始相互掐对方的脖子；谈情说爱的情侣突然拿起铅笔相互猛戳对方的颈部；就连珍妮佛，也被她那高年级的男朋友一口咬掉了鼻子……珍妮佛捂着鼻子痛得尖叫，出于担心，我想走过去安慰她。我刚一接近，她就把脸扭过来对着我大吼道："看到你我就恶心！我半径十米的范围之内，不许你靠近！"因为鼻子被咬掉了，所以她脸部中央就是一个大窟窿，鲜血不断从中冒出，简直和女鬼一样，我当场就吐了。

"如果爸爸希望这样的话……"就在我掩面哭泣的时候，背后传来了一个声音。

是谁？正当我要回头看的时候，梦醒了。

1-4

醒来时我发现自己躺在床上。天花板和墙纸都是陌生的模样。这究竟是哪里？我发现自己的脸颊是湿的，好像睡着的时候流过眼泪。床边还站着一个男人，看着我的脸，一副很担心的样子。这个男人肚子挺大，体形就像一头熊。他穿得好像童话里的樵夫。

"你感觉怎么样？好像做噩梦了吧。"

也许是因为刚才那个噩梦，我的手指和嘴唇还在不停地颤抖。

“嗯……你再休息一会儿吧，什么也不用担心。”

“格雷呢？我是和弟弟格雷在一起的，他是一个眼神阴郁的孩子。”

“啊，你弟弟呀，他在外面散步呢。”

“外面？啊！太好啦！”

看来，我们终于摆脱了那座老宅，来到了外面的世界。也许在那座老宅中发生的一切，也是我刚才所做噩梦的一部分。我到底是从什么时候开始迷失于梦中的呢？

“大叔，您是……”

“我的名字叫基曼。你等等，我去把你弟弟叫来。”

那位大叔出去叫我弟弟，现在房间里只剩我一个人了。房间的墙壁上有一扇长方形的大窗户，窗帘被轻柔的风抚弄着，显出曼妙的身姿。光线透过窗户射进屋里，可以看见飘浮在空气中的小尘埃颗粒被照射得一闪一闪的。我想去看看窗外的风景，于是便从床上起身。当我站在床边的时候，才发现自己身上没穿衣服。之前在水中漂流，衣服都被打湿了，所以可能趁我睡着的时候有人帮我把衣服脱了吧。这么说来，在水中漂流的事情就不是一场梦咯，它确实发生在现实中，发生在我的身上。

我只好用床单包裹住身体，赤足踩在地板上。地板很干燥，而且浮现出原木花纹，踩上去感觉很舒服。当我靠近窗户的时候，外面的光线将我的身影投射到了地板上。

我回头看了一眼自己的影子，感觉这影子和平时不太一样，到底是哪里不同呢？我一时也说不上来。

来到窗边，我再次看到了久违的外面世界。从高度判断，我所在的房间处于二楼。窗子下面有一个大庭院延伸开去，阳光肆意地倾洒在院子里。庭院很整洁，有修整有型的树木、石子铺的小路和台阶，花坛里各种各样的花朵竞相开放。晒衣绳上晾晒的衣服引起了我的注意，那是我再熟悉不过的衣服，有我和格雷的上衣、裤子。这座大宅似乎置身于森林之中，周围全是茂密的大树。停在树上的鸟儿时不时发出几声鸣叫，然后向天空飞去。我的视线追随着鸟儿一起腾空而起。不知不觉我紧抓床单的手也松了劲，床单倏地落到了地上，我就那样赤身裸体地站在窗前。

这里没有天空！在数千米高的上空是一朵朵的云，而云层上面并不是无限的高空，而是灰色的天花板。那是一个巨大无比、不知延伸到哪里的平面。而且，这里没有太阳，取而代之的是人工光源。我站在窗前，目所能及的上空中，可以看到两个光源。光源就像小型的太阳，浮在云层之上、天花板之下的空间中。

刚才我感觉到自己的影子有点奇怪，原因终于找到了。地板上的我的影子，原来是双重的。有时随着角度的改变，这两个影子也会合二为一。平时，我们都生活在一个太阳之下，影子自然也只有一个。可是这里有两个光源，当然也就有两个影子。

“艾尔，你起来啦！哇！赤条条啊！”

闻声我回头一看，格雷就站在房间的门口。他穿着一件巨大的外套，感觉好奇怪，估计是基曼借给他穿的吧。

“格雷，这……这里是什么地方？”

“哈哈，我知道你在想什么。不过，与这个问题相比，你打算一直把你那没有完全发育的‘小弟弟’展现在我的面前吗？”

我这才意识到赤身裸体有点不太像话，于是连忙捡起床单遮住下体。

“这……这里是外面的世界，还……还是在那座老宅中？”

“这里吹着与外面别无二致的风，也有鸟儿飞翔，却有天花板和墙壁；这里照着和外面差不多的光，却没有太阳，只有挂在天花板上的照明装置。这里就像一个无比大型的盆景，而我们迷失其中。”

“你……你在说些什么呀？我们是不是在漂流过程中脑袋撞到哪儿了？这到底是什么地方啊？”

“这里是 Arknoah。”那位满脸胡子的彪形大汉基曼站在房间的门口，看着我说。

格雷从基曼那儿借来的外套实在是太大了，他要把袖子卷起很多圈才能把手露出来。基曼叫我们到一楼的餐厅吃东西，他给我和格雷很多罐头食品。有肉丸罐头、通心粉罐头、巧克力蛋糕罐头……把餐桌堆得满满当当。不过，罐头找不到任何有关生产厂商、保质期之类的信息。

“怎么样？好吃吗？”基曼关心地问。

格雷只是瞪了他一眼，并不作答。自从爸爸去世之后，格雷的眼神就变得很阴郁，再加上受到同学的欺负，他的心理已经扭曲变形了。所以，对于大人主动的关怀他也不会放松警惕，有时甚至会出言不逊，展现他出众的毒舌功夫，故意激怒大人。我想，在这个彪形大汉被我弟弟的奇怪态度激怒之前，我必须积极主动地展现我的笑容，表示友善。

“非常好吃！这些罐头，是在哪里买的呀？”

“都是捡来的。我们房子旁边有条河流经过。我在河里下网的话，除了鱼儿之外，还能捞到这些罐头。而今天早上，除了罐头之外，还捞到了你们俩。”

“那您看到我们的书包了吗？捞起我们的时候，没有书包吗？书包里装着一本书，书名就叫‘Arknoah’。”

“哦，‘Arknoah’？和我们这个世界同名啊。可是，我没看见你说的那个书包，可能被冲到下游去了吧。”

这个地方的名字，竟然和绘本的书名相同。难道，我们迷失在这个世界里，和 *Arknoah* 那本书有关吗？而且，更可疑的是，之前我们在书中看到了与我们兄弟二人非常相似的人物形象。难道那就是迷失在这个世界中的我们兄弟二人的形象吗？但是，此时我发现弟弟正用深表怀疑的目光盯着基曼。

“欺骗小孩子很好玩吗？这里才不是什么叫‘Arknoah’的地方。肯定是你看过我们那本书，而且你把它藏起来了，然后骗我们说这个地方叫‘Arknoah’。”格雷质问基曼。

“我没有骗你们，这里就是名叫‘Arknoah’的世界。而且，我们现在所处的地方是Arknoah边境地区的名叫‘边远的瀑布’的房间。”

“‘边远的瀑布’？”

“不过，虽然说是房间，但这个房间和卧室、客厅所代表的房间，不是一个概念。‘边远的瀑布’包括这座房子、森林、木制的瀑布，以及我们所看到的地面和天空所有的空间。”

我和弟弟都张大着嘴巴愣住了。包括地面和天空的房间？这有点超越了我们的想象能力。

“那个……我想问，我们……是从很远的地方来到这里的吗？”

“嗯，你们是从外面的世界漂流至此的。把你们从河里捞上来的时候我就明白了，你们一定是外邦人，因为穿着那么奇怪的衣服。”

“胡说！我们穿的都是再普通不过的衣服，随便在哪儿都能买到。”

“格雷，你先闭嘴。基曼大叔，您所说的外邦人，到底是什么意思呢？”

“就是跟你们差不多，在外面的世界迷失了而来到这里的孩子。这种事情经常发生，没什么大惊小怪的。”

听基曼这么一说，我就放心了。原来像我们这样在外面的世界迷失，误闯误撞来到这里的孩子，并不少见。他们也习以为常了，不会把我们当怪物看待，这样的话，和他们沟通起来应该不会太困难。

“我们想回到外面的世界，您能告诉我们回去的路吗？”

“我与相关部门取得了联系。我们这里规定，遇到外邦人要先保护起来，然后立即与相关部门联系。通往你们那个世界的道路，你最好还是直接去问他们吧。多余的话，我就不说了，那样对谁都没有好处。”

“什么叫多余的话？”格雷问。

格雷还是一副怀疑的表情。我一边在心里想着“你也照顾一下这位彪形大汉的感受好吗”，一边真想给他的脑袋来一拳。

基曼的脾气倒是不坏，似乎并不介意格雷的毒舌，反倒主动转移话题说：“先不管那么多，我说，你们想不想尝尝我们这里的冰激凌？那可是从‘冷冻库山岭’房间的冰雪中挖掘出来的冰激凌罐头。我拿来给你们尝尝。”

说完，基曼起身去厨房拿冰激凌，我和格雷则走到窗边看风景。庭院里有枝繁叶茂的树木，这时，我注意到大树的枝叶以及晒衣绳上的我们的衣服都在随风飘动。这风是从哪儿吹来的呢？根据基曼的介绍，这里的一切，不管是地面、天空还是森林，都在一个巨大的房间之内，四方有墙壁包围。那也就是说，墙壁上的某个地方应该有类似出风口的设计，我们感受到的风可能就是从那些出风口中吹来的。

“格雷，别担心！我们现在是在做梦，一会儿就会醒来。即使醒不了，妈妈也会来把我们叫醒。”

“妈妈才不会来叫我们呢，因为我们根本就没有躺在家里的床上。”

“你掐一下我的脸试试。”

“好！”说着，格雷狠狠地掐了我的脸一把，“这可是你让我掐的，怎么样？疼不疼？”

基曼拿来了冰激凌罐头，看起来那罐头保存在非常冷的地方，外面都结了一层白霜。这里有电源供应，就可能有冰箱。我还用过这里的卫生间，有冲水马桶，整洁卫生而且方便。

吃完冰激凌之后，我们开始为出发做准备。

“接下来，我必须把你们移交给 Arknoah 特别灾害对策总部的使者，这个使者就是带你们回到外面世界的领路人。我会带你们到一个名叫‘图书馆海角’的地方和使者见面。”

非要这么着急把我们送走吗？我们对这个世界还一无所知呢。但是，看基曼的样子，是想尽快把我们交给使者，一分钟也不愿耽搁。

“谁都想尽快把麻烦事摆脱掉，我也一样，这一点希望你们理解。所以，你们还是尽早出发的好。”

外面晒的衣服已经干透了。我们换上这些由妈妈从超市买回来的上衣、裤子后，基曼就带着我们出发了。这个时候，我们还不知道，也不可能想象到，这位体形如棕熊般健壮、脸上长满胡须的彪形大汉，将会在我们面前死掉。

木制的天空在我们头顶上延伸开去，上面设置了好几处照明光源。基曼说，根据不同的日子、不同的时间带，照明装置的亮度会发生变化。我们所处的是一个加了盖子的巨大箱子，应该说是一个封闭的空间，不过，倒是没有多少压迫感。因为这里有足够的高度，鸟儿们不管飞得多高，似乎也不会碰到穹顶。这里甚至还飘着云彩，形状在风的吹拂下不断变换着。除了天空不是蓝色的这一点以外，这里和外面的世界基本上没什么区别。

我们沿着河流前行，不久就听到了低沉的声响，好似大地的怒吼声。穿过树林，我们就看到了那声音的来源——瀑布。同时，一张连接地面与天空的巨大平面也矗立在了我们眼前。这个平面一定就是构成“边远的瀑布”的四壁之中的一个。矗立于我们眼前的这个平面，让人感觉地面的世界似乎突然以九十度的直角折向了空中。木制的瀑布，就像一座挂钟，被挂在了那个平面上。到底是谁把它挂在那里的呢？引用基曼的话说，答案就是“设计了这个世界的造物主”。

“这个世界，是造物主大人为我们设计的。”

“造物主？”

“嗯，是啊。”

在那个具有古典家具风格的木制瀑布旁边，散落着一些破碎家具的碎片。当初救了我和格雷性命的沙发，也翻过来趴在瀑布旁边的岩石上。从这个平面的尺寸来看，木制瀑布就像挂在墙上的一个小装饰品一般。不过，Arknoah 当地的居民早已看腻了这个将世界划分为不同部分的巨大平面，感觉没什么稀奇的。相比之下，他们对木制瀑布的兴趣要更多一点。

“看见大门啦！”沿着墙根走了一段时间后，基曼指着前方说。

顺着他手指的方向，我们看到了两座塔。这两座塔貌似很古老，让人联想到古代的遗迹。两座塔紧挨墙壁矗立着，周围的森林也为双塔闪出了一片空地，空地上被人用石头精心铺装过。在双塔中间的墙壁上，便是一个横向的长方形洞口，里面应该是很长的隧道。我感觉这应该就是“边远的瀑布”的出入口了。按理说，这样的一个大房间，应该存在若干个出入口，穿过这些出入口，便可以进入其他房间。

在双塔的注视之下，我们一行人进入了昏暗的隧道。这个划分世界的墙壁似乎还很厚，我们走了十多分钟，才看到了出口——那便是另一个房间的出入口。走到那个出入口附近，我们明显感觉到一股冰冷的风迎面吹来。刚才身上出的热汗，在冷风的吹拂之下，立刻变成了冷汗，虽然不至于立刻结冰，但也把我们冻得不行。从出入口向这个房间望去，竟然是一眼望不到边的白色世界。

“这里就是‘冷冻库山岭’了。”

大片大片的雪花从聚集在天花板附近的云层中飘落下来，原来是它们把这里的一切都变成了白色。远处，可以望见巍然耸立的冰山，而冰冻的湖泊和积雪覆盖的森林，则从我们脚下延伸开去。

“我们要穿过这么冷的地方？大叔你是不是想把我们冻成冰棍啊？”格雷被冻得直发抖，他盯着基曼发着牢骚。

这时，基曼从行李袋中拿出两件儿童御寒大衣，看起来有点陈旧。格雷无言地接过穿上，我向基曼道谢后，也穿上了大衣。

在穿越山岭的时候，我们甚至看到了大摇大摆走路的企鹅群，于是我好奇地问基曼：“这个房间为什么会这么冷呢？”

“空调就是这样设定的啊。”

说着，基曼指向天花板。沿着基曼所指的方向，我们看到在云层的一些地方有快速旋转的旋涡。

“有旋涡的地方就是空调出风口所在的位置。空调的温度设定不是我们能左右的，那是造物主在创造这个世界时就设定好了的。”

走着走着，基曼拿出一张地图查看起来。与其说是地图，倒不如说是一张建筑设计图。图中有好几个长方形的房间组合在一起，一些地方画着楼梯的标志。看起来，这并不是一幅 Arknoah 的全境图，而只是这个边境地区的局部图。

“因为不想穿过‘断头台溪谷’，所以我们只能选择绕远路，走‘令人烦躁的台阶之丘’。为此，我们必须先到达‘冷冻库山岭’南部的出入口。”

穿越“冷冻库山岭”内部，我们在其南部的出入口脱下了御寒的大衣。

进入入口，穿过隧道，就来到了“令人烦躁的台阶之丘”，这是一个气候温和的房间。在房间的中央，有一座山丘，山丘上布满台阶，这些台阶的坡度并不陡。台阶都是木制的，而且上面还生有杂草。最奇怪的是，每一段台阶的高度、长度、宽度都不同，好像是专为捉弄爬楼梯的人而设计的。因为这样一来，人爬楼梯的时候就不能保持一个均匀的节奏，每一步迈出的步幅都不一样，这样爬楼梯会很容易让人感觉累，也很容易烦躁。我们就亲身体验到了这种楼梯的残忍。

正午时分，我们到了“桌布森林”房间，基曼决定在这里稍事休息并吃午饭。午饭是基曼带来的各种罐头食品。吃饭的时候，我们见到了牵着马路过的当地居民，他们有着东方人的面孔。马背上驮着很多衣服，询问过后才知道，那些都是在“衣柜盆地”房间中发掘出来的衣物。

出发六个小时之后，我们到达了名叫“沉没钢琴码头”的房间。第一眼看到这个房间，我联想到了一个看不到边界的、巨大无比的、略微阴暗的音乐教室。不过，这里没有地面，取而代之的是大片的水，水面异常平静，没有一丝波纹，可基曼却把这里称作“海”。我们所处的房间入口处，有一座栈桥延伸至水中，栈桥的前端停泊着一艘蒸汽船。那艘船的尾部有巨大的驱动轮。走在栈桥上的不只有我们三人，还有 Arknoah 当地人，看来他们也是来乘船的。这些人中既有往来做生意的商贩，也有拖家带口的旅人。我们一起登上了蒸汽船。据说，“沉没钢琴码头”房间的海与一条水路相连，沿着那条水路穿过几个房间，就可以到达我们的目的地——“图书馆海角”房间。

全员登船之后，船长先向大家行礼致意，然后拉响汽笛便开船了。基曼走过来告诉我，格雷对一切都感到很新奇，正好奇地在甲板上走来走去、东张西望。

“你老实一点！小心掉到水里去。”基曼提醒格雷说。

“好啰唆！你个乱蓬蓬胡须男！”

基曼双肩一耸、摊开双手，无奈地叹了口气，跟着说道：“嘴这么臭的小孩，我还是第一次遇到。”

“沉没钢琴码头”整个房间虽然有点阴暗，但蒸汽船上有照明设备。我从船舷探身向水中看去，结果发现水底沉没有无数的钢琴，鱼儿们成群结队地在黑白键之间游来游去。

“你们这个世界的海，都像这样没有波浪吗？”我问基曼。

海面平静得像一面巨大的镜子，但蒸汽船的航行打破了它的平静，留下一排排波纹不断向后扩散开去。

“我们这里的海也是各种各样的，有的房间里的海微波荡漾，有的房间里的海惊涛骇浪。像现在这个房间里的海波澜不兴，那是因为造物主在设计这个世界的时候，就没有在这里设置产生波浪的装置。”

我们乘着蒸汽船来到了“沉没钢琴码头”房间的一端，那是一面巨大的绝壁。绝壁与海面相连的地方有一个长方形的入口，蒸汽船便从这个入口驶进了水路隧道。穿过这个细长的水路隧道就到了隔壁的房间。蒸汽船会在某些房间中停靠码头，上下客人之后继续出航。就这样，我们先后经过了好几个房间。

“真是漫长的一天啊！早晨睁开眼睛的时候，我可没想到今天会是这样度过的。”基曼掏出怀表看了看时间，然后小声嘟囔道。

当我们在甲板上吃罐头食品当晚餐的时候，云层上方设置的照明装置逐渐变暗了，直到最后完全熄灭，夜幕就降临了。从一片黑暗的海上望去，海岸灯塔的光亮，陆地上人家的灯光，就像夜幕中的点点繁星，非常好看。可是，当我抬头望向夜空的时候，却没有找到月亮和星星的踪影。看来造物主没给这里设计星星和月亮。

船舱里有供乘客们休息的大房间，里面准备了简单朴素的床。格雷打了一个大哈欠，找了一张空床倒头便睡。我和基曼则回到甲板上，找椅子坐下来继续聊天。

“Arknoah 特别灾害对策总部的使者，是个什么样的人呢？”我好奇地问。

“一个女孩子。”

“女孩子？”

“她可是我们这个世界里的名人啊。人称‘铁锤女孩’。”

在蒸汽船的灯光照射下，我捕捉到了基曼面部肌肉发生轻微抽搐的瞬间。后来，我和格雷才知道，在这里，任何人提到“铁锤女孩”这个名字的时候，几乎都会露出恐惧的表情。甚至有些老实、胆小的人，在听到这个名字的瞬间，脸会变得铁青，泪水夺眶而出。还有人浑身发抖，战栗不停。

“我还以为肯定是个男人呢。”

“是一个和你年纪相仿的女孩子，也可能稍微比你大一点。在我们这个世界中，能够处理外邦人问题的，就只有她一个人。她的助手倒是有很多，可能替代她的却没有一个。在我们这儿，不知道‘铁锤女孩’这个名号的人，恐怕找不出来……”

说着说着，这位满脸胡须的彪形大汉，面部竟然因为恐惧而变得僵硬起来。虽然我没见过铁锤女孩，但估计她肯定生得一副凶神恶煞的模样。于是，我也有些紧张起来。

“Arknoah 特别灾害对策总部，是国家机关还是其他什么组织？”

“我们这个世界不是个国家。我们这里的人，按照个人的意愿过着自己喜欢的生活，没有政府来管理。”

“那出现犯罪行为的话，由谁来处理呢？”

“我们这儿不会发生犯罪，因为造物主时刻看着我们呢。”

就在这时，传来了紧张的叫喊声：“喂！快来看哪！”

有一名乘客将上半身探出船舷，指着水面喊道。周围的人纷纷围拢到船舷边观看。

“这是什么东西呀？”

蒸汽船边漂来了大量的碎木片和落叶等杂物。不知不觉，原本清澈的水也变得浑浊，有如泥浆。而且，船后面的驱动轮还不时传来碰撞到碎木片的声音。

“真奇怪啊……这里的水一直都是很清澈的呀……”

我听到有船员在小声嘀咕。这时，我注意到水面开始出现缓慢的起伏，蒸汽船也随之左右倾斜。

“是波浪！起波浪啦！”

船员和乘客都叫起来。原本平静无比的海面，竟然涌起了波浪，在这里绝对算得上是件新鲜事。乘客们都赶到船舷边来看，生怕错过这件怪事。

“它出现了！”甲板上的一位乘客喊了起来，“一定是那怪物！”

这时，基曼抓住我的手腕，拉起我就走。那力道太大了，差点让我的手臂骨折，疼得我险些叫出来。他把我拉到了船舱里的过道上，才停下来放开我的手腕。这位满脸胡须的彪形大汉谨慎地四处张望，确认周围没有人之后，似乎才放下心来。但是由于海面起了波浪，蒸汽船像钟摆一样左右摇晃，我只有靠着船身才能站稳。

“怎么回事？”我问。

“你穿的衣服太奇怪了，很惹人注目，所以我要把你带到僻静的地方来。艾尔，你看见水上漂浮的那些碎木片了吗？一定是 Arknoah 的某个部分遭到了破坏。那些破碎的墙壁或地板的碎片，顺水漂到了这里。”

满脸胡须的彪形大汉竟然咬起指甲来，他接着说道：“在我们Arknoah，是不会发生具有破坏性的自然灾害的。因为造物主都已经事先设计好了，地震、龙卷风、雷暴等自然灾害，不会是这个世界的产物。这里的海面产生波浪，被破坏的碎片漂到这里，原本都是不可能发生的，或者说，是不可能由自然灾害引起的。那么也就是说，有种强大的力量被唤醒了，这是怪物造成的……”

“怪物？”

“听着，艾尔·阿修比，从现在起，你们兄弟二人必须消灭两头怪物。它们就隐藏在这个世界里的某个地方。只要这两头怪物不被消灭，你们就永远都无法回家。具体的细节，你去问铁锤女孩吧，她会比我解释得更清楚。”

基曼用饱含同情的目光看着我。水面上漂来的各种碎片不停地撞击着船身，因此，各种撞击声不绝于耳。

1-5

回到船舱的大休息室中，我钻进了被窝，可是怎么也睡不着。我闭着眼睛一边倾听乘客们在甲板上踱步的声音，一边想念妈妈。我和弟弟这么长时间没有回家，妈妈一定担心得要死，说不定已经报了警。爸爸去世后，妈妈经常背着我们以泪洗面。如果让妈妈更加难过，我们于心何忍啊。现在，我和弟弟都急不可待地想回到家中，张开双臂紧紧地抱住妈妈。格雷睡觉的时候总是不老实，把毛毯踢开了好几次，他每踢一次，我就帮他盖一次。也不知是第几次帮他盖毛毯，我透过蒸汽船的圆形窗子，看到了外面的亮光。

来到甲板上，我发现蒸汽船笼罩在一片晨雾当中。这雾霭自身仿佛会发出淡淡的白光，看上去充满了神秘感。凉凉的晨风灌进我的后颈，让我不禁打了个寒战。水面依然有波浪在起伏，而碎片等杂物也源源不断地漂过来，一个接一个。起床的乘客纷纷来到甲板上，他们都朝船头所指的方向望去。

在船头前方很远的地方，一些轮廓巨大得犹如摩天大楼一般的物体出现在雾霭中。船越靠近，那些轮廓高大的物体越多，而且那高度简直直逼天际。再靠近些，当看清了那些物体的真面目之后，我不禁张大了嘴巴，一句话也说不出来。原来那是些巨大无比的书架。这些书架矗立在海边，就像海边的悬崖一样。而且，我看到的只是书架的下部，根本看不到顶，因为抬头望去，书架上部渐渐消失在雾霭之中。这时，船长通过广播告诉大家，我们已经到达“图书馆海角”。

名为“图书馆海角”的这个房间，由陆地和大海两部分构成。其最大的特征就是沿着海岸线耸立的巨大书架。在书架的一些部位设置有平台、广场，书架与书架之间还有吊桥连接。我看见有背着登山包的学者模样的人，在吊桥上一边驱赶着海鸥，一边像发掘宝物一样寻找着自己想要的书。这里的书架虽然巨大无比，但其中摆放的书却是正常的尺寸。这样一来，二者的比例就显得有些奇怪了，书架很大，书就显得很小。

蒸汽船沿着海岸，也就是书架根部航行，进入一个海湾之后，我们可以看见海港小镇沿着海岸的斜坡向上延伸开去。从蒸汽船上远眺，可以看到小镇上有橙色屋檐的房子，还有充满活力的市场。当蒸汽船停靠在栈桥边之后，基曼带着我们兄弟二人登上了陆地。走在栈桥上，我还不时望向那高耸入云的书架，以及在天边盘旋的海鸥。

“那些书架里，有全世界所有的书，怎么样？厉害吧！”

听满脸胡须的彪形大汉这么一说，格雷马上用阴郁的眼神盯着基曼回了一句：“这有什么了不起？书再多也没有意义，重要的是书的内容。”

“书的内容也很了不起呀。来到这里，就可以知道这个世界的所有事情。就连这个世界的设计图，也隐藏在书架的某个地方。”

“设计图？这个世界的设计图？”

看到我吃惊的样子，基曼的脸上露出了满足的表情。

“房间的尺寸、照明装置的种类、地板的材质以及墙纸的花纹等，一切都在设计图中。不过一些太小的房间，好像省略掉了。当然，还没有一个人看过这里所有的书。自 Arknoah 建成以来，这里的很多书还未曾被人翻开。学者们终日在这些书架中发掘，以期找到能够解开这个世界所有谜题的提示。也有很多寻宝的探险家来此找书。在 Arknoah，还有很多房间不曾有人涉足，据说那里沉睡着很多宝物。那些探险家希望在‘图书馆海角’找到这个世界的设计图，然后在图中寻找到宝藏的线索。”

总之，每天有很多的人以各种各样的理由来到“图书馆海角”。比如，学者、探险家、爱书之人……厨师为了寻找新菜谱来这里；作家为了写出吸引人的小说来这里；工程师为了建造更好的建筑来这里……因此，沿海地带有很多的小旅馆供找书人居住。还有不少知识分子专门在这附近买了房子，长期住在这里看书、找书。

另外，不仅仅是海边，在镇子里走一趟你就会发现，镇子里也有大小各式书架。这里给人的感觉就像是在图书馆中修建了市场、广场等生活设施。有的建筑物干脆就用书架当外墙。在书架与书架之间的石板路上，偶尔有野猫悠闲地走过，也常会见到一手拿着镇子地图，一边找书的人。

我们在“烹饪书架区”的一家咖啡馆里吃了三明治填饱肚子。蒸汽船的船票和吃饭的钱，都是基曼帮我们出的。据说把我们移交给 Arknoah 特别灾害对策总部的工作人员时，基曼会得到相应的补偿，包括一路上所花的费用和劳务费。顺便说一句，Arknoah 流通一种名为派克的货币。没有纸币，只有几种派克硬币。这里的经济运转和派克硬币是分不开的。

“我没有家人，所以，像这样结伴出游，对我来说还是第一次。”基曼一边大嚼三明治一边说。

“你对爸爸、妈妈有印象吗？”

“怎么可能对他们有印象，我一出现就是现在这个样子。没准这个世界被创造出来的时候，我就已经是现在这个样子了。我一个人住在‘边远的瀑布’，偶尔有客人来了，我就用罐头食品招待他们。我想，这一定就是我存在于这个世界的作用，或者说功能、价值、意义什么的。”

我们的座位位于窗边，可以看到来往于“烹饪书架区”的各色人。他们所穿的服装的款式都很复古，大概是一个世纪以前的设计风格，我只在历史书的黑白照片中见过。而我和弟弟所穿的彩色衣服，是我们那个世界的工厂里大批量生产的，在我们那里是再普通不过的款式，可是在这个世界的人看来，肯定算是奇装异服了吧。

晨雾已经完全消退了，湛蓝的天空中飘浮着几朵积雨云，我的心情也顿时清爽起来。

“很奇怪呢。”格雷仰望着天空说。

当晨雾退去之后，我也渐渐注意到了异常。

“怎么回事？这个房间没有天花板吗？”

在这个镇子的上空，是和我们那个世界一样的蓝天白云。在一个六面封闭的房间中，能有这样的景色，真是异常珍稀啊。

“仔细看！这里还是有天花板的。注意看积雨云的上方，隐约可以看见细密的网格，那就是横竖交错的大梁，用以支撑天花板。只不过这个房间的天花板被涂成了天蓝色而已。这也是造物主的手笔。”

我和弟弟看着这伪造的蓝天，不禁会心地笑了起来。我们还是第一次发现自己原来如此喜欢蓝天。这时，附近的谈话声吸引了我的注意。

“喂！你听说了吗？好像铁锤女孩到这个镇子来了。”邻座喝咖啡的男子和同伴攀谈着。

“我老婆看见铁锤女孩的别墅里亮起了灯光呢。”

“是吗？那狗头也来了吗？”

“好像也来了。铁锤女孩到哪儿，那家伙也会跟到哪儿。”

这时基曼站了起来对我们说道：“咱们该走了。”

基曼大叔似乎不想让我们听到隔壁客人所聊的内容。铁锤女孩不就是能将我和弟弟带回外面世界的领路人吗？可是，他们嘴里的“狗头”，到底是指什么人呢？

街角处，有个公共电话亭。这个公共电话亭在我和格雷看来绝对是个老古董，因为在外面的世界中，这种公共电话亭几十年前就已经被淘汰了。基曼拿起电话听筒，向投币孔投入一个派克硬币后，拨通了Arknoah特别灾害对策总部的电话。基曼告诉对方已经把我和弟弟带到了“图书馆海角”，接着询问下一步接头的地点。

“他们说要在‘恋爱小说书架区’的广场见面。到了那里，把你俩交给他们，我的任务就完成了。好不容易出来旅行一次，等任务完成了，我要好好在这一带游览一番，然后再回‘边远的瀑布’。”那个满脸胡须的彪形大汉挂断电话后，对我们说。

思索了一会儿，基曼接着说：“我给你们一个忠告，万万不要惹铁锤女孩生气。尤其是你，格雷·阿修比，要是想活着回到你们的世界，就要管住你的嘴。”

“你个毛茸茸的蠢大叔，像我这样懂礼貌的好孩子，怎么会口出狂言惹人生气？”格雷立刻反唇相讥。

“恋爱小说书架区”的广场是一个观景的好地方，向下面望去，海港小镇的风景尽收眼底。道路和市场，分布在眼下的斜坡上。再往下就是海岸线了，除了港口的地方，海边都矗立着巨大无比的书架。

很多谈恋爱的情侣坐在广场的喷泉边上，他们深情地注视着对方的脸庞，亲密地说着甜言蜜语。这个广场貌似还是一个出名的观光胜地，有很多卖纪念品的摊位，比如挂着小铃铛的情侣护身符等。Arknoah特别灾害对策总部的使者迟迟不见到来，基曼一脸焦急地望着来往的行人。

广场上的大钟敲了十下，已经是上午十点整了。缺乏耐性的格雷早已等得不耐烦，索性在那些卖纪念品的摊位间信步逛了起来。

我走过去对弟弟说：“我不会给你买的，因为我们没有Arknoah的派克硬币。”

“这个不用你说，我知道！不过，要是能带回去一个多好啊，可以当证据呀。回到家后，我们说起这段经历，那些自以为是的大人肯定不会相信，还会以为我们脑子出了问题。”

摊位上挂着很多钥匙链，弟弟抓住其中一条给我看。这个钥匙链挂件的造型是一本只有大拇指大小的书，书下面还吊着一个小铃铛。奇特的是，这本小书居然是本真书，可以翻开，里面还写满了字。

摊主看我们感兴趣，就介绍道：“这可是一本稀有的书，尺寸极小，不用放大镜的话，根本看不清上面的字。它是我在前面沙滩上挖到的，吊上一个铃铛加工成了现在这样。”

“我们只是看看，又没请你讲解，真是多嘴。”格雷又犯老毛病了。

“哪里来的野孩子，这么没礼貌！赶快走开！”

这时，基曼走了过来，递给摊主几个派克硬币。

“摊主不要生气，我买两条钥匙链。喂，你们两个，每人选一条喜欢的吧，算是我送给你们的礼物。”

基曼脸上浮现出了笑容，接着说道：“反正回到‘边远的瀑布’之后，我也没有地方可以花钱。”

我和弟弟分别选了颜色不同的钥匙链。那极小的书本钥匙链还挂在店头，我聚拢目光仔细看了一下，看清了书名——探险家布彭的探险记。

“那是一本很有名的探险游记，还是畅销书呢。”店主说道。

就在这时，奇怪的情况发生了——摊位上挂在钥匙链上的铃铛，没有任何人碰，却一齐丁零丁零地响了起来。一开始，响声并不大，我和弟弟不明所以地对视了一下。可不一会儿，铃声越来越大，就连其他摊位挂的民间艺术品也开始相互撞击发出响声。

地震啦！我突然意识到是地震，可就在这一瞬间，一股强烈的震动从地下向我们袭来。广场上已经被一片惊呼声所包围。周围的一些书架开始倾斜，上面的书土崩瓦解一般向下坠落，尘土四处飞扬。伴随着木材断裂的咯吱咯吱、咔嚓咔嚓声，书架像多米诺骨牌一样开始了不可挽回的连锁式倾倒。在剧烈的摇晃和震动中，我和格雷根本站不住，一下子跪了下去。

“快看那边！”不知是谁喊了一声。

于是人们在经受着摇晃颠簸的同时，纷纷把目光投向了很远的某一点上。从这个广场可以俯视整个海港小镇，而小镇的海岸线上矗立着巨大的书架群。也许是因为距离太远，书架原本的颜色变得很淡，看不真切；又也许是因为天空的颜色过于强烈，那些书架也被染上了蓝色的光芒。书架上的书受到强烈的震动，像撒落的胡椒粉一般纷纷掉落在海面上。随着一声好似大地怒吼的沉闷巨响，有水柱爆炸似的从一个书架的底部喷发出来。这一幕让我们所有人都惊呆了，只能呆呆地望着，一句话也说不出来。那个巨大的书架像是要沉没一样开始向下滑，同时也越来越倾斜。书架中的所有书都坠落下来，白色的内页在空中凌乱地翻飞，像无数的鸟儿。我以为这个书架肯定要倾覆了，可就在倾斜下沉的途中它却停住了，就像比萨斜塔一样立在了那里。

但是，大地的震颤并没有停止。石头建筑物的崩塌之声不绝于耳。我们所在的这个广场旁边，有一座砖瓦建筑，看上去已经有些年头，在大地的震动中，墙壁慢慢出现了一条条裂痕。我才感觉到危险，它就已经开始朝我们这边倾倒下来了。

“格雷！”我大喊一声，抓起弟弟的手就跑。结果，那栋老房子就倒在了离我们不足一步的地方，砖瓦碎片四处飞溅。我和弟弟转移到了相对安全的场所后，我紧紧地抱住了弟弟。大地的震动逐渐减弱，直到最终完全停止。

地震结束之后，世界陷入了短暂的静音模式。几秒钟之后，人们才从中反应过来，痛苦的呻吟声、嘤嘤的哭泣声、确认亲人平安的呼唤声，一下子充满了耳朵。

基曼不见了踪影。我和格雷一边呼喊着他的名字，一边四处张望寻找。结果我们看到有的伤者拖着被砸断了的一条腿在路上匍匐前行，有的伤者捂着出血的伤口躺在地上呻吟……真是惨不忍睹。还有很多人望着海岸的方向发呆，我们顺着他们的视线看过去，也不禁被那里的惨状惊呆了。倾斜着的巨大书架，挡住了天空射下来的光芒，在它的下面形成了一个巨大的阴影。而书架中的书还在断断续续地掉个不停，它们和空中惊慌乱飞的海鸥混在了一起。

我突然感觉到有人拉我的衣服，回头一看，原来是格雷，而他的视线则死死地盯着一堆瓦砾。我沿着他的视线看过去，发现从瓦砾堆中伸出一只胳膊。那只胳膊和手背上长满了浓密的汗毛，那是一条熟悉的手臂。我和弟弟反应了过来，赶快朝那堆瓦砾飞奔而去。我们拼了命地想搬开压在这人身上的瓦砾，但无奈瓦砾太大、太重，我们弱小的胳膊根本搬不动它们。

“基曼大叔！”

我使出平生最大的力气对着瓦砾堆呼喊。一开始，基曼大叔的手臂还有一丝温暖，我去抓他的手掌时，他还能轻微地握起手来回应我。但是，很快，他的手就没有了力气。

爸爸离开我们的时候，我学到了一个经验——死亡常常是突如其来的。但是，基曼就在我们眼前死去的现实，对我来说来得还是太过突然了。此时，我就像一个没有心脏的木偶人一样，茫然自失。

“基曼大叔——！基曼大叔——！”我抱着他的手臂不停地呼喊他的名字。

“基曼大叔真的死了吗？”格雷一脸惊恐呆立不动。

“基曼大叔——！基曼大叔——！”

就在这时，从我们背后传来了一个声音：“不要紧的，死亡只是暂时性的。”

在飞扬的尘土之中，站着一位少女，一件深绿色的外套包裹着她的身体。

而我的手，突然一下子耷拉了下来。因为原本抱着的基曼大叔的手臂，忽然之间化作了空虚，完全没有了实体感。当我低头看时，他那粗壮的长满汗毛的手臂，变成了模糊不清的白烟，我的手瞬间失去支撑，落了下来。与此同时，我发现一股白烟从埋葬基曼的瓦砾堆缝隙间升了起来，那是一股不可思议的神奇白烟，好像从里向外散发出淡淡的光。再看看周围，还有好几处瓦砾堆中升起了白烟。

"他们的肉体被暂时回收了。不过请放心，到了明天，一切都会恢复原样，就像什么也没发生过似的。我们这里是一个非常稳定的世界。在造物主的庇护之下，我们能够永远过着安宁的生活。"那少女说道。

我从那女孩的外套间隙，看见她腰间挂着一柄铁锤。这柄铁锤不同寻常，锤上镶有金银和宝石，显得相当华丽，一眼看上去就知道这绝不是一柄普通的铁锤。我抬头打量了女孩一番，她有一个又尖又高的鼻子，看上去像妖精一样。从年纪上看，应该和我差不多。另外，您对古董家具的金属把手有印象吗？她的头发就是那种把手的颜色——暗淡的金色。她的眼珠是蓝色的，和我们那个世界的天空是一样的颜色——天蓝色。

"你们好！我叫丽泽·利普顿，是 Arknoah 特别灾害对策总部的使者。"

地震之后，刮起了微风，少女的头发和外套随风轻轻摇摆。"图书馆海角"到处可见升起的白烟，这些白烟朝着木制的穹顶不断上升、上升……

第二章

2-1

“大森林”是一个宽四千米、长二十千米的大型房间。房间内大部分被森林覆盖，越往北走，气温越低，而南边地区则属于热带气候。森林中散落着人类居住的村落，一位名叫斯琼的男人，住在北边的某个村落。

斯琼的家是一座用圆木建造的小屋。每天，他会用刀砍树制作置物架等小家具，或一些木制装饰品；要么就去河里捕鱼以供一家人食用。斯琼的妻子露丝在家里的工作就是洗衣煮饭，女儿梅丽尔则每天和村里的孩子们一起快乐地玩游戏。他们的日子可以算得上宁静、祥和，每个人都有自己的快乐。可是突然有一天，这种平静的生活被打破了。

这一天，斯琼用马车载着妻子、女儿还有行李，在森林中的道路上飞奔疾驰。斯琼不停地挥舞马鞭，想让马跑得再快一点。飞驰的马车车轮轧到了一颗小石头，车厢因此颠簸了一下，结果女儿受了惊，大声喊叫起来：“爸爸！我害怕！”

“不要说话！会咬到舌头！”

同一个村子的邻居们早就已经出发了，说不定他们现在已经到达“星空之丘”了。斯琼一家因为在马车上装了各种各样的行李，所以出发才比别人晚。

“坐好啦！别摔下来！”斯琼提醒女儿道。

在寂静的林间小路上，急促的马蹄声传出去很远。刚才，斯琼家的马车路过了一个朋友所住的村子。那个村子的光景，在斯琼的脑海中久久难以挥去。房屋崩塌破落，家畜的尸体随处可见，上面爬满了苍蝇。这片森林中的树木大片倒伏，像是被巨大的脚掌踩倒的，完好无损的树木找不到几棵。

“爸爸！”梅丽尔大叫起来，因为马车的摇晃。不！不只是马车，眼睛所能看到的一切都在摇晃。大量的树叶从枝头落下，树上栖息的鸟儿一边惊叫一边慌忙飞上天空。随着大地震动的声音一同传来的，还有骇人的咆哮声。那咆哮声直达“大森林”的木制穹顶，响彻整个森林的每一个角落。

那个怪物是昨天出现在“大森林”的。昨天开始，地震反复、频繁地发生，于是村子里的人都聚集到广场上避难。结果，随着一阵格外强烈的震动，在东北方向腾起了一阵土雾烟尘，怪物出现了。以前，“大森林”中的居民经常从收音机里听到怪物入侵 Arknoah 的消息。不过，到目前为止，怪物从没有出现在这里，森林也没有遭到过破坏。因此，“大森林”的居民，从没有想过自己的生活也会遭到怪物的破坏，认为那是很遥远的事情。直到怪物真的出现在眼前。

可是那怪物是怎么侵入“大森林”的呢？这个房间倒是有好几个出入口，可那些出入口都没有大到足以让怪物庞大的身躯通过的程度。与其他房间相连的墙壁上，也没有出现怪物挖掘的大洞。可见，怪物不是从其他房间来到这里的。那也就是说，在某一瞬间，“大森林”中从无到有地生出了一个怪物。

“爸爸！小心上面！”梅丽尔大叫。

只见森林上空，有无数的树木、泥块等呼啸着横飞而过，大量的泥沙从空中散落下来。一棵巨大的树木落在马车前方，顿时激起一阵尘土。

这棵树可谓巨大无比，即使横卧在斯琼面前，他们也得仰头观看。假使这棵树直接击中马车，恐怕斯琼一家谁都难以幸免。

透过茂密的森林看去，那怪物的巨大身姿已经隐约可见，仿佛一座移动的大山。它每踏出一步，地面就会震颤、开裂，整个森林以这怪物为中心形成涟漪一样的振动波。看到这怪物的人，无不呆若木鸡、嘴巴大张，仿佛下一刻下巴就要碰到脚背了。

其实 Arknoah 的居民都了解，这个怪物践踏他们的森林，想把他们生活的地方，也就是他们的故乡，变成一堆废墟。它就是为了破坏这里而来的。它应该是异界之物，而不应该存在于这个世界中。它是一个具有完全不同思想、价值观、世界观，又充满破坏冲动的集合体，也可以称作“怪物”。

这时，斯琼想到了 Arknoah 特别灾害对策总部的铁锤女孩。要放在平时，斯琼根本不会想起她，他甚至从来没有和自己的女儿梅丽尔提起过铁锤女孩的任何事情。他想，如果女儿可以不用知道铁锤女孩的话，那她还是不知道的好。铁锤女孩就是这样一个令人谈虎色变的存在。但是，要问谁能对眼前的这个怪物做点什么的话，那也非铁锤女孩莫属。

2-2

海边，孩子们堆的沙子城堡竟然被海浪吞噬而坍塌了。在这个世界里，这是不可能发生的事情。因为孩子们把沙堡堆在了海浪冲不到的地方。在这个名为“晚霞之海”的房间中，海浪冲上沙滩的位置是固定的，高度也是不变的，海浪冲不到的地方，就永远也冲不到。可是……最近因为频繁发生地震，海浪也出现了变化，不断冲上更远的海岸。当地居民担心发生海啸，到时恐怕连房子都要被冲走了，所以纷纷收拾行李，逃离了家园。

一名男子正在屋中收拾随身行李，也准备到别的地方先避一避。他养的狗在院子里叫个不停，因为最近地震频发，所以狗也变得焦躁不安。为了听清收音机报道的新闻，他调大了音量。新闻播音员用急切的声音报道着有关怪物的消息："最近发生的地震，其震源应该是来自'大森林房间'，似乎有怪物出现了。"

有关怪物入侵的事情，Arknoah 的全体居民都通过收音机知道了。造物主所创造的这个世界，没有自然灾害，没有战争，没有饥荒，也没有瘟疫。这里居民死亡的九成原因，都跟怪物入侵有关。但是，从真正的意义上来讲，这里的人们在乎的并不是生死，因为对他们来说，死亡只不过是通往重生的驿站。与生死相比，他们更在乎世界观的稳定。

那位住在海边的男子一边收拾行李，一边透过窗子看外面金色的沙滩。从西面窗子射进来的夕阳余光，把桌上烛台的影子拉得很长。往日总是朱红色的夕阳，今天怎么带有些许黄色？这肯定也是地震带来的影响。由于震动，木制的穹顶散落下很多灰尘木屑，飘浮在大气中。这些碎屑使光线发生了微妙的折射，故而使夕阳的颜色看起来与往日不同。"晚霞之海"刚好位于"大森林"的正下方。头顶上有个震源在频繁震动，生活在下面肯定不会舒服。

地震再次袭来，房屋发出了吱呀吱呀的响声，感觉很快就要散架了。实际上这震动并不是来自地下，而是源于天上，然后通过墙壁和立柱传到了地面上。不一会儿，震动停止了，那男子继续收拾行李。每次震动之后都会有短暂的静寂，只能听到大海中的波浪声。突然，收拾行李的男子感觉到了一丝异样，到底哪里不对呢？原来是院子里的狗不叫了。刚才还狂吠不停呢，现在怎么一下子安静了？

放下手里的行李，他来到院子里寻找自己的狗。要在平时，只要一叫那狗的名字，它就会摇着尾巴乖乖地跑过来。可今天他叫了好几声，也不见那狗现身。一种不祥的预感顿时涌上他的心头。难道狗被海浪卷走了？狗要是死了，可就永远消失了。因为在这个世界里，能够穿越死亡获得重生的只有人类。

院子里的晒衣绳上晾着昨天洗的床单，那床单随着海风轻柔地舞动。男子发现地面上有什么东西爬过的痕迹。这是什么痕迹呢？男子蹲下身去想仔细察看一下。就在这时传来了狗的微弱叫声。他扭头一看，原来自己的狗蜷缩在岩缝之中。

“原来你在这儿啊。”

那狗好像被什么吓坏了，呜呜地轻声低吠。

“你怎么啦？快到我这儿来。”

男子向狗伸出一只手，希望它从岩缝中出来。就在这时，他的余光似乎扫到了一个移动的影子。于是他赶快转过头来环视四周，但什么也没有。海鸥群飞得很低，刚才也许是它们遮住了夕阳的余晖，产生的阴影吧。

“呜——”一声低吠之后，那狗向岩缝更深的地方缩去。

“喂！快出来！我们得到别的村子去避难。这里距离地震源太近了。而且，听说还有怪物出现，很可怕的，有怪物啊！”说着，男子又把手伸向了狗。

“怪……”

忽然，背后传来了一个声音。

“物……”

好像牙牙学语的小孩第一次说话那样，口齿不清，发音含糊。

“怪……物……”

字与字之间，还能听到液体滴落的声音。

晾晒的床单上映出一个奇怪的影子。床单那边到底是个什么东西？夕阳的余晖刚好把它的影子投射到床单上。随着床单的摇摆，那影子也时大时小，异常诡异。

“是谁？”

“是……谁……”

那家伙在学这个男子说话。一阵风吹来，床单被掀了起来。男子看到了对面的东西，刹那间，他判断出那不是人类，而是一个覆满鳞片的躯体！

躲在岩缝中的狗，目睹了自己的主人被怪物吞掉的整个过程。怪物先咬住了男子的头，一开始，男子还手脚并用地抵抗了几下，后来，连脚一起都被怪物吞进了肚子。不久，从怪物的牙齿缝隙中，冒出了大量的白烟，在夕阳的照射下，好像红雾一样升上了天空。随后，一切都恢复了平静，只有海浪不知疲惫地拍打着沙滩。

2-3

道路两旁林立着各式各样的书架，我们沿着这条道路朝镇子外面走去。当擦肩而过的路人看到我们前面那个身穿深绿色外套的女孩时，无不显露出惊恐的神色。带着孩子的母亲，甚至会把孩子藏到自己身后，可见，他们对铁锤女孩充满了警戒心。

"看来，大家都相当讨厌你呢。"格雷又开始了。

铁锤女孩抚弄了一下她那淡金色的头发，扭过头来瞪了格雷一眼，说："他们不是讨厌我。"

"那为什么大家遇到你，要么不敢看你，要么假装没看见的样子？他们可不是害羞啊。"

还有的当地居民从自家二楼的窗户上向我们这边张望，可当丽泽·利普顿抬头望向对方的时候，那人顿时一脸慌张，赶忙关上了窗户、拉起了窗帘。

"他们这样对待我，只是现在而已。不久之后，他们就会需要我，不会再假装没看见我，因为怪物出现了。"

丽泽·利普顿的身高和我差不多，身材苗条、四肢纤细。之前挡住左脸的头发已经编成了辫子，走路的时候小辫子会随身体摆动。她的眼珠是蓝色的，五官立体而精致。我感觉她的面容很像小说《彼得·潘》

中登场的丁克·贝尔。话虽如此，我自己根本没有读过《彼得·潘》这部小说，只是从动画片或漫画书中对丁克·贝尔的形象有点印象。

“现在，我们是往哪里走啊？”我问道。

“山丘上有一幢我的别墅，我们先到那里休息一下。”

“别墅？”

“是啊，你干吗那么吃惊的样子？”

“你和我年龄差不多，却已经拥有别墅，真是了不起呢！”

“她肯定是吹牛。说不定是她父母的别墅，非要说是自己的。”格雷挖苦道。

丽泽·利普顿一脸不耐烦地说：“货真价实，就是我自己的别墅。而且，我也没有爸爸妈妈。”

我和格雷四目相对，真的有点吃惊。

在镇子外面的山丘上，我们看到了由铁栅栏和铁丝网构成的围墙。铁锤女孩推开铁栅栏门，走了进去，我们紧随其后。院子里有水井、干涸的喷泉池，而且，也立着一些书架。铁锤女孩告诉我们，“图书馆海角”从不下雨，所以在室外摆书架，书也不会因为淋雨而损坏。话虽如此，那些书也不是完好如新。虽然不会淋雨，但也少不了风吹日晒啊。穿过杂乱无章的庭院，出现在我们眼前的是一幢西式建筑，从建筑风格上看，也很古老。丽泽·利普顿从外套的内兜里取出钥匙，打开了房子的大门。这里，就是她所说的别墅了。

进入玄关大厅，我和格雷立刻感觉到了一股凉飕飕的空气。这房子的内部装修风格诡异，再加上昏暗的光线，不禁让人联想到幽灵屋。地板上还散落着一些毛发，好像是动物的体毛。也许她在这里还饲养着宠物吧。

“我回来啦！康亚姆·康尼姆。”

丽泽·利普顿的声音在大厅中回响。随后，从房子的深处传来脚步声，而且离我们越来越近。可就在将要完全现身于大厅之前，他突然停住了脚步，伫立在阴影之中。大厅的光线很昏暗，对面那个人物只有腿脚暴露在光线中，上半身则完全隐藏在阴影之中。

“他们俩就是之前说的客人？”那人说话的声音很低，但能听出是个男人。

“艾尔·阿修比和格雷·阿修比。”

“我是 Arknoah 特别灾害对策总部的康亚姆·康尼姆，也有人叫我‘狗头’。”阴影中的人自我介绍道。

“啊！你……你好！请多关照。”说着，我用胳膊肘顶了顶一旁呆立的弟弟，接着道，“你也和人家打个招呼啊。”

可是，格雷却把脸扭向了一边，说：“我可没打算和他们成为好朋友。”

“快少说两句吧！”我急忙阻止弟弟。

“想不到又有野小子来到这里。”阴影中站立的男子多少有点吃惊地说，“怎么来到我们这个世界的都是问题少年？真是麻烦。”随后还传来了动物的哼哼声。

“这里还养了狗吗？”格雷问。

“嗯，养了，就在你面前。”

紧接着是擦燃火柴的声音，名为康亚姆·康尼姆的男子的周围立刻亮了起来，原来他用火柴把旁边的一盏烛台点燃了。这个人的上半身终于清晰地映入了我们的眼帘，他穿着一身黑色的西装，个子很高、胖瘦适中，给人感觉肌肉很紧实。他系着红色的领带，双手戴着白手套。

看清他的脸之后，就连一向自称什么都不在乎的格雷，也惊得说不出话来。而我则是吓得倒退了好几步，差一点从大门跌出去，幸好丽泽·利普顿从背后扶了我一把，我才没有出更大的糗。

康亚姆·康尼姆的脸和我们想象的有太大的差别，这是吓到我们的主要原因。在蜡烛那跳动的火光照耀下，我们看到的是他森森的白色尖牙、大大的耳朵，以及满脸银灰色的毛。

丽泽·利普顿介绍说："有需要的时候，康亚姆·康尼姆会指挥部队采取相应的对策。他脖子以上，就是你们看到的这个样子，不过，他是一个不折不扣的人类。"

没想到 Arknoah 还有这样的生物。康亚姆·康尼姆的脖子以上，绝不是人类会有的东西。也许是经过特殊化装，故意要展现出这个样子也说不定。从他头部的骨骼来看，他应该属于犬科动物。覆盖着银灰色短毛的脸，倒是有一种不可轻视的高贵感。只不过，他的眼睛毫无感情，让人联想到黑手党暴徒的冷静与残酷。康亚姆·康尼姆低头俯视着我和弟弟，突然露出了他那一嘴白森森的尖牙，我和弟弟顿时感受到了生命危险，吓得浑身发抖。

"到客厅来吧，我烤了曲奇饼。放心，不是狗粮，是人类吃的曲奇饼。"

别墅的房间里非常冷清，也有点杂乱，蜘蛛网随处可见。看来平时并没有人长期居住在这里。可能只有当丽泽·利普顿他们来到"图书馆海角"时，才会临时住在这里吧。我们来到客厅中，坐在沙发上休息。不一会儿，康亚姆·康尼姆端来了红茶和曲奇饼。曲奇饼竟然还有两种，一种是撒了巧克力粉的，另一种是洋葱口味的。

"味道怎么样？"

"和店里卖的简直没法比呀。"格雷虽然这么说，却一块接一块地往嘴里送曲奇饼。

"这次的失败可能是我无法亲自品尝造成的，我是不吃巧克力和洋葱的。"康亚姆·康尼姆解释说。

我也曾听说过，巧克力和洋葱对狗来说，好比毒药。看来康亚姆·康尼姆也不例外。

丽泽·利普顿把自己关在一个貌似是通信室的房间里，和 Arknoah 特别灾害对策总部进行联系。该总部位于一个叫作"中央楼层"的地方。我没有什么食欲，只喝了一口红茶，把曲奇饼都让给了格雷。我拿出基曼大叔送我的钥匙链把玩，不禁想起了从瓦砾堆中伸出的那只大手。

“基曼大叔真的能获得重生吗？”我问康亚姆·康尼姆。

对于这个世界的居民来说，死亡只是通往重生的驿站，到了第二天早上，生命又会鲜活如初。这是之前铁锤女孩告诉我的。果真如此吗？

“请放心吧！在我们这里，人死之后，肉体就会变成烟飘向空中，那是被天花板附近的通风口吸进去了。通风口与 Arknoah 外面所包围的‘起伏之海’相连，烟就被收集到了‘起伏之海’，成为宇宙的一部分。到了第二天早晨，含有生命之烟的晨雾便会降临 Arknoah。到那时，名叫基曼的那个男人，就会获得重生。他应该会站在他被砸死的那个广场上。”康亚姆·康尼姆给我解释这里人重生的过程。

“那他穿不穿衣服呢？”虽然这是个无关紧要的问题，但一想到明天早晨基曼大叔也许会赤身裸体地站在广场上的样子，我就忍不住想问个明白。

“人死亡时所穿的衣服、佩戴的装饰品，都会和肉体一样重生。衣服和装饰品，也被认定为这个人人格的一部分。因为在我们这里，衣服和装饰品也是识别一个人的重要信息。不过有一点我要向你们特别强调一下，这种死后再生的权利是 Arknoah 居民特有的。艾尔·阿修比、格雷·阿修比，你们俩来自外面的世界，没有重生的权利。所以在我们这里一定要保护好自己的性命。”

在丽泽·利普顿回来之前，康亚姆·康尼姆带我们在这座别墅里做了一次简单的参观游览。虽然长时间没有打扫，很多地方看起来又脏又乱，但从建筑物本身来说，这座别墅还是相当宏伟的，而且细节也非常精美。楼道里到处都有烛台，我们的影子也随着烛光的跳动摇曳不停。

“这里没有别人住吗？”

“现在就只有我和丽泽。今后，可能会根据情况增加或减少助手。”

我们参观了很多房间，比如客厅、卧室、阁楼、带有台球桌的娱乐室等。其中，最吸引我的要数一间化学实验室。各种化学药品、试管、烧杯、酒精灯等实验用具罗列在书架之中。因为地震，一些器具掉到地上摔碎了。

“看见墙上那块修补的痕迹没有？那是丽泽在试制炸药时，不幸发生事故造成的。在那次事故中，丽泽被炸死了，不过第二天她又复活了。”

“你们这里的死亡和我们所理解的死亡，从感情的轻重来说，有着天壤之别啊……”

我心里想，以后在这个世界里过桥或者坐车的时候，我一定要先检查一下桥梁或汽车的安全性。这个世界的安全标准一定很低。建筑物肯定也没有抗震措施，因为这里原本不会发生自然灾害。而最主要的是，这里的人死了第二天就能复活。他们不怕死，也就不必要求那么安全的环境。

“刚才的地震呢？那是怎么回事？这里不是不会发生自然灾害吗？”

康亚姆·康尼姆低下他那颗狗头俯视着我和格雷说：“恐怕是怪物造成的。”

“你所说的怪物是指……”

“不同的世界观从外面的世界侵入了我们这里，那就是怪物。”

这句话让我想起了基曼大叔和蔼可亲的脸以及他说过的话。

基曼曾说：“听着，艾尔·阿修比，从现在起，你们兄弟二人必须消灭两头怪物。它们就隐藏在这个世界里的某个地方。只要这两头怪物不被消灭，你们就永远都无法回家。”

“你们两个外邦人和刚才制造地震的怪物，是有密切关系的。你们进入 Arknoah 后，怪物就跟着出现了。总之，怪物和你们有着千丝万缕的联系。”康亚姆·康尼姆说。

“能不能讲得更简单明了一点，我可是只有九岁啊。”

“格雷·阿修比，我倒是把你的年龄给忘记了。好吧，简单地说，这次创造出怪物的人，就是你们两个。你们的世界观获得了生命，以怪物的形态出现在了我们的世界里。为了保护 Arknoah 的世界观不受怪物的破坏，我们必须得和怪物战斗到底，直到把它们消灭掉。”

狗头正说着话，突然从西装上衣的口袋里掏出一柄梳子来，开始照着旁边墙上的镜子梳理自己的毛发。

咚的一声，台球桌上的一颗球被母球撞入了袋中。格雷和康亚姆·康尼姆在娱乐室玩起了台球。我则透过台球桌旁的窗子望向窗外。院子里，几只乌鸦落在了随意摆放的书架上。我想，生活在这个世界里的人们是多么幸福啊，他们不畏惧死亡，因为死亡只是重生的起点，因此，死亡也不会给他们带来悲伤。我们要是能生在这个世界，该多好啊！真是那样的话，爸爸现在一定还和我们生活在一起。我一个人出神地思索着。

丽泽·利普顿从通信室出来之后，打开了收音机，播音员依然用急切的声音传达着不祥的新闻。“大森林”中出现了怪物，以及那里就是地震之源的消息随着电波传到了这个世界的每一个地方。

“两头怪物中的一头好像在‘大森林’里。另一头在哪里，目前还没有查清楚。”铁锤女孩嘴里说着话的同时，手里掷出了一枚飞镖，嗖的一声，那飞镖正中墙上的靶心。

“有两头怪物？因为有两个外邦人闯进了这个世界？”我问。

“嗯，一个外邦人，就会带来一头怪物。因为每个人都有自己固有的世界观。”

客厅里的大钟指向了正午时分，我们应邀来到了餐厅。在餐桌旁就座后，康亚姆·康尼姆端上了面包和红茶。我拿起一个羊角面包放入口中，轻轻一咬。羊角面包那分为几层的面皮十分松脆，当它们在我嘴里碎裂的时候，层次感十足，与此同时，黄油淡淡的香甜味也自舌尖上扩散开来。

“花生酱吃完啦！早就告诉你要多准备一些，说过多少次，你就是不听！”丽泽·利普顿把一个巨大的花生酱瓶子倒过来，向康亚姆·康尼姆展示它已经空了。康亚姆·康尼姆则赶快去拿了一瓶满的花生酱来。丽泽·利普顿赶忙拿起餐刀蘸着茶色的花生酱往面包上一抹，然后用抹了花生酱的面包把整个嘴塞得满满的。

“从‘花生火山’弄来的花生酱是天下最好吃的。如果你知道有比那花生酱更好吃的食物，请告诉我。不过我估计你可能找不出来。”看来丽泽·利普顿实在太喜欢吃花生酱了。

我和格雷也都尝了尝，觉得那花生酱确实味道香浓。我刚舀了一勺花生酱准备涂在面包上，丽泽·利普顿就把那瓶花生酱盖上了盖子，然后把瓶子移到了离我们很远的地方。

“喂，我说阿修比兄弟，你们是怎么来到这个世界的？把经过给我们讲讲吧。”少女说道。

于是我和格雷把最近的这段经历详细地告诉了他们。听我们说完，丽泽·利普顿也把她那沾满花生酱的食指舔干净了。原来，在我们讲述的过程中，她已经放弃往面包上涂花生酱的吃法，她似乎觉得面包很碍事，干脆直接用食指蘸花生酱往嘴里送。

“你们的经历，和以前外邦人来这里的经过大同小异。开端都是看到一本书引起的，然后进入了书中的异世界。这种状况经常发生。”

“那……那个……丽泽·利普顿小姐……”

“叫我丽泽就行了。”

“丽泽，你真的知道通往外面世界的路吗？另外，不把怪物杀死，我们就没法回到外面的世界，这是真的吗？”

“嗯，你们可以从一个名叫‘千门寺院’的地方回到外面的世界。不过，杀死怪物是前提。因为你们和怪物之间有一条看不见的纽带联结着，不杀死它们、斩断纽带的话，就没法回去。”

“看不见的纽带？”

“婴儿和母体连接的脐带，你们知道吗？你们外邦人和怪物之间，就像母亲与婴儿的关系。你们之间那条看不见的脐带，我们是无法将其识别出来的，不过，那脐带虽然具有穿越墙壁的功能，却不能穿越不同的世界。所以，只要那怪物生存在这个世界里，你们就无法回到外面的世界而把怪物留下。在对待怪物的问题上，从利害关系上说，我们Arknoah 特别灾害对策总部和你们是站在同一个战壕里的。你们为了回家，必须消灭怪物。而我们为了保护 Arknoah 这个世界，也必须和怪物战斗到底。所以，希望你们和我们齐心协力，共同消灭怪物。”

原来是这样啊，看来我们要想回家的话，最好和他们一起行动。可是，我发现弟弟一如往常地对丽泽·利普顿的话充满了怀疑，他瞪着那铁锤女孩说：“是否真的有怪物，我不知道。没准全都是编出来骗人的呢。”

“不管你信不信，我都要强制拉你入伙。”丽泽·利普顿一只手端起红茶杯，以优雅的姿势将杯子微微倾斜着放到唇边，喝了一小口，然后接着说，“怪物就是你们内心的影子。一个人的世界观，足可以产生出能够改变眼前世界的怪物。对于想维持现状的人来说，这可能不是什么好消息，但这就是事实。”

2-4

我究竟是什么?

接下来我该做什么?

这个生物一边给自己提出各种奇怪的问题，一边朝湖畔移动。地面在震动，湖里泛起波澜，那个生物来到湖边，湖水的波浪拍打着它的身体，弄湿了它那青铜色的鳞片。这里的地面为什么会震动？每震动一次，树林里隐藏的动物就会四处逃散，树枝上栖息的鸟儿都会惊飞一片。

那个生物突然听到一个很大的声音。它连忙躲到树荫里，观察着周围的动静。透过树木的间隙，它看到一个双腿直立行走的生物。原来是人类，那个人类好像一边喊叫一边寻找着什么东西。

“喂——！玛——丽——！你在哪儿？赶快回家！我们要到别处去避难啦！快回来呀！玛丽！”

躲在树荫里的生物判断出那个人类是男性，虽然从没有谁教过它关于人类的知识，但不知为什么它还是多少了解一些。它也可以听懂人类的语言，这是为什么呢？那生物感到奇怪，自己没有人类那样的手脚，身上还长满鳞片，怎么会听得懂人类的语言呢？在它思索的过程中，那个找人的男子一边喊着一边走远了。

我究竟是什么？

接下来我该做什么？

就在这时，那生物听见背后传来了一声因受惊而发出的大口吸气声。

回过头去一看，原来是一个少女呆立在湖边。少女手臂上挎着一个小小的篮子，里面放着几朵刚摘下来的野花。地面在震动，湖里泛起波澜，从木制穹顶照射下来的光经过翻涌的湖面的反射，照在少女的脸上，让她那惊恐的面容显得更加苍白。

当看清了眼前的这个生物之后，少女被吓得想大声尖叫。可是，在她叫出声之前，那生物已经张开大嘴咬住了少女的脖子。它用尖利的牙齿撕裂少女脖子上的皮肉，鲜血立刻喷涌而出。那生物的嘴里也灌满了少女的鲜血，它竟然品尝到了甘甜的味道。鲜血并不是甘甜的，是少女所怀有的恐惧让它感觉到甘甜。它继续用力，咬碎了少女的颈椎骨。就在这一瞬间，少女的身形轮廓模糊了，含在嘴里的感觉也逐渐消失了。少女的身体化作白色的烟雾，落下的血液也蒸发到空中不见了。

那生物还想再多品味一些人类的味道，它似乎非常喜欢那种甘甜。于是，它对着空中升起的白烟，狠狠地吸了一口。少女的肉体所化成的白烟，大部分都消失在风中，只有一小部分被那生物吸进了体内。烟被吸入肺部之后，随着血液流到了那生物的全身。那生物感觉好似有一团甘甜的雾霭笼罩在自己的脑袋上，而身体则感觉到了一丝麻木。

过了一会儿，那生物不知自己发生了什么状况，感觉身体变得像灌了铅一样沉重。这是怎么回事？那个生物因为刚诞生不久，生活经验还很贫乏，所以不知道自己的身体发生了什么。其实，那是一种类似于感冒的症状。于是，它找了一处人迹罕至的岩石缝隙，钻进去躲了起来。它感觉很冷，可全身却烫得不行。一种疲倦感突然袭来，骨头仿佛都融化了。它尝试着扭动了下身体，结果，肉体和外面覆盖鳞片的表皮竟然发生了分离。

一阵睡意袭来，那生物沉沉地睡去了。

那个生物开始做梦。莫非刚才吸入的白烟中，含有记忆的成分？那生物梦见了一个少女——刚才自己咬死的那个少女。

那个少女名叫玛丽，和爸爸、妈妈三个人一起生活在湖畔。它对玛丽爸爸的脸似乎有点印象，回想一下，原来就是刚才看见的一边呼喊一边找人的那个男子。因为最近地震频发，玛丽的爸爸妈妈一脸紧张地和周围的邻居商量着对策。就在这个时候，玛丽提着小篮子出去采花了。她不害怕地震，反倒觉得大地震动很有趣。

“喂——！玛——丽——！”

那生物听到了玛丽父亲的呼唤声，朝声音传来的方向望去，看到了树林中玛丽的父亲越走越远。它再转过头望向湖边时，发现那里趴着一条巨大的蛇。而在蛇背后不远处，玛丽呆呆地站在那里。

那是一条全身覆盖着青铜色鳞片的漂亮的巨蛇。

接着，玛丽因为惊恐，大大地张开嘴巴吸了一口气。那蛇扭过头来看到了玛丽。

光线在粼粼水波的反射下，异常炫目。

巨蛇张开嘴巴，露出森森的牙齿。鲜血滴了下来，接着传来了颈椎骨被咬碎的声音……

梦到这里，就结束了。

自己到底睡了多久？醒来的时候，那生物发现自己身体湿淋淋、黏糊糊的，就像刚从人类母体中分娩出来的婴儿一样。不过它可没见过人类分娩的场面，所以不知道自己现在的状态到底是怎么一回事。它只是感觉到喉咙干渴，于是来到湖边喝水，这时它才发现，自己现在移动身体的方式和睡觉之前发生了明显的变化。

原来，它的身体上生出了手足。手上有手指，脚上有脚趾，还长着指甲，仔细看还有指纹。它赶快望向水面，把湖面当镜子察看自己现在的模样。结果发现，脸上的鳞片不见了。湖水中映出自己的脸，和玛丽的脸几乎一样。它用手指尖轻轻碰了碰自己的嘴唇、鼻子和眼睑，摸到之处都有点火辣辣的感觉。皮肤被风一吹，就刺痒无比。它回头看了看自己刚才睡觉的岩石缝隙，发现一个覆满鳞片的袋状物摊在地上。那是刚才蜕下的皮，之前它一直是自己身体的表皮呢。

这种变化，一定是自己所具备的能力，那生物凭直觉知道这一点。它想，有了这种能力，以后捕猎会变得更有趣，潜藏也会更容易。

那张蜕下的蛇皮周围，布满了大量的液体，迅速被蒸发的同时发出嗞嗞的声音。那生物认为，这是自己身上的肉掉下来溶解而成的液体。因为玛丽的身体很小，自己在变身成为玛丽的时候，应该掉了大量的肉。那些肉都溶解成液体，再蒸发成气体消失在空气中。只有蛇皮留存了下来。

“啊……啊……”

那生物开始练习像人类一样说话，活像小孩子牙牙学语。然后又尝试着用两条腿直立行走。不一会儿，它就掌握了操控这个躯体的方法。视线的高度和以前不同，所以看到的世界也与以前有所区别，这一点还蛮有趣的。不过，身体变成人类的样子，也有不好的地方。比如，这样的身体不能再像以前那样爬墙，或缠绕在树上玩耍了。而且，它的身上竟然还穿着衣服。可能是因为玛丽的肉体和衣服一同变成了白雾，而那生物吸入了这烟雾，于是它就变身成了穿着衣服的玛丽的模样。

“玛丽！终于找到你啦！原来你在这儿啊。”

突然，有人一边说话一边走过来。原来是玛丽的爸爸，他似乎把这个生物认成了自己的女儿玛丽。

“隔壁的费迪南德叔叔决定用马车载我们一程，我们去奶奶家躲避一段时间。妈妈正在帮你收拾换洗衣物。一会儿，我们一起上车就出发了。”

“啊……”那生物学人类说话还不流利，而且也不知道该说些什么。玛丽的爸爸抱起它，穿梭在林间小道上。不一会儿，他们便来到了一座湖畔小屋旁，那座小屋就是这生物刚才梦中见到的样子。玛丽的妈妈已经登上马车，费迪南德叔叔也已就位，手执缰绳就等他们父女了。玛丽的爸爸先把这生物放到马车上，自己也跟着登上来。

“啊……啊……”

“玛丽，你怎么了？哪儿不舒服吗？”

玛丽的妈妈看着“女儿”的脸问道——这时马车启动了，马蹄声由慢逐渐变急——与此同时，她的眼中浮现出了恐惧的神色。

“你……是什么人？”玛丽妈妈的声音在颤抖。

玛丽的爸爸正坐在前面和驾驶马车的费迪南德叔叔大声聊天，听到玛丽妈妈在后面大呼小叫的，于是有些不耐烦地转过头来看到底发生了什么事。

“怎么回事？”

“这孩子……不是玛丽！”

“你在说些什么？不管怎么看，这孩子都是我们的女儿玛丽呀。”

“不对。”

是哪里露馅了？难道是我表情变化太僵硬吗？看来还得继续好好学习啊。那生物心里暗想。

“啊、啊、啊……”它清了清喉咙，准备说句人话试试。

“妈妈……”

声音倒是玛丽的声音。玛丽妈妈听到这声“妈妈”，似乎感到了一丝放心。她想：也许是我有点神经过敏了。可是，“玛丽”突然用手戳向了妈妈的胸口。

那生物即使变成了少女的身体，可力量却丝毫没有减弱。它的手竟然直接戳入了玛丽妈妈的胸腔。马车的车窗被喷出的鲜血染成了红色。那生物感觉到了肉与血管纠结在一起的触感。它把手从玛丽妈妈的体内抽出来，手上竟然抓着一个温暖的、还在跳动的肉块。那个深红色的肉块，比“玛丽”的手还要大一些。当玛丽爸爸看到这一幕的时候，不禁尖声惊叫起来。与此同时，玛丽妈妈的身体和心脏化作白烟，充满了整个马车车厢。

那生物接下来又杀害了玛丽的爸爸和费迪南德叔叔。失去控制的马车侧翻在路边，在高速奔跑中摔倒的马匹也受了重伤，动弹不得。“玛丽”从翻倒的马车中爬了出来，带着满身的灰尘呆立在现场。

距离“事故”现场不远的地方有人居住，发现这里发生意外之后，他们都赶了过来。看到现场呆立的少女，他们以为是事故的幸存者，便好心地将“她”保护了起来。“玛丽”身上、手上所沾的血迹，以及现场的尸体，都已化作白烟蒸发掉了，所以赶来的那些人并没有发觉这个“少女”所隐藏的危险。

“还真是可怜啊，就剩你一个人活了下来。不过，没关系的，明天一早，那些你所爱的人就会回来的。”一位老婆婆边这样安慰着“玛丽”，边帮“她”掸掉了身上的灰尘。接着，老婆婆把“玛丽”带回自己的家，还给“她”端来热腾腾的汤。“玛丽”试着喝了几口，那美味的口感让它感动。它向老婆婆说了很多它所知道的人类的感谢之词，然后，突然把勺子刺入了老婆婆的眼睛……

2-5

“根据神话传说里的说法，这个世界一共有 9,109,109 个房间。造物主设计这个世界的时候，为让所有人远离一切痛苦、悲伤，将 Arknoah

这个世界用‘起伏之海’包围了起来。”

入夜，丽泽·利普顿淋浴后，就赶快躲进自己的卧室不再出来了。而我和格雷则在灯光下听康亚姆·康尼姆“讲课”。好像只要有外邦人误闯到 Arknoah 来，康亚姆·康尼姆就要给他们介绍这里，已不知讲过多少遍，所以似乎是熟能生巧的缘故，他讲得还挺精彩。

Arknoah 这个世界，由大大小小各种各样像盆景一样的房间堆垒而成，外面则被“起伏之海”所包裹着。

“起伏之海”到底是一个什么样的所在，谁都不太清楚。不过，虽然名叫“起伏之海”，但其中却没有一滴水，所以也可以称之为“起伏的空间”或“起伏的宇宙”。那是一个不稳定的空间，在那里发生任何事情都不奇怪。提供给 Arknoah 的水、风、电力以及罐头食品等，都是“起伏之海”中产生出来的。在那里，没有一定之规，一加一可以等于一百，也可以等于一千。头脑中浮现的事物可以瞬间出现在眼前，明明是牵着手的伙伴，也许顷刻之间就变成了别人。而 Arknoah 就像是“起伏之海”中产生的一个小气泡。

康亚姆·康尼姆还告诉我们，经常会有一些被称为“外邦人”的孩子，偶然之间穿越了“起伏之海”来到 Arknoah。听到这里，格雷打了个大哈欠，又揉了揉眼睛，好像困得不行了。

“我讲得很无聊吗？”

“不不，很有意思，特别是你那件睡衣中露出的狗脸，我想今晚你一定会出现在我的梦中。”

人身狗头的这位男子，现在是以睡衣装束在给我们讲课。不过，他从袖口露出的手臂上却没有狗毛，由此可见，他身上不属于人类的地方可能只有脖子以上吧。

康亚姆·康尼姆为我们准备了一间卧室。躺到床上，盖上满是灰尘又散发着霉味的毛毯，我们很快就睡着了。我还做了一个梦，梦中，母亲为了寻找我和弟弟在街上迷茫地徘徊。

第二天早晨，我们乘着汽车在晨雾中出发了。丽泽·利普顿坐在副驾驶座上，我和弟弟坐在汽车后排，而开车的正是康亚姆·康尼姆。康亚姆·康尼姆今天换了一身灰色的军装，左臂上戴着深绿色的臂章，鼻子里不时发出狗一样的呼呼声，似乎在嗅什么气味。他一边开车一边说："阿修比兄弟，要不要给你们买身新衣服换上？你们的衣服散发着一股只有我会喜欢的气味哟。"

"哼！你们这个世界的奇怪衣服，我才不会穿呢！"格雷不甘示弱地回应。

我们所乘坐的汽车，是一辆外形圆润的老爷车，在早期的黑帮电影中，常能见到这种外形的汽车。汽车开到小镇的街道上，在建筑物之间穿行，引得路上的行人纷纷驻足观望。因为在这个世界里，汽车似乎非常少见。不过，当这些路人透过挡风玻璃看到驾驶座上的狗头后，都会慌忙地移开视线，假装什么也没看见，继续走自己的路。

"在这里，拥有汽车的人很少吗？"我好奇地问。

"我们这里既没有制造汽车的技术，也没有制造汽车的设备。"丽泽·利普顿回答说。

"那这辆车是哪儿来的？"

"是从'车库洞窟'中发掘出来的。能发掘出保存如此完整、车况如此良好的汽车，还真算得上是一个奇迹呢。"说着，少女爱惜地摸了摸那包裹着真皮的座椅。

据说，汽车所使用的燃料——汽油，是由丽泽·利普顿的一位科学家朋友帮忙制造的。在 Arknoah，可没有加油站这种东西。

来到"恋爱小说书架区"，我们下了车。我、格雷以及丽泽·利普顿向昨天基曼大叔失去生命的广场走去。而康亚姆·康尼姆则守在汽车旁不愿离开，还不时四处张望，仿佛担心有人对他心爱的汽车搞破坏。

"你不用守在车旁，就凭你那张威风凛凛的脸，谁还敢对你的爱车搞破坏？你现在的样子就像一条看门狗。见到母狗，可不要跟在屁股后面到处跑哟。”

“格雷・阿修比，如果见到镇子里有卖骨头形饼干的，请给我买一点。我想感受一下嚼碎你骨头的满足感。”

昨天在地震中倒塌的建筑物废墟以及从书架中震落的书籍，没有人清理，还原封不动地堆在石板路上。除了我们几个之外，还有其他很多人也来到了这里，他们在晨雾中四处搜寻，试图找到昨天在地震中失去生命但今天会复活的亲朋好友。因为晨雾依然很浓，沿着斜面建造的海港小镇、市场以及海岸线上矗立的巨大书架，还都无法看清。

“谨慎起见，我得跟你核实一下，叫基曼的那个男人以前有没有杀过人？”丽泽・利普顿问完，没等听到回答，就接着说道，“犯罪的人会被剥夺重生的权利。特别是杀人犯，绝对不可能再复活。在我们这里，如果一个人杀了人，那么，不需要审判，就在他杀人的瞬间，便自动丧失了重生的权利。任何人都无法逃脱造物主的眼睛。”

“基曼大叔应该没问题。虽然我们和他相处的时间很短，但我敢肯定，他绝没有干过坏事。”

“那样的话，他一定会回来的，就在这里。”

没过多久，隔着雾霭，我们隐约看到对面出现了一些人影。有的蹲在喷泉池边，有的倚靠在建筑物上，有的则突兀地站立在道路中央。丽泽・利普顿说：“死者们复活了。”

紧接着，我们听到了亲人们重逢的欢呼声。有的人冲进雾霭，伸开双臂拥抱自己复活的亲朋好友，而被拥抱的一方，则露出了一丝吃惊的表情，好像不清楚自己为什么会在这里，也不知道为什么有人要如此热烈地拥抱自己。复活的死者们，似乎根本不知道自己昨天死过一回。

我的眼睛一直在这些复活的人中搜寻着。忽然，白色的雾霭中出现了一个十分高大的人影，我连忙走近一看，那个轮廓是我所熟悉的，不是别人，正是基曼大叔！

“基曼大叔！”

听到我的喊声，那棕熊一般的巨大身躯转了过来。站在我对面的，正是在昨天的地震中被瓦砾砸倒而丧生的基曼。那满脸胡须的彪形大汉，一开始似乎没有反应过来，只是呆呆地站在那里。在眨了几下眼睛之后，他看着我的脸说：“这里，是在船上……吗？好像不是啊。”

“我们昨天早晨就已经下船了，这里是‘图书馆海角’啊。”

“哦，是这样啊。那我……”

他一边挠头一边四处张望。此时，“图书馆海角”的晨雾已经逐渐变淡，沿海岸线矗立的书架露出了巨大的轮廓。其中，有一个发生了明显的倾斜。看到周围一团糟的情景，基曼自言自语道：“这是怎么回事？到底发生了什么事情？”

基曼复活之后，据他自己说，身体没有感觉任何异常。不仅如此，以前经常疼痛的蛀牙居然完全好了。但是，他的记忆只截至前天晚上在蒸汽船上入睡那一刻。昨天的记忆，在他头脑中完全消失了。看来，造物主的设计，是让死者复活时，忘记自己死亡的经历。我把基曼大叔买来送我的钥匙链掏了出来，在他面前晃了几下，可他似乎对这个钥匙链也没什么印象。与沉浸在重逢的喜悦之情中的我相比，基曼大叔的反应显得有些冷漠。

“你这个傻大个儿，别看身子长得又高又大，可记忆力只有婴儿水平，一定还穿着尿不湿吧？估计把我和艾尔的事情也都忘得一干二净了吧？”

“混账小子！忘了谁，我也忘不了你！”

基曼大叔把目光投向了我和格雷的身后，他注意到了我们后面的少女。身穿深绿色外套的丽泽·利普顿推开我们，走到基曼面前，而满脸胡须的彪形大汉此时竟然一脸惶恐地后退了一步。

“……铁锤女孩，和我想象中的相比，怎么说呢，个子小了一点。”

“把他们平安带到我这里，真是辛苦你啦！我代表 Arknoah 特别灾害对策总部向你表示感谢！这是约定好的报酬。”

说着，丽泽·利普顿从外套的内兜里掏出一个小口袋，交给了基曼。彪形大汉从小口袋里摸出一枚硬币看了看，原来是金币。到这里，他的任务就全部结束了。今后，我和格雷就只能跟随丽泽·利普顿一起行动了。我走过去和基曼大叔道别。和他相处的时间虽然很短，但不知为什么，分别的时候，我心里还是有些难过哩。

“基曼大叔，谢谢您！感谢您把我们从河里捞起来，感谢您借我们衣服穿，感谢您请我们吃冰激凌……该感谢您的地方还真是多得说不完呢。”

“客气什么。艾尔·阿修比，与这些相比，照顾那个没口德的弟弟可真是难为你了，你要加油啊！”

弟弟格雷还是一如平常，抬起头来用那双阴郁的眼睛看着基曼大叔，只是耸了耸肩膀，就当是和基曼大叔道别了。

丽泽·利普顿决定暂时先不回别墅，而是和我们一起乘汽车赶往“大森林”。

“那我送送你们吧。”

基曼说着，和我们一起朝汽车走去。丽泽·利普顿走在前面，我们跟在后面。看和丽泽·利普顿拉开一定距离之后，基曼大叔抓住我的手，把我拉到了一座建筑物的隐蔽处。

“听好！艾尔，”彪形大汉将他那张满是胡须的脸凑近我说，“你要对她多加小心！我指的是铁锤女孩，不要太信任她。这些话你也要告诉格雷。而且……不要说这些话是我说的。走，快去吧！在这里聊久了，会引起他们的怀疑。”

我还没反应过来是怎么一回事，就被基曼从隐蔽处推了出去。在老爷车那里，大伙儿又聚在了一块儿。康亚姆·康尼姆一直守在爱车旁边。看见康亚姆·康尼姆那从灰色军装衣领中伸出来的狗头，基曼当场呆住了。

“狗……头……”

康亚姆·康尼姆嘴角向两边咧了咧，露出侧面的几颗牙齿——算是一种微笑的表情吧，然后对基曼说：“感谢你对 Arknoah 特别灾害对策总部的协助！”

我们四个人都上车后，康亚姆·康尼姆发动了引擎，汽车开始缓缓移动。基曼跟车内的我们挥手道别。对于他刚才给的忠告，我本还想多问几句，可丽泽·利普顿也在场，我便没有开口。汽车朝广场的出口开去，满脸胡须的彪形大汉在我们身后越来越小，直到最后消失不见。

地震的震源位于“大森林”，而我们踏上了前往那里的旅程。据推测，地震就是怪物造成的，所以，那怪物多半就在“大森林”中，我们必须去把它消灭掉。

汽车驶出海港小镇，飞驰在郊外的小路上，可车窗外的风景中还是少不了林立的书架。沿河岸矗立的书架中，有关于钓鱼的书籍；山里的书架中则摆放着野草、鸟类的图鉴以及野外生存的书籍……

在不远的前方，我们已经看到了高耸的绝壁，那就是构成“图书馆海角”的四面墙壁之一。在这里，地面的世界好似以直角向上折起，直冲天际，和涂成蓝色的木制穹顶相连。在高空中，还有云朵飘浮在绝壁旁边。而在绝壁附近，我们可以看到旋涡状的云，那是墙壁上的通风口吸入空气造成的。在墙壁与地面相连的地方，有一扇像是古代遗迹的大门，属于丽泽·利普顿的那辆老爷车开进了那扇大门。我们总算离开了“图书馆海角”这个房间。

一路上，我们经过了各种各样的房间。比如：在“牧场客厅”，我们看见牛儿们在啃食沙发；在“风之谷”，我们看到山坡上有无数台电风扇同时转动来制造风；在“视觉欺骗画作的平原”，想找到正确的路，要费很大的工夫……

“你们这个世界，没有国境吗？”

对于我的问题，丽泽·利普顿回答道：“我们这里不是国家。”

“那谁来管理这个世界？没有国王或总统之类的领导人吗？会发生流血冲突或战争吗？”

“我们这里可没有国王那样的元首，最多有村长、镇长之类的基层领导者。我们这里的治安也很好。听说在你们那边的世界里，战争和严重的犯罪行为每天都在发生。但在我们这里，是绝没有那种事情的。”

“我有点不相信。你们靠什么来维持和平呢？”

“因为在我们的世界里，大家心中都铭记造物主的存在。这里的每个人都知道，如果犯下深重罪行，就会被剥夺死后重生的权利。在这个没有饥荒、没有自然灾害、没有战争的世界里，没有人愿意冒着失去永恒生命的风险去犯罪。即使有，这样的人死后也不会复生了。所以，剩下来的人都是和平爱好者。”

我总感觉，在这个世界里虽然没有法律，但造物主设计的世界观中却包含着类似法律的东西。假设这个世界的居民杀了人，就算没有任何第三者看见，凶手的复活权利也会被强制剥夺。没有人能逃脱造物主的眼睛。结果就是，这个世界的所有居民在生活中都会意识到造物主的存在，因而谨言慎行。他们确信，自己的生命与创造了这个世界的造物主是紧密联系在一起的。换句话说，他们相信这个世界是有神存在的。

“只要能找到出产罐头的房间，在这个世界里即使不劳动也能生存下去。这里虽然也有货币制度，但对于个人来说，使用货币只算一种兴趣爱好。这里流通的派克硬币的数量会定期被调整为最合适的数量。所有人都生活在一种安定的状态下。不过，正因为这是一个安定的世界，所以，当人们遇到不相容的世界观时，就会产生排斥反应。”

“你是指怪物？”

“怪物，还有我，以及这位司机。”

我透过车窗观察路上的行人，确实没看见一个长着狗头的人。而且，这些人看到康亚姆·康尼姆之后，无不大惊失色。由此可见，康亚姆·康尼姆就是和他们世界观不相容的人。丽泽·利普顿说她自己也属于这类人。她外表上看起来并没有什么可疑之处，可到底哪里和普通人不一样呢？

此时，我们乘坐的汽车正行驶在一片荒凉的大地上，根据地图显示，这里处于名叫“荒野十字路口”的房间中，道路两侧只能看见枯死的树木和荒草地。我想打开车窗透透气，可一打开，就有一股干燥的热风迎面扑来。道边不远处，有一群秃鹫正围在一具动物尸体旁抢食。

“怎么动物死后没有化作白烟呢？”

“在 Arknoah，只有我们人类被赋予了死后再生的权利。对于人类以外的所有动物，死亡就意味着生命终止，其肉体将成为其他动物的食物。在我们这个世界里，真正体验过生离死别的，恐怕只有那些饲养宠物的人了。”

“狗头死后也会化作白烟，然后复活吗？”

“非常幸运，是这样的。”康亚姆·康尼姆一边开车一边说，“在这个世界里，我是被当作人类看待的。”

在一处十字路口，我们看到一家餐馆，于是决定在那里吃午餐。餐馆外拴着几匹马，每匹马背上都有马鞍。等康亚姆·康尼姆找到一块没有拴马的空地把汽车停好后，我们便下车走进了餐馆。餐馆的内部装修和美国西部片中出现的荒漠酒馆如出一辙，里面有一些牛仔模样的人在用餐、喝酒。老板和客人都是一脸严肃，没有人随意说笑。当店门打开的一瞬间，店里所有人的目光都投向了第一个推门而入的丽泽·利普顿，可那少女毫不在意这些人的眼神，径直走向老板所在的吧台。

“老板，我要牛奶、煎薄饼，还有花生酱。”

那些表情严峻的客人，立刻惊恐起来，然后一个接一个地快速离开了餐馆。有的客人甚至和后面进来的康亚姆·康尼姆撞了个满怀，被撞得后退几步站立不稳，重重地摔坐在地，发出一声惨叫后也不敢多说什么，爬起来赶快夺门而出。那狼狈相，既可笑又可怜。看来，在这个世界里，所有人都害怕铁锤女孩和狗头，此言不虚。

“花生酱……卖完了……”老板用颤抖的声音隔着吧台怯生生地跟铁锤女孩对话。

“什么？花生酱没有了？蠢货！那你开什么餐馆？”

老板被铁锤女孩这样一番训斥，吓得差点倒地不起。

“这个女人的脑子里一定没有脑浆，而是灌满了花生酱。”

丽泽·利普顿假装没听见格雷的挖苦。我们选了一张靠窗的桌子，坐下来之后，丽泽·利普顿从上衣内兜中掏出了一瓶花生酱——她竟然随身携带这东西。餐点上来后，丽泽·利普顿也不说话，只管把花生酱涂到店里煎的薄饼上，塞进嘴里就大嚼起来。

餐馆里有一台老式收音机，里面流淌着优美的吉他乐曲。可就在我们用餐的时候又发生了强烈的地震，吧台后面的酒架上有好几瓶酒被震下来摔了个粉碎。地震停止后没多久，一阵沙尘从天而降，窗玻璃上都蒙上了厚厚的一层沙尘，令外面的世界看起来有些模糊。这是由于刚才的地震造成的，震动使头顶上木制穹顶的沙尘飘落了下来。

“老板，借你电话用用。”

好像丽泽·利普顿必须向位于“中央楼层”的Arknoah特别灾害对策总部报告当前的状况。没等完全摆脱地震所带来的惊恐，我就开始把三明治往嘴里塞，格雷则继续啃他的汉堡包。倒是康亚姆·康尼姆点的菜让我们有点惊讶，他居然只吃沙拉。只见他用叉子细心地把洋葱拨到一旁，然后吃沙拉中其他的蔬菜和水果。

收音机中的音乐也变成了新闻播报，一位女性播音员报道着与怪物有关的新闻。

大体意思是说，“大森林”中出现了一个用双腿行走的巨大怪物，它四处徘徊，将所到之处都破坏殆尽。而且，每隔几小时就出现的强烈地震也是那个怪物造成的，地震波及四面八方，已经造成了相当严重的损失。经推测，该怪物的身高有二百五十米左右。因为它的身形、姿态很像猿猴，所以“大森林”一带的居民把那怪物称为“大猿”。

津津有味地咀嚼着沙拉的狗头，把视线投向了在餐馆深处打电话的丽泽·利普顿。丽泽·利普顿也听到了收音机中的新闻，于是先挂断了手中的电话，专心倾听播报。

格雷把吃了一半的汉堡包放回盘子里，把沾满番茄酱的手在自己的衣服上蹭了蹭，然后走向那台收音机。原来他是去找收音机的音量钮，并把音量调到了最大。

“刚才她说到了猿猴？是说猿猴吗？”

接着，那位女播音员又说道：“昨天，在‘图书馆海角’，Arknoah 特别灾害对策总部的使者已经安全接收了两名闯入 Arknoah 的外邦人。这两名外邦人是兄弟关系，目前，还不清楚兄弟中的哪一位才是‘大猿’的创造者。”

“他们管那个怪物叫‘大猿’？”格雷大叫起来，眼神依然阴暗。

“看来，‘大猿’的创造者已经浮出水面了。格雷·阿修比，关于猿猴的形象，你似乎想到了什么，给我们讲讲。”康亚姆·康尼姆放下叉子，用餐巾轻轻擦拭了几下嘴角，然后不紧不慢地说道。

“我梦见过那只猿猴，我知道它！它来到这个世界，会一直胡作非为，直到把所有人都杀光。刚进入 Arknoah 的时候，我就做过这样的梦。”

格雷好像还很高兴，就像他盼望已久的救世主出现了一样。

接下来，店里的人都陷入了沉默，只有收音机继续播报着有关怪物的新闻。新闻里说：“创造怪物的两个外邦人目前和 Arknoah 特别灾害对策总部的使者在一起，他们正在朝‘大森林’方向进发。再有，关于另外一只怪物的信息，目前尚未收到任何目击情报。如果居民看到疑似怪物的生物，千万不要靠近，并且应该立即向 Arknoah 特别灾害对策总部报告。”新闻播报结束之后，又响起了吉他乐曲。

2-6

小山丘上花开蝶舞，蜜蜂纷飞，一个少年从山坡上直冲下来，飞奔回自己的家中。在客厅的桌子上，摆着一张国际象棋棋盘，少年的爸爸正在专心地研究一盘棋。妈妈则在厨房中忙碌着，为他们准备晚饭。

“喂！爸爸！”

听到少年的叫声，爸爸抬起头来看着儿子说：“爸爸正在思考一个很难的问题。”

“爸爸你看这个！是我在山丘的岩石上找到的。”

少年把自己手里捧着的一个奇妙物体展示给爸爸看。那是一张乳白色的、很薄的、半透明的薄膜一样的物体。好像还是很大一张，挺干燥的，少年发现后，把它折小才带回来的。

“这是什么东西呀，爸爸？”

“还真吓人，这是蛇蜕下来的皮呀！”

“蛇？”

“蛇是一种会蜕皮的生物，这就是它蜕下来的皮。看，还有鳞片的花纹呢。”

可是，如果这是一张蛇皮的话，那这条蛇未免也太大了吧。根据这张蛇皮的大小，可以判断出那条蛇生吞一个人完全没有问题。

“我说老公，你可别吓唬小孩子啊。世界上哪有那么大的蛇呀！”

少年的妈妈从厨房中探出头来对爸爸说。炉灶上有一口炖锅，正咕嘟咕嘟地冒着香味，妈妈一边搅动锅中的食物，一边撒上香草作为调料。那些香草都是从“香草台阶”采摘的。

“不，这就是蛇蜕下来的皮。爸爸知识丰富，说得肯定没错。”

爸爸招手让少年过来，并让他把蛇皮铺在桌子上。

“这种东西还是快点扔掉吧！”妈妈皱着眉头说。

“看，不错啊，好大一张蛇皮。儿子，你发现了一个了不起的东西呢。”

“可是那条蛇，还在山丘上吗？”儿子问。

“应该不在了吧。”爸爸回答。

房门口蹲着一只猫，是少年养的宠物。以往，只要少年一回家，那猫就会跟在他的身后寸步不离。可是今天，那猫说什么都不肯进屋，只是蹲在房门口一动不动地盯着屋内。

这时，爸爸走到少年背后，把双手放在儿子的肩膀上。

“在你发现这张蛇皮之前，有没有看见白烟？”

“白烟？”

“是啊，有没有看见山丘上有一股白烟升起来？”

厨房中，锅里继续咕嘟咕嘟地炖着美味的食物，而妈妈始终忙碌着，没有注意听外面父子的对话。

“我没有看见什么白烟。”

“那就好。我之前以为你可能看见了白烟。因为我只吸到了一部分白烟，而剩余的白烟都升上了天空。”

说完，“爸爸”用他那双大手紧紧地掐住了少年的脖子，边掐边接着又说道：“刚才我在山丘的岩石上，就是这么干的。我掐断了你爸爸的颈椎骨，瞬间他就化作了一股白烟。我本想把全部白烟都吸进自己身体的，可还是漏掉了不少。不过，吸入的这一点白烟，也让我有机会看到你爸爸的一些记忆。嘿，小伙子，接下来你看好了。”

“爸爸”松开了少年的脖子，转身来到厨房，拿起了一把菜刀。

门口那只猫，飞也似的逃开了。

“哎哟，莫非你今天要帮忙做晚饭？”妈妈不明就里地问，她还以为爸爸今天会给她帮忙，于是拿出一个鸡蛋，说，“那你就做个蛋包饭吧。”

“我不是想做饭，你跟我来一下。”“爸爸”说。

“爸爸”把妈妈引到少年面前，然后突然把尖尖的菜刀刺进了妈妈的脖子。妈妈手里拿着的鸡蛋瞬间掉到地上，摔得稀烂。少年被眼前的一幕惊呆了，虽然张大了嘴，却一点声音也发不出来，身体像是瞬间变成了雕像，动弹不得。“爸爸”手里握着的那把菜刀上，沾满了妈妈的鲜血，随着一阵嗞嗞声，刀上的鲜血变成了白烟。同时，妈妈的尸体也化作白烟消失在空中。而“爸爸”则眯着眼睛，怜爱地看着少年的脸——那张因惊吓而扭曲变形的脸，随后，“爸爸”平静地把菜刀放在桌子上，转身走出了家门。

“爸爸”这个生物，在树荫中移动的过程中又开始了变身，从“爸爸”的身姿变回了原本的面貌。每次当它变成人类的身形时，必须有一段时间需要静卧，这段时间里身体是无法移动的。可反过来，变回原来的真身，则只需瞬间——只要摆脱人类的肉身就可以了。首先，头部、脊椎骨以及内脏器官，会从人类肉身中剥离出来，地上剩下的只是一副空了的人体躯壳，而这具躯壳眼看着变成黑红色，接着不断腐烂，最后只成为地上的一摊污迹。

那个生物从人类的躯体中脱离出来之后，就只有脑袋、脊椎骨和一些内脏。不过，用不了一秒钟，在脊椎骨周围就会长出神经纤维以及肌肉组织。而依然保持的人类面容，也会迅速开裂、皮肤脱落，取而代之的是长出青铜色的鳞片，变回蛇的脑袋。这个生物的真身原来是一条二十米长的巨蛇。

当它吸入了死者的白烟之后，就能变身成那个人的样子，还能获得那个人的部分记忆——白烟中所包含的记忆，还有临死那一瞬间，死者见到的光景。拿这个少年的爸爸来说，他死后化作的白烟被巨蛇吸入一部分之后，巨蛇就能看到他被杀瞬间视线中的一切，还能感受到颈椎骨被掐断的感觉、喷血的感觉，以及痛苦和恐惧的心理活动。那巨蛇之所以要窥视死者的记忆，是想更加广泛地收集有关死亡的感受。

白烟中的记忆，是最好的教科书。巨蛇通过吸入白烟，可以迅速获得这个世界的知识，理解这个世界的一般规则、常识，学习人类的基本行为举止。不过，它暂时搞不清楚的问题是，普通的蛇既没有变身能力，也不可能说人话，这样的话，自己到底是什么东西呢？为什么会出现在这里呢？

从白烟中获得的记忆，让巨蛇知道了 Arknoah 居民的头脑中有一个关于怪物的概念。这时，巨蛇明白了，它确信自己一定就是怪物，自己来自外面的世界，在这里是必须被消灭的，自己和 Arknoah 的居民是由完全不同的造物主创造出来的。

那巨蛇在确信了自己是什么东西之后，也发现了自己生存的价值。它认为，别人的恐惧能让自己感受到前所未有的甜美，这一定是自己的造物主特意为自己设计的。自己的造物主想要的是绝望、恐惧，还有对爱的背叛。那样的话，自己就要把更多、更大的痛苦带到这个世界上，以满足造物主的愿望。而且，巨蛇自己也非常喜欢这个主意。

巨蛇在地面上无声地爬行着，与此同时，它想到了刚才那个少年。它之所以没杀那个少年，是因为它知道，根据这个世界的法则，不杀那个少年，将给少年带来更大的痛苦。在这个世界中，死者会变成白烟，而第二天早晨他们就会复活，而且完全不记得自己死过。即使是被别人杀死，即使死的时候痛苦无比，复活的时候也全然没有记忆。也就是说，在这个世界中，死亡被彻底掩盖了。所以，杀死一个人，不会给世界带来任何的绝望与痛苦。因为到了第二天，人们又恢复了平静友爱的生活。可是，那个少年心中的痛苦与恐惧——爸爸杀死妈妈的情景——恐怕要终生相随了。到了明天早晨，爸爸、妈妈会在晨雾中复活，虽然他们不记得发生了什么，但少年却不会忘记。自己至亲的人相互残杀的情景，一定已经把那少年的心扭曲成了奇怪的形状。

巨蛇继续无声地爬行，它进入了一片灌木丛。被称为 Arknoah 的这个世界，是由大大小小无数个房间组合而成的。在山峰之巅、大海中间，也会出现像菜刀劈的那样整齐的绝壁，而且，这样的绝壁直达天顶。那便是房间的墙壁，也是房间与房间之间的隔断。巨蛇游历了很多房间，它看见过永不西下的残阳，也看见过永不消失的彩虹……这个世界有很多令它吃惊的地方，也有很多美的事物令它感动。但同时，它又在想，要是让这样一个世界跌入绝望的谷底，那该是一件多么好玩的事情啊！如果自己能够做到这一点，爸爸肯定会表扬自己的。不知从何时起，巨蛇开始不自觉地称呼自己的造物主为爸爸。巨蛇能够凭直觉探测到造物主所在的方向。每当它把脸朝着造物主所在的方向时，它的鼻尖总能感受到温暖的存在。

巨蛇发现了一条铁轨。在一片干燥的大地上，一条铁轨静静地卧在那里。巨蛇沿着铁轨爬了一段路程后，在拨开身前荒草的一瞬间，看见了前方不远处有一个人来人往的村落。于是，它决定要在这个村落里为这个世界播下一颗痛苦的种子。比如，当着孩子的面，让某人杀死某人，好让那个孩子了解，这个世界其实并不只有快乐。于是，巨蛇先锁定了一个可能有孩子的家庭。它悄无声息地爬过围墙，来到院子中，沿着院墙根爬到屋檐下，找了一扇打开的窗子，探头向里面望了望，发现屋里没有动静，便敏捷地从窗子钻了进去。

二楼的卧室中，有一个穿着带有大花边的可爱睡衣的小女孩正在午睡，估计是之前玩累了，躺在床上睡得正香甜。巨蛇用舌头舔了舔女孩的脚心，女孩嗯了一声，翻了个身，可并没有醒来。

女孩的妈妈正在院子外面的一块菜地中忙碌着。巨蛇沿着楼梯爬到一楼，藏在了大门后面。过了一会儿，女孩妈妈忙完了菜园中的农活，准备回家休息一会儿。可是，她刚推开大门，就看见一个巨大的被青铜色鳞片覆盖着的怪头出现在眼前，任凭谁，这会儿都会发出尖叫。可是，巨蛇的动作极快，在女孩妈妈发出叫喊之前，就一口叼住了她的脑袋。

接下来，是一连串骨头咔吧咔嚓被粉碎的声音。女孩妈妈的头盖骨、颈椎骨已经碎成了粉末，尸体立刻就变成了白烟。如今的巨蛇，杀人的手法已经相当娴熟。可是，这次却发生了一件意想不到的事情。

就在女孩妈妈的尸体化作白烟的同时，有一个湿滑的东西滚落到了地板上。这个东西吸引了巨蛇的注意力，它甚至忘记了吸取白烟。

落在地板上的是一个粉红色的物体，还有小胳膊、小腿、小手、小脚，那分明是一个小小的人类。他比一般的婴儿还要小一些，明显尚未成熟。巨蛇也知道，这就是所谓的“胎儿”，即母亲肚子里孕育的小生命。女孩妈妈死的时候，化作了一股白烟，但肚子里的胎儿还活着，所以胎儿没有化作烟，而是落在了地板上。胎儿还不会哭，只是微微地动了动小手、小脚。巨蛇用尾巴敲了胎儿一下，结果胎儿一下子就变成了白烟。

就在这时，巨蛇感觉到背后有人类的气息。它回头一看，一个小女孩蹲坐在走廊里，正恐惧得发抖。小女孩捂着自己的嘴，强忍着不让自己叫出声来，可还是被巨蛇发现了。巨蛇辨认出，她就是刚才在二楼卧室睡觉的小女孩。原来她一直躲在走廊的阴影中，目睹了刚才发生的一切。女孩突然站起身来，开始逃跑。

我该杀了她，还是让她活下去？要想把女孩妈妈的死和胎儿的死作为一个伤痕，在这个世界上保存下来，就不应该杀死那个女孩。因为要保存有关死者的记忆，需要让目击者生存下去。不过，这个女孩还是应该杀掉，因为她看见了我的真实面目。知道我真面目的人，最好不要留在这个世界上。巨蛇一边追一边思考。

那小女孩在逃跑的同时，还会把随手抓起来的东西砸向紧追不舍的巨蛇。巨蛇以敏捷的动作躲过了打火机、烟灰缸、花瓶等的袭击。不过，女孩扔过来的收音机却让它减慢了速度。因为那收音机落地的时候，恰巧碰到了开关，以最大音量响了起来。就在巨蛇稍一迟疑的间隙，小女孩跳窗逃到了外面。

要是追出去杀掉那个小女孩，应该很简单，可是巨蛇对收音机里发出的声音产生了兴趣，于是它停下来认真听了起来。收音机里传来的是一个急促的女声，夹杂有电波的杂音。不过，能听出是在播报有关怪物的新闻。巨蛇知道，收音机里所说的怪物，就包括自己。

据收音机里说，在“大森林”中出现了一个双腿直立行走的巨大怪物。当地居民把那个怪物叫作“大猿”。还说，Arknoah 特别灾害对策总部的使者已经保护着两名外邦人，朝“大森林”进发了。

外邦人，就是怪物的造物主啊。巨蛇知道，创造自己的那个人，正在赶往“大森林”。巨蛇突然很想见一见这个创造了自己的人，它想知道，到底是什么样的一个人把自己带到这个世界来的。

不过，巨蛇头脑中所蕴藏的不仅仅是对造物主的思慕之情。当巨蛇得知自己的造物主正跟 Arknoah 特别灾害对策总部的铁锤女孩在一起的时候，它感到非常害怕。因为巨蛇所掌握的是这个世界里的居民的一般常识，在那些人眼中，铁锤女孩是一个可怕的存在。所以，巨蛇心想：我必须保护我的造物主，不能让他待在可怕的铁锤女孩身边。

2-7

在旅途中，我们还支起帐篷在野外睡了一晚。康亚姆·康尼姆在老爷车旁边生起了篝火，我们就围着篝火吃东西、打瞌睡，再晚一点就钻进各自的帐篷休息了。第二天一早，我们继续上路。距离“大森林房间”越近，倒塌的房屋、坍塌的道路就越多。我们还遇到了断成几截的桥梁，因大裂口而中断的道路……所以，康亚姆·康尼姆经常要停下来、倒车，再寻找其他道路绕道而行。

最近发生的地震，虽然都是“大猿”引起的，但大体上可以分为两种类型。一种是“大猿”行走时造成的地震。也不知是谁取的名字，总之，大家把这种地震叫作“步行地震”。“大猿”身躯庞大、体重惊人，所以它每走一步，都会造成相当大的震动。不过，这种震动不会传播太远，距离“大森林”比较远的地方，受灾都比较轻微。

另一种地震，是“大猿”发怒时，横冲直撞、暴跳如雷所造成的震动，这被人们称为“攻击型地震”。虽然这种地震发生的频率相对较低，但因为其强度较之“步行地震”要大很多，所以能在 Arknoah 很大的范围内造成破坏。在我们的旅程中，每当发生“攻击型地震”时，老爷车的车身都会发生剧烈的颠簸。这可苦了车里的我们，我的头都撞了好几次车顶。而在 Arknoah，只有极个别的房间被造物主有意设计了地震，而其余绝大部分房间都不可能发生地震。因此，这些房间中的建筑物设计根本没有考虑过抗震，遭受“攻击型地震”，自然会有大量房屋接二连三地倒塌。

据收音机中播报的新闻说，“大猿”是两个外邦人中的一个创造出来的。听到这则新闻的时候，弟弟的眼中好像闪烁着喜悦的光芒。这怪物不正是他一直期待的东西吗？他期待出现一个能够破坏世界的怪物，他希望这个怪物将学校的教室踏为平地，让所有同学都感到恐惧。

“坐久了我也烦，康亚姆·康尼姆，换我来开吧。”丽泽·利普顿提出了更换驾驶员的建议。康亚姆·康尼姆并不反对，于是，身穿深绿色外套的丽泽·利普顿坐到了方向盘前。

“喂！我说，你有驾驶证吗？”因为担心自己的安全，我问了一句。

丽泽·利普顿也不回答，一边吹着口哨一边从容地踩下了油门踏板。狡猾的狗头，早就知道汽车肯定会嗖的一下蹿出去，所以他事先就抓好了扶手。再看后排的我和格雷，那叫一个惨，如此毫无防备的加速启动，让我们俩结结实实地撞在了前排座椅的靠背上，疼得我们连话都说不出来。

这时，丽泽·利普顿开口了：“驾驶证？是什么东西？以前用这辆车载外邦人的时候，好像他们也提到过驾驶证。但我没仔细问是什么。”

“在我们那边的世界，要是小孩子开车上路的话，立刻就会被警察抓起来。”

坐在驾驶座上的丽泽·利普顿因为身高不够，为了看清前方的路况，开车的时候不得不使劲伸着脖子。

“这么说来，丽泽你多大？”

“十四岁。我已经以十四岁这个年纪，生活很多年了。因为这个世界是稳定的，所以，我这个年龄会一直保持下去，不会增长。”

坐在副驾驶座上的康亚姆·康尼姆扭过头来对后排的我们解释说：“在 Arknoah，小孩子永远是小孩子。而老人从这个世界诞生之日起，就一直是老人。孕妇则会一直怀孕，胎儿是永远也不会出生的。”

“别开玩笑啦！吓到我了。”格雷耸了耸肩膀。

不过，真正吓到我的是丽泽·利普顿的驾驶技术。转弯的时候她也不减速，汽车简直快要翻了。高速旋转的轮胎与地面强烈摩擦，我们身后是一片尘土飞扬。

当我们到达一个名为“星空之丘”的房间时，已经接近日暮。天空中设置的照明设备也被调暗了亮度，直到最后一片漆黑。丽泽·利普顿终于降低了车速，还打开车头大灯，认真地看着前方的道路。

Arknoah 的夜空，原本应该像一块黑幕一样完全没有光亮。可“星空之丘”这个房间却与众不同，它的天空中点缀着数不尽的繁星。

“看！星星！”格雷大叫起来。

但是仔细一看，挂在天空中的那些发光粒子，还会像涟漪一样波动。看起来像星星一样的发光粒子，其实是天花板上垂下来的电灯泡，它们会随风摇摆。那飘摇的星光确实美丽，“星空之丘”名副其实。

可是，地面上却没有一丝光亮，四周一片黑暗。走了很久，我们才发现遥远的对面有一点亮光，就像是从深夜的大海上漂浮的一叶孤舟里所发出来的光亮。汽车开到那光亮附近，我们才看清，那里竟然有一座巨大的建筑物，其规模远远超出了我的想象。那是一座建造在山丘之上的石头建筑，建筑物外面还有城墙包围，城墙上点着几处篝火。我们的汽车沿着城墙根行驶，我和格雷把脸贴在车窗上，向上望着高大的城墙。这仿佛是一座中世纪的城堡。

“好啦！我们到了。”丽泽·利普顿说道。

“这里是……”

“星光旅馆！好像也有人管它叫古城旅馆。这里原本是古代的一座堡垒，后来经过改造，建成了旅馆，可供旅人住宿。最近因为怪物出没，从‘大森林’里逃出来的避难者，可以免费住在这儿。”

在城墙根的两堆篝火之间，有一道敞开着的城门。汽车开进城门，就来到了旅馆院内。院里的拴马桩上拴着不少马匹，四处还散乱地停放着一些马车的车厢。一看就是逃难人的马车，因为车厢里堆满了家具器物、生活用品。在寒冷的空气中，篝火的光亮照出了马匹鼻子喷出的热气。我们走下汽车，舒展了一下僵硬的身体，然后朝旅馆大堂走去。在星空的背景之下，一座坚固的石头建筑矗立在眼前。

“今晚我们住在这里？”我问。

“估计明天、后天……都要住在这里，我们打算以这里为据点采取行动。如果直接住在‘大森林’里，还是相当危险的。因为怪物在那里活动，我们晚上肯定睡不踏实。”

“星空之丘”和“大森林”是相邻的两个房间，住在“星空之丘”进出“大森林”就方便很多。而且，由堡垒改造而成的旅馆也相当坚固。为了与“大猿”对决，把这里作为前线基地再合适不过了。

“艾尔，小心你的脚下哟。”

可是这提醒也来得太迟了，我只感觉自己踩在了一堆软绵绵、湿漉漉的东西上，旁边正有一匹马在用鼻子喷气，好像是在嘲笑我。原来我踩到了马粪上。幸好星光旅馆的大门前有一段石头台阶，我就把鞋底的马粪蹭在那石阶上。

旅馆大堂的地面上铺着红色的地毯，再加上高大的石头明柱、漂亮的飘带，让整个大厅显得甚是奢华。可是现在，大厅已经变了味道，因为整个是一派难民营的景象。很多人裹着毛毯蜷缩在墙角，也有的人把衣服卷成枕头躺在地上睡觉。这些应该就是从“大森林”里来的避难者吧。墙边还立着一张临时制作的留言板，上面写着很多失散亲属的信息。收音机一直开着，里面传出有关怪物的最新新闻。有不少人聚集在收音机周围，以关心、紧张的表情认真地聆听着。

我们从人群之中鱼贯而过，直奔旅馆的柜台。看到被深绿色外套包裹的丽泽·利普顿以及跟在后面的狗头，很多躺下的人马上站了起来，并提醒身旁的人有情况。他们也把目光投到了我和格雷身上。

“我们是 Arknoah 特别灾害对策总部的人，请问旅馆经理在吗？”

丽泽·利普顿询问柜台后面正在打瞌睡的旅馆工作人员。听见有人说话，那名工作人员抬起了困倦的脸，揉了揉惺忪的睡眼。可是当他看清眼前这个少女和狗头之后，吓得差点从椅子上跌落下去。他吸了口气，赶快朝旅馆深处的办公室跑去。几秒钟后，他领来了一位大腹便便的大叔。那大叔的肚子可真够惊人的，感觉里面塞满了食物，马上就要被撑破了。

“欢迎光临！丽泽小姐。”

大肚子胖大叔一边说一边从上衣口袋里掏出眼镜，眼镜从口袋里出来的同时，还带出来了许多各色的糖果，撒了一地。看来，他口袋里装了不少糖果呢。

“你就是星光旅馆的经理吗？”

“正是。我叫哈罗兹，恭候多时了。”

“‘中央楼层’的人，应该和你联络过了吧。”

“嗯，他们把情况都告诉我了。”

哈罗兹把我们带到餐厅，拿出面包和汤请我们吃。我们一边往嘴里填食物，一边听哈罗兹为我们介绍这座旅馆的情况。

据介绍，目前，星光旅馆中一共容纳了八十名避难者。因为这座石头建筑非常坚固，即使发生“攻击型地震”也不至于倒塌，再加上这里有充足的食物储备，所以哈罗兹主动申请收容避难者，还专门向“大森林”中的各个村落发出了避难通知。八十名避难者，几乎占到了“大森林”常住人口的一半。而其余的居民据说也纷纷找地方避难去了。“大森林”是一个东西宽四千米、南北长二十千米的长方形房间。它西边的邻居便是“星空之丘”。

“你们这座旅馆所在的位置得天独厚，进出‘大森林’非常方便。能不能让我们把这里当作据点，以便对怪物发起进攻？”

丽泽·利普顿一面把大量的花生酱抹在面包上，一面询问哈罗兹。

哈罗兹的回答是：“如果有我能帮忙的事情，请你尽管说。因为怪物的问题，是我们大家共同的问题。”

用餐结束后，就到了各自回房间睡觉的时间。丽泽·利普顿从哈罗兹那里得到的是一间位于顶层的豪华套间的钥匙。拿到钥匙后，她就匆匆上楼了。分配给我和格雷的是一个由地下室改造而成的狭小房间。来到地下一层的阴暗楼道中，我们就看到这长长的地下楼道中排列着很多门。看来这里的小房间还真不少。我和弟弟找到了我们的房间，而隔壁就是康亚姆·康尼姆的房间。打开房门，室内装潢也透着阴沉沉的感觉。不过，能有个房间就很不错了，我们已经算是受到了特别照顾。因为，避难者中还有很多人没有分配到房间呢。哈罗兹告诉我们，由于房间有限，避难者中的老人、孩子和女性优先得到了房间，但青壮年男性就只好裹着毛毯在大厅中打地铺了。

我们的房间很简陋，只有两张床。我和格雷躺在床上望着天花板想事情。今晚是我们来到这个世界的第四个夜晚，这些天发生了太多的事情，我们需要一点时间好好地梳理一下思绪，让自己从混乱中清醒过来。复活的基曼大叔，透过车窗所见的各种奇风异景，怪物……这里的人告诉我们，如果我们不把怪物消灭掉，就无法回到外面的世界。丽泽·利普顿也曾经请我们帮忙消灭怪物，可我们该怎么做呢？我和格雷没有任何的特殊能力，都是手无缚鸡之力的孩子罢了。

“妈妈，你还好吗？”

我不知道这句话是我说出来的，还是弟弟格雷说出来的，抑或是我们同时说出来的。就在这时，房门传来了吱呀吱呀的声音，大地又开始摇晃了。根据震动的强度，我们可以判断出这次属于步行地震。因为这里紧挨着“大森林”，所以能够清晰地感觉到“大猿”走路时造成的震动。看来，那个怪物真的存在。它在夜晚的森林中移动着，同时给这个世界带来相当大的震动。我闭上眼睛，似乎就可以看见它的样子。

早晨，木制穹顶上设置的人工太阳开始发光，山丘被笼罩在一片雾霭之中，旅馆后院鸡窝里的公鸡们开始齐声高唱。

在这个旅馆里，有一间很大的大厅，估计是以前贵族们举行舞会的地方，可是，现在变成了避难者们吃早餐的大食堂。收音机夹杂着电波的噪声，继续播放着有关怪物的新闻。报道说，Arknoah 特别灾害对策总部的使者已经保护着外邦人两兄弟进入了“星空之丘”，并暂住在星光旅馆。另外，Arknoah 特别灾害对策总部的使者计划把星光旅馆作为据点，做好万全准备，以便对“大猿”发起剿灭作战。今天，他们准备进入“大森林”，对那里进行第一次侦察。听到收音机中的介绍，我和格雷才知道今天的行动计划。

“大家都在看着我们呢。”格雷说。

铁锤女孩在往面包上抹花生酱的同时，抬头向四周环视了一圈。结果大厅中吃早餐的避难者们都慌忙把看着我们的视线移开了。弟弟盯着他们说：“他们一定很恨我们吧，因为我们是造成怪物袭击的根源，恨不得我们快点消失吧。”

“你少说两句吧。”

不过，从避难者看我们的眼神中，我并没有感受到敌意或怨恨。要说他们所怀有的是哪种感情，我觉得更像是怜悯，他们似乎在可怜我和格雷。这是为什么呢？

“看来，你们外邦人的身份已经暴露了。”康亚姆·康尼姆说。

我不解地问：“你们又没有介绍，他们怎么会知道呢？”

康亚姆·康尼姆和丽泽·利普顿喝着碗里的汤。

“我知道为什么。因为狗头和深绿色的大衣太显眼了，我们和你们在一起，他们一眼就看出我们是外邦人，不暴露才怪呢。”

丽泽·利普顿假装没听见格雷的风凉话，又拿起了花生酱瓶子。一会儿，她开口说："康亚姆·康尼姆，武器什么时候到位？"

"明天应该能运到。"

"深绿军团呢？"

"他们听到新闻，应该马上会来这里与我们会合，估计正在路上吧。"

"帮我找一个熟悉'大森林'地形的人来。"

"你是说要找一个向导吗？一会儿我问问哈罗兹，看有没有合适的人选。"

吃过早饭，康亚姆·康尼姆就去找星光旅馆的经理哈罗兹询问向导的事情去了。不一会儿，大腹便便的哈罗兹就把一名男子领到了我们面前。这名男子也是从"大森林"中逃难出来的。一看就知道这是一个长期生活在森林中的人，他面容精悍、身形矫健，不禁让人联想起侠盗罗宾汉。康亚姆·康尼姆向他说明了找他来的目的，希望他能给我们当向导，并谈到了有关报酬的事情。可是一谈到钱，那名男子立刻摇了摇头。他说："我不要钱！如果能协助你们尽快把怪物消灭，让我们的生活恢复平静，那让我做什么都行。"

这名男子还说，他叫斯琼，昨天带着妻子、女儿从"大森林"逃难至此。

第一次侦察，侦察队的成员有我、格雷、丽泽·利普顿、康亚姆·康尼姆以及斯琼五个人。因为丽泽·利普顿的老爷车只能载四个人，所以我们决定不乘汽车，康亚姆·康尼姆便用布把汽车罩了起来。我们各自收拾停当之后，到旅馆外约定的地点集合，然后登上了斯琼家的马车。马车上装载的家具器物、生活用具等，事先都已经搬到旅馆的仓库中去了。

"一定要小心啊！"斯琼的妻子叮嘱丈夫说。

"放心，我们很快就会回来的，只是去看一眼'大猿'的样子而已。"

斯琼和妻子、女儿说了几句道别的话。星光旅馆的工作人员、"大森林”的避难者都出来给我们送行。

在明媚的阳光中再看“星空之丘”，和晚上的感觉完全不一样。白天是一幅田园牧歌的景象：绿色的草原在微风的轻拂下，呈现出海浪一样的波纹，看上去祥和宁静。马车载着我们一行人，朝东方疾驰。中午之前，我们就到了“星空之丘”与“大森林”之间的那道墙壁。一堵垂直的墙壁直直地插入连绵的丘陵中。这堵墙壁很漂亮，因为表面贴有一层印有星星花纹的墙纸。可能因为长期遭受风吹雨淋的关系，墙纸稍微有些褪色，但却没有任何破损、剥落的地方。而且，在墙纸上找不到任何接缝的地方，说明这面墙上贴的是一整张墙纸。想象一下，那得是多么巨大的一张墙纸啊。要想把整个曼哈顿岛当礼物的话，用这张墙纸就可以把它包起来。如此巨大的墙纸，到底是从哪儿买来的？

墙壁上有一个类似古代城门的入口，进入城门，就进入了通往“大森林”的隧道。我们的马车在隧道中前行，这里的空气很凉爽。在这个昏暗的空间中，清脆的马蹄声可以传出去很远。隧道的长度就是两个房间之间的墙壁的厚度。远远地，我们可以看见前方有一个小亮点，那肯定就是隧道的出口。随着马车的前行，那光点越来越大。马车蹿出隧道口的一刹那，我们的眼睛被亮光刺得简直睁不开。其实外面并不太亮，只是我们在黑暗的环境中待太久了，眼睛需要适应。适应之后，我们发现自己已经置身于浓雾弥漫的“大森林”中，潮湿的空气和植物的芬芳一起钻进了我们的鼻子。终于，我们踏上了“大森林”的土地。

2-8

丽泽·利普顿那深绿色的外套，让她几乎融入了这片森林之中。我们都下了马车，准备步行前进。因为道路已被倒下的大树阻断，我们不得不放弃马车改为步行。那些大树估计都是被“大猿”的“攻击型地震”震倒的。我们把马车留在原地，决定步行向森林深处进发。

这里生长着的一些大树，简直像童话里的树精一样，高大无比，树龄不知有几千年了。苍老的树皮，就像老人布满褶皱的脸。“大猿”出现在这里已经有几天了，来这里之前，我们都以为“大森林”早就被“大猿”祸害得一片狼藉了呢。可是，来到这里一看，目所能及之处，森林还是完好的，这也从另一个角度反映出了“大森林”的广阔。“大森林”是一个宽四千米、长二十千米的长方形，木制穹顶距离地面的高度也是四千米。打一个形象的比喻，这个房间就像是将五个边长为四千米的骰子，南北向并排放在一起的。有这么大的空间，即使那个怪物到处作怪，破坏的面积和总体面积相比，也只不过是极小的一部分罢了。

“我喜欢吃花生酱。”丽泽·利普顿突然开口说。

“知——道！你吃花生酱的样子，着实把我吓到了。”格雷不会放过任何奚落别人的机会。

“那格雷你喜欢吃什么呢？”丽泽·利普顿接着问。

“我告诉你有什么好处？晚饭你会给我吃好吃的吗？”

“我想再多了解你一些。”

“但是，我可没有兴趣让你了解我。”

丽泽·利普顿强压住怒火，不再说话。

“怎么啦？生气了？”

“我才没有生气，只不过想找个人打一拳。”

也是该我走霉运，此时我刚好从丽泽·利普顿身边经过，她抬手就朝我的软肋打了一拳，边打边说：“你是怎么管教你弟弟的？”

我被这突如其来的袭击打蒙了，弯腰捂着肋下喘粗气，缓了大半天才能说话：“那你也不能随便打我呀……”

“那我来问你好了：你弟弟有什么爱好？他不擅长什么事情？”

丽泽·利普顿问这些，好像是和消灭怪物有关。一般来说，怪物的喜好、不擅长的事情，和它的造物主是一致的。比如，我弟弟不会游泳，那“大猿”应该也不会游泳。

“夏天与冬天，格雷更喜好哪个季节？”

“我想应该是夏天，那小子怕冷。”

来到森林中的一块开阔地，丽泽·利普顿蹲下身来，把手掌放在地面上，同时让我们保持安静，她在用耳朵努力捕捉一切可疑的声响。

“听不到怪物的脚步声，也感觉不到它走路时的震动，估计是躲在哪儿休息呢。斯琼，这附近有没有可以登高远望的地方？”

“在前面不远的地方，有一处毫无意义的台阶的大集合。登上其中较高的台阶，应该能够看得很远。”

毫无意义的台阶？虽然不清楚是什么意思，但我们还是跟着斯琼去了。

前面横卧着几株巨大的阔叶树，不是倒下的树，而是它们原来就是这样生长的。这些阔叶树的树皮让我想到了恐龙的皮肤。我们从这些巨型的树下钻过，感觉就像穿行于恐龙时代。在一段漫长的坡路上，我们遇到了一条河流，河上架着座长约三十米的木桥。别看是座木桥，还是挺气派的，桥面很宽，我们五个人并排通行都没有任何问题。再往前走不远，终于见到了斯琼所说的毫无意义的台阶地带。第一次见到这样的情景，还真是让我大吃一惊。从地面上长出来很多台阶，它们蜿蜒于树木之间，伸向空中。有的台阶在中间还有小平台，然后折向其他方向；有的台阶则笔直地斜刺向天空；有的台阶是木制的；有的台阶是砖砌的；还有一些是生了锈的铁台阶……

“这里就是毫无意义的台阶？”我问斯琼。

“除了可以坐下来休息，这些台阶貌似就没什么利用价值了，所以被称为‘毫无意义的台阶’。它们还会不停生长呢，一级一级从地面长出来。如果没有外界干扰的话，它们会自己腐朽，然后被自身的重量压垮。我们‘大森林’里的居民，有时会来锯一段合适的楼梯，运回家去用，这倒是很方便。”

我们仔细观察之后发现，有几段台阶生长得比树木还高。丽泽·利普顿马上选了一个看起来比较结实的砖砌台阶爬了上去。我和格雷战战兢兢地跟在她的后面。康亚姆·康尼姆和斯琼也各自选了一个台阶开始向上爬。

我们爬的这个砖砌台阶，没有扶手。刚爬到二楼的高度，我就开始害怕了，因为左右空空，没有任何可以倚靠的东西。当时我心里就想，如果脚下一滑，肯定要摔下去的。我吓得冷汗直流，尽量不往下面看，终于手脚并用地爬到了最高处。我们爬的这段砖砌台阶，一直指向空中，但在中途突然消失了。丽泽·利普顿坐在最高的一级台阶上，任凭深绿色大衣随风起舞。

我浑身颤抖着把视线投向四周。这里已经比树木高，没有枝叶的阻挡，可以望出去很远。此时的我们仿佛置身于绿色的林海之上，看着树冠随风拂动，就像看到大海里此起彼伏的波浪。因为森林中湿气很重，所以树木上空也蒸腾起一片雾霭。由于雾霭遮住了视线，我们无法看清森林的尽头。也正因为如此，这里就好像一片没有边际的林海，越发地让我们感觉到它的宽广。我想，如果雾霭散尽的话，我们应该可以看见房间的巨大墙壁。在云和雾的遮挡下，我们也无法看清这个房间的天花板，只能模糊地看见几处人造光源贴在天花板上。

“似乎不在这里啊……”用双筒望远镜四处观察的丽泽·利普顿自言自语地说道。

“也许那怪物去了其他房间吧。我们找不到它，也没办法，不如快点下去吧。喂！格雷，你快点下去。你不往下走，我也下不去啊。”我一边游说丽泽·利普顿放弃侦察，一边催促我下边的格雷快点下楼梯。

“可是，我们才刚爬上来啊。”

“你饶了我吧！我已经开始想念地面了。”

如果不巧刮来一阵风，我的脚下一滑……哎呀！我越想越害怕。

“怎么办？要在这儿一直等到它出现吗？”在另一个楼梯顶端的康亚姆·康尼姆问丽泽·利普顿。

“就这么办！一直等到它现身。要是肚子饿了，我有花生酱可以吃。你们各自想办法找东西吃吧。”

说着，丽泽·利普顿把双筒望远镜放在台阶上，然后从大衣的内兜中掏出一个小瓶子，不用说，又是花生酱瓶子。看样子，她的大衣内侧还真是缝了不少口袋呢，其中装着各种各样的物品、工具。她不觉得重吗？丽泽·利普顿熟练地打开瓶盖，将食指伸进去蘸满花生酱，可正当她准备将食指放进嘴里的时候，大地开始震动了。

“轰——”

因为阶梯很高，所以，地面的震动传导到我们所在的顶端时，就会被放大很多。因为剧烈的摇晃，握在手里的花生酱瓶子掉到了空中，丽泽·利普顿敏捷地伸手去抓，可还是慢了一步，瓶子无情地坠落到地面上，摔得粉碎。鸟儿们瞬间一起冲上天空，周围的树木都像是在跳舞，树叶被震落，像雪片一样飘落下来。

“隆——”

脚下的楼梯又开始向相反的方向摇动。我感觉到一股强大的力量要将我的身体抛向空中，为了不让自己掉下去摔死，我趴下来用手指死命抠住砖缝，才勉强把自己固定在了楼梯上。

当这次摇晃停息之后，我突然感觉四周的光线都变暗了，于是仰起脸来望向天空，发现天空中黑压压的一片都是惊飞起来的鸟儿。如此多的鸟儿一起飞、一起鸣叫，那气势真是相当磅礴。与此同时，透过远方的雾霭，我们看见一个巨大的黑影慢慢站了起来，高度已经超过旁边的小山了，它却还没有完全站直呢。那家伙把粗壮的腰身挺直后，昂起头来对着空中张开了大嘴，貌似在打哈欠。此时，鸟儿们盘旋的位置只不过到它胸口附近。若是从它的脚下向上望，估计根本看不见它的头。幸亏我们离它很远，才有机会看见它的整个轮廓。

隔着雾霭，我们目不转睛地盯着那家伙。它全身覆盖着黑色的体毛，屁股后面垂下一条尾巴，在森林上空摇晃着。浓浓的云雾让我们无法看清它的面貌，但可以朦胧地判断它确实有猿猴一样的脸。可是，从某个角度看它又有点像蜥蜴的脸，还像狗的脸、熊的脸。它双腿直立的样子和人类无异。从个头上来说，如果它低头看我们，就像我们人类低头看蚂蚁差不多。因为它出现的地点距离我们尚有几千米之遥，所以我们才能保持冷静地观察它。如果它就在近前，我肯定早就抱头逃窜了。

那家伙又张开了大嘴，不过这次可不是打哈欠了，而是咆哮。在它嘶吼的瞬间，周围的树林都被那声波震动得摇晃起来。我们连忙用双手捂住耳朵，那声音实在太大、太尖厉，不仅仅是鼓膜，就连身上的每一块骨头都要被震碎了。

不知是被吓死了，还是被震晕了，空中盘旋的鸟儿中有不少纷纷跌落了下去。

“轰——”

那家伙迈开脚步开始走路，大地跟着摇晃，树叶随之震落。因为它是朝着远离我们的方向前进，所以我们这里感受到的震动还不算大，这时大家才松了一口气。看着怪物渐行渐远的背影，格雷的眼睛中闪烁着激动的光芒，突然大喊起来：“那就是我创造的怪物！”

“那家伙吃什么为生呢？”我不解地问。

“它可能属于不吃不喝类型的怪物。”丽泽·利普顿回答说。

那少女用绳子把自己固定在台阶的顶端，又用望远镜观察了一会儿“大猿”之后，掏出笔记本开始描绘“大猿”的草图。我借过望远镜，寻找着“大猿”的踪迹。因为“大猿”已经走得相当远，再加上云雾的阻隔，我只能模糊地看到它的背影。那是一个巨人般的轮廓，在林海中缓慢前行，感觉就像神话中的天神降到了地面上一样。

“怪物，还分很多种类型吗？”我问。

“我遇到过像植物一样的怪物，还有类似水母的，还有像一团黑雾的。不管什么样的怪物，都会袭击人、杀人。”

“为什么怪物都要袭击人类？”

"因为是造物主的破坏冲动，赋予了它们生命。"

"你说的造物主，就是指我和格雷？"

"对！你们虽然具有创造力，但还缺乏控制内心的能力，这样的话，就只能创造怪物。不过你也不用内疚，我没有追究你们责任的意思。"

"大猿"走远了，康亚姆·康尼姆和斯琼爬下了台阶。到了地面之后，斯琼迅速生起了一堆篝火。他不愧是"大森林"中的居民，生火的手艺非常娴熟，没用多久火就旺旺地燃起来了。康亚姆·康尼姆从带来的行李中取出水壶开始烧开水。此时，丽泽·利普顿、格雷还有我依然在阶梯的顶端。晨雾所含的水汽已经把树叶都打湿了。不知从什么时候开始，木制的天空又开始飘起了小雨。

"想杀死那家伙，简直是太傻了。它可是珍稀的生物，应该保护起来才对呀。"

对于格雷的这个主张，丽泽·利普顿的回答是："你和那个怪物之间有一条看不见的脐带相连。如果不杀死那个怪物，你就不能离开这个世界，也就不能回家和你妈妈团聚。"

"如果我决定不回去了，是不是可以让那家伙活下来？对了，可以把'大森林'建成无人区，不让任何人进入，只供那个怪物生活，不就相安无事了？"

"不行的。我们这个世界是不允许有怪物存在的，同样，也不允许你们外邦人在这里生活。你们闯进来，就必须尽快把你们送回去。否则的话，这里的人会被你们的世界观所侵蚀，整个 Arknoah 稳定的世界观就会崩溃。"

"你说的什么乱七八糟的！到底什么是世界观？那种东西，崩溃就崩溃呗，有什么关系！"

在格雷惹怒丽泽·利普顿之前，我赶紧插话说："可是我们该怎样对付那怪物呢？"

"我正在想办法。"

“可消灭怪物的工作为什么非要你这个女孩子来做呢？这么危险的事情，不是应该让大人们去做吗？”

“因为我是特制的。”

“特制的？”

“不知道是造物主大人的一时疏忽，还是有意为之，在这个世界里，我与其他人不同。也许是造物主大人在创造这个世界的时候，故意想让我承担这样的工作，才把我设计成现在这个样子的。不知背后有什么样的原因，但不管我做出什么样的事情，也不会被剥夺复活的权利。”

“复活的权利？就是说死了之后，第二天早晨又可以活过来？”

雨越下越大了，丽泽·利普顿的头发已经被淋湿，贴在了脸颊上。

“造物主大人在设计我的时候，没有按照常理出牌。从这个角度来说，我比康亚姆·康尼姆离人类更远。”

“这里的居民都害怕你，也是这个原因喽？”

“嗯，是的。”丽泽·利普顿脸上浮现出一丝自嘲的笑意，然后用手把贴在脸颊上的发丝拨到了耳后。

这个世界里的居民，即使死亡了，第二天早晨也能复活如初。他们将之称为复活的权利。但是，如果这里的人犯了罪，就会被无条件地剥夺复活的权利。这就是Arknoah世界所遵循的一个规则。正因为有这样一个规则的约束，Arknoah中的犯罪率相当低，也没有发生过战争。每个人在生活的过程中，都相信造物主的存在，都自觉地意识到造物主在看着自己。

但是，眼前这个正在为怪物画素描的少女，不管做出什么样的事情，都不会被剥夺复活的权利。换句话说，不管她犯下多么恶劣的罪行，造物主也不会责怪她，她死后依然可以复活。

“造物主默认你的所有行为？”

“也许可以说，是他抛弃了我。”

不过，我还是不太明白，丽泽·利普顿的特殊身份和消灭怪物有什么关系。

丽泽·利普顿把素描怪物的笔记本合起来，放进外套的内兜里，然后解开固定自己身体的绳子，站起身来。在细雨如烟的大森林背景下，我似乎产生了幻觉，眼前这个少女并不是这个世界的居民，她就像一个远古神话中出场的某个神秘人物，周身散发着淡淡的光芒。她那天蓝色的眼珠中心，浮着一颗黑色的瞳孔，在那瞳孔深处我似乎看到了这个谜一般的少女的灵魂。

“红茶沏好了。下来休息一会儿怎么样？”

地面上的康亚姆·康尼姆仰着他那狗头向上喊。我惊奇地发现，他手里竟然托着一个银色的托盘，托盘里整齐地摆放着茶壶、茶杯和小点心。真没想到他的行李里还带着这些东西。正当我们想下楼梯的时候，“大猿”那边传来的“步行地震”，渐渐强烈了起来。

“轰——”

台阶传来急促的震颤。为了防止脚下打滑，我非常小心地蹲下来抓住地面的砖缝。

“康亚姆·康尼姆，不好意思，你泡的红茶，我暂时先不喝了。”

丽泽·利普顿的视线投向了“大猿”所在的方向。即使不用望远镜，也可以看清“大猿”身体的朝向。它不知何时已经转过身来，朝我们的方向走来。

“快把茶点收拾起来！它朝我们这边来啦！”丽泽·利普顿扯着嗓子大声喊道。

“大猿”应该没有发现我们。它朝这边来，只是偶然罢了。我们的身姿太小了，即使进入它的视线范围之内，恐怕它也不会注意到。难道是它感觉到了造物主格雷的存在？

“撤退！”

康亚姆·康尼姆一边喊，一边不情愿地把茶壶中的红茶倒掉，然后迅速把茶具装回提包里。斯琼则以熟练的手法熄灭了篝火。我们三人也跌跌撞撞地从台阶上下到了地面。

“隆——”

“步行地震”的幅度明显在增强。我连滚带爬地跟在他们后面跑。我们沿着来时的路往回跑，目标就是停马车的地方。我们目测了一下“大猿”的步幅，估计它走到我们这里还需要一点时间，足够我们赶到马车那儿了。到了地面上，我们被茂密的树木遮挡住视线，已经看不见“大猿”的身影。不过，它的脚步声和造成的震动，却无时无处不在。

刚才一直持续的烟雨变成了大颗的雨滴，地面上的积水面积也不断随之扩大，“大猿”每走一步，水坑的水面就会泛起波纹。跑过下坡路，来时的河流又横在了我们眼前。不过，因为暴雨，水位上涨了，水流也急了很多。我们刚跑上木桥，“大猿”的脚步声突然消失了，“步行地震”也消失了。整个森林笼罩在一片不祥的沉寂之中。

“什么情况？”

我们在桥上停了下来，面面相觑不知所以。

突然，一声爆发性的嘶吼打破了短暂的寂静，那是一声想要把世界爆裂的咆哮。那强烈的声波震颤着我们身体里的每一个细胞。我们刚把耳朵堵上，大地就开始震动了。这次的震动和“步行地震”相比，完全不在一个级别上。虽然我们没有目睹“大猿”爆发的瞬间，但凭想象也能猜到，它肯定是使出全身力气在狠砸地面，或者冲撞“大森林房间”的墙壁。

“攻击型地震”的冲击波传导到了我们这里。突然之间，我们脚下原本坚实的触感消失了。地面、河流、木桥、周围的森林，全都出现了凹陷。我们感觉自己的身体仿佛被留在了空中，虽然只有短短的一瞬间。河流中的水，地面的积水，森林中的石头、落叶……一切没有根的东西下面的支撑物似乎都被瞬间抽空。我们好像置身于一个失重的空间里。

瞬息之间，凹陷下去的地面又反弹了回来，停留在空中的无根之物都被狠狠地抛向了空中。我也感觉到自己的身体被桥面重重地向上撞击。

这一击实在太重，让我简直无法呼吸，差一点昏厥过去。

从大地深处传来一股强大的力量撼动着木桥，一阵木头碎裂、折断的声音随之噼噼啪啪地传来。看来这木桥根本抵挡不了“攻击型地震”的冲击。桥面开始向侧面横向倾斜。

“别发呆啦！快跑！”康亚姆·康尼姆大喊道。

我们顾不得身上的疼痛，连忙站起身来往对岸跑。临近崩溃的木桥还在震动着，倾斜着，一部分木材碎裂成断片落入河中。我们在这样岌岌可危的桥上手脚并用地奋力向前跑。跑在最前面的康亚姆·康尼姆和斯琼最先过了桥，安全地到达了对岸。紧随其后的是格雷，他在木桥崩塌前的一瞬间，奋起一跃，朝对岸飞去。而反应奇快的斯琼也伸出了手去抓格雷。最后格雷勉强落到了岸边，逃离了汹涌的河水。但是，落在最后的我和丽泽·利普顿就没有那么幸运了。耳中只听见咔嚓一声，木桥的支柱断了，我们俩和桥面一同落入了急流中。

我只感觉到，弟弟他们所在的对岸，突然一下子都飞到了天上。其实，那是因为我突然下坠所产生的错觉。在暴雨中急速流淌的河水，是浑浊的，还打着旋涡。我和丽泽·利普顿在水中随波逐流，偶尔能露出脑袋换口气，可瞬间又被水流吞没了。

第三章

3-1

机场人流涌动，热闹异常。有拉着拉杆箱的情侣，有挎着旅行包的前呼后拥的一家人，也有排队前行的旅行团。墙上有很多电子显示器，上面轮流显示着航班号、目的地、起飞时间等各种信息。不少乘客聚集在显示器前，一边浏览显示器上的信息，一边查看手中的机票，以确认自己的登机时间和登机口。格雷·阿修比骑在爸爸的肩膀上，望着机场中来来往往的人。他的妈妈和哥哥也在旁边。“我能看到很远的地方！”格雷对哥哥说。于是，哥哥艾尔·阿修比也迫不及待地想要上去看看，他央求爸爸说：“该换我啦！我也要上去看看！”

距离爸爸那班飞机的起飞时间还有半个小时，爸爸已经换好登机牌，等着接受安检进入登机口候机了。爸爸和妈妈深情地拥抱了一下，作为道别。“爸爸，一路平安啊！”哥哥微笑着朝爸爸挥了挥小手。可是这时，弟弟格雷的心中却涌起了一连串的疑问。爸爸这是要去哪儿？虽然我们一家人来为爸爸送行，可爸爸到底要去哪儿、做些什么，都没有告诉我们呀。格雷回头看了看墙上的显示器。他找到了爸爸要乘坐的那班飞机，显示器上显示，那班飞机的目的地竟然是——“死者之国”。

“爸爸！不要去！”

格雷死命拉住爸爸的胳膊说："爸爸，你乘上这班飞机，会死的！"

妈妈和哥哥把格雷拉开了。爸爸轻轻地摸了摸格雷的头。妈妈则在格雷耳边小声解释道："格雷，快和爸爸说再见。爸爸乘坐的飞机会坠毁，以后就看不到爸爸了。"

"是啊，飞机上的乘客没有一个人能幸存。"刚才还是一脸笑容的哥哥，突然悲伤起来。

"时间快到了，老公，快去吧，别迟到了。"

爸爸转身朝安检口走去。机场安检员查看了爸爸的机票、证件后，爸爸就走进了电子安检门。这时，格雷朝着爸爸的背影大叫起来，喉咙都要喊破了。可是，爸爸似乎并没有听见，头也不回地继续往前走。爸爸原本高大的背影，随着距离的拉远变得越来越小，直到最后看不见……

睁开眼睛，格雷望着天花板。梦中出现爸爸的身影，已经不是第一次了。外面传来了公鸡的叫声。这个由地下室改造的房间中，在靠近天花板的墙壁上有一扇采光透气用的小窗户。当初在将这座堡垒改造成旅馆的时候，为了让地下室通风又有光亮，人们专门在堡垒外围沿墙根挖了一条沟，然后又在地下室的墙壁上开了小窗。格雷坐起身来，看到另外一张床是空的，看来哥哥还没有回来。在"大森林"中，距离艾尔·阿修比和丽泽·利普顿被急流冲走，已经过了一个晚上的时间。

格雷回忆着昨天发生的事情。他们两人被冲走之后，康亚姆·康尼姆和斯琼在"大猿"引起的地震中沿着河流搜索了一段时间，但一无所获。大雨中，格雷愤愤地对康亚姆·康尼姆说："你不会循着味道搜索吗？难道你那狗鼻子是摆设吗？"

"我的鼻子是很灵敏，但和真正的狗比不了。还是明天再来吧，到时我去下游找找看。"

说着，康亚姆·康尼姆用力甩了甩头，把鼻尖的雨滴甩掉。雨下得更大了，地震依然断断续续地袭来。格雷他们三人只好中断搜索，决定先回“星空之丘”。

即使丽泽·利普顿死了，第二天早晨她也会在晨雾中重生的。可是，自己的哥哥不是这个世界的居民，不会重生。如果哥哥死了，那比自己死了还难受，格雷这样想着。第一眼看到“大猿”的时候，它那巨大的身体和强大的力量，让格雷兴奋不已。可是现在，一想到自己的哥哥有可能因此丧命，格雷的心情一下子沉重起来。

格雷起床之后，想去旅馆大厅里转转。没准在自己睡觉的这段时间里，又传来了什么新消息也说不定。晾在房间里的衣服已经干了，他脱下星光旅馆的睡衣，换上了自己的衣服。

走出房间，穿过地下走廊，格雷在上楼梯的时候，与一队身强体壮的男人擦肩而过。他们和从“大森林”来的避难者，给人的感觉不太一样。“大森林”中的居民大多带有山野村夫的豪爽气质，这队人没有那样的气质，却有几分市井恶棍、山贼恶霸的强悍。虽然他们的体格、肤色各不相同，但所有人都有一个共同点，就是双臂都戴着深绿色的臂章。这样说来，那个身穿灰色军装的康亚姆·康尼姆，不也是戴着同样的臂章吗？

“他们是听了收音机播报的消息，赶来这里集合的深绿军团。”不知什么时候，斯琼出现在了格雷的背后。他正靠着墙壁吃坚果，顺便给格雷解说一番。

“深绿军团？”

“看到他们佩戴的深绿色臂章了吗？和铁锤女孩的外套颜色一样。所以他们被称为深绿军团。实际上他们是 Arknoah 特别灾害对策总部的志愿者部队。平时，他们都有自己的工作，一旦出现怪物，铁锤女孩要出战，他们就会放下手里的工作，暂别家人，赶来帮忙。他们不要任何报酬。其中有的人把与怪物作战当作一种乐趣，也有的人是为了保护 Arknoah 的世界观而认真作战的。”

眼前这队被称为深绿军团的人，有二十名左右，但据斯琼说，日后还会不断增加的。

“你还真能睡啊。早餐的时候没看到你，我还有点担心呢。”斯琼说着，从小袋子里掏出一把坚果递给格雷。

“我不需要。再说，我也没有请你担心我呀。”

“你还是老样子，一点也不讨人喜爱。”

“找到艾尔了吗？铁锤女孩呢？”

“刚才，康亚姆·康尼姆骑马赶往‘大森林’了。你放心，说不定现在他们三个人已经在森林里重聚了呢。”

“没想到你们大人也会这么天真，我觉得艾尔现在成为浮尸的可能性更大一点。”

“你还是留点口德吧。而且，你最好不要朝坏的方面去想。”

斯琼往嘴里丢了一块类似口香糖的东西，大嚼起来。但那并不是口香糖，而是咀嚼型烟草。

“我要走了，我准备走那个方向。但如果你也走同一个方向的话，我就走另外一个方向。总之，我想一个人待一会儿。”

与一脸惊讶的斯琼分别之后，格雷就在星光旅馆内到处溜达。但是，周围人投向他的目光，让格雷感觉异常不舒服。旅馆工作人员以及来自“大森林”的避难者都认识格雷，知道他就是来自外邦的小孩，也知道给 Arknoah 带来怪物的就是格雷。格雷心想：这些人肯定对我抱有敌意。如果他们群情激奋、一拥而上的话，那我肯定又会遭到和在学校里一样的待遇——一顿群殴。没准，他们会朝我身上泼果汁，过来扒我的衣服，用小镜子反射阳光照我的脸……

格雷来到食堂，那里还剩下一些面包和苹果。于是，他就拿了一块面包、一个苹果，边走边吃。面包是星光旅馆的厨师自己烤制的，因为放了很多黄油，所以吃起来异常香甜。苹果，则是“大森林”的产物。据说在“大森林”中，有一块地只生长苹果树，那里每年都会出产很多苹果。

格雷发现这座堡垒的城门那里人声嘈杂，就走过去看热闹。原来，有三辆载满木箱的马车驶进了旅馆大院。戴着深绿臂章的深绿军团成员们，有的引导马车前行，有的从已经停好的马车上往下搬箱子。在城墙根处有一排仓库，他们就把木箱子搬到了那边的仓库里。

一个身形浑圆的男人，嘴里叼着棒棒糖看着深绿军团忙碌。那不是别人，正是星光旅馆的经理哈罗兹。当他发现格雷也在附近之后，主动向他招手致意，并示意他过去。于是，格雷朝哈罗兹走了过去。等格雷走到近前，哈罗兹从屁股后面的裤袋中掏出一个未开封的棒棒糖，递给了格雷，那根棒棒糖是蓝色的。

“来，尝尝我的棒棒糖。”

“大叔，这棒棒糖已经在你屁股的加温下，变得软塌塌了。不过，既然你那么客气，我就勉为其难尝尝吧。”

“没口德的孩子，可不招人喜欢哟。”

“我从来没想过讨谁的喜欢。”格雷撕掉棒棒糖的包装纸，把糖塞进嘴里，一股甘甜从舌尖扩散开来。那是一颗苏打口味的棒棒糖。“那些人搬的是什么？”他问哈罗兹。

“是武器，消灭怪物用的武器。康亚姆·康尼姆先生订购的，现在运到了。”

格雷想看个清楚，于是走到了仓库门口。在仓库里，深绿军团正在给木箱开封。只见木箱中填充了大量的碎木屑，埋在其中的就是来复枪和弹药。

“这里很危险，还是去那边吧。”哈罗兹对格雷说。可格雷正专心地注视着深绿军团的人打开的一个新的木箱。这个箱子里装的是一些金属制的筒状物体。格雷有点不相信自己的眼睛，因为他对那些金属筒子有点印象。哥哥艾尔常玩的 FPS[①] 中，就出现过这样的武器。而且，格雷在战争电影中也见过它。

---

① FPS：First-Personal Shooting Game，以玩家的主观视角来进行射击的游戏。

“喂！我说，这是什么武器啊？”哈罗兹指着这些金属筒子问深绿军团的成员。深绿军团的那名男子小心翼翼地搬着一个金属筒子回答说：“这叫火箭炮。是乌龙博士根据文献中的设计图开发制造出来的。这家伙一发射，装满炸药的弹头就会朝目标飞去，破坏力是相当大的。所以，用这个打怪物，可以把它炸得粉身碎骨。”

那些金属筒子表面，有明显的铁锤反复敲击留下的痕迹，应该是手工打造的。看着那淡金色的筒身，就知道是黄铜制的。总之，这些筒子给格雷的感觉是，这应该是摆在古董店里充满复古风格的火箭炮。一个木箱里，装着好几支这样的火箭炮。

傍晚时分，康亚姆·康尼姆从“大森林”里搜索回来了。忙着干活的深绿军团成员们，看见骑在马上的狗头，立刻停下手里的活，高兴地围拢过去。康亚姆·康尼姆看到他们也很高兴，只听狗头一声令下，那帮深绿军团成员立刻排列起整齐的队伍，个个昂首挺胸、器宇轩昂。

康亚姆·康尼姆注意到格雷·阿修比的视线之后，赶快翻身下马，走过去和他打招呼。狗头把今天的活动大体描述了一遍，他在“大森林”中沿着昨天那条河流向下游搜索，但并没有找到艾尔·阿修比和丽泽·利普顿。

“不过，请你放心，他们两个应该还活着。我的鼻子是这样告诉我的。”

据康亚姆·康尼姆说，他在河流的下游发现了一个洞穴，里面有刚熄灭不久的营火的痕迹。他那犬科的鼻子，嗅出了洞穴里留下的气味正是那两个失散的伙伴的。

3-2

脚边的小石头开始震动，就像热锅里炒的豆子一样。地面的积水由平静变成泛起波纹，等波纹消散回归平静后，不久又会出现新的波纹。

丽泽·利普顿蹲下身来，把手掌按在地面上，过了一会儿她说："没有问题，'大猿'距离我们还很远。"

我们周围都是茂密的植物，若不爬上树顶，或登上某个高地的话，根本看不出多远。虽然看不到"大猿"的身影，但它的咆哮声却能传入我们的耳朵。它那爆发性的嘶吼声，在穹顶和墙壁之间形成反复的回音，听了令人不寒而栗。通过震动的幅度和叫声的大小，我们可以判断自己与"大猿"之间距离的远近。我们在尽量与它保持较远的距离的同时，朝着"星空之丘"的方向前进。这里的树枝之间缠绕着各种藤蔓植物，在颜色鲜艳的花朵周围，一些我从没见过的昆虫悠闲地飞舞着。除了"大猿"的咆哮之外，还能听见昆虫、鸟儿以及其他一些动物的叫声。我一边走，额角一边往下淌汗。

"到处都是热带植物，感觉这一带好像是热带雨林。"

这里的温度确实有点高。我抬手拍死了落在手臂上的蚊子。

"我们被河水冲到了房间的南部。我听人介绍过，在'大森林'中，北部寒冷，南部炎热。"

"嗯？为什么呢？"

"因为'大森林'北面的邻居是'冷气洞窟'，这使得'大森林'的北部比较寒冷。而南面的邻居是'火焰之沼'，那里有活火山，喷发出来的岩浆使得'大森林'南部的墙壁和地面都很炎热。"

我们要返回的"星空之丘"是一个比"大森林"面积小很多的房间。它位于"大森林"的西北方向。如果我们现在处于"大森林"的南面的话，那么现在必须要朝西北方向走。在跋涉的过程中，丽泽·利普顿时常从外套内兜中掏出方位磁石以判断前进的方向。Arknoah 中也分东西南北，和外面的世界一样，磁石的 N 极所指的方向就是北方。我们在茂密的热带植物中穿行，不时还要用手拨开挡在面前的枝叶。今天没有像昨天那样起雾，而且，天空中连一丝云也没有。所以，植物的颜色显得异常鲜艳，有些叶子绿得简直要滴出水来。

从我们落水到现在，已经整整过去二十四个小时了。最初，在河水中随波逐流一段时间后，我们奋力划水，好不容易爬到了岸上。幸运的是，在岸边不远处就找到了一个洞穴，我和丽泽·利普顿就在那洞穴里度过了漫长的夜晚。丽泽·利普顿从外套内兜中取出一个金属制的汽油打火机和一块固体燃料，我又捡了一些相对干燥的木头，丽泽·利普顿就生了一堆营火。她那汽油打火机的盖子打开和关闭时都会发出清脆的咔嗒声，我很喜欢这个悦耳的声音。我们把身体凑到火焰附近烤火，好让身上的湿衣服快点烤干。火焰的光亮把我们的影子映在岩壁上，随着火苗的跳动，我们的影子似乎也在起舞。

"接着昨晚的话题，你继续给我讲讲。"在热带雨林中艰难前行的时候，丽泽·利普顿对我说。不管这里多热，这个少女似乎也不打算脱下她那深绿色的外套。

"昨晚的话题？"我不解地问道。

"有关珍妮佛的故事。"

"啊，关于她呀，我不想再说什么。"

"求求你啦！只要是跟你有关的事情，我都想了解。"

昨晚在洞穴中，睡觉之前的几个小时，丽泽·利普顿对我展开了"询问攻势"。她问我喜欢吃什么，喜欢什么颜色，业余时间都干点什么……总之，问得非常详细，还会把我的回答记录在她的笔记本上。当然，她并不是对我抱有什么兴趣。

"那个叫珍妮佛的女同学，到底哪里吸引你？"

被她问到我在学校的人际关系时，一不留神我把珍妮佛的事情说了出来。结果被她抓住不放，刨根问底。

"我也不太清楚，我都忘记了。"

"你最好能够想起来，并如实告诉我。因为你的兴趣爱好、感情等，也会在怪物身上反映出来。"

丽泽·利普顿之所以想更多地了解我，是想寻找消灭怪物的线索。

尽管我所创造的那个怪物，至今还没有现身。

“我知道你了解我的目的。可是，你抓住我曾经喜欢的女孩子不放，是何用意啊？”

“我们可以模仿珍妮佛做一个人偶，放在怪物出没的地方。你创造的怪物肯定也对珍妮佛有好感，当它发现珍妮佛的人偶时，必定会被吸引住。到时候我们就用炸药把怪物炸成碎片。”

走着走着，我们发现了一些香蕉树，于是摘下几根成熟的香蕉填肚子。

又往前走了一段路之后，我们发现了一个奇妙的场景——地面上散落着许多透明的颗粒，是被切削成多面体的玻璃。在半径数百米的范围内，都能看到这种透明颗粒。它们形状各异，其中有一些是穿成串的，像僧人的念珠。这些透明颗粒给我的第一印象是某种装饰品。

“这些是什么呀？”

“多半是从那里掉下来的。”丽泽·利普顿用手指着头顶的天空。

我抬头一看，就在我们头顶上方的木制穹顶上吊着一个发光的物体。

“据资料显示，这个房间的照明装饰好像是豪华吊灯。”

“豪华吊灯？”

“直径数百米的巨大吊灯。”

“大森林”中一共有十三个豪华吊灯。每天早晨从六点钟开始，那些吊灯就会点亮，为地面提供光亮，让植物进行光合作用。对于地面散落的透明颗粒，丽泽·利普顿推测说，可能是由于地震或强风，吊灯摇晃得太厉害，上面的部分装饰品才掉到了地上。这些透明的玻璃颗粒很是漂亮，于是我拾起一些装进了口袋，准备当作纪念品带回外面的世界。

随着我们不断向西北方向前进，气温也在逐渐下降。慢慢地，热带植物都不见了。但是，丽泽·利普顿对我的“审问”却不见停止的迹象，我开始不耐烦起来。

“你这样刨根问底的，我实在受不了啦！现在，轮到我问你答了。”

“我不干！”

“为什么？”

“那样没有意义呀。我了解你，是为了消灭怪物，你以为我对你感兴趣呀？可是，你想了解我，是为了什么呀？只是想和我交个朋友？那我劝你赶快放弃这个想法吧。不管怎样，只要怪物一被消灭，你们马上就要离开这里回到外面的世界。为了不让分别太过难受，我们现在还是适当保持距离比较好。反正我是这样想的：友情什么的，拿去喂狗好了。”

看来，丽泽·利普顿是不打算和我深入交往了。但是，即使不是刻意，一起在丛林里前进的这段时间，我对她喜欢的事情、讨厌的东西，也多少有了些了解。比如，当看见漂亮的花朵或蝴蝶的时候，她总会露出温柔、爱怜的表情。最典型的变化就是她那拥有蓝眼珠的眼睛会眯成一条缝。另外，也许是前一天下了雨的原因，潮湿的森林里爬出了很多蜗牛。我发现，每当丽泽·利普顿看见蜗牛的时候，都会吓得倒吸一口冷气，然后皱着眉头、抿着嘴唇从旁边绕行过去。于是，我指着蜗牛问她：“难不成，你害怕蜗牛？”

“嗯？我才不怕那种东西呢！你不要胡说！”

丽泽·利普顿赶快把视线从蜗牛身上移开，然后埋头快速通过有蜗牛的地方。但是，前方不远处的树干上又出现了好几只蜗牛。于是她马上改变方向想绕道而行，可没想到匆忙中选择的方向更加“可怕”。一块长满青苔的岩石上，竟然趴着几十只蜗牛，还拖着黏液在那里慢悠悠地爬。不管丽泽·利普顿走哪条路，都有带着螺旋花纹的生物挡住她的去路。

“这里是魔鬼森林吗？真是的！”

“我想不是吧。”

看得出，丽泽·利普顿已经被那些蜗牛整得抓狂了。她气急败坏地从外套内兜里拿出打火机和一个筒状物体。

“艾尔，你退后！我要把这些家伙都炸飞！”

她手里攥的那个筒状物体原来是一个雷管。咔嗒！丽泽·利普顿掀开了打火机的盖子，火苗立刻蹿了出来，接着她就用打火机去点雷管的导火索。我赶忙冲过去抓住了她的手腕，阻止了她下一步的愚蠢行为。我费了半天劲才勉强说服她把雷管放回了外套内兜里。

最终决定，我走在前面探路，尽量避开“可爱”的蜗牛们。之前那刨根问底的“审问”也熄火了，丽泽·利普顿一脸紧张地跟在我的后面，一句话也不说。她偶尔张开嘴，也是在为自己的胆小辩解。她说：“其实，我并不是害怕那些小东西。只是当我看到它们壳上的螺旋形花纹时，就会头晕目眩……”

当我们发现人工铺的砖石路时，顿时安下心来。与之前在泥泞的土路上深一脚浅一脚地艰难前行相比，踩在砖石路上的感觉美好得简直就像一下子从地狱升入了天堂。在沿着道路前行的过程中，我们见到了已经人去屋空的村落。不少房屋已经倒塌，屋顶整个落下来，只剩下几根柱子立在原地。看样子不像是被“大猿”踩坏的，更像是被地震震倒的。村民们都已经四处逃难去了，所以没看见一个人。只有来不及带走的鸡、鸭、猪、羊等飞禽家畜，自由自在地在附近“溜达”。

“看得出，他们外出避难的时候，是仓皇出逃的，很多东西没办法带走。而他们自己也不知道什么时候才能回来。”

我们竟然在村子中发现了一座完好无损的房子。里面应该没有人，但我们还是礼貌性地朝里面问了一声：“请问有人在家吗？”

过了一会儿，确认没有人回应之后，我们走进了那座房子。厨房里摆放的蔬菜和水果还没有腐坏，从这一点来看，说明这家的主人刚离开没有几天。虽然随便闯入民宅并吃人家留下的食物不太礼貌，但在这种特殊时期，我们也顾不了那么多了。而且，如果我们不吃的话，食物放在那里也会自行腐烂。与其浪费食物，倒不如把它们吃掉，这样才能把食物的价值发挥到最大限度。于是，我开始吃屋子里的各种食物。而丽泽·利普顿则翻箱倒柜地寻找她的最爱——花生酱。

“天马上就要黑了，今晚我们就在这座空房子里休息吧。”

丽泽·利普顿看了看手表，然后提出了这个建议。由豪华吊灯提供照明的“大森林”中，是没有夕阳这种景观的，所以我并没有注意到距离天黑很近了。天上豪华吊灯的亮度开始逐渐变暗，没用十分钟天就完全黑了。但是，房子里有供电以及自来水，所以住在这里很方便。打开客厅的电灯后，我和丽泽·利普顿各自找了张椅子坐下来休息，稍微从疲惫中恢复之后就轮流去冲了淋浴，把昨天的脏衣服也洗了，还在这家的衣柜中，找到合适的衣服暂时换上了。因为丽泽·利普顿之前说过“友情什么的，拿去喂狗好了”，所以我们之间并没有谈及任何私人话题。不过，有关 Arknoah 和怪物的问题，她倒是有问必答。

“弟弟创造的怪物是一个两条腿直立行走的庞然大物，那我创造的怪物也会是这样的吗？”我问丽泽·利普顿。

我们听着收音机里播报的有关怪物的最新消息，但依然没有另外一只怪物的相关信息，似乎还没有人发现它。它到底长什么样子，自然无从考证。

“你来到 Arknoah 已经有好儿天了，就是说你创造的怪物也应该存在好几天了。但至今仍然没有人见到过它，说明它不是‘大猿’那种庞然大物。而且，我觉得它还应该拥有一定的智力，它不会莽撞地出现在人们的视线中，属于善于隐藏的类型。这种怪物，才是最难对付的。”

丽泽·利普顿穿着从衣橱中找到的睡衣，喝着我沏的红茶，耐心地给我讲解着。洗过澡之后，她那原本编成小辫的左侧头发也散开了，自然地垂在左脸颊边。可是，即使这个时候，她也没忘那件深绿色的外套，把它披在了睡衣外面。这件外套的材质很厚实，再加上内侧的口袋里装了各种各样的工具、物品，所以，显得非常笨重。

“你那件外套，什么时候才肯脱下来？”

“为什么要脱下来？”

“你不觉得穿着很累吗？脱下来可以放松一下呀。”

“脱下来的话，我会感觉不安心，它就是我的铠甲。”

这么一说，我想起来了，昨晚在洞穴中过夜的时候，她也是裹着那件外套的，尽管那件外套还在不停滴水。

“我们再回到怪物的话题上，你看能不能这样想：假设我所创造的那只怪物并不坏，也不那么可怕，它也许不会伤害任何人，可能正因为这样，所以到目前为止还没有关于那只怪物伤人、搞破坏的报告呢。”

听后，少女摇了摇头。

“任何怪物都会杀人的，毫无例外！”丽泽·利普顿肯定地说。

“为什么呢？”

“因为 Arknoah 的居民和怪物是不同造物主创造出来的。即使是两个陌生人见面，也可能因为价值观的不同而彼此不信任，也许会发展到相互抵触、对抗，最后甚至拳脚相加的地步。”

“但是，也许这只是个磨合的过程，没准最后能相互接受呢。俗话说‘不打不相识嘛’。”

“唉，真羡慕艾尔你所生活的那个世界呀。在 Arknoah，绝对不会出现这样的结果。我们这里的人都十分害怕自己现在的世界观发生动摇、崩溃。所以，对于与自己世界观不统一的事物，我们这里的人都会怀有恐惧心理。在你们那个世界里，就不会有这样的麻烦吧。不同世界观、价值观的人虽然有分歧，但最后都能相互理解吧。”

“这……我收回刚才所说的话。我们那个世界，麻烦还是很大的，甚至还有无数的人为此付出了生命。从很久很久以前开始，我们那里就战争不断。”

“你们那边一直都有战争？那么，到底什么时候才能彼此接受呢，像你说的‘不打不相识’？”

不同信仰、不同价值观、不同生活背景的人，该怎样彼此接受对方这个问题太过复杂，我不知道该怎么回答。

我只能转移话题说："如果能够让怪物和 Arknoah 居民和平共处的话，那么这里不就变成一个完美的世界了吗？"

"不可能的。误闯入这个世界的外邦人以及他们创造出来的怪物，就像是把纯净之物污染的墨迹一样。另外，关于你创造的那只怪物，虽然目前还没有收到任何目击情报，但它肯定已经存在于这个世界，而且，它应该已经杀害了这里的居民。而遇害者在第二天复活的时候，完全不记得自己被杀的事情，所以不会有人报告。再有，之所以一直没有目击情报，肯定是因为你所创造的那个怪物把所有看见过它的人都杀掉了。你想想，对于这种杀人怪物，我们能放过它吗？"

少女目不转睛地盯着红茶上空升起的热气，而我则望着一片漆黑的窗户。此时的窗户玻璃就像镜子一样，反射出我和丽泽·利普顿两人的身影。在大森林里的漫长行军途中，我和丽泽·利普顿谈了很多，感觉彼此的距离也有所拉近，但一谈到有关她的话题，她会立马打住，真是没有办法。毕竟我生长于外面的那个世界，而她是 Arknoah 造物主特意设计出来的人。

"是啊，它毕竟是个怪物……"看着窗户玻璃中映出的自己的脸，我自言自语似的说道。

我似乎能感觉到，和"大猿"一样，我所创造的那个怪物确实存在于这个世界。不过，现在它在哪里？正在干什么呢？

如果能让怪物和 Arknoah 的居民和平共处，那当然是最好不过的事情。抱有这种想法的我，对于自己创造的怪物，似乎并没有什么不好的感情。我不会像 Arknoah 居民那样，对消灭怪物有很强的使命感。我只是牵挂外面世界的妈妈，为了回到外面的世界而不得不杀死那怪物，这是我消灭怪物的唯一理由。

我想：当我与自己创造的怪物面对面的时候，我会是怎样一种表情呢？把它当作杀人怪物而充满憎恨吗？还是像弟弟一样，眼睛放射出兴奋的光芒，或是产生其他某种感情？总之，对于和它会面，我既感到惶惶不安，又多少有点期待，真是一种矛盾的心境啊。

“我创造的那个怪物，你认为它现在会藏在哪儿呢？”

丽泽·利普顿放下手里的红茶杯，用开玩笑的语气笑着说：“没准，现在它就在赶往‘星空之丘’的路上呢。”

3-3

一个自称鲁夫纳的小个子和格雷·阿修比搭上话，是天黑之后的事情。星光旅馆有一个很大的露台，当初是为了在举办舞会时，客人跳累了可以到外面透透气而设计的。当时，格雷正在露台上仰望着天上的星星。这里的星星不会像外面世界的星星那样一眨一眨的，但是会随风轻舞，泛起一阵阵的星光之波，也很美丽。这里的星星，其真实面目是吊在天花板上的灯泡。

“你就是外邦人格雷·阿修比？”

听到有人叫自己的名字，格雷回头往露台的出入口看去，那里站着一个人，个头和哥哥艾尔差不多。

“是我。你是……”

“我叫鲁夫纳。”

那人朝格雷走了过来。楼下篝火的光亮，将来人脸上的阴影一扫而光。当格雷看清对方的脸庞时不禁愣住了，那人有一张漂亮的脸蛋，而且很精神，再根据他说话的语气、用词，格雷判断他是一名少年。只见他一头黑发，前面垂下的发丝几乎把眼睛都遮住了。从刘海的间隙可以隐约看到他的眼睛，那是一双细长的眼睛。

“晚上好！”来人很有礼貌地和格雷打招呼。

“你要干什么？”格雷毫不客气。

“和你打个招呼啊，我刚好从这路过。”

“你每路过一个人都要和他打招呼吗？如果他是一个嗜血的杀人恶魔，你还打招呼吗？”

“如果破坏了你的心情，那我要说声对不起了。”

“说破坏了我的心情，那倒谈不上。我只是因为肚子空空，所以心情也好不起来。”

格雷开始朝远离鲁夫纳的方向移动，但鲁夫纳却朝他追了过来。于是，他们俩一边沿着露台的边缘行走，一边对话。

“你肚子饿的话，可以去餐厅啊，那里有晚餐供应。”

“我不想去人多的地方，他们一定都对我怀恨在心。”

“就因为你是‘大猿’的造物主？”

“请你走开点！我不想和任何人说话。”

“我这有面包，原本是想当消夜的。如果你饿的话，就给你吧。”

“面包上涂了毒药吧？”

鲁夫纳用手撕了一小块面包下来，放在自己嘴里嚼了起来，以证明它是没毒的。

可格雷并不领情，还说：“你吃的只是没涂毒药的地方吧。”

“好吧，你不想要就算了。”

“不，我要。既然知道你撕的那部分没涂毒药，那我就只吃那一部分吧。”

黑发少年无奈地耸了耸肩膀，把面包递了过去。接过面包之后，格雷就大口大口地吃起来。虽然有点硬，但对于肚子很饿的格雷来说，还是非常香甜的。

从露台边缘可以俯视星光旅馆热闹的院子。在院子里，深绿军团的人正席地而坐，喝酒作乐。可是，似乎有人喝醉了，有两个人不知因为什么吵了起来。康亚姆·康尼姆闻声赶来，用他的鼻子发出了和狗一样的低吼声。那真是一个可怕的声音。被身穿军服的狗头这么一吼，吵闹的人立刻安静下来。深绿军团的人又乖乖地坐回地上，继续喝酒，不过这次安静多了。

“你哥哥是个什么样的人呢？”黑发少年问格雷。

“你为什么要问我哥哥的事情？”

“因为只要是 Arknoah 的居民，都会对你们外邦人感兴趣。”

莫非，他是为了打听我哥哥的消息才跑过来主动和我搭话的？可他到底想干什么呢？格雷漫无边际地想着。

“艾尔，是个随处可见的普通孩子。现在，应该正在‘大森林’里受苦呢。”

“我在收音机里听说了。”

“你还听到其他的什么消息吗？艾尔创造的那个怪物现身了吗？是个什么样的家伙？”

“你很感兴趣吗？”

“别假装只有你知道似的。”

“我知道的并不比别人多啊，也都是从收音机里听来的。”鲁夫纳拨了拨头发，挡住了眼角。

“其实，我还有更重要的话想说。你知道吗，Arknoah 特别灾害对策总部有事情瞒着你们兄弟俩。格雷，你刚才说这里的人可能都恨你。其实不然，他们并不恨你，他们是可怜你。”

篝火的光亮把鲁夫纳的影子拉得又细又长，而火焰又随风摇曳，于是，鲁夫纳的影子也像活了一样舞动着。格雷忽然紧张起来，他感觉对面这个少年总有哪里很奇怪，但具体哪里奇怪又说不上来。不过，格雷从鲁夫纳的话中嗅到了一丝虚假的气息，但又忍不住要问个究竟。

“可怜我？为什么呢？”

“其中的理由，我们这里的人都知道，这也是这个世界中的常识。不过，还是不告诉你们兄弟俩比较好，所以大家都缄口不提。”

地面又开始震动了，是“步行地震”那种轻微的震动。因为“步行地震”相当频繁，现在大家对此已经不以为然了。不但深绿军团的人依然悠闲地喝着酒，就连避难者们也没有任何惊慌失措的表现。

这时，黑发少年开口了：“如果最终无法消灭‘大猿’的话，就得把你杀掉，用丽泽·利普顿的手。”

3-4

光线从窗帘的缝隙间射入房间。看来，木制穹顶上垂下的巨大豪华吊灯已经把整个“大森林”照亮了。我还能感受到这一切，说明昨天晚上我是幸运的，在睡觉的过程中没有被“大猿”踩成碎片。虽然昨晚睡觉之前，丽泽·利普顿曾经安慰我说，“大猿”那么巨大，如果它接近我们的话，那震动肯定会把我们从床上震下来，到时候我们再逃跑也来得及。不过，我还是无法睡踏实。

丽泽·利普顿早已起床，我起来的时候她正靠在客厅的沙发里，一边听收音机播报的怪物新闻一边吃水果。我们相互打了个招呼，但没有做更多的交流。因为我时刻记着少女的那句：“友情什么的，拿去喂狗好了。”她的意思是说，总有一天要和我们外邦人分别，为了不让分别那么难过，现在最好保持一定的距离，不要太亲密。

“喂！丽泽，我在这家的食品仓库里找到了一些核桃，把你腰上的铁锤借我用一下怎么样？我砸核桃。”

隔着茶几，我坐在了丽泽·利普顿的对面。

“那边不是有几个空的酒瓶子吗，你用它们敲核桃嘛，我的锤子可不是用来干这个的。”

“那你的锤子是用来干吗的？为什么叫你铁锤女孩？难不成，业余时间你喜欢做木匠活儿？”

“你不用瞎猜了。我的锤子，是一个神圣的物件，不可以随便开玩笑，要遭惩罚的。”

“看来很珍贵嘛，你是从哪儿弄来的？”

“我也不知道，反正有我的那一天，它就在我身边了。我对这个世界诞生的瞬间没有任何记忆，至于大家为什么叫我铁锤女孩，我更是无从知晓。当我意识到的时候，一切就已经是这个样子了。”

“你没有爸爸妈妈吗？”

“没有啊，不过，这并不重要。在我们这个世界里，孩子是否有父母，夫妻是否有孩子，都是造物主大人安排好的。”

“具体解释一下好吗？”

“即使是有孩子的母亲，也没有一个人记得自己当时生孩子的情景。我们这里的人口，基本上不会增加，也不会减少。家庭成员、亲子关系都是事先设定好的。父母与孩子之间确实存在血缘关系，也有亲子感情，而且孩子也长得像自己的父母。但是，夫妻不能根据自己的意愿选择生孩子或不生孩子。这个世界诞生伊始，几乎就是现在这个样子。换句话说，Arknoah 的所有居民，都是造物主大人的孩子。”

“你虽然没有爸爸、妈妈，但有造物主大人时刻陪伴，应该也不会感到寂寞吧？”

丽泽·利普顿把锤子拿在手中，非常爱惜地把玩着。那柄铁锤就像带有魔法似的，散发着异样的光芒。仔细看去，虽然也有镶金带银的装饰，但设计绝不花哨，是一柄很简约朴素的锤子。

“和怪物作战的时候，这锤子可以当武器吧？就像电子游戏中的道具一样，有额外的破坏力吧？”

“你能不能不要说那些我听不懂的话！对于你那些让我听不懂的问题，我只有凭着想象来回答了。我这柄锤子并没有特殊的能力，但它也确实不是一柄普通的铁锤。我曾经请乌龙博士帮我确认这柄锤子的成分，结果显示，它是由我们尚不认识的金属铸造而成的。乌龙博士查遍了手头的文献、资料，也找不到有关这种金属的记录。因为它是这个世界里独一无二的材料，比黄金、白金还要贵重。而且，它的强度也相当惊人。我们试过了各种方法，都不会在它身上留下痕迹。电钻没有用，子弹没有用，炸弹没有用，就连用强酸腐蚀它，用岩浆灼烧它，它都丝毫无损。”

“这么说来，它应该是 Arknoah 中最硬的物质了。”

“如果我们这个世界遭到强大力量的破坏，即使所有一切都化为灰烬，我想这柄锤子也会保存下来。”

我们把随身应用之物收拾好，就离开了这座房子。出门不久，我们遇到了一个有趣的生物。在村落的田间，有一匹大黑马，正在啃地里的卷心菜。丽泽·利普顿走过去，向大黑马伸出了手。大黑马用鼻子嗅了嗅铁锤女孩的手掌心，它并不怕人。可是，当我想去摸摸它的时候，它却转过身去用屁股对着我，还用尾巴抽我的脸。

“你这家伙！”

看我发怒，那黑马反倒很得意似的发出几声嘶鸣，然后转到了丽泽·利普顿的背后。对于我来说，黑马的身体是巨大无比的，它这样兴奋地前后跃动，给我造成了很大的心理压力，于是我连连后退。

“喂！好啦！好啦！乖孩子！听话！”

丽泽·利普顿轻轻抚摸着黑马那油亮的体毛，把它引到了一旁的马厩中。我不知道她和黑马在里面做什么，只好踢着脚边的石头玩，等她出来。一会儿之后，出现在我眼前的是丽泽·利普顿骑在马背上的飒爽英姿。她已经给黑马装好了马鞍、缰绳和马镫。

“日后我会把这马还给它的主人的。艾尔，坐前边还是后边？你自己选。”

黑马背上的马鞍是单人用的，但因为我和丽泽·利普顿都还是孩子，身体比较小，两个人挤一挤的话，应该可以同乘一匹马。

“我推荐你坐前边哟，后边接近马屁股，走起来会比较颠簸，不是很舒服。”

但是我想，如果我坐前面的话，丽泽·利普顿势必要像抱着我一样，将双臂绕到我的身前抓着缰绳。怎么说我也是个男孩子，要是那个样子的话，未免太难为情了。于是，我决定了。

“我坐后边！”

马背比我的眼睛还高出不少，爬上去还真不是一件容易的事。我环视四周，找了一根树桩当脚垫，让铁锤女孩把马赶到树桩旁边站好。我刚要迈腿往马背上爬，那黑马算准时机往前一蹿，我一下扑空，跌倒在地。那马是在故意耍我。

“好啦！听话！老实点！”

听丽泽·利普顿这么一训斥，那黑马一脸不情愿地走回树桩旁，但终于老实了。我好不容易爬到了马背上，随着清脆的马蹄声响起，我感觉自己开始移动起来。这是我第一次骑马，感觉还真不错呢。视线一下子变高了，我随着马的身体上下起伏、左右摇摆，顿时感觉自己的姿态变优雅了。伸手还能摸到树上垂下的枝叶。眼前就是丽泽·利普顿的后脑勺，她那淡金色的头发随风飘舞。

“危险！快抱住我的腰。”

虽然隔着外套，但我还是犹豫该不该伸手抱住她。长这么大，连女孩子的手我都没碰过呢。

“磨蹭什么呢？快抱住我的腰。”

我慢吞吞地伸出双臂，环绕在丽泽·利普顿的腰间，然后双手在她肚子前面十指紧扣。不过，我的手臂和她的身体之间是留出了一定距离的，而且，我的前胸和她的后背也没有贴在一起。因为我怕和她太亲密的话，会引起她的不快。那次和我喜欢的女孩子在走廊里擦肩而过的时候，她所说的那些话，在我的心中已经形成了阴影。“看到你我就恶心！我半径十米的范围之内，不许你靠近！”这句话经常在我的耳边回荡。似乎我这样的人只要一出现，就会让女孩子不舒服。莫非我身上有一股奇怪的气味，我自己感觉不到，但别人闻起来可能像垃圾一样？想到这，我真想一头撞死算了。

我经常会这个样子，一瞬间突然想到不好的事情，就会自己讨厌自己，甚至哭出声来。也许到长大成人之前，我都会是这个样子，动不动就想死了算了。也许，长大成人之后，这种可悲的情绪还会一直纠缠着我。如果真是那样的话，我的人生未免也太痛苦了吧。

"你看！"

我抬起头，顺着丽泽·利普顿伸出的右手一看，原来有一只漂亮的蓝色蝴蝶正在我们旁边飞舞。它围着我们飞来飞去，还飞到了黑马的鼻尖上，像是在和它打招呼。

"今天真是一个好天气啊！"

"啊，是啊……"

我仰起脸，仔细打量了一番周围的森林。天空似乎很亮，只有零星的几朵云，光线穿过枝叶的间隙照射到砖石路上。

"是啊，天气真不错！只是这里的天空不是蓝色的，有点遗憾。"

"慢慢走，好孩子！真乖！"丽泽·利普顿用手轻轻摩挲着黑马的脖子，指挥它前行。

我想，现在可不是想珍妮佛之类倒胃口的人和事的时间。现在的这份体验，可是我人生中难得的珍贵经历。我必须得把这个世界里的一切美好事物都牢牢地记录在头脑中，以后回到外面的世界，我肯定会怀念这里的。

我们一直朝着西北方向前进。骑马赶路，自然比步行要省力多了。可是一遇到地震的时候，黑马就会焦躁不安、犹豫不前。

"没关系的，迪尔马，不用害怕，继续走吧。"丽泽·利普顿竟然给黑马取了个名字。

"迪尔马？"

"我给这马取的名字。"

"它不是你的马呀。"

"现在暂时归我所有。"

看样子，她非常喜欢这匹大黑马。迪尔马继续前进，可是听到远方传来震颤大地的咆哮声，那马又畏缩不前了。再看看天空，又有一群被惊起的飞鸟。

“我弟弟那么小的身躯，怎么会创造出如此巨大的怪物呢？”

“格雷是不是对自己个子不高耿耿于怀？人的自卑心理，也会影响怪物的形象和能力。”

“确实，因为他个子矮，经常被嘲笑。难道‘大猿’算是一种报复？”

“那艾尔你呢，你对自己身体的哪些地方感到自卑？”

“这问题昨天你不是问过了嘛，我也说了啊，我没什么自卑的地方。”

丽泽·利普顿回过头来，一脸鄙夷地从头到脚打量了我一番。

“你什么意思嘛！”

“开个玩笑嘛。我不说开玩笑的话，你又要生气了。”

“懒得理你。以前你消灭的怪物中，你觉得最厉害的是哪一种？”

丽泽·利普顿陷入了沉默，像是在思索。一会儿之后，她说：“会说人话的家伙，最可怕。”

骑马的旅行继续着，途中累了我们就停下来休息一会儿。路过一些空房子，我们就去里面找食物。收获还真不少，我们的午餐就是从空房子里找来的薄饼、罐头，还有果汁。午后，我们继续朝西北方向进发。突然，地面又开始震动，不过，这次的震动强度明显比以前强了不少，头顶上有不少树枝、树叶、果实掉落下来。迪尔马也不安地咴儿咴儿直叫，边走边东张西望。不知是不是丽泽·利普顿给那大黑马下达了命令，我明显感觉到那马前进的速度变快了。

“越来越近了。”丽泽·利普顿小声说。

“大猿”的“步行地震”确实越来越强烈。大森林断断续续地发生地震，鸟儿也纷纷冲向天空。这时，又传来了“大猿”的咆哮声。从声音传来的方向判断，源头在我们的右方。我们正朝西北方向前进，那么声音的源头应该位于东北方向。那咆哮声在“大森林”的穹顶和墙壁之间回响，震得我们的耳朵嗡嗡响，暂时听不见其他任何声音。迪尔马惊慌失措，不停地原地打转，丽泽·利普顿拼命安慰它，才让它安定下来。不知过了多久，我的耳朵才恢复正常，可是，这时又听到了咔嚓咔嚓树木折断的声音，同样也是来自右方。那声音就像龙卷风席卷大森林的声音。

我一边在心里祈祷，希望那家伙不要出现在我们面前，一边拼命往前赶路。但是，总觉得这样走下去，早晚会和那怪物碰面。

“真想让迪尔马改个方向前进，以避开那怪物，可……”

在森林里，砖石路之外的路面都很泥泞，马根本跑不起来，速度更慢，更容易遇到“大猿”，所以我们只能走砖石路，但应该沿着这条砖石路前进呢，还是掉头回去呢？我觉得应该掉头回去，让“大猿”先过去，但决定权在丽泽·利普顿手中。最后，她决定继续前进。我心想，这个决定还真符合她的风格。

“我们要加速了！会很颠簸，你小心不要咬到舌头。我们一定要在和‘大猿’相遇之前赶到西面的墙壁。逃进‘星空之丘’，我们就安全了。”

不知从什么时候开始，整个森林开始剧烈震动起来，就像大地在跳舞一样。落叶像雪片一样飘落下来。那家伙每走一步，不知要踩倒和震倒多少棵大树。虽然我们还看不见“大猿”的身影，但离它正四处破坏造成的声音越来越近了。那是格雷内心的阴影——被关在“大森林”这个牢笼中的巨大怪物。大地就像大鼓的鼓面，被怪物用力“猛敲”，而我们就像鼓面上的豆子，被震得东倒西歪。如果那家伙来到我们附近，我们肯定会被卷入这具有破坏性的龙卷风中，绝没有全身而退的可能。

除了那可怕的震动之外，突然又传来直刺鼓膜的咆哮声。那极大的音量影响的不只是我们的听觉，就连肚子里的各种内脏也被搅得昏天暗地。迪尔马也是受惊不浅，扬起前蹄发出一阵嘶鸣。我险些从马背上摔下去，慌忙之中赶紧抱紧了丽泽·利普顿的身体。

“好孩子，不怕！振作起来！”铁锤女孩安慰、激励着大黑马。

我则双臂用力，死死抱住丽泽·利普顿。这次，我的前胸和她的后背没有一点距离，完全是“亲密接触”。丽泽·利普顿踢了一下迪尔马的侧腹，大黑马又开始迈步向前，并逐渐加速。我们在大量的落叶、树枝中，沿直线快速前进。马的身体在奔跑中有规律地跃动着，而我骑在马鞍上的屁股，也被嘚、嘚、嘚地颠起又落下。而且，这颠屁股的频率还在不断加快。我想，这马应该不能跑得更快了吧。没想到，迪尔马瞬间就突破了我设想的速度极限，并且还在不断加速。

道路两边的树木，天上落下的树枝、树叶，都以非常快的速度向我们后方掠去。眼前的物体都是一闪而过，就被远远地抛在了身后。我的心都提到了嗓子眼儿，真想大声尖叫，却叫不出声来。马蹄声已经无法计数，就像谁在我耳旁开机关枪。

在一阵格外剧烈的震动之后，地面传来了碎裂的声音。只见一条笔直的裂痕沿着砖石路从我们后面向前延伸开去。道路裂开之际，砖石碎片四处飞散。道路开裂的速度比迪尔马奔跑的速度快多了，一直延伸到我们前面很远很远的地方。

一瞬间，我们周围突然暗了下来。我想抬头看看，可又不敢动作太大，因为害怕从马背上摔下去，于是只好侧扭着头，向上空望了望。不看则已，这一看可把我吓得够呛。一棵大楼一般的巨树，从我们头顶上横飞而过。那棵巨树像是被谁连根拔起后扔出去的，根上还带着大量泥土。哗啦，树根带的泥土从天而降，顿时在我们周围下了一场泥土雨。巨树在我们左前方不远处落了地，弄得大地又是一阵震颤。“大猿”把这些树龄足有几百年的巨树，一棵接一棵拔起来，然后扔出去。如果砸中我们的话，我们毫无疑问会成为一摊肉饼。那家伙到底在攻击什么？还是说，毫无目标可言，只是在发挥它那破坏的本能？就像不看对象，随时随地用恶毒的语言攻击别人的格雷一样。

又有一棵战舰大小的巨树落在了我们前方不远的砖石路旁边，大树落地的那架势，就像陨石来袭。以落地点为中心，形成了一圈一圈的冲击波。巨树的树干因猛烈撞击而碎裂解体，足有卡车那么大的木片和泥块，爆炸似的向四面八方飞散开去。其中有不少朝我们飞来，丽泽·利普顿紧握缰绳，指挥着迪尔马在“碎片雨”的间隙灵巧地左躲右闪，前进的速度丝毫没有减慢。

好不容易避开了“碎片雨”的袭击，前方的视线又清晰起来。可还没等我们喘匀一口气，右侧的森林中就冒起了一阵阵土烟，原来是一个巨大的物体滑了过来。当它从树林中滑出来后，我们才看清，原来是一棵直径好几米的大树。可不巧的是，它刚好横在砖石路上停了下来。去路被拦腰挡住，我以为丽泽·利普顿肯定会让马停下来，然后我们下马徒步绕过这棵大树。没想到，迪尔马并没有减慢速度，而铁锤女孩还在不停地让它加速。我怀疑铁锤女孩的神志可能出了问题，让马跨过这棵横躺的大树，完全是不可能的嘛！可是马蹄蹬地的声音越来越有力，就在撞上树干的前一秒钟，迪尔马前腿高抬，后腿用力蹬地，一跃而起。我们画了一个漂亮的弧线，从横卧的大树上面飞了过去。这整个过程，我感觉时间都放慢了脚步。我们在飞散的碎片、土石之间飞跃，就像电影中的慢镜头……迪尔马落地时的强烈冲击，把我的意识拉回了现实，马儿继续急速飞奔。

“西边的墙壁！”在疾驰的马背上，丽泽·利普顿大叫道。

确实，透过茂密的森林，可以看见前面是一个巨大的平面。那就是“大森林”西侧的墙壁。如果找到出入口，进入隔壁的“星光之丘”，就可以暂时逃离“大猿”所制造的这场破坏风暴。

可就在这时，地面突然消失了。

马蹄声也随之消失了，迪尔马像是在空中奔跑，周围的一些大石头也都飘在了空中。这感觉和我昨天坠河时如出一辙，我们仿佛进入了一个无重力的空间。可能是“大猿”突然跳了起来，然后重重地落在地上造成的吧。它落地的时候，让“大森林”的地面整个凹陷下去了，就像蹦床一样。只有扎根于大地的树木，会跟着地面一起下沉，而其他无根之物，都留在了空中。不过，那只是一瞬间的事情，还没来得及眨眼，地面就反弹了回来。这来自大地的重重一击，几乎要了我们的性命。

随着一声天崩地裂的巨响，仿佛世界末日已然降临。迪尔马跌倒在地，我和丽泽·利普顿则被远远地抛了出去。整个森林升腾起一阵土烟，周围顿时昏暗下来。

有数秒钟的时间，我的意识似乎暂时游离了大脑，但多少能感觉到自己还活着。稍微清醒一点之后，我发觉左胳膊疼得厉害，应该是受伤了，但还没到完全动不了的地步。

在离我几米远的地方，我看见了深绿色外套，丽泽·利普顿倒在那里。虽然她一动也不动，但看样子还没有死。如果她死了的话，肯定会化作一股白烟。

一开始，我什么声音也听不到，好像是耳膜出了问题。起码过了一分钟，才逐渐有声音传入耳朵。

那是树木断裂的声音。由于刚才的巨大冲击，很多树木从中间断裂，还有不少小一点的树木甚至被连根拔起。

在丽泽·利普顿旁边有一棵树开始倾斜，再过几秒钟就要砸到她身上了。如果被这棵树压住，那她必死无疑。不过，对 Arknoah 的居民来说，死亡只不过是一个通往重生的起点，死也没什么可怕的。话虽如此，我还是忍痛站起身来，跑到丽泽·利普顿身边，抱住她的身体，用尽浑身力气把她往安全的地方拉。虽然知道她死了明天就能复活，但我还是不希望看到她死。和她一起骑马的这段经历，如果只有我一个人记得，那也未免太寂寞了。

大树轰然倒下，正好砸在丽泽·利普顿刚才躺倒的地方，也就在现在的我们旁边的不远处。

“丽泽！”我大声呼唤她。丽泽的嘴里发出轻微的呻吟声，但眼睛始终紧闭着。

这时我听到了马儿的嘶鸣声。

“迪尔马！”看来，大黑马没什么事，我的心放下了一半。

与此同时，在漫天烟尘的昏天暗地中，一个直冲天际的巨大影子出现了。顿时，一股寒气爬上了我的脊背。因为这次可不是用望远镜远远地观看。虽然那家伙离我们还有一定的距离，但那庞大的身躯所带来的气势已经压得我喘不过气来。

我用力拖着丽泽·利普顿向远离“大猿”的方向一寸一寸地挪移。她的身体并不重，可外套非常重。

地面又传来一阵上下震动，说明“大猿”在行走。我深一脚浅一脚地艰难前进着，摔倒了爬起来继续走。额头好像被什么东西划破了，血淌下来流到了眼睛里。左胳膊的疼痛也越来越强烈。地面每震动一次，砖石路面就会吧啦吧啦地碎裂一段，路上有的地方隆起来，有的地方凹下去。我就在这样的路上，步履蹒跚地拖着丽泽·利普顿以蜗牛的速度前进着。过了一段时间，烟尘散去了，“大猿”的脸孔在高空中清晰地显现了出来。

它的眼睛因为愤怒充血而变得通红，它脸部的表情似乎告诉我们，它诅咒这个世界的一切，它要破坏整个世界。那龇牙咧嘴的庞然大物，让人看了，吓得灵魂都要冻住。它在一步步向我们的方向走来，我们正处在它的前进路线上。我当场跪倒，浑身瘫软，再也没有力气站起来。我已经明白，一切的反抗都是徒劳。我拉着丽泽·利普顿龟速前进，根本逃不出“大猿”的“势力范围”。我们要么被“大猿”直接踩扁，要么被它震倒的大树砸死，都只是时间问题。

可就在这时，密林中突然有亮光一闪，然后，那个光点冒着烟从树林中飞了出来。那个东西留下一条笔直的烟雾轨迹，刺入了“大猿”的肋下。随后“大猿”的身体发生了爆炸，并升腾起一个火球。不过，相对于“大猿”那巨大的身体来说，这个爆炸的规模显得有点小。如果我没看错的话，袭击“大猿”的那个东西一定就是在战争电影或射击游戏中出现过的火箭炮所发射的火箭弹。

“大猿”停下前进的脚步，扭转它那粗壮的脖子，朝发射火箭弹的方向望去。虽然那枚火箭弹没给“大猿”造成什么严重的伤害，但至少成功地吸引了它的注意力。同时，我还听见森林中传来了一群男人的怒吼声，那声音让我联想到了面对敌人发起冲锋时战士们的呐喊。

到底发生了什么事？我根本无暇思考。

“大猿”突然弯下了腰。试想一下，它那庞大的身躯以很快的速度做了个俯身的动作，那气势着实十分吓人。接下来，它龇着牙发出威胁性的怒吼，同时挥拳朝发射火箭弹的男人们猛砸下去。顿时，一阵烟尘滚滚，“大猿”落拳的那一带森林中，树木和土石横飞。我和丽泽·利普顿的身体也被震得飞了出去。正在我叫苦不迭的时候，突然听到了熟悉的声音。

“丽泽！”

那是康亚姆·康尼姆的声音。从西边墙壁的方向，他骑着马跑了过来。这个声音让我感到前所未有的安心，心情顿时放松，与此同时，全身也一下子失去了力气，意识仿佛被吸入了黑暗之中。

3-5

由古代堡垒改造而成的星光旅馆，虽然具有一定的抗震性，不会因“大猿”造成的地震而坍塌，但经过这段时间的折腾，也出现了很多裂缝。来自“大森林”的避难者中有一些懂得房屋修补技术的人，正在帮忙修缮星光旅馆。突然，一个正在修理瞭望台的人大喊了一声：“他们回来啦！”听到这个消息后，格雷·阿修比飞也似的跑出星光旅馆的大门，登上一座小山丘向远处张望。“大森林”那个方向有一队马车卷着尘土飞驰而来。那些马车原本是避难者所拥有的，但现在被深绿军团借来以作运兵之用。

旅馆里的很多人也跑了出来，到大门前迎接战士们的归来。几个小时之前频繁发生的“攻击性地震”已经平息下去，但微弱的“步行地震”还是时有发生。这就说明，康亚姆·康尼姆他们使用火箭炮和来复枪也没能将“大猿”消灭。

不少 Arknoah 的居民用异样的目光看着格雷，那些目光中包含的并不是敌意，而是可怜和心疼。格雷已经知道其中的原因，但是他想，还是姑且装作不知道吧，那样，自己说话、做事也都更方便一些。

马车队开进了旅馆院内，一群戴着绿色臂章的人下了车。还有一些受伤严重的人被担架抬了下来。眼睛比较敏锐的人发现，回来的人数比出发时的少。缺少的人，应该会在明天早晨回来吧。

一个熟悉身影的出现引起了一阵骚动，人们的视线集中到一个身穿深绿色外套的少女身上，那正是被河水冲走的丽泽·利普顿。康亚姆·康尼姆正伸着一只手，扶少女走下马车。从因为飘动而偶尔露出的外套缝隙之间，可以看见少女腰上挂着的铁锤。那柄铁锤和平常工作用的锤子一般大小，不过上面装饰着一些金银珠宝。看到铁锤女孩，格雷感觉自己脸上的表情也变得僵硬了。他也能理解为什么 Arknoah 的居民那么害怕这个少女了。

但是，格雷还是得走上前去，因为他有必须走过去的理由。哥哥艾尔是和丽泽·利普顿一起失踪的，如果铁锤女孩找到了，那么哥哥很有可能也就找到了。注意到格雷焦急的目光，康亚姆·康尼姆扭了一下他那狗头，用鼻子指了指马车的车厢。“格雷·阿修比，你要找的人在那里。不过我奉劝你一句，还是让他继续躺着比较好。”

艾尔闭着眼睛，平躺在车厢中。

医务室中有很多床位，躺了不少伤病员，救治工作正在紧张地进行着，而此起彼伏的呻吟声就好像一场大合唱。一个红色头发、满脸雀斑的瘦高青年正在护理艾尔，他也是深绿军团的一员。那青年掀起艾尔的衣服，给伤口涂药、缠绷带。可以看见，艾尔左胳膊的伤口上裹着一块深绿色的布，那应该是应急处理时缠上的。而且，那块布应该是从丽泽·利普顿的外套上撕下来的。

“火箭弹命中了那家伙，还冒出过一个大火球！炸得相当厉害呀！”

雀斑青年一边照顾艾尔一边略显兴奋地说。他好像也参加了刚才发生在“大森林”的战斗。

“但是，一点效果也没有啊，最多只是炸到了那家伙的毛皮。然后大家又冲上去用来复枪对它射了一通。”

“是啊，我们用来复枪一起攻击‘大猿’，除了你。”

躺在旁边一张床上接受治疗的一名深绿军团成员插了一句。意思好像是说那位雀斑青年当时被“大猿”的气势吓得不知所措，当了逃兵，发生战斗的时候不知躲到哪里去了。深绿军团的男人们谈论着当时的情形，而雀斑青年的脸立刻红了起来，一副羞耻、悔恨的表情。突然，一声轻轻的呻吟打破了尴尬的僵局。原来是艾尔发出的呻吟声，格雷俯身呼唤哥哥：“艾尔！”只见哥哥的眉头轻轻皱了皱。

艾尔微微睁开眼睛，眼神非常迷茫。

“啊，格雷……这不是格雷嘛……”

“还以为你死定了呢。我正犹豫该不该向哈罗兹经理订购儿童穿的丧服呢。”

“啊，嗯，我还活着。对了，今天星期几？不用去上学吗？”

“你睡到什么时候都行啊，这里没有学校那种东西。我们现在迷失在一个奇妙的地方。”

艾尔听后一脸的茫然，便环视了四周一圈。其他床上的伤员和照顾伤员的志愿者都把目光投向了艾尔。看了一会儿，艾尔好像想起了什么似的，深深地吐出一口气，然后呆呆地望着天花板。过了一会儿，艾尔发出的呼吸声表明他已经睡熟了。

格雷离开了医务室，去帮哥哥找更换的衣服。他想，如果跟星光酒店的服务员打听一下的话，应该能找到更换的衣服吧。格雷的胳膊上搭着从哥哥身上脱下来的脏衣服，那衣服上满是泥巴。艾尔睡得很沉，格雷和雀斑青年从他身上把衣服脱下来的过程中，艾尔始终没有醒，尽管他们脱衣服的手法很粗暴。星光旅馆中还配有大的公共浴室以及桑拿房，在公共浴室旁边就是洗衣房。来到洗衣房后，格雷伸手把哥哥的衣服递给一个洗衣女工。

“把这些衣服放洗衣机里吧，然后再帮我找些更换的衣服吧，旧衣服什么的也行。绣花的或者带补丁的都没关系，反正也不是我穿。”

洗衣女工用手指尖捏起艾尔的上衣、裤子和内裤，放到鼻边稍微闻了闻，然后皱了下眉头。

“你要旧衣服的话，那边有很多，你自己去挑就是了。因为听说这里收容了不少避难者，所以房间的人捐赠了一些救灾物品，衣服就有很多。不过，你拿来的这衣服，与其洗干净，还不如直接扔了更好。你看，这衣服上到处都是窟窿，好多地方还开线了。恐怕叫它破布更合适。”

“这倒也是，那家伙穿着它先是掉进河里被冲走，后来又在地震中摔了无数个跟头，所以衣服变成这样也是意料之中的事情。不过，你还是把它洗了吧。这衣服是妈妈给我们买的，不能随便扔掉。”

洗衣女工耸了耸肩，把艾尔的衣服拿到了最近的一个洗衣机旁。那洗衣机的样式可真够古老啊，根本不需要用电。它只是一个巨大的木桶，带有一个用手转动的木柄而已。那女工正要把艾尔的裤子丢进木桶，却突然停住了。

“咦？这是什么东西？口袋里面硬邦邦的。”

洗衣女工把手伸进艾尔裤子的口袋里，抓出来一把被切削成多面体的玻璃颗粒。格雷接过这些晶莹剔透的玻璃颗粒，捧在手里仔细看了看。虽然他不知道这些到底是什么东西，但格雷准备把它们还给艾尔。

格雷从堆积如山的旧衣服堆中，选了几件适合艾尔身材的。这里的衣服虽然多，但没有一件是外面世界的商场中可以见到的款式和设计。就像丽泽·利普顿的老爷车一样，都是些老古董的款式。这个世界里的建筑物、服装，大多是在古装电影或黑白历史照片中可以见到的式样。所以，阿修比兄弟来到的这个世界，与其说是一个与外面世界文化不同的奇异世界，倒不如说是外面世界的古时候。看来，Arknoah 的造物主并不是从无到有创造了一个全新的世界，而是参考了外面的世界。

拿到衣服的格雷回到了医务室门前，在进去之前他向里面望了一眼，结果看见了穿深绿色外套的身影，于是他停住了脚步，躲在门外窥探医务室里面的情形。丽泽·利普顿站在艾尔的床边，看着艾尔熟睡的脸。其他病床上躺着的伤员，之前还开着不三不四的玩笑，自从铁锤女孩进来之后，就安静了下来。有的伤员闭上眼睛假装睡觉，有的伤员时不时偷瞄一眼铁锤女孩，看她到底想干什么。这时，丽泽·利普顿向照顾艾尔的雀斑青年问道："他的伤怎么样了？多久能治好？"

"他的伤不是很严重，再休息一段时间就可以下地走动了。"

"格雷在哪儿？就是这个人的弟弟。"

"刚才，他去给哥哥找更换的衣服了。"

两人的谈话暂时告一段落。雀斑青年从房间的角落里提来一桶热水放在艾尔床边。

"这是要干什么？"

"现在我要给这个人，是叫艾尔·阿修比吧？要给他擦身体。他一身都是泥土，太脏了。"

说着，雀斑青年在丽泽·利普顿的注视下掀开了艾尔身上盖的毛毯。可艾尔浑身上下一丝不挂。"啊！不好意思！"雀斑青年赶快又把毛毯盖回了艾尔身上。

"我先出去一下。在这儿待下去的话，恐怕要看到不该看的东西。"

丽泽·利普顿转身"逃"出了医务室。格雷赶紧躲进了门旁的阴影里，以免被铁锤女孩发现。格雷想，尽可能还是不要和她碰面的好。出门之后，丽泽·利普顿深深呼出一口气，然后摸着鼻尖离开了。见她走远，格雷才进入医务室，来到哥哥身边。

“星空之丘”的天黑时间是下午六点，现在已经接近六点，木制穹顶上安装的照明装置的光线渐渐暗去，夜晚的气息开始笼罩整个房间。与此同时，挂在天花板上的无数电灯也亮了起来，扮演着浩渺的星空。

“这个世界没有夕阳吗？”格雷问鲁夫纳。

因为艾尔一直在昏睡，格雷待在医务室也无事可做，于是就出来散步，结果正好碰到黑发少年鲁夫纳，于是两人决定一起走一走。

“大多数房间都没有。”

临近夜晚，天空没有一点红色，而是直接变成黑色，真有点让人不太适应。出了星光旅馆，两人又走了一段时间，登上了一座小山丘。山丘顶上横卧着一块大石头，于是格雷和鲁夫纳并肩坐在石头上，仰望星空。夜风轻轻地吹着，山丘下的草原被风吹起波浪。格雷感觉自己仿佛置身于夜色之中一片黑暗的大海里的一叶小舟上。

“不过，有个别房间也有夕阳，那是造物主事先在天花板上设计了红色照明装置的缘故。比如‘晚霞之海’那个房间就能看到夕阳。不过，那里从早到晚都笼罩在夕阳之中。”

“你们这个世界的造物主要是被我撞见了，我肯定要问问他：‘你的脑子没问题吧？’”

天已经完全黑了下来，格雷和鲁夫纳两人决定回旅馆。他们下了山丘，朝点着篝火的旅馆大门走去，那扇大门也就是一座城堡的大门。旅馆大院里，有序地停放着不少马车。马匹已经被解下来，被人带到城墙根的马厩中，马厩里已经“马满为患”，所以还有一些马匹就被拴在了马厩外面的木桩上。避难者中有些暂时没有工作的人，就来这里照顾马匹。现在是晚饭时间，大家纷纷赶往餐厅，整个星光旅馆热闹非凡。饭菜的香味从厨房中飘出来，令人食指大动。在餐厅正门处，格雷看到了一个熟悉的身影，那正是哥哥艾尔·阿修比。看来他已经醒过来，而且恢复得不错，能够自由行走了。艾尔身上穿着格雷帮他找来的旧衣服。

“格雷，我正找你呢。该吃晚饭了，估计你会在这里出现，我也就直接来餐厅了。我肚子饿坏了。流了那么多血，我要多吃一点补回来。”

“你流了很多血？不过只是把绷带染红的那一点点罢了，你那只是擦伤好不好？”

“都缝了好几针，还是擦伤？你看！看我这胳膊，你看清楚！”

艾尔炫耀似的把自己缠着绷带的胳膊伸给格雷看。格雷一句话没说，直接就给艾尔那条胳膊来了一拳。

“你干什么！疼死我啦！”艾尔捂着胳膊一脸痛苦的样子。

鲁夫纳远远地站在一旁，从他那垂下来的黑发缝隙中观察着艾尔。格雷把鲁夫纳叫过来，给哥哥做了介绍。艾尔和鲁夫纳打了招呼，可鲁夫纳却一脸冷淡，一句话也没说就转身离开了。

“我做错什么了吗？”艾尔不解地问格雷。

“看见你那狗屎一样的表情，任谁都会不高兴吧。”

“因为我是你大哥，脾气又好，所以才不跟你计较。如果你不是我弟弟，敢跟我这样说话，我早就揍你了。说到这儿，我倒是想起一件事，我还给你带来了纪念品……咦？哪儿去了？”艾尔把手伸进裤子口袋，摸索着在找什么东西。

“你要找的是不是这个？”

格雷把从艾尔换下的裤子的口袋中找到的玻璃颗粒拿出来递给哥哥。

“对，对，就是这个。是我在‘大森林’里捡到的，据说是豪华吊灯上的装饰物。”

艾尔拿起一颗玻璃颗粒，迎着餐厅大门照射出来的光亮高高举起，那玻璃颗粒折射出璀璨的光彩，像极了天上的星星。

“豪华吊灯？”

“详细情况，一边吃一边说。”

艾尔和弟弟走进了餐厅。等待领餐的避难者、深绿军团成员们已经排起了长队。现在，整个星光旅馆总共住进了大约两百人。其中，来自

“大森林”以及周边房间的避难者有八十名左右；为消灭怪物而赶来的Arknoah特别灾害对策总部的支援部队有九十来名；其余的就是星光旅馆的工作人员。深绿军团的人数最多，顿时给这座城堡增添了几分男人气。为了填饱这么多人的肚子，星光旅馆每天都会采购大量的食材。这些钱都是星光旅馆方面出的，外表和内心都很慷慨的旅馆经理哈罗兹从没希望从避难者和深绿军团身上得到任何回报。首先，因为现在处于非常时期；其次，原本在这个世界里任何人都可以免费得到食物。造物主在创造这个世界的时候，就没有设定饥荒这种状况。“起伏之海”里会自动产生各种各样的罐头食品，人们可以从河流里或者从土地里捞起或挖出可以食用的罐头。这里流通的派克硬币，只供人们当作兴趣爱好花一花，并不具有绝对的价值。

“就连铁锤女孩也直挠头，她这个样子我还是头一次见到。”

“他们开会好像开了很长时间。”

艾尔和格雷在排队领餐的时候，听到了队伍里这样的对话。

“如果用火箭炮都不行的话，那可就麻烦了。对付那家伙，到底该怎么办呢？”

“如果实在不行的话，就只能使用最后一招了。”

“谁说不是呢？”

格雷回头看着谈话的人，他们并没有戴着绿色臂章，看样子像是“大森林”的避难者。注意到格雷的目光之后，谈话的那几个人立刻闭上了嘴。

靠人类的力量消灭那个直立行走的庞大怪物，真的有可能吗？可能没有办法。格雷心想。但是，又必须把那个怪物从这个世界里抹杀掉。不管遇到多么强大的怪物，丽泽·利普顿都有办法把它杀死，只有那个少女有这样的能力。

兄弟二人领到的食物是豆子汤和面包。帮忙给大家分饭的是来自“大森林”的女性避难者。兄弟二人端着食物来到餐厅角落里的一张桌子边坐下，正准备开吃，忽然过来了一名深绿军团的成员和他们搭话。这个男人身材不高，但很健壮。他把一只手搭在艾尔的肩膀上说：“喂！你就是外邦人艾尔·阿修比吧？听说你和丽泽·利普顿一起在‘大森林’里经历了一段冒险。我们想听你讲讲当时的情形。来！到我们那张桌子来吧。”

不远处的一张桌子旁坐满了深绿军团的成员，他们一起朝这边投来了注视的目光。那些都是身高体壮的彪形大汉。相比之下，医务室的那位雀斑青年，真的是显得太过单薄了。艾尔被他们的气势压倒了，怯生生地说：“可是我……”

“来吧，没事的，我们会好好招呼你的。到我们中间来，一定能给你留下美好的回忆。”

艾尔被半强迫性地带到了那张桌子，但他们并没有邀请格雷。格雷只能一个人吃晚餐，但他的目光始终没有离开哥哥去的那张桌子。被一帮满身肌肉块的男人围在中间，艾尔一脸紧张地开始讲述之前的冒险经历。不一会儿，彪形大汉们便爆出了一阵大笑。

“丽泽想用雷管炸飞蜗牛？啊哈哈哈！”

“真拿她没办法，那个大小姐。”

那些大汉一边笑一边用手拍艾尔的背，艾尔的小身体哪里禁得住他们这么拍，结果被拍得不停咳嗽。其他桌子的人看到这番情景都苦笑不已。在这个场合下，似乎没有人再害怕那个恐怖的铁锤女孩。可能，只有在和平时期人们才会害怕她，而在这样的非常时期，因为她有制服怪物的能力，所以大家会因为需要她而接受她。

格雷吃完晚餐后，借着还餐具的机会潜入了厨房。格雷是来偷食物的，他把晚餐剩下的面包尽可能多地装进自己的衣服口袋，口袋装满后就往怀里塞。回到房间后，格雷拿出一个麻布口袋，那是帮艾尔找替换衣服时顺手拿回来的。他把面包全都装进了这个麻布口袋。格雷去公共浴室洗了个热水澡之后，就和哥哥一起到露台看星星。因为周围还有其他人活动，所以兄弟俩只能聊一些无关痛痒的话题。在楼下的院子里，还有一群深绿军团的成员在喝酒作乐，格雷觉得他们唱的歌很难听。有几个喝醉的深绿军团成员看到了露台上的阿修比兄弟，就开始向他们招手。

“艾尔·阿修比！下来和我们一起聊聊吧，把你弟弟也带下来。”

艾尔婉言拒绝了，可那些倔强的男人却不依不饶。

“喂！你知道拒绝我们的邀请会有什么后果吗？”

被一群彪形大汉如此“威胁”，艾尔立刻没了主意，只得不情不愿地下楼加入他们的派对。而格雷则决定先回房间休息。格雷在房间里等待着哥哥的归来，因为他有话要对哥哥讲。但左等不来右等也不来，不知不觉睡意袭来，格雷倒在床上睡着了。

午夜时分，格雷从睡梦中醒来，在黑暗中侧耳倾听。在这个由地下室改造而成的煞风景的房间里，格雷听见了哥哥酣睡时发出的呼吸声。看来，那帮饮酒作乐的深绿军团成员，总算在天亮以前把艾尔放回来了。现在房间里只有他们两个人，格雷终于可以和哥哥说说心里话了。

“艾尔，醒醒！”格雷抓住哥哥的肩膀轻轻地摇晃了几下。

“什么事啊？要起来上厕所吗？”

“我有话要跟你说。你赶快醒醒，听我说。”

“明天再说不行吗？我正做好梦呢。梦见自己正在吃一块香甜的巧克力蛋糕。”

说完，艾尔翻了个身，把后背留给了格雷。

“啊，正做好梦呢，打扰你做梦真不好意思！那没办法了，只好我一个人离开这阴暗潮湿的地下室了。再见哥哥，可能咱们再也没有机会见面了。”

“什么！你要干什么？”

格雷用手捂住了惊坐而起的哥哥的嘴。

“嘘！小声点，不要让别人听见了。”

房间里虽然很黑暗，但并不是没有一丝光亮。走廊里的灯光从门缝下射进来，使门附近的地板泛着微弱的亮光。

“有个名叫鲁夫纳的孩子，你还记得吗，黑头发那个？”

“啊，我记得。”

“鲁夫纳告诉我一件事，差点把我吓尿了。没准咱们两个都会死在丽泽·利普顿手里。”

“什么意思？”

“丽泽·利普顿欺骗了我们。她要带我们去的地方是‘死者之国’。怎么样？艾尔，你比我大三岁，在这个世界上比我多活了三年，你应该能理解我说的话吧。我们和怪物之间有一条看不见的脐带连接着，所以，不把怪物杀死，我们就无法活着回到外面的世界。”

“是啊，是这个道理。所以大家都很努力呀。”

“可是你想过没有，如果怪物异常强大，以至于无法把它们消灭，该怎么办呢？”

“是啊，我还真没想过这个问题。反正不能放任不管吧。”

“遇到那种情况，其实还有最后一个办法。怪物是通过那条看不见的脐带从创造它的主人那里获取能量之类的东西，然后才能存活下去。”

“能量？”

“和我们人类的胎儿是一个道理呀。胎儿在母亲肚子里的时候，母亲就是通过脐带把营养输送到胎儿体内，胎儿才能成长发育。如果怀孕的母亲死了，没人给胎儿提供营养，胎儿必死无疑呀。怪物也是一样。怪物的造物主如果死掉了，那怪物失去了能量来源，自然也就活不下去了。你听明白了吗？这就是所谓的最后手段。实施这一手段的人就是丽泽·利普顿。”

“丽泽？为什么？”

“因为那个女孩和这个世界的人都不同。不管她犯下什么样的罪行，都不会被剥夺复活的权利。这是鲁夫纳告诉我的。估计这个世界的造物主就是想让她来从事这样的工作，才把她设计成这样的。”

“这样的工作……是指……”

哥哥似乎还是不太明白。于是，在黑暗之中，格雷压低了声音说：“她就是行刑人。那个女孩真正的工作不是带领我们逃出这个世界，而是用锤子敲碎我们外邦人的脑袋。”

逃跑的准备瞬间就完成了，因为兄弟二人原本也没什么行李可收拾。他们二人分别背了一个麻布口袋就出门了。来到灯光明亮的楼道中，兄弟俩先眯着眼睛适应了一下明亮的环境，然后蹑手蹑脚地一步步走上了通往一楼的台阶。如果要从旅馆大门出去，必须穿过大堂，但是，那些没有分到房间的避难者和深绿军团成员就打地铺睡在大堂里。所以，兄弟俩决定避开大堂。可从窗户跳出去又是不可能的，因为所有窗户都带有铁格子护栏。艾尔想到个办法：“咱们走后门！”

他们在朝旅馆后门移动的过程中，突然听到有人走动的脚步声。于是哥俩赶紧藏身到窗帘后面，那脚步声就从他们躲藏的窗帘前经过，但没有停留，而是消失在远处的卫生间里。又躲了一会儿，确认外面完全没有声音之后，他们两人才从窗帘后面出来，一路小跑穿过楼道，来到了后门。

逃出星光旅馆之后，该去哪里呢？阿修比兄弟心中也没谱儿。但若不逃，待在丽泽·利普顿身边是最危险不过的。靠人类的力量，消灭“大猿”多半是不可能了。铁锤女孩迟早要使出最后的手段。不知丽泽·利普顿以前处死过多少来自外邦的少男少女。在这个世界里，除丽泽·利普顿之外的居民都不敢杀人，因为那样会被剥夺复活的权利。唯独铁锤女孩可以用铁锤敲碎别人的脑袋。所以，当格雷提出逃亡的主张时，艾尔立刻就同意了。

“之前基曼跟我所说的，估计就是指这个事情，他让我不要太信任铁锤女孩。”

在大餐厅中也有人席地而睡，只是没有大堂里的人多。兄弟二人紧张得不得了，像做贼一样高抬腿轻落足，终于穿过餐厅来到了旅馆的后门。推开木门来到室外，二人的身体立刻被一股凉风所包围。头顶上的星空，被旅馆高大的围墙遮住了大部分，兄弟二人就像坐井观天的青蛙。在围墙根儿依次排列着猪圈、牛圈、羊圈，以及食物仓库和马厩。

在旅馆的院子里，正对旅馆后门的地方生着一堆篝火，火焰随风起舞，像跃动的精灵。面向旅馆后门、背对火焰站着两个人，其中一个身高和艾尔差不多，穿着一件深绿色的外套；另一个身材高大，兄弟二人需仰视才能看见他的脸，这个人身穿军装，长着一个狗头。

“怎么样？我说他们一定会来吧。”

听丽泽·利普顿这么一说，康亚姆·康尼姆转过脸去问她：“你是怎么知道的？”

“因为我事先让旅馆的工作人员随时注意这兄弟二人的动向。结果昨晚有工作人员向我汇报了一个异常情况，说弟弟到厨房偷了很多面包。估计是为逃亡准备的干粮。”

在篝火照不到的围墙根儿的阴影中，似乎也有人影在晃动。瞬间，从阴影中走出多名彪形大汉，他们的左臂上都戴着绿色的臂章。这群大汉不由分说把阿修比兄弟包围了起来，让他们无路可走。

“丽泽，你曾经说的‘友情什么的，拿去喂狗好了’，现在我终于明白其中的理由了。”艾尔说。

听到这话，铁锤女孩点了点头，接着说道：“太亲近了，就容易手软。我的工作，你也听说了吧？”

“那是真的吗？”

“你想试试吗？”

“还是算了吧，我们可不会死而复生。”

这时，康亚姆·康尼姆插话道：“话说回来，你们打算逃到哪里去？ Arknoah 的所有居民都是我们的眼线，他们会帮忙把你们找出来。再有，和‘大猿’之间的战斗才刚刚开始。你们现在就认输放弃，未免也太快了点吧。”

“你们不可能有办法杀死那个怪物吧。”

对于格雷的这句话，没有人能够当场进行反驳。即使是包围兄弟二人的那群彪形大汉，多半也持有相同的看法。所以，当格雷把视线对准他们的时候，他们纷纷扭头躲开了格雷的目光。

但是，丽泽·利普顿打破了沉默，她说：“我不想对你们行刑。即使是你这个没有口德的浑蛋小子，我也不想杀死你，所以我在努力想办法。格雷·阿修比，听好！我要把你们活着送出这个世界。”

“不可能！肯定没有消灭‘大猿’的方法，因为我亲眼见过那家伙，所以我清楚。”

估计格雷心想自己多半会被眼前这个少女杀死，所以他无意识地后退了两步。这个动作，让包围他们的深绿军团的大汉们误会了，他们以为格雷要逃跑，于是有一个人伸手抓住了格雷的胳膊。艾尔赶紧上去拉大汉的胳膊，嘴里还在喊：“放开我弟弟！”

可是话还没说完，艾尔就被另外一个深绿军团的成员伸脚一绊，瞬间趴在了地上。尽管如此，艾尔依然没有放弃抵抗，脚在乱踢，手在乱打，有人扭他的胳膊按他的肩膀，他扭头朝那手臂就是一口。被咬痛的深绿军团成员怒骂了一句：“这浑蛋小子！”然后挥拳打在了艾尔的腮帮子上。看到这幅情景，格雷也发飙了。他朝那抓住自己手臂的大汉的小腿狠狠踢了一脚，大汉吃痛，松开了铁钳一般的手。格雷趁机挣脱，向攻击哥哥的那个人冲去。

“都住手！大家冷静！”

康亚姆·康尼姆龇着犬牙怒吼道，丽泽·利普顿则无奈地挠了挠头。此时，格雷已经被深绿军团的大汉制服，他被倒剪双臂、按住脖子，可腿上还在努力反抗，能踢到什么就狠命地踢。艾尔的双臂同样也被大汉扭在身后，动弹不得。可是，听到康亚姆·康尼姆的怒吼之后，抓住艾尔的大汉的手稍微松了一下。艾尔乘着这个间隙，逃出了大汉的控制，冲向弟弟的方向，向抓住弟弟的大汉展开了攻击。这一阵骚乱吵醒了很多人，星光旅馆的后门处，围观的人越来越多。阿修比兄弟的抵抗并没有持续太长时间。几名深绿军团的成员一起上来，七手八脚地就把哥俩按在了地上。

“不错嘛，你们两个，挺能打啊。”丽泽·利普顿说。

“抓我弟弟，我就要跟你们拼命！”艾尔流着鼻血说。

控制着兄弟二人的深绿军团成员们，也都肩膀一耸一耸地喘着气，看来这哥俩比想象中的要难对付。经过一番打斗，格雷已经筋疲力尽，整个身体包括脸都被人按在地上。有疼痛，有不甘心，但是，也有一丝爽快感。在学校被欺负的时候，从来没有过这种感觉。

突然，格雷贴着地面的眼睛看见前面不远的地上有一些闪闪发亮的东西。那是哥哥送给他的玻璃颗粒，据说是豪华吊灯上的装饰物。肯定是在刚才的打斗中，从口袋里掉落出来的。那些玻璃颗粒都被精巧地切削成多面体，所以能够反射篝火的光亮。注意到那些亮晶晶反光体的不只是格雷一个人。

丽泽·利普顿用指尖捏起一颗玻璃颗粒，仔细打量了一番，整个过程中她始终一言未发。之后她把玻璃颗粒对着篝火的光亮照了照，经过了一阵貌似沉思的沉默之后，丽泽·利普顿的眼睛忽然睁大了。她那天蓝色的眼珠以及眼珠中央黑色的瞳孔，望向了格雷。

“怎么了？”康亚姆·康尼姆用他的狗嘴凑近铁锤女孩的脸问道。

深绿军团的成员以及来看热闹的人都注视着少女的脸。

“这些玻璃颗粒是因为刚才的打斗才偶然掉出来的。如果你们俩不和深绿军团的战士打架，它们就不会掉出来，它们不掉出来，我也就不会捡到，我没捡到它们的话，也就不可能想到这个主意……”

少女握着那颗玻璃颗粒，扭过头来对狗头说：“我需要地图，向‘图书馆海角’求助，我要拿到一张图纸。然后再联系乌龙博士，我要听听他的意见。”

格雷被按在地上，虽然身体动不了，但嘴是自由的，于是他问铁锤女孩："你没事吧？又想到什么鬼主意了？"

丽泽·利普顿瞪了格雷一眼，但转瞬之间，她的两个嘴角出现了上扬的动作，那分明是一个笑容嘛。少女的眼睛，在跳动的篝火光亮的映照下，闪烁着奕奕的神采。

"这次被你猜对了，我想到了一个消灭'大猿'的办法。"

3-6

"大森林"的穹顶上一共设置有十三盏豪华吊灯，每一盏灯的大小都不同，不过，即使是最小的，直径也有一百米之巨，最大的，直径甚至达到了三百米。不过，因为地面距离穹顶相当远，所以从地面上望去，就像我们望太阳一样，根本看不清它们的形状。而实际上，这十三盏豪华吊灯的形状也各不相同。有的像巨大的车轮，有的像皇冠，有的像一个鸟笼，也有的像倒过来的圆锥。而且，它们在穹顶上的位置也是随机的，没有规律可循。有些区域中，灯比较密集；有的区域中，灯比较稀疏。

吊在穹顶之上的巨大吊灯，重量到底有多少呢？如果这么大的吊灯砸在"大猿"头上，会有什么后果呢？丽泽·利普顿想到的作战方法，就与此有关。

"如果吊灯落下来准确命中'大猿'的话，那给它造成的伤害肯定比火箭炮大多了。如果牺牲一盏吊灯，就能够消灭'大猿'的话，难道不值得庆贺吗？"丽泽·利普顿说道。

"你们可能觉得牺牲一盏吊灯没什么，但对我们来说可不是一件小事，因为我们一共只有十三盏吊灯。"来自"大森林"的一位代表说。

从"大森林"各个村落里选出的代表，就丽泽·利普顿提出的作战方法进行了商讨。他们还专门通知了到其他房间避难的"大森林"里的居民，居民也派出了代表赶到“星空之丘”参加这次会议。我和弟弟被允许在会议室的角落里旁听。对于丽泽·利普顿提出的作战方案，代表们都阴沉着脸，可是没有人提出反对意见。毕竟这个少女是造物主特别设计出来的，她的主要工作就是消灭入侵的怪物。

“损失一个光源，对我们来说还是非常遗憾的。但为了能够消灭怪物，也是没办法的事情。不过，我们希望你能保证，只能利用一盏吊灯，绝不能再牺牲第二个！”一位来自“大森林”的代表义正词严地说。

“嗯，我明白了。我向你们保证，只用一盏吊灯。如果失败了，我再想别的方法。”

听丽泽·利普顿这样说，在场所有人都把目光投向了阿修比兄弟。似乎在他们看来，铁锤女孩嘴里所说的“别的方法”，肯定就是通过杀死格雷来消灭“大猿”。

接下来，就是要分析该从十三盏吊灯中选择牺牲哪一盏。如果利用村落正上方的吊灯，那么吊灯落下来击中“大猿”的同时肯定也会给村落带来毁灭性的打击。而且，缺少了一盏吊灯，这里的光线会变得比以前暗，那么日后村民们再在这里居住就不方便了。所以，最好选择远离村落的吊灯。

“C5 上空的那盏吊灯相对来说比较合适。”

丽泽·利普顿看着地图做出了决定。那是一张“大森林”的地图，地图被分为一千米见方的若干方格。由于“大森林”是一个长二十千米、宽四千米的长方形，所以长度的坐标用 1 到 20 的数字表示，宽度的坐标用 A 到 D 的字母表示。

C5 地区上空的吊灯，直径为二百五十米，算是比较大的一个。丽泽·利普顿还专门派人去“图书馆海角”取来了“大森林”的设计图以及一本名为《豪华吊灯大全》的书。从这些资料中，可以查到这盏吊灯的材质、设计款式、重量等详细数据。它由很粗的铁链吊在穹顶上，利用“起伏之海”供给的电力发光。

会议结束后，我向康亚姆·康尼姆表达了自己的想法，可是他听了我的话之后，摇了摇他那狗头。

“我不能帮你推荐，艾尔·阿修比。因为太危险了，你只有一条命，还是好好珍惜吧。”

但是，我心意已决，我要加入深绿军团，参加和“大猿”的战斗。

在作战之前，首先要对“大森林”的C5地区进行侦察。我们乘坐马车潜入了“大森林”，在注意避免与“大猿”正面相遇的同时，悄悄地朝预定地区前进。C5地区长满了苹果树，据“大森林”的居民介绍，这一带被称为“苹果园”。在这里采摘的苹果是当地人餐桌上的美食，还会被运往其他房间供人们补充维生素。但是现在，树上已经没有果实，因为果实都已经掉到地上腐烂了。至于原因，大家都清楚，是由“大猿”引起的地震造成的。

进入这一地区之后，满地的烂苹果使道路变得泥泞不堪，空气中弥漫着水果腐烂发酵时带有酒味的酸腐气息。但是，在地上的苹果烂泥中，却有无数发亮的小颗粒。那便是头顶上的豪华吊灯被震落的玻璃颗粒。狗头捡起一颗玻璃颗粒看了看，然后又抬起头仰望天上那个发光体。

“真有办法让那家伙掉下来吗？”康亚姆·康尼姆有点丧气地说。

丽泽·利普顿回应道：“有办法！只要我想干，就能干成！但是，怎么把‘大猿’吸引到这里来，我还没想到好办法。”

丽泽·利普顿还派出了一组人专门对“大猿”进行研究。这组深绿军团成员在“大森林”中支起帐篷，对“大猿”的行为进行二十四小时不间断的观察。他们有时爬到山顶，有时登上无意义的阶梯，在高处对“大猿”进行仔细观察，分析“大猿”喜欢出没于哪个区域，在哪个时间段容易发飙，何时吃东西、睡觉、上厕所……他们的观察结果，连续数日被送到丽泽·利普顿手里。通过一段时间的观察，他们发现“大猿”不吃东西、不排泄，也基本上不睡觉，但会停止活动几小时，应该是在休息。它没有固定的休息场所，基本上是走到哪里，就休息在哪里。

侦察队员还采集到了“大猿”脱落的体毛，并把它运回了星光旅馆。虽然只有一根毛，但也需要三个成年人才能抱起来，可见它有多重。而且，“大猿”的体毛虽像金属一样坚硬，但可以弯曲。康亚姆·康尼姆做了一个破坏实验，他用散弹枪枪击这根体毛，结果，弹丸被弹开了，根本没有对体毛造成实质性的破坏。

在研究“大猿”的过程中，有一个人是不可缺少的，那就是我的弟弟格雷·阿修比。因为“大猿”就是格雷内心的影子，它是格雷的世界观获得了生命演变而成的。丽泽·利普顿连日来对格雷展开了“审问攻势”，而格雷对此深恶痛绝。他要么躲在旅馆的柜台后面，要么钻进斯琼一家住的房间。于是，格雷和 Arknoah 特别灾害对策总部的人之间所展开的捉迷藏游戏，成了星光旅馆里每天必定发生的一大特色活动。但是，每天的结局都是一样的，康亚姆·康尼姆总能以他那灵敏的鼻子，找出格雷的藏身之处。

马车队一早从“星空之丘”出发，穿过好几个房间来到“钢缆索道站”，这里是模仿美国纽约中央广场车站所建造的一个房间。马蹄踏在大理石地面上，发出清脆的响声，在宽阔的空间里四处回荡。马车队停好之后，深绿军团的成员们分别从五辆马车上下来，有的伸背，有的踢腿，放松着僵硬的身体。我则不停地揉着屁股。说实话，在颠簸的马车中坐这么久，最遭罪的地方就是屁股了。

丽泽·利普顿的老爷车比我们晚到一会儿，车停下来之后，铁锤女孩从驾驶座上走了出来。她一边整理那件深绿色外套，一边走下大理石台阶。下了楼梯，就到了钢缆索道的换乘地点。据说会有一批货物从下层的房间运来。

在 Arknoah 这个世界，上下有很多层房间，但并不是像三明治那样整齐地分层。从地面到穹顶的距离，每一个房间都不相同。有的房间很高，相当于其他三个房间的高度。总之，这里的房间大小各异、错综复杂，前后左右上下相连，结合在一起就构成了 Arknoah，这里简直就是一个立体迷宫。

层与层之间的纵向移动，有很多种方法，一般情况下都是借助楼梯上下。在 Arknoah 的很多地方，都有长达数十千米的巨大楼梯，那便是纵向移动的交通要道。在楼梯转折的平台处，通常设有小镇，小镇上甚至还有闪着炫目霓虹灯的酒吧、赌场。在层与层之间纵向移动，不仅有步行的楼梯，还有交通工具呢，比如电梯、自动扶梯，再有就是钢缆索道。

大家跟着丽泽·利普顿走下台阶，来到了一个类似地铁车站的大厅。和地铁车站不同的是，这里地上没有铁轨，而且屋顶是倾斜的。沿着倾斜的隧道，安装有巨大的钢铁支架。支架上架着两个很粗的钢缆，在动力室电动机的带动下，钢缆在不停地运动着，发出吱吱呀呀的声音。

"应该快到了。"丽泽·利普顿看了看怀表，自言自语地嘀咕道。

所有人都往通向下层的黑暗隧道内看着，不一会儿，黑暗隧道的深处出现了一点亮光。伴随着一阵吱吱呀呀的声音，一个金属材质的交通工具靠近了。那便是吊在钢缆上的索道轿厢。这个轿厢的形状，就是著名科幻小说《海底两万里》中的插图所描绘的潜水艇的那个样子。它从黑暗之中"浮"上来，慢慢减缓了速度。它沿着钢缆在我们所在的车站大厅里滑行了一段距离之后，完全停了下来。轿厢门打开之后，出现了一位坐着轮椅的老人，由一位身穿白衣的女性推着到了大厅中。那位老人身材精瘦，似乎只有皮包着骨头，但他的眼神却十分锐利，能让人联想到老鹰的眼睛。丽泽·利普顿忙走到老人面前。

"好久没见啦，乌龙博士。"

"丽泽，你还是老样子，有求于我的时候也不管我的死活。为了准备你要的那些东西，我可是连续好几天都没有合过眼了。"

丽泽·利普顿从白衣女人手中接过轮椅，推着老人在车站大厅内一边散步一边聊天。老人似乎在观察这个大厅的天花板、柱子上的装饰物，而丽泽·利普顿则在认真地讲述有关这次作战的具体方案。据深绿军团成员们介绍，这位老人就是传说中的乌龙博士。他曾经根据文献中的设计图手工打造出火箭炮，还亲自精炼出汽油以供铁锤女孩的老爷车到处跑。此外，他还发明了很多工具，为丽泽·利普顿的战斗提供支援。乌龙博士是 Arknoah 特别灾害对策总部研究开发部门的领导者。

“接下来，就麻烦大家一起动手搬东西吧。”和乌龙博士一起出场的白衣女士向深绿军团发出请求。她有一头柔顺的亚麻色头发，戴着眼镜，是一个名副其实的美女。而此时，深绿军团的这帮男人，都把视线集中在了白衣女士那丰满的胸部上。白衣女士自我介绍说，她是乌龙博士的助手，名叫梅尔洛兹。深绿军团的成员们在梅尔洛兹的指挥下，开始搬货物。他们把一个个木箱从潜水艇形的轿厢中卸下来，然后搬到车站大厅中装上马车。木箱的盖子上清楚地写着里面的货物名称，有无线电对讲机、空气泵、轻型挖掘机、电子炸弹等。

“艾尔！你可要拿稳哟！”

一般的木箱，都是由四个人为一组来抬。我这一组，不仅我是新来的，其他三个也是新加入深绿军团的。我们四个人的胳膊上都戴着绿色的臂章，共同承担着这个箱子的重量。不过，虽说他们三个是新加入的，但个个都是身材健硕的大汉，看上去不用训练都具有相当强的战斗力。唯有我只是一个孩子。

“你的臂章也太烂了吧，能不能找一块材质好点的绿布？”我这组的一个青年对我说。

“没关系，这个就不错。”

我胳膊上戴的这个臂章，与其说是臂章，倒不如说是一块破布条。我被从“大森林”救回来之后，一直处于昏迷状态，当我清醒过来的时候，就发现床边放着这么个东西。后来有人告诉我，这块破布条是丽泽·利普顿从外套上撕下来帮我临时包扎伤口用的。后来我就把它洗干净，当作臂章用了。

“可是，你是一个外邦人，却要加入深绿军团，还真奇怪。”

“你为什么要这么做呢？你待在安全的地方看着我们战斗就行了呀。”

“为了我弟弟，为了把他带回妈妈身边，我想尽力做点什么。”

后来我们搬运的货物中还有热气球的气球、吊篮，装有锈蚀蚂蚁的玻璃箱子……估计这些东西在和“大猿”的战斗中都用得上。潜水艇形轿厢里的货物都被我们搬空了，搬完正好是午饭时间。我们就坐在大理石台阶上休息，顺便拿出从星光旅馆带来的面包、罐头吃了起来。罐头的种类相当丰富，有菠菜沙拉、牛排、巧克力蛋糕……

吃过午饭，我去车站的卫生间解决个人问题，当我出来洗手的时候，感觉到背后似乎有人。于是我抬起头来，通过墙上的镜子看到坐轮椅的那位老人正在身后看着我，不知他什么时候到我背后的。

“你来到这个世界，已经几天了？”乌龙博士用一种评估的眼神一边打量我，一边问道。

我有点紧张，回答说：“大概有两个星期了吧……”

“艾尔·阿修比，在我们这个世界里没有‘星期’的概念，同样也没有‘年’‘月’的概念。因为在我们 Arknoah 的世界，每个房间都有天花板，看不见真正的天空。而在你们那个世界，可以根据天空中星体的变动情况，来制定日历。非常遗憾，在我们这个世界里，没有可供我们观察的星体。”

“不过，没有日历的话，那岂不是很不方便？”

“所以，和心上人约定约会日期的时候，一定要小心谨慎哟。”

老人叹息似的说道。不过，看我无言以对的样子，他似乎很满足。

Arknoah 是一个非常稳定的世界。这个世界里的居民年纪不会增长，不管到什么时候，永远都以现在的年龄生活下去。为了维持稳定的世界观，造物主似乎有意没有给这里的人们制造时间流逝的概念。换句话说，Arknoah 是一个时间停滞的世界，任何人都不会成长。

“但是，这个世界中不存在的概念，博士您怎么会知道呢？”

“以前，我接触过很多外邦人，并和他们聊过很多，我从他们那里学到了一些有关外面世界的知识和概念。也正因为如此，我意识到了Arknoah这个世界的特殊性。通过长期研究，我发现我们生活的这个世界充满了不可思议的地方。”

乌龙博士移动着轮椅，来到了我旁边，我们一起望着对面大理石墙壁上的镜子。

“您为什么要研究这个世界呢？”

“为了接近造物主啊，我希望有一天能见到他。为了查明造物主的‘工作室’，我才不断进行研究。”

“‘工作室’？”

“对，那是造物主所在的房间。我和丽泽·利普顿的目的是一致的，她也想见一见造物主。”

“为什么要见造物主呢？”

“有问题要问问他呀。问他为什么要创造这个世界，为什么要创造我。”

乌龙博士看着镜子中自己那张满是皱纹的脸。他心想，还真是不公平啊。Arknoah居民的年龄都不会增长。既然如此，造物主在创造他的时候为什么不给他一个年轻的身体呢？那样的话，不管是生活还是做研究，不是比这个垂垂老矣的身体更方便吗？

“你也戴着绿色的臂章啊，看来你也想为消灭怪物出力呢，我很感谢你的决定。如果怪物不消灭的话，我们稳定的世界观就会崩溃，到时候，我这老迈的身体可经不住世界的变化哟。”

“什么？世界观崩溃了，博士您就有可能死掉？”

“嗯，如果怪物长期存在于Arknoah的话，你们那个世界的世界观就会在这里扎根，难以清除掉。到时候，这里所有的规则都将被更新，我们习惯的世界也就结束了。像现在这样稳定的Arknoah也许就将不复存在。比如，人会成长、会死亡，这里变成有时间流逝的世界。对你们来说也许是理所应当的事情，但对我们却是异常恐怖的事情。”

说完，乌龙博士伸出一只手——意思是想和我握手，我赶紧伸手握住了他那粗糙的大手。不经意间，博士的脸上露出了一丝笑容，他说：“你的眼睛很眼熟。”

“嗯？”

“曾经有个眼睛和你很像的少年跟我谈了很多话。以后有机会的话，我再慢慢给你讲那个少年的事情。”

乌龙博士操纵着轮椅朝大理石大堂滑去。

午饭时间结束了，满载木箱的马车队也准备出发回“星空之丘”了。潜水艇形的索道轿厢来了个一百八十度掉头，头部朝向下层房间。在梅尔洛兹的帮助下，乌龙博士登上了索道轿厢。

“啊，梅尔洛兹，我的学生，你可不要给丽泽他们添麻烦哟。”

“那是自然，这个您放心。等把怪物消灭之后，我买土特产给您带回去。”

“买点当地特产的烟草和酒就行。”

“那些对您身体不好，我想还是买些可爱的小摆件之类的纪念品吧。”

美女助手并没有跟乌龙博士一同回去，她要跟我们一起行动，为消灭“大猿”提供帮助。也许是这个原因，深绿军团的那些大汉个个喜形于色、笑逐颜开。乌龙博士一进到轿厢里面，舱门就随之关闭了，透过窗子可以看到轿厢里面的灯亮了。沿天花板设置的钢缆开始发出吱吱呀呀的声音。看来动力室的电动机启动了，接下来，潜水艇形的轿厢就开始向下方的隧道里移动。我们目送乌龙博士离开，他乘坐的那轿厢真像潜入水中的潜水艇一样。过了一会儿，轿厢沉入黑暗中，一点光亮也看不见了。

我们一行人离开了“钢缆索道站”，踏上了返回“星光之丘”的路。乌龙博士送来的物资已经装满了马车，所以我们不能乘马车回去，只能步行。

“梅尔洛兹，上车！”丽泽·利普顿坐在老爷车的驾驶座上向乌龙博士的美女助手打招呼。

梅尔洛兹一边整理她那亚麻色的头发，一边坐进汽车的后排座椅。汽车中的空座位上堆着一些马车上装不下的货物，梅尔洛兹找了一个小空间把自己的随身行李塞了进去。丽泽·利普顿把头探出车窗向我喊道：“艾尔，你就不要搞特殊化了，跟大家一起走回去吧。”

“不用你说我也知道。”

那辆在老电影中才能见到的老爷车，以一种粗暴的方式开走了，不一会儿就消失在了我们的视线中。

我跟随深绿军团队伍步行穿过好几个房间，来到了一个名为“碎镜之湖”的房间。在湖畔，我们看见康亚姆·康尼姆正指挥着一个深绿军团的小分队进行着某项作业，于是我们决定去给他们帮忙。

所谓“碎镜之湖”，是因为湖底沉积了大量的镜子碎片而得名。湖底的镜子碎片不是从湖底产生出来的，而是晶莹剔透的湖面凝结、碎裂沉入湖底形成的。

这里的湖水格外清澈透亮，从云层之上投射下来的光线可以直接照射到湖底的镜子碎片上。由于镜子碎片的分布很是凌乱、角度各异，所以对光线的反射也面向四面八方，没有一定之规。不过，也正因为如此，湖底闪耀的光芒才更加美丽多彩。有善于潜水的深绿军团成员带着绳子潜入湖底，用绳子捆住一块较大的镜子碎片，然后浮出水面。岸上，狗头指挥大家拉绳子，以便把那块镜子碎片打捞出来。估计这次对“大猿”的作战会用到很多镜子。

我和一位新加入深绿军团的青年已经成了好朋友，我们一边聊天一边用力拉绳子。

“艾尔·阿修比，话说回来，这次如果能把‘大猿’消灭的话，接下来就该对付你那个怪物了。Arknoah 同时出现两头怪物，还是相当罕见的呀。不过，你创造的那头怪物，到底什么样呢？”

“丽泽·利普顿说它可能具有一定的智力。至今没有目击情报，说明它可能有意在躲避。唉，它到底在哪里呢？”

“这个，你不用担心。”

一同拉绳子的老深绿军团成员听到我们聊天，插嘴说：“这有可能是丽泽小姐故意设置的圈套。收音机里不是一直在播报有关怪物和我们的消息吗？这是她惯用的手段。智商较高的怪物，会主动去收集情报。说不定哪条消息就能激起它的兴趣。”

“兴趣？”

“就是创造了自己，并把自己带到这个世界来的造物主啊，怪物都会对自己的造物主感兴趣。而且，它还会想见见自己的造物主，就像孩子找妈妈一样。”

“孩子找妈妈……”

我想起了之前和乌龙博士的对话。乌龙博士研究这个世界，就是想找到造物主所在的房间，并希望有朝一日能见一见造物主。看来每一个人的心中都怀有相似的想法。想一想，我和弟弟格雷也是一样，我们不也想尽快回到妈妈身边吗？

“对于狡猾的怪物来说，想主动出击找到它们的行踪非常困难。所以，对于这种类型的怪物，丽泽小姐总是采用‘撒下香饵钓大鱼’的办法，等怪物主动找上门来。故意在收音机里播报你被带到‘星空之丘’的消息，就是这个目的。”

“那么，我制造的怪物如果听到这条消息后……”

“就会去‘星空之丘’找你呀。没准，它现在已经潜入‘星空之丘’了呢。喂！我说艾尔·阿修比，你也不必愁眉苦脸的。那怪物是不会加害你的，或者说，正好反过来。它要保护你的心情比任何人都要强烈。因为它有智力，所以它应该已经意识到一旦你死了，它也就完蛋了。”

哗——那块大镜子被我们拉出了水面。那面镜子躺在湖岸上，表面还在淌水，通过它我看到了自己的脸。

3-7

打捞出来的镜子碎片被运到“星空之丘”，堆放在星光旅馆的后院里。鲁夫纳走到这些镜子旁边，认真地看着镜子中自己的脸。格雷·阿修比吃着旅馆经理哈罗兹给他的巧克力，对鲁夫纳说：“以后，我决定叫你‘自恋小子’。”

“我只是想看看别人眼中我长什么样子。”

“你是不管放到哪里都很普通的一个人。”

“那样的话，倒是不错。”

深绿军团的成员们搬来一个几米见方的巨型底板，是由很多木板拼接而成的。然后他们开始往地板上摆镜子碎片，摆好后再在镜子背面涂胶水，把它们粘在底板上。为了不干扰他们操作，格雷躲得远远地看着。

“他们想在‘大森林’里建造瞭望楼，把这面大镜子放在瞭望楼顶端。估计是用镜子反射豪华吊灯的光，晃‘大猿’的眼睛，以此激怒‘大猿’好把它引到指定的地区。这肯定又是丽泽·利普顿那家伙想出来的鬼主意。”

侦察小分队发现，在森林里阔步行走的那个怪物，似乎对强光的照射反应非常强烈。“大森林”里有一汪湖水，而湖水周边被“大猿”破坏的痕迹非常明显，而且比其他地方的破坏程度都要大。有些地方甚至被反复攻击过好多次。经分析，估计是“大猿”从湖边经过的时候，湖面反射的光照射到了它的眼睛，从而导致它发狂，对那一带的森林、小山、房屋进行了疯狂的攻击。

格雷心中暗想，这“大猿”不愧是自己的化身。因为格雷在学校就有过类似的经历。上课的时候，一些不怀好意的同学就经常趁老师不注意，用银色的铅笔盒、小镜子等反光物品反射太阳光照格雷的眼睛。看到格雷被晃得睁不开眼睛的样子，那些同学就会大笑不已。格雷总是想，要是能把那些坏家伙一个个打倒，该是多么快意的一件事情啊。看来，格雷心中的这种感情，也影响到了“大猿”的行为习惯。

深绿军团成员们先后搬来了好几个方形底板，同样也往上面粘镜子碎片，并尽量不让碎片之间留有缝隙。看来他们需要制作好几面巨型镜子。接下来，他们还要在“大森林”中建造几处高高的瞭望楼，然后再把大镜子安装在瞭望楼的顶端。实际实施作战计划的时候，深绿军团的成员会爬到瞭望楼的顶上，根据“大猿”的位置调整镜子的角度，从而反射豪华吊灯的光线以照射“大猿”的眼睛，故意激怒“大猿”，以便把它引到苹果园来。

“艾尔隶属于步兵呢，还是空军分队呢？”格雷自言自语道。对于哥哥自愿戴上绿色臂章参加消灭“大猿”的行动，他有点担心。

“如果加入空军分队的话，可以坐热气球。真好啊，我也想体验一下坐热气球的感觉。”鲁夫纳望着天空说。

“大森林”的木制天空中有细微的格子纹路。实际上，那不是什么纹路，而是巨大的木梁。那些木梁每根都有五十米宽，纵横交错组成格子起支撑作用，以防止天空掉落下去。从“图书馆海角”运来的有关这个房间的设计图数量庞大、内容繁杂，所以不可能把“大森林”的全部构造都搞清楚。但经过短时间有针对性的研究，至少得知，在“大森林”的穹顶附近，有巨大的木梁纵横交错，组成立体的框架，起到支撑作用。所谓立体的框架，就像儿童游乐园里供儿童攀爬的那种方格架子，也像盖楼过程中，楼房周围搭建的木架子。“大森林”里的很多居民反映，经常有树叶、橡子从高空落下来。据此可以推测，那些巨大的木梁上面也生长着不少植物。但并没有人亲身上去过，所以，在乘坐热气球真正上去查看之前，对木梁上的情况只能进行想象和推测。

根据消灭“大猿”的作战计划，需要从空中和地面两个方面展开。首先，空军分队要乘坐热气球到达“大森林”的穹顶附近，降落在木梁上，并在那里搭帐篷建立营地，然后要连续几天对豪华吊灯的铁链做手脚。正式决战的那一天，先由地面的陆军分队利用瞭望塔上的大镜子将

“大猿”诱导到苹果园来。当“大猿”来到吊灯正下方时，陆军分队向空军分队发出暗号，空军分队就对吊灯的铁链进行爆破。那时，由钢铁和玻璃制成的吊灯就变成了一个致命的“铁锤”，从四千米的高空落下，直击“大猿”的头顶。基本作战计划就是这样一个流程。

丽泽·利普顿和梅尔洛兹正在讨论搭建瞭望塔的合适地点。首先需要与道路相通，这样建筑材料的运输才更方便。除此之外，她们俩还讨论了很多因素。地点决定之后，接下来就由康亚姆·康尼姆指挥深绿军团开始运输材料、搭建瞭望塔。有了乌龙博士送来的无线电对讲机真是方便多了，大家可以随时相互通报“大猿”的位置以及周围的情况，极大地降低了与“大猿”相遇的可能性。艾尔·阿修比也是深绿军团的一员，所以他也参加了搭建瞭望塔的工作。他的身体还是那样瘦弱，胳膊依然没什么力气，但他的目光已经和以前不同，眼神中多了几许精悍。艾尔和弟弟格雷不同，他换上了这个世界的服装。从外面世界穿来的衣服，已经洗干净、叠好，放在行李袋的最深处了。尽管那套衣服已经满是破洞，不能再穿，但那毕竟是妈妈买的，所以他要珍藏起来。

“你也别那么固执了，换上这个世界的衣服吧。”艾尔也曾这样劝格雷。但弟弟的回应一般都是：“这种款式，还是算了吧。再说了，妈妈给我买的衣服，还一个破洞都没有呢。”

一天，在星光旅馆大厅中召开了一个重要会议，会议的主要议题是讨论将深绿军团分成空军分队和陆军分队。深绿军团的全体成员都出席了会议。开会之前就已经确定，丽泽·利普顿是空军分队的指挥员，康亚姆·康尼姆是陆军分队的指挥员。另外，梅尔洛兹也加入空军分队，为丽泽·利普顿提供支援。当众人得知这一决定后，立刻有大批的深绿军团大汉要求加入空军分队。

“喂，梅尔洛兹，空军分队需要多少人？”在会场中，丽泽·利普顿问道。

“除了你我之外，再有四个人就足够了，人太多反而不好。首先，热气球中载不下太多的人；其次，人数多的话，所需的给养势必也要增加。而且，在出发当日，为了运送人员、给养、作战物资，热气球需要往返好几次。为了节约时间、节约燃料，减少热气球往返次数，我建议只需保证最低限度的人数即可。而且，尽可能挑选身材小、体重轻的人员参加。”

“我明白了。那么，空军分队优先选用身材小、体重轻的人。这样一来，热气球中空出来的空间就可以多带些花生酱了。大块头们，还是留在地面，跟康亚姆·康尼姆一起修造瞭望塔吧。”

听到这话后，不少身材魁梧的彪形大汉都露出了遗憾的表情。康亚姆·康尼姆开始挑选身材小、体重轻的人。结果很快就挑出了三个人，其中之一就是艾尔·阿修比，艾尔是深绿军团中体重最轻的人，他的身材也最适合当空军。其余的两人分别是红头发、脸上长满雀斑的瘦高青年和身体健壮但个子很矮的大叔。

“还需要一个体重轻的人。”

康亚姆·康尼姆转动他那狗头，把大厅中的深绿军团成员扫视了一遍，但是，这些人个个都身高体壮。

“扩大范围再找找看。”梅尔洛兹提议道。

“有吃得少、没体臭、体重轻的人吗？符合条件又愿意加入空军分队的请举手。”丽泽·利普顿对大厅中的所有人问。结果，站在格雷旁边和他一起旁听会议的黑发少年鲁夫纳举起了手，从人群中走了出来。

“我没有臂章，如果你们愿意接受我的话，我可以参加。”

鲁夫纳的身材和艾尔·阿修比差不多。但是，对于这个突然出现的少年，丽泽·利普顿和梅尔洛兹都有些犹豫，到底该不该让他参加战斗呢？第二天，梅尔洛兹对空军分队的成员进行了笔试和运动能力测试。不管哪一科，鲁夫纳的成绩都在平均线以上。所以，他成了空军分队的正式一员。有人提出该查查这孩子的身世，但这个提议并没有受到重视。因为对于其他深绿军团的成员，大多也都没有调查过身世。而且，只要是 Arknoah 的居民，都想尽快消灭怪物，以维持这里稳定的世界观。所以，没有任何人怀疑鲁夫纳加入深绿军团的动机。

3-8

空军分队的出发日期也是经过充分侦察、精心计算的。首先，要尽量选择无风的日子。如果刮强风的话，那么热气球在到达“大森林”上空四千米的高空之前，估计就被风吹得撞了墙。在我们外面的世界，天空中哪有墙壁，所以即使刮风，热气球最多被吹跑，也不至于发生撞墙的危险。但在 Arknoah，就必须考虑墙壁的存在。另外，即使当天晴空万里，又没有一丝风，也不一定就适合出发，还要考虑“大猿”的动向。如果那个怪物刚好在热气球升空地点附近活动，或者它很暴躁，引起较强的“攻击型地震”，那也会妨碍我们在地面的准备，因此必须延期。而且，当日的具体情况只能在“大森林”里的侦察小队进行侦察后才能知晓。

经过几次延期之后，终于有一天各种条件都适合行动了。“大森林”里的侦察小队使用无线电对讲机，经过好几个中继站的转达，才把当时的情报传达到作战总部——星光旅馆的会议室。当时基本无风，而“大猿”也正在房间的南面活动，距离热气球预定升空地点比较远。得到这个情报后，作战总部一早就发出出发的号令，整个旅馆内就开始忙碌起来。我和弟弟飞快地做好个人卫生，整理好行装登上了马车。还有很多人来为我们空军分队送行。康亚姆·康尼姆对我们进行点名之后，我们就立刻出发了。

从“星空之丘”到“大森林”的道路我已经非常熟悉。因为作为深绿军团的成员，我也参加了瞭望塔的搭建工作，所以曾多次往返于两地之间。在工地上，我和其他人一起扛圆木、拉绳子，弄得一身汗一身泥的。

马车队穿过“星空之丘”墙壁上的隧道，就进入了广袤的大森林。车队首先沿着砖石道路一路向东。因为地震而横倒在路上的大树等障碍物早已被深绿军团清除，所以一路上畅行无阻。

苹果园位于 C5 地区，但是，我们的热气球升空地点选在了稍微偏离苹果园的 B6 地区。如果从苹果园升空，然后直线上升的话，恐怕会撞上直径二百五十米的豪华吊灯。因此，丽泽・利普顿和梅尔洛兹才决定从 B6 地区升空，升高到穹顶附近时，在木制横梁上着陆。随后，在横梁上移动，接近挂吊灯的锁链。

此时的大森林里，晨雾还没有散去。专程来为我送行的弟弟格雷，无言地抬头望着天空，身体随着马车的颠簸摇摇晃晃。苹果园上空很高的地方悬浮着一个发光体，透过雾霭可以看到它淡淡的光辉。在接下来的几天里，我们要想办法把那个发光体弄下来，一想到这，我总觉得有些不可思议，似乎也不太可能实现。我们要在那上面连续住上好几天，一直做准备，直到陆军分队把“大猿”引诱到吊灯的正下方，我们就把吊灯的锁链弄断，让它砸向“大猿”。这个计划实在超出了我的想象，所以，直到现在我都好像在做梦一样。

到达 B6 地区的广场之后，我们一边留意“大猿”的动向，一边准备升起热气球。这段时间偶尔发生“步行地震”，但都比较微弱，说明那怪物正在离我们很远的地方闲逛。梅尔洛兹管热气球的气球部分叫作“气囊”。现在，气囊已经被平摊在地面上，梅尔洛兹开始往气囊中注入气体，她把这种气体称为“浮游气体”。

“浮游气体是乌龙博士发明的，它比氢气和氦气还要轻很多。只要向气囊中充入少量浮游气体，就可以获得相当大的浮力。不过，制造浮游气体非常困难，因此只有这么多，我们可得省着用啊。”

充了气膨胀起来的气囊开始从地面上升起，周围传来了一阵欢呼声。终于，那气囊像一个气球一样被充得圆滚滚的了，通过连接的绳子将吊篮提了起来。要不是有锚绳拉着吊篮，它早就和气囊一起飞走了。

吊篮里装着无线电对讲机、罐头食品等一应物品。吊篮边缘还挂着好几个沙袋，据说操控热气球时会用到这些沙袋。在地面上，丽泽·利普顿用手指蘸着花生酱贪婪地往嘴里送，一整瓶花生酱快被她吃完的时候，升空的准备工作已经完成。第一批升空的队员开始进入吊篮。

弟弟格雷抬头望着广场中央浮起的那个球体。我们平时在电视中见到的热气球一般都是倒过来的鸭梨形状，下面有一个细口可以往里面充热空气，可是眼前这个热气球就像一个篮球，浑圆无比。

“喂！这段时间你老老实实地等我回来，千万别给大家添麻烦啊。”

格雷用他那千年不变的阴郁眼神盯了我一会儿，然后说：“小心在空中被铁锤女孩扔下去啊。”

“啊，我会小心的。”

“我一定要离开这个鬼地方。”

“对，没错。”

“艾尔，到时你要和我一起离开！”

我对弟弟点了点头。

丽泽·利普顿整理了一下外套，然后单手扶着吊篮边缘，一个华丽的跳跃，轻松落入吊篮之内。而当梅尔洛兹要进吊篮的时候，立刻有几名深绿军团的成员跑过来趴在吊篮旁边，甘愿用身体为梅尔洛兹当垫脚石。轮到我进吊篮的时候，没有一个人过来帮忙，我只能先抬起一条腿伸进吊篮，钩住吊篮边缘，费了很大的劲才笨拙地翻入了吊篮。说实话，吊篮里还是挺拥挤的。本来，这个吊篮载四个成年人都没问题，但因为还装了很多器材、食品，所以我进入之后连转身的余地也没有了。热气球的第一批乘客就只有丽泽·利普顿、梅尔洛兹和我三个人。当热气球在穹顶附近的横梁上着陆时，我和丽泽·利普顿把器材、食品卸下来，然后在预定地点搭建营地。而梅尔洛兹则乘热气球返回地面，运送第二批成员和物资，然后再运第三批……总之，今天梅尔洛兹要在天与地之间往返好几次。

正当我们要升空之际，地面传来了巨大的震动，周围的树木像波浪一样摇晃起来。这次明显是“攻击型地震”，只不过震源离我们很远。地面上的深绿军团成员们被震得摇摇晃晃、东倒西歪。虽然我们乘坐的吊篮已经离开地面，但锚绳依然拴在地面的木桩上。地面的震动通过锚绳传导到吊篮上，我们在里面也会感觉到被断断续续向下牵拉的抖动感。

“没关系！‘大猿’还远着呢！”丽泽·利普顿喊道。

“出发！”

拴在木桩上的锚绳被深绿军团的成员解开后，我们乘坐的热气球就像钟摆一样左右摇晃着升上了天空。随着我们的升高，地面上的人仰头的角度也越来越大。从上向下看去，他们的脸越来越小，弟弟的脸渐渐地变成了一个小点。当热气球超过树冠的高度时，我们的视野瞬间豁然开朗。不过，所看见的也只是一片笼罩在雾霭中的绿色海洋而已。大森林一直延伸出去很远很远，根本看不见尽头，只是消失在浓浓的白雾之中。而地面上的那些人也沉入绿色海洋之中，再也看不见了。

晨雾在靠近地面的地方比较浓，随着我们高度的上升，雾气渐渐变淡。从吊篮中往下看，就像是一个箱子中的迷你树林被喷了一层气化干冰似的。如果没有这层雾霭的话，我估计就能看见那直立行走的巨大怪物——“大猿”了。

“大森林”是一个宽四千米、长二十千米的细长的长方形。东西两侧的墙壁相距比较近，只有四千米，所以当我们的热气球升入高空的时候，就可以看见东西两侧垂直矗立的墙壁，只不过墙壁的根部隐藏在雾霭之中。但是南北两侧的墙壁还看不见，毕竟它们相距有二十千米之遥。所以，我们现在的感觉就像在两个垂直的墙壁所夹的山谷之间上升一样。

我们靠着货物站着，不住伸头往吊篮外面看。不过，似乎只有我一个人恐高。虽然已经升到了很高的高度，但丽泽·利普顿和梅尔洛兹依然一脸轻松。她们好像感受不到从这么高的地方摔下去一定会粉身碎骨的危险。乘热气球和坐飞机的感觉完全不同，因为身体是暴露在空中的，所以有可能被抛到吊篮外。热气球没有发动机的轰鸣声，非常安静地爬升着。第一次乘坐热气球，我的感受是不安、孤独和自由。

梅尔洛兹负责操纵热气球。虽然说是操纵热气球，但实际上大部分时间热气球是随风飘浮的。热气球操纵者能做的事情只有两件，其一就是丢沙袋。在吊篮的边缘挂着好几个沙袋。丢的时候可以整袋丢下去，也可以将沙袋打开，将里面的沙子一点点撒出去。具体丢多少沙子要根据实际需要来判断。丢沙袋的目的是减轻吊篮的重量，以加快上升的速度。另一件事情是拉一根名叫“排气绳”的绳子。一拉排气绳，气囊顶部的排气口便会打开，气囊中的气体就从这个排气口快速排出。根据反作用力的原理，热气球上升的速度就会下降或者开始下落。

“想让热气球下降的时候，就连续拉排气绳，将气囊中的浮游气体排出一部分。当气囊的浮力不足以承担吊篮的重量时，就开始下降了。”

“那么，想再升起来怎么办呢？”丽泽·利普顿问道。

“再往外丢沙袋就可以了。吊篮的重量减轻了，自然就又升起来了。”

“如果沙袋都丢完了，怎么办？”

“那就只有丢行李了。”

“到时候……”铁锤女孩把她那天蓝色的眼珠对准了我，好像在说，到时候就把你丢下去。

于是我赶紧接着说：“到时候就先丢花生酱！那瓶子可重了。”

顺便介绍一下，据说操纵热气球的高手，可以预测气流的方向，通过巧妙地控制热气球上升或下降，顺着气流的方向，去自己想去的方向。

“燃料怎么样，够用吗？”

“这个你们放心。我们这个气球需要的所谓‘燃料’，就是气囊中的浮游气体。如果只是上升的话，根本不会消耗浮游气体。”

“那下降的时候呢？到时候你就得排气吧。在横梁上着陆之后，我和艾尔以及各种物资都要卸下来，那吊篮就会轻很多呀。到时，恐怕你得排出大量浮游气体才能再降回地面吧？那再次上升的时候，还得补充大量浮游气体呀。”

“如果横梁上什么东西也没有的话，就只能按你刚才说的方法做了。不过，据‘大森林’的居民反映，那横梁上似乎长着不少树木。因为很多人都说曾看见天空中有树叶和果实落下来。这样的话，到了上面，把丽泽小姐和艾尔以及货物卸下来之后，可以找一些重的树枝、树干装到吊篮里，以增加它的重量。如此一来，我不用排掉多少浮游气体，也能降落到地面。”

我们乘坐的热气球已经升到了两千米左右的高空。倒不是因为热气球上有高度计，我才知道当前的高度。而是通过目测，发现当前位置到穹顶和地面的距离差不多，因此我可以大体判断出我们处于四千米高度的一半。在高空中，虽然感觉空气很凉爽，但因距离光源更近了，那光又让人感觉到灼热。现在感觉那吊灯的亮度比在地面看时，至少亮了一倍有余。如果正面望去，眼睛会被刺得火辣辣地痛。那吊灯就挂在我们斜上方的穹顶上，我们离它越来越近了。随着高度的上升，我们渐渐看清了那些横梁的构造。从地面上看时，只能看见一些微小的、纵横交错的格子状纹路，容易让人误以为是穹顶上画的花纹。但实际接近一看才明白，那是纵横交错的、立体的架子，每根梁都很宽大。它们的作用是支撑穹顶，防止它掉下去。

从“图书馆海角”拿来的图纸显示，豪华吊灯是由一根锁链从穹顶上垂吊下来的。锁链的长度大约有三百米，这条锁链从立体架子的间隙穿过，将钢铁和玻璃制成的豪华吊灯吊在空中。

我突然感觉有点冷，因为热气球进入了云层。那云层很淡，透过云层看东西，就像隔着一层薄薄的白色面纱。但是，再上升一会儿，过了云层，一股暖烘烘的热气扑面而来。

“怎么会这样？一点也不冷啊。”

在我生活的那个世界里，地理课的老师告诉我们，越到高空就越冷。如果飞机上的空调出了故障，那么所有乘客都会被冻死。

“艾尔，你不知道吗？热空气的密度相对较小，所以热空气上升、冷空气下降。因此，我们这里越到高空越暖和，因为我们这里的房间都有天花板。”梅尔洛兹给我讲解道。

“除了这个原因之外，那些豪华吊灯也会发热，所以接近天花板的地方会比较温暖。”

从地面向上望所看见的穹顶，近距离看才能更真实地感觉到它是这个房间的天花板。而且，是一个宽四千米、长二十千米的巨大天花板。如今，它已经占据我们大部分的视野。头顶上有东西存在，就会让人产生压迫感。那种感觉好像是这个世界的造物主故意让我们感受到的，也许他是想让人们理解这个世界的每个房间都是有界限的。透过云层看地面的世界，感觉那里的一切都很朦胧。这时，从侧面照进了强光，看来我们已经升到了与吊灯平行的高度。“大森林”的穹顶上一共吊着十三盏豪华吊灯，如今，我们竟然到达了吊灯的高度，真有点不敢想象。因为没有任何东西遮挡，所以那光线强烈得简直令我们睁不开眼睛。于是，我们赶快在吊篮里寻找遮光之物，最后，我们拿出一条毛毯，挡在了光源的一方。

我们的热气球已经相当接近苹果园正上方的那盏吊灯。梅尔洛兹很担心热气球被风吹得撞上吊灯，但想象中的危险始终没有发生。当热气球上升的线路有可能撞上吊灯时，梅尔洛兹就拉一下排气绳，让热气球停止上升，然后随风横向飘到撞不到吊灯的地方。虽然我们身处高空，但却听不到风声，这里非常安静。其实，即使有风我们也很难感受到，因为我们所乘坐的热气球正在随风漂泊。正所谓“身随风动，不知有风”。

照耀“大森林”的豪华吊灯，终于比我们乘坐的吊篮还低了，我们已经升到了纵横交错的横梁层。抬头近距离观察才发现那些横梁是如此宽大，每根直径都达五十米。我们的热气球就像一只飞入儿童攀爬架的小昆虫。那些横梁都是木制的，到处可见接缝，看来是由很多木材拼接而成的。木梁以复杂的形式连接在一起，起到相互支撑的作用。梁上还有很多短立柱，支撑着天花板。

按照我们当前的位置直线上升的话，肯定会撞上横梁，于是梅尔洛兹拉了一下排气绳，让热气球上升的速度放缓，随着侧风飘离危险线路之后，再丢掉几个沙袋，热气球继续上升。我们成功避开了横梁，在横梁旁边上升。

我们的旁边出现了一面垂直的墙壁，伸手就快要摸到了，其实那是横梁的侧面。斜下方的吊灯，将热气球的影子长长地投射在横梁的侧面。我们就像乘坐观光电梯一样，看着横梁的侧面不停向下方滑动。突然，横梁的侧面消失了，视野一下子开阔起来。我们升到了横梁上面。

“居然有森林！”我大叫起来。

眼前的这根横梁，宽五十米，上面生长着茂密的植物。横梁两侧的边缘是高大的树木，中段部分有低矮的灌木丛和开阔的草坪。

“怎么样？要在这里降落吗？”梅尔洛兹询问丽泽·利普顿。

“不。既然来到了天顶，索性就再升高一点，我们在最靠近天花板的横梁上着陆。”

热气球继续上升，在纵横交错的横梁之间穿梭。就在即将碰到天花板的地方，梅尔洛兹拉了排气绳，热气球悬浮在了空中，不再升高。我们已经到了“大森林”的最高位置。此处距离地面大约四千米。一群亮蓝色的鸟儿，从我们眼前横掠而过。我们的吊篮平稳地降落在了横梁之上。

3-9

热气球升空已经有一个小时了。森林里的晨雾已经散尽，树木显出了原本鲜艳的绿色。

康亚姆·康尼姆在无线电对讲机前抱着双臂来回走动。格雷·阿修比则和鲁夫纳一起喝着红茶，那是格雷亲手沏的红茶。而黑发少年始终一言不发。

“康亚姆·康尼姆，你要不要喝杯红茶？”格雷对狗头说。

“我就算了。虽然我喜欢沏红茶，但不喜欢喝。和洋葱、巧克力一样，红茶也是我讨厌的东西。”

“你到底为什么会长一个狗头呢？难道是造物主在设计你的时候走了神，手一滑，就给人身上安了一个狗头？”

“这还是个谜。如果你有机会见到 Arknoah 造物主的话，请帮我问他一下。”

在 Arknoah，长着一个狗头的人只有康亚姆·康尼姆一个。和丽泽·利普顿的特殊体质一样，都具有唯一性。也许正是因为这样，两个人才经常一起行动。可能算是一种同病相怜吧。

就在这时，无线电对讲机里传来了一阵夹杂着电流噪声的呼叫声，听筒里传来的是丽泽·利普顿的声音。康亚姆·康尼姆飞奔到话筒旁边，开始回话：“这里是陆军分队！空军分队，情况如何？”

“这里是空军分队，我们平安抵达预定位置。要说有什么麻烦的话，就是艾尔在下热气球的时候，把脚脖子给扭了。”

根据丽泽·利普顿的报告，空军分队已经顺利地到达四千米高的指定位置，并已经在横梁上着陆。深绿军团成员们听到这个消息，不禁发出一阵欢呼声。

“横梁上面情况如何？”

“有一个挺大的庭院。”

“有庭院？”

“嗯，是不是很意外？这里居然有白石板铺的小路，在草坪中间有喷泉在喷水，还有雕像，雕像脚边有野兔正自由自在地吃着草。你都想象不到，这里还有供人休息的长椅，像遗迹一样的一个石柱群。”

丽泽·利普顿和艾尔卸下了物资，正在横梁上休息，而梅尔洛兹已经操纵着热气球开始下降了。格雷·阿修比抬头仰望天空，想要寻找热气球的踪影，但热气球下降得可没有那么快，这个时候还在很高的空中，所以连个小黑点也看不到。通过无线电对讲机进行的通话结束后，康亚姆·康尼姆大喊道："第二批做出发准备！热气球很快就回来了。"

听到这个号令之后，一名深绿军团的成员赶快爬到树上拿起望远镜对着空中瞭望，估计他是想确认热气球的位置。但是突然，伴随着一声惨叫，那人从树上摔了下来。他肯定是不小心通过望远镜望到了豪华吊灯，被强烈的光线灼伤了眼睛。

"喂！纳普克！快帮我治疗一下右边的眼睛！像烧伤一样火辣辣地疼。"从树上摔下来的那名男子捂着右眼喊道。

于是，脸上长满雀斑的红头发青年连忙提着急救箱跑了过来。但是他对伤者说："眼睛的伤我可不会治，我不是医生，我所能做的就是帮你冰敷身体上的摔伤。"

红头发雀斑青年就叫纳普克，他一脸抱歉地对伤者说。

"少废话！你这废物，赶快做点什么！小心我让你在厕所里关禁闭！"伤者粗鲁地说。

这时，一名身材矮小的中年深绿军团成员走了过来，他对纳普克说："这家伙的伤，还是让别人帮他处理吧。他从树上摔下来的时候，应该脑袋先着地，那样把脖子摔断直接死掉，还更省事一点。"

这位中年大叔的身材称得上是"迷你型"，身高和格雷差不多，但肌肉却非常结实，还长着茂密的胡须，就好像是奇幻电影中出现的"矮人族"成员。

"纳普克，我们有更重要的任务，先别管这个自找倒霉的家伙了。一会儿梅尔洛兹小姐的热气球回来，就轮到我们出发了。先准备一下吧。你最好先上个厕所，到了天上，要是你吓得尿了裤子，那地面上的兄弟可就惨了。"

"别说了！毕杰罗，我才不会吓得尿裤子呢！"

纳普克和毕杰罗都是空军部队的成员。

不大一会儿工夫，下降的热气球就出现在了人们的视野中。由于气流的原因，热气球降落的地点稍微偏离了当初出发的地点。当吊篮距离地面二十米左右的时候，梅尔洛兹从上面丢出一根绳子。深绿军团的成员们抓住绳子将热气球拉到了出发的地点。吊篮着陆之后，大家看到了里面正是那位身穿白衣、戴着眼镜、有着亚麻色头发的美女——梅尔洛兹小姐。于是，深绿军团的成员们用雄壮的声音齐声大呼："欢迎梅尔洛兹小姐平安归来！"

吊篮中装载着一些类似古代遗迹的石头碎片，那不是给地面上的兄弟捎来的纪念品，而是当作重物，好让热气球下降的。卸下那些碎石，装上物资，纳普克和毕杰罗也跃入吊篮，第二批人员和物资便升空了。

"一路顺风！梅尔洛兹小姐！路上要小心啊！"

面对上升的热气球，深绿军团的壮汉们又是一阵大呼。梅尔洛兹只得无奈地朝他们挥了挥手。而在梅尔洛兹旁边的纳普克和毕杰罗则像透明人一样，被地面上的兄弟无情地忽略了。

鲁夫纳放下茶杯，伸了个懒腰。他的身体很柔软，像猫一样。这个黑发少年，被安排在第三批，也就是最后一批出发。

"这一去也不知道有什么危险，反正不是我的错，是你自愿要参加空军分队的。"

"嗯，即使我遇到危险，格雷你也不用内疚。我不去不行。"

鲁夫纳望着天空说。这个黑发少年心里所想的事情，格雷是不会知道的。

通过无线电对讲机已经知道，第二批人员也已经到达四千米高空的预定地点，热气球又开始返航了。

热气球再次落地之后，又装上了必要的物资，鲁夫纳登上吊篮，和梅尔洛兹一同升上了天空。至此，空军分队已经全部升空。

在"大猿"靠近之前，康亚姆·康尼姆指挥深绿军团对升空地点收拾停当，然后在中午时分离开了“大森林”。从“大森林”到“星空之丘”之间设置了很多无线电中转站。所以，空军分队的消息通过几次中转，可以传到星光旅馆中。星光旅馆的会议室被当作作战总部，在这里，可以通过无线电对讲机与空军分队进行即时通信。

根据空军分队传回的消息可知，鲁夫纳和梅尔洛兹已经降落在横梁上，与其他空军分队的成员胜利会师。我们所在的木制横梁宽约五十米，长度达几千米，而且，梁与梁之间纵横距离相同。对于横梁上的我们来说，不会被豪华吊灯的强烈光线直射。这里的光线是通过天花板照射下来的，因此横梁上不会特别亮，只有柔和的光线，令人的眼睛很舒服。庭院中喷泉喷出的是干净的清水，可供空军分队饮用。

空军分队的成员要在横梁上朝苹果园的正上方移动。不过，要带着作战物资和生活物资一起移动，可不是一件轻松的事情。于是大家想出了一个省力的方法：把物资放到热气球的吊篮中，然后拉着绳子带着热气球一起移动。听到这个消息之后，格雷的头脑中浮现出了哥哥在丽泽·利普顿的命令下，弯着腰拉着绳子艰难前行的身影。

据空军分队的人报告，横梁上有石板路，还有罩着玻璃罩子的植物园，进去一看，里面种植了很多蔷薇，盛开的蔷薇花非常漂亮。

“热气球中应该带上照相机，或者他们能把上面的景色画下来也好啊。”旅馆中的人你一言我一语地议论着天花板上的情况。

因为很多深绿军团的成员围在无线电对讲机旁听康亚姆·康尼姆和空军分队的交流，所以有关天上的情况很快就传遍了整个星光旅馆。而且，不久之后，收音机也开始根据无线电对讲机中的报告介绍“大森林”高空中横梁上的情况。于是，整个 Arknoah 的居民都知道了那里的样子。

空军分队出发后，人们迎来了第一个夜晚。在“星空之丘”，木制的穹顶暗下来，无数的星光点亮了。在晚餐大厅里，面对众人的目光，康亚姆·康尼姆对空军分队的情况进行了正式的汇报：“空军分队在横梁上朝指定吊灯的方向移动，就在刚才，他们已经到达苹果园的正上方。”

随后，掌声和欢呼声响彻整个大厅。“砰！”还有开香槟的声音。据说，空军分队还在横梁上找到了一个带有屋顶的建筑遗迹，他们就把那里当作了临时的据点，为日后的行动做准备，一切都很顺利。大家都以为，如果按照这样的节奏下去，把豪华吊灯炸下来的工作肯定没什么问题。可就在第二天早晨，发生了意料之外的情况。和空军分队的联系中断了，无论如何也联系不上他们。

“你不用担心，昨天他们在横梁上行军，肯定累坏了。今天他们都在睡懒觉，还没有起床呢。”斯琼对格雷说。

“也许他们在吃早饭呢。没准开罐头的起子找不到了，他们正在分头找罐头起子。”哈罗兹也来安慰格雷。

“你们可真够烦的，都那么大的人了，还不愿面对现实。肯定是出了什么大问题，否则狗头的脸色也不会那么难看了。”格雷没好气地回了斯琼和哈罗兹一句。

康亚姆·康尼姆则一脸沉重地坐在无线电对讲机前，一句话也不说。

一开始，无线电对讲机一直沉默，大家都认为空军分队的成员在睡懒觉，可是到了中午依然没有任何反应。康亚姆·康尼姆时不时就会向空军分队发出呼叫，可是对方没有一个人回答。大家又开始怀疑是不是无线电对讲机出了故障，于是派出几名深绿军团成员前往“大森林”的苹果园进行侦察。事先已经制定出通信设备出现故障时的应对方案：当通信设备出现故障无法使用的时候，空军分队的成员会写一封信，说明当前的情况，然后将信与重物绑在一起从横梁上丢下去。派出去的深绿军团成员，就是到苹果园的地面上去搜索空军分队的信。

几个小时之后，坐在星光旅馆窗边的人发现从“大森林”方向飞驰而来一队马车，派出去进行侦察的深绿军团成员们回来了。他们在“大森林”确实有所发现，但找到的并不是空军分队丢下来的信。

“难道是……怎么可能？”用望远镜瞭望的人发出了惊讶的喊声。

当马车队靠近星光旅馆，用肉眼也能看清马车上的乘客时，所有人都吃惊地张大了嘴巴。

马车队驶入星光旅馆的大院，停稳后车上的人纷纷下车。其中一人脚步匆匆地推开旅馆大门，在所有人的注视下走进大厅，来到康亚姆·康尼姆的面前站定。

“我听说昨天热气球已经载着空军分队出发，并且顺利地到达了横梁上。但是，我的头脑中却完全没有那段记忆。”

大厅里挤满了人，但却鸦雀无声，大家都在侧耳倾听丽泽·利普顿的讲述。

马车队从“大森林”里拉回来的正是身穿绿色外套的少女——丽泽·利普顿。昨天已经乘热气球升空并平安抵达高空横梁上的丽泽·利普顿，为什么今天会回到“星空之丘”的星光旅馆里？到底发生了什么事情？这让格雷的头脑一片混乱。

“大概是在子夜零点之前，我从横梁上掉了下来，然后落到地面摔死了。当我有意识的时候，已经站在晨雾中了。你们认为我有可能是睡昏了头，然后自己从横梁上滚落下来的？绝对不可能！一定是谁把我丢下来的，是一起谋杀！”

复活之后的丽泽·利普顿完全忘记了昨天发生的事情，于是她开始朝“星空之丘”的方向前进。在路上，她被前来寻找信的深绿军团成员们发现了。说完上面一段，铁锤女孩整理了一下绿色外套，然后离开了大厅。

当前发生的一切，随着电波被收音机毫无保留地传遍了整个Arknoah。如果丽泽·利普顿讲述的情况是真的，她不是在睡觉过程中不小心滚落下来的，那一定是被人谋害的。但到底是谁杀死了铁锤女孩呢？眼睛敏锐的人已经发现，铁锤女孩回来后，始终不离腰间的铁锤竟然不见了。

“乌龙博士那儿应该没有备用热气球和浮游气体了吧。”

“这样一来，丽泽小姐以后就会跟我们陆军分队一起行动了，那我们就更有底气了。”

“真担心上面的那些人啊！梅尔洛兹小姐没事吧？”

在丽泽·利普顿和康亚姆·康尼姆举行紧急会议的时候，深绿军团成员们你一言我一语地议论着。不久，有人报告说“大森林”的侦察小队发现了空军分队丢下来的信。从高空四千米的横梁上丢下来的信，并没有落在苹果园里，而是稍微偏离了苹果园一点。但估计并不是风把信吹到了那里，而是丢信的人为了防止信挂在豪华吊灯上，而故意在偏离吊灯的地方丢下来的。信上绑了一个遗迹的石头碎片当重物。另外，为了更容易被人发现，信上还绑了一块鲜艳的橙色布条，那好像是从帐篷上撕下来的一块布。

根据信上的笔迹，可以判断那是梅尔洛兹写的。信上讲述了空军分队当前的情况，说今天早晨发现丽泽·利普顿失踪了，无线电对讲机和收音机也被人破坏了。就连热气球也不能用了，气囊部分被剪出了好几条大口子，浮游气体全跑光了。

来往于地面与空中的交通工具没有了。格雷担心地想：哥哥该怎么平安地回到地面上呢？如果是 Arknoah 的居民，至少还有最后的手段，就是直接从横梁上跳下来。虽然肯定会摔死，但也会像丽泽·利普顿那样，第二天从晨雾中复活。可是，艾尔就没有这种可能性了。

梅尔洛兹的信中，除了汇报发生的意外状况之外，还提醒地面的指挥者，继续按照事先制订的计划行动。另外她还说，以后空军分队与陆军分队的联系就采用投信的方式。而陆军分队要与空军分队进行联络的话，梅尔洛兹也提出一个方案，就是利用乌龙博士发明的音响火箭弹。其实，乌龙博士早已想到了发生这种情况的可能性，也做好了相应的准备。

梅尔洛兹的信中写道："如果你们拾到信，作为信号就在'大森林'中发射一枚音响火箭弹。"

按照梅尔洛兹信中的指示，康亚姆·康尼姆率领深绿军团在"大森林"中发射了一枚音响火箭弹。音响火箭弹基本上没什么杀伤力，但却有着刺耳的啸叫声。

率队来到"大森林"后，康亚姆·康尼姆戴上了耳塞，他准备亲自发射音响火箭弹。他首先把乌龙博士发明的这种火箭弹安装在火箭筒中，然后扛起火箭筒对准了天空。扣下扳机的同时，火箭筒后面喷出一股烟雾，然后弹头朝空中飞去。

"啾——！"

弹头发出撕裂空气的尖锐啸叫声，以极快的速度钻入高空，后面留下一条白色的烟雾轨迹。最后，在高空轰的一声爆炸了。地面上有几个忘记捂耳朵的深绿军团成员，被音响火箭弹发出的巨大爆炸声震得耳朵嗡嗡响，原地直打晃，连站也站不稳了。

第二天，格雷·阿修比在星光旅馆的猪圈、鸡窝前打发时光，他望着猪和鸡发呆。忽然，他用余光感觉到有人影朝马厩这边走来，扭头一看，原来是丽泽·利普顿。她还推着一辆装着木箱和袋子的小车。

丽泽·利普顿从马厩中牵出一匹黑马，并开始把小推车中的货物往马背上搬。与铁锤女孩的身体相比，黑马要高大得多。所以，她往马背上搬东西很费力，每次都得踮起脚尖，还得把胳膊举得高高的，才能把东西顺利地送上马背。

这匹大黑马，是深绿军团成员在空军分队出发之前，在"大森林"里发现并带回星光旅馆的。不知道它的主人是谁，但和丽泽·利普顿却很亲近。格雷从哥哥那听说，丽泽·利普顿给这匹大黑马取名叫迪尔马，还说这匹马在"大森林"中救过他们的性命。

"你要出去吗？"格雷对着铁锤女孩的背影问。

丽泽·利普顿正在用绳子固定马背上的行李，她头也不回地回答道："嗯，我要出去一趟。格雷，你不去找其他孩子一起玩吗？梅丽尔正要找人玩捉迷藏呢。"

丽泽·利普顿所说的梅丽尔，是斯琼的女儿。

"我知道，所以我才藏在这儿，不让她找到啊。"

丽泽·利普顿像水手那样熟练地打了一个绳结，然后用手抚摸着大黑马的肚子。这匹马的毛色非常整齐、漂亮，泛着黑色的光泽，在光线的映照下闪闪发亮。

"乖孩子，这次又要麻烦你了。"

像是听懂了少女的话语一样，迪尔马点了点头，发出一阵低声鸣叫。

"你是不是要去'大森林'？可康亚姆·康尼姆他们早就出发了呀。"

"我不打算去和陆军分队会合，我要到其他地区，那里有我要做的事情。"

"你要做的事情？"

"有很多。没时间跟你详细解释了，我出发了！格雷，再见！"

说完，铁锤女孩牵着迪尔马上路了。因为马背上已经装载了很多行李，容不下少女骑行，所以丽泽·利普顿只得牵着马前行。铁锤女孩到底要去哪里？马背上驮的到底是些什么？虽然格雷很想知道，但那少女似乎不打算告诉他。于是格雷跟在丽泽·利普顿的后面，直到把她送到星光旅馆大院的城门口。从少女侧脸上露出的表情，格雷可以看出她在思考什么事情。她那天蓝色的眼珠始终望着前方，完全没有理会一旁的格雷。

"艾尔现在安全吗？"

"他比谁都安全。"

"什么意思？"

"把我从高空横梁上扔下来的那个人，即使杀光世界上的所有人，也会保护你的哥哥。他就是这样一个家伙。"

铁锤女孩牵着马出了星光旅馆大院的城门，格雷就不再跟随她前行了，而是目送着少女远去，直到她变成一个小点，消失在自己的视线中。当天晚上、第二天、第三天，都不见铁锤女孩和大黑马回来。丽泽·利普顿到底去哪儿了？格雷四处打听也没有结果，问康亚姆·康尼姆，也不告诉他。

第四章

4-1

我头上戴的头灯所发出的光亮，似乎被脚下无尽的黑暗全都吸了进去，除了一根斜向下方的绳子之外，什么也看不见。我的身体就被一个滑轮吊在这根绳子上。因为这根绳子是倾斜的，所以我什么也不用做，只靠自身的重量就能沿着绳子向下方滑去。脚下的黑暗让我联想到无尽的宇宙空间，而我正朝那黑暗深处前进。如果是白天，我想我能够看到四千米以下的地面。不，也许在看到地面之前，我就被豪华吊灯的强烈光线给晃晕了。虽然除了滑轮上吊下来的这根绳子之外，我的身上还绑着一根很长的安全绳，安全绳的另一头掌握在横梁上的人手里，但我还是怕得要命。因为我正被吊在苹果园的正上方——比云层还高的地方，每想一次，我的背上都会渗出一层冷汗。

渐渐地，在头灯的照射下，我前方的黑暗空间中出现了一根直立的、很粗的大柱子，那柱子的直径有三十米左右。但再往下滑一段距离，接近一看才知道那并不是柱子，而是一条巨大的铁链，每个铁环都有翻斗车那么大。这条粗大的铁链一直沉入黑暗的深渊，现在我还看不见最底下的情况，但能想象到，铁链的底端就吊着那直径二百五十米的巨大吊灯。因为那吊灯的巨大重量，才把这根铁链拉得笔直。

在这条粗大的铁链上，一根电缆还像蛇一样攀附着。这根电缆也很壮观，直径至少有一米，外面包裹着黑色的绝缘布。点亮“大森林”里的豪华吊灯，使其发出太阳般光辉的电流，就来自这根电缆。换句话说，这是一根供电电缆。

吊着我的那根绳子，避开了电缆，它的终点在铁链的表面上。我在铁环的表面上安全着了陆，当脚底碰到坚固的物体时，我那颗和身体一起悬在空中的心脏，终于落了下来。虽说铁环是圆的，但由于太过巨大，就算我站在上面，也只能体验到不大的弧度。

从横梁向铁链上铺设这根索道绳，是我们升空首日的工作。我们使用乌龙博士特制的火箭筒，从横梁上把绳子的一端射到了铁链上。这个专门用来远距离铺设绳索的火箭筒，是乌龙博士在制造攻击性火箭筒时顺便发明的，它能精确地把绳索的一端发射到射程内的目标位置。当火箭弹的弹头将绳索的一端发射到目标位置，也就是铁链表面时，弹头中内置的一个胶囊就会破裂，里面的高效黏合剂会将绳索一端牢牢地粘在铁链的表面。听到这样的原理之后，我心中不禁产生了怀疑：仅靠黏合剂将绳子粘在铁链上，那能结实吗？可是，梅尔洛兹却充满自信地说：“请大家放心！黏合剂粘牢需要一定的时间，等时间一到，多大的力量也不能让绳子从铁链上脱落，只会把绳子拉断。”

确实如她所说。过了一段时间，等黏合剂充分粘牢后，我们所有空军分队成员一起用力拉那根绳子，绳子另一端不见有丝毫松动的迹象。

我从衣服内侧口袋中取出一个玻璃瓶，将里面装着的糖水洒在铁链的表面，不一会儿，洒糖水的地方就聚集了很多小拇指大小的昆虫。它们是在我之前来到这里的空军分队成员放在铁链表面上的锈蚀蚂蚁。嗅到糖水的甜味之后，它们纷纷赶来，在糖水的刺激之下，它们的活动变得异常活跃。它们的生活特性是在钢铁中挖洞筑巢，并使钢铁生锈。

空军分队的任务是在豪华吊灯的铁链上安装炸药，得到地面陆军分队的信号之后引爆炸药，让吊灯落下去砸在“大猿”的头上。但是，根据“大森林”的设计图以及《豪华吊灯大全》等资料，计算吊灯铁链强度的时候，发现准备的炸药有可能无法将铁链炸断。于是，乌龙博士给我们提供了锈蚀蚂蚁，先用锈蚀蚂蚁把铁链锈蚀到一定程度，以降低它的韧度，到时再用炸药一炸，就可以确保铁链断裂了。

爆破所使用的爆炸物，是用乌龙博士发明的电子炸药制作的电子炸弹。只要有电流通过，这种炸弹就会起爆，而且，电流越强，它爆炸的威力就越大。起爆电子炸弹的电源，其实就在铁链的旁边，即那条为吊灯供电的电缆。

我对铁链表面进行了仔细观察，发现只有洒过糖水的地方出现了变化。先来到的空军分队成员已经在这里洒过几次糖水，如今，那一块的铁链已经变得千疮百孔，上面密布无数的小孔，那就是锈蚀蚂蚁挖的洞穴，旁边是铁屑、铁锈堆积的小山。我估算了一下锈蚀的面积，大约有一平方米。我把锈蚀蚂蚁们挖出来的铁锈全部收集起来，装进玻璃瓶后，把蚂蚁赶开，将一块黏土糊在锈蚀的铁链表面，为锈蚀的地方做了一个黏土模板。然后我把这些东西带回去，梅尔洛兹好据此对铁链表面的腐蚀情况进行分析。

铁链被腐蚀的程度太轻或太重，都对实施作战计划不利。如果锈蚀蚂蚁对铁链的腐蚀太轻，那么用电子炸弹也不一定能炸断铁链，到时豪华吊灯无法落下去，作战就失败了。反过来，如果腐蚀过于严重，那么在陆军分队发出信号之前，也许铁链就承受不住吊灯的重量，在“大猿”被吸引到指定位置前就先行断裂，吊灯就落下去了，作战同样失败。所以，当锈蚀蚂蚁将铁链腐蚀到刚刚好的程度时，我们就必须得让这些蚂蚁停止活动。为此，我们空军分队的几个人要轮流每隔几个小时就到铁链上来检查一下情况。

“喂——！好——啦——！可以把我拉上去了！”

任务完成后，我大声呼唤横梁上的同伴，并用头灯朝着他们的方向关闭、点亮，闪烁了几次，这是我们事先约定的一种灯语暗号。四周一片黑暗，我几乎丧失了距离上的远近感，只在斜上方看见一个小亮点，那是横梁上的同伴生起的篝火。

这时，绑在我身上的安全绳开始被拉动了，于是我的脚离开了铁链表面，滑轮开始沿着倾斜的绳子逆势而上。回去就没有来时那么轻松了，因为要逆势而上，所以横梁上需要几个同伴一起拉安全绳，才能把我拉上去。

渐渐地，在黑暗之中我看到了一个笔直的断崖，那其实是我们的作战据点所在的横梁的侧面。在那断崖的边缘，也就是横梁的边缘，还生长着很多植物，其中有一棵格外高大的树木。那棵树算得上巨大，在树枝上搭建一个小房子都没问题。巨树上一根粗大的树枝像巨龙的脖子一样伸到了横梁外面，使得它从整体上看去，像一只歪着脖子的怪兽，所以我们称之为“歪脖树”。

作为滑轮的轨道，吊着我的那根绳子一头固定在铁链上，另一头就绑在歪脖树的树枝上。虽然只是一根树枝，但我们空军分队的全体成员站上去都没问题。擅长做木匠活的毕杰罗，从地面捡了一些掉落的树枝，用钉子把它们钉在歪脖树上，形成了扶手和站立的平台。

我的身体随着滑轮沿着绳子向斜上方滑动着，不一会儿，我就接近了歪脖树伸出的那根树枝，看见了毕杰罗和鲁夫纳站在树枝上正在拉绳子的身影。最后，我双脚落在了他们旁边的树枝上。

“小蚂蚁们还好吧？”拥有小型坦克般体形的毕杰罗拍着我的后背问道。

“它们很活跃，不过我不小心踩死了几只。”

“你要小心不要让它们爬上你的身体啊。如果在你回来的路上，它们从你身上爬到了滑轮上，开始腐蚀滑轮就糟糕了。我可不希望轮到我去检查铁链的时候，半路上滑轮碎裂，让我掉进万丈深渊。”

再过三个小时，就轮到毕杰罗去检查铁链了。在我们空军分队中，除了梅尔洛兹之外，其余人等都要轮流去检查铁链。

我解开安全绳，沿着树枝上垂下的绳梯爬到了地面。说是地面，那也只不过是高空横梁的表面而已。鲁夫纳来到歪脖树旁的篝火边，蹲下来，拿出一把小刀开始削树枝，我以为他是在雕刻什么东西。

“你在刻什么呢？”我好奇地问。

“我只是削着玩而已，把枝头削尖。”鲁夫纳冷淡地说。

不知为什么，这个黑发少年几乎不跟我说话。因为他很讨厌我吗，还是因为他害羞，不擅长和陌生人交流？

“艾尔·阿修比，你先回去休息吧，我还有点活儿要做。”毕杰罗抱着他那些木匠工具对我说。

看毕杰罗干劲十足的样子，我就问他要做什么活儿，他告诉我要给固定绳索的那根树枝做一个木头梯子。有了木头梯子，就不用再爬摇摇晃晃的绳梯了。顺便说一句，之所以要把绳子的一端系在高高的树枝上，是为了让倾斜度更大一点，以便向铁链滑动时更加轻松。但是这样也有缺点，就是当人从铁链那端返回时，需要更大的力量才能把他拉回来。所以，树枝上至少需要两个人拉安全绳。

只有我一个人离开了歪脖树。我用头灯照亮脚下的路，沿着石板路向前走。我躲开那些倒在地上挡住去路的石柱遗迹，又穿过爬满荆棘的天使雕像，在一堆低矮的灌木丛中踯躅前行。与“大森林”中的道路相比，横梁上没有什么起伏，走起来倒是轻松一些。不上来亲眼看一看的话，谁能想象到这高空横梁上竟然还有人造的园林。如果是白天在这里散步，说不定还会误以为自己置身于某座宫殿或美术馆的庭院之中呢。

穿过一座石头砌的拱门，有一处很大的建筑遗迹。那遗迹有一半左右已经被植物覆盖，成了大自然的一部分。那就是我们的临时作战据点——天文台遗迹。我们是乘热气球来到横梁上的那个“傍晚”发现这个遗迹的。当天，在临近吊灯熄灭，夜晚即将降临的时候，我们正准备支帐篷过夜，没想到无意中发现了这座遗迹。看到这座遗迹的外形，我不经意说了一句：“好像个天文台呀。”于是大家就把它命名为“天文台遗迹”。但实际上，在 Arknoah 的世界中，并没有天文学这门学问，当然也不存在天文台。在木制的穹顶上既没有星星，也没有月亮。没有自然天体，也就没有研究它们的学问。所以，这个建筑物像外面世界的天文台，只能算是一种巧合吧。“这里有屋顶，能挡风遮雨，里面还有不少小房间。距离吊灯的铁链又近，很方便我们行动啊。别搭帐篷了，就把这里当据点好啦。”提出这个建议的人正是丽泽·利普顿。可是第二天早晨，她就不见了踪影。

在这座遗迹的正面，是一个小广场。广场上有一个临时搭起的行军灶，纳普克把锅架在灶上，正在煮东西。

“啊，你回来啦，艾尔。我正准备去叫大家来吃饭呢。”

“真香啊！”

“昨天出去侦察的时候，找到几个南瓜，我给煮了。”

这位满脸雀斑的瘦高青年，成了我们空军分队的厨师。一到开饭时间，大家都会来到遗迹正面的小广场上，纳普克就把做好的饭装在盘子里分给大家。领到食物之后，有人坐在台阶上，有人坐在树桩上，一边呼吸着高空的新鲜空气，一边品味着美食。

进入遗迹内部，首先映入眼帘的是由好几根柱子支撑的大厅。穿过大厅，沿不宽的走廊走到尽头，有一排小房间。这些小房间只有长方形的出入口，没有门扉。小房间被大家分了，没人住的房间就用来做仓库，里面乱七八糟地堆着我们带来的物资。我发现，从梅尔洛兹的房间透出了微弱的光亮。她从帐篷上撕了一块布，挂在门上当门帘。

我在门外对里面说：“梅尔洛兹小姐，我是艾尔。我从铁链表面收集到了铁锈，现在拿来给您看。”

“好的，进来吧。”

我撩开门帘，走进房间。房间里的陈设和我们的差不多，除了自带的物品之外，没有任何家具摆设。梅尔洛兹的睡袋旁边，散乱地放着几本像小说一样的书。在由蓄电池供电的灯下，梅尔洛兹正在给地面的陆军分队写信。我把玻璃瓶子递给她，里面装着我从铁链表面收集来的铁锈。她接过瓶子之后，赶紧把里面的铁锈倒在天平上称重量。通过测量铁链表面所产生的铁锈的重量，可以大体估算出蚂蚁挖洞的深度。

“锈蚀蚂蚁的状态怎么样？”

“好像有点活跃过头了。铁链表面已经变得凹凸不平，就像人脸上长了太多青春痘之后留下的痕迹。”

我又拿出了用黏土在铁链表面拓下来的模板，交给梅尔洛兹。

“看起来进展挺顺利呀。明天试着往一个蚂蚁洞穴里灌水看看。减少的水量可以测量出蚁巢的深度。”

“你们这里竟然有这种能够锈蚀金属的蚂蚁，太神奇了。”

“那是乌龙博士在‘红茶色房间’里发现的稀有物种。锈蚀蚂蚁嘴里所分泌的液体中含有高浓度的氧，可以加速铁等金属的氧化。”

隔着眼镜，梅尔洛兹的大眼睛显得十分可爱，好似吉娃娃狗那水汪汪的大眼睛。她全神贯注地观察着铁锈样本，然后用小勺舀了一丁点放在玻璃片上，再放在显微镜下，看来她是要仔细分析一下铁锈的成分。

“艾尔。”

“嗯。”

“让你做这么危险的工作，真对不住你。如果绳子断了，你掉下去的话，我们就再也见不到你了。”梅尔洛兹一边用显微镜观察铁屑一边对我说。

“这个您不用担心，不用对我特殊优待。我也想为这个世界做点贡献，况且这还关系到我弟弟能不能回家的问题。”

梅尔洛兹抬起头来，紧闭着嘴唇严肃地看着我。突然，她伸出手来握住了我的手。

“加油！有什么我能帮忙的，你尽管说。其实我也很高兴，因为在与灾难抗争的过程中，科学的力量发挥了很大的作用。Arknoah 这个世界的生活条件，实在是太优厚了，大家吃穿不愁，死了还能复生。所以，平时大家几乎不会意识到科学的力量。”

“嗯……”

因为在说这些的过程中，梅尔洛兹一直握着我的手，所以我感觉自己脸上一阵发热，相信也一定红得像个熟透了的苹果吧。

“啾——！”

正午时分，音响火箭弹那尖锐的呼啸声响彻了整个木制穹顶。在白天的时候，由于吊灯距离我们很近，又几乎在正下方，因此它发出的光显得格外强烈。所以如果在白天从横梁的边缘向地面张望的话，什么也看不见，只看见一片白茫茫。因此梅尔洛兹在第一封信中建议地面的陆军分队使用音响火箭弹作为暗号。

“丽泽小姐好像平安地在地面上。看来她确实是从横梁上掉下去摔死了，然后第二天在地面上复活了。不管怎么说，知道她平安无事，我就放心了。”梅尔洛兹说。

看来，通过写信丢到地面上，地面上的人拾到后再发射音响火箭弹的复杂交流方式，梅尔洛兹终于弄清了丽泽·利普顿的情况。梅尔洛兹在信中写了一句：“如果丽泽·利普顿在地面上平安无事的话，请在正午时分发射音响火箭弹通知我。”

在豪华吊灯点亮的白天，我们是禁止去铁链表面进行作业的，因为吊灯发出的光和热使铁链附近不适合人类活动。虽然不至于夺取人的性命，但绝对可以把皮肤灼伤。另外，在强烈的光线下，人也容易发生晕眩，一不小心会跌落下去。所以，白天就成了我们的自由活动时间，大家可以睡觉，可以看书，可以在横梁上到处走走，总之，怎么高兴就怎么过。拿我来说，我就喜欢沐浴在天花板反射下来的光线中，到处散步，欣赏横梁上的风景。

横梁上面就像一个宽五十米、长几千米的细长形园林庭院，较高的树木集中生长在两侧的边缘。因为长在边缘更容易吸收到吊灯的光照。横梁的中央部分则是低矮的灌木、草坪和石板路。在横梁上，大约每隔一千米就有一个巨大的柱子，支撑着木制的天花板。

在一根巨柱的脚下，纳普克正在采摘野草莓，他经常在天文台遗迹周边转悠，采些香草、挖点芋头什么的。今天我来帮他采野草莓，一些颜色鲜艳的鸟儿不怕生地跳到我们身旁，捡我们漏掉的野草莓吃。天花板反射下来的吊灯光线不强也不弱，让眼睛很舒服。

“艾尔，你的那个怪物，是怎么来到这么高的横梁上的呢？”

“也许它会飞吧，或者会爬墙什么的。”

“沿着垂直的墙壁爬四千米高？”

“也可能，它藏在行李中，和我们一起乘坐热气球上来的……”

之前经过讨论，我们一致认为，丽泽·利普顿被抛下横梁、无线电对讲机被破坏、热气球被破坏都是我所创造的那个怪物的所作所为。如果不是这样，而是丽泽·利普顿睡觉的时候因为梦游等，不小心跌落横梁的话，那无线电对讲机、热气球被破坏就无法解释了。

铁锤女孩肯定是被我所创造的怪物谋杀的。其中的原因也很容易想到，铁锤女孩是那怪物生存的最大威胁。在 Arknoah 这个世界里，能够毫不费力地杀死我而又不用担心受到惩罚的人，只有丽泽·利普顿一个。只要那少女用铁锤敲碎我的脑袋，那么不管我创造的怪物身在何处，它都必死无疑。因此，那怪物要想办法把铁锤女孩从我身边除掉。

另外，从丽泽·利普顿并没有死于横梁之上这个情况来看，那怪物肯定具有相当高的智商。如果它在横梁上把铁锤女孩杀死，那么第二天她又会在横梁上复活，结果还是会出现在我的身边，威胁我和怪物的生命。但是，第二天丽泽·利普顿是在“大森林”的地面上复活的。由此可见，她是在地面上死亡的。也就是说，她是被那怪物活着从横梁上抛下去，摔到地面上才死亡的。看来，那家伙非常了解 Arknoah 居民的生存原理，并巧妙地利用了这一原理。

但有一点我们还是想不明白：那怪物到底是怎么追随我们来到横梁上的呢？另外，它现在究竟藏在哪里呢？剩余的空军分队成员讨论了半天，也无法得到一个令人满意的结果。

“不管怎么说，和艾尔你在一起，我就放心多了。因为那怪物绝不会做出伤害你的行为，所以我一直在你身边也应该是安全的。”纳普克一边把野草莓装进篮子里一边说道。

我们俩走回天文台遗迹的途中，遇到了头发湿着的梅尔洛兹，在不远的茂密树林里有一个喷泉，她刚在那儿洗完澡。

“梅尔洛兹小姐，这是刚采的野草莓，很好吃哟，你来品尝一下它们的味道吧。”

“请尝尝，梅尔洛兹小姐。”

她从篮子里拿起一颗野草莓放进嘴里，纳普克的脸颊顿时红了起来。

等回到天文台遗迹，我发现屋顶上有个人。原来鲁夫纳正坐在遗迹的弧形屋顶上，望着远方。这个黑发少年虽然一直对我很冷淡，但我知道他不是个坏人。有一次我不小心走入荆棘丛中，腿被尖刺扎伤，结果，鲁夫纳过来粗鲁地丢下一包外伤药就走了。鲁夫纳对我虽然冷淡，但与学校那些经常欺负我的同学相比，已经算可爱多了。

这时，纳普克已经在天文台遗迹正面的庭院里生起了篝火，他打算用采摘的野草莓煮果酱。而我就在一旁看着他操作。在天文台遗迹的庭院里，还放着那个不知被谁破坏的热气球残骸。只要那些残骸进入我的视野，我就会想起丽泽·利普顿失踪的那天早晨的情景，于是心情就会变得阴郁起来。

“喂，艾尔·阿修比，你觉得你那个怪物现在还在横梁上吗？”毕杰罗开始和我搭话。

自从他给歪脖树的树干安装了木制梯子之后，他就有了新工作，就是四处寻找怪物。

“我没有发现任何怪物吃东西或排泄的痕迹，真是很奇怪，这个怪物好像并不贪婪，而且很狡猾，没有留下任何足迹。”

“它已经把丽泽·利普顿从我身边赶走了，也许它已经安心了，所以就离开了。”

“那样说的话，至少在谋害丽泽小姐的那个晚上它应该是在横梁上的呀。可是，第二天早晨我在横梁上搜索的时候，只找到了丽泽小姐的足迹和我们自己的足迹，并没有发现其他任何不明生物的足迹，真是让人迷惑。现在我们所知道的，就是那家伙一点都不傻。它甚至知道破坏无线电对讲机和热气球，就是想让我们和地面失去联系，同时夺走了我们与地面之间的交通工具。”

“那怪物一定知道，如果有热气球的话，梅尔洛兹小姐就可以再返回地面把丽泽小姐接上来。”

纳普克开始把野草莓放入锅里煮起来。

突然之间，我想到一件事情，并把它说了出来。

“难不成那家伙还在横梁上？只不过它藏在一个视野非常好的地方。”

“为什么呢？”

“那家伙最害怕的就是丽泽·利普顿，很担心那少女再回到横梁上。如果丽泽·利普顿再去乌龙博士那儿借一个热气球，重新升空的话，那怪物必须早早发现它，所以我猜它藏在一个便于瞭望的地方。”

“嗯，确实有道理！”

“如果它发现有热气球升上来的话，就会在热气球着陆之前对其发起攻击。只要用它的牙齿或利爪撕裂气囊就足够了。如果那怪物没有尖牙、利爪的话，也可以将尖锐的东西投向气囊，只要气囊有漏洞，浮游气体跑掉了，热气球就落回地面了。丽泽·利普顿也就无法来到横梁上。”

“嗯！肯定是这样的！我去把那家伙找出来！”毕杰罗恍然大悟似的边喊边跑去找怪物了。

毕杰罗就是一个如此率直的人，单纯得像个孩子。不过，这也正是他的危险之处。他一旦认准一件事情，就会执着地追寻下去。可是，经过这么长时间的搜寻，他依然没有看见怪物的身影，甚至连脚印也没找到一个，这让他感到十分困惑。最终，一个可怕的答案浮上了他的心头。

这天晚上，毕杰罗吊在滑轮上穿越黑暗去铁链表面检查蚂蚁腐蚀铁链的情况。当他平安返回歪脖树的树干时，不经意地吐了一口气，好像悬着的心终于落地了似的。随后，他从自己制作的梯子上爬下来，和我并排坐在篝火旁边。摇摆的篝火映照着我们的脸庞。

忽然，毕杰罗开口对我说："喂，艾尔，刚才在黑暗对面的铁链上，我看着那么多蚂蚁在脚下会聚成群，从洞穴中出来进去的样子，想了一些事情。我想，费了那么大的劲儿寻找怪物，可是一点踪迹都没有发现，是不是这个横梁上压根儿就不存在怪物呢？这样一来，丽泽小姐失踪的那天早晨，我没找到任何怪物的足迹，就能解释了。不是怪物干的，而是我们当中的某个人下的手。Arknoah 的居民不会是凶手，因为在我们这里杀人是极大的罪恶，会被造物主剥夺复活的权利。没有什么理由足以让我们这儿的人放弃复活的权利去杀害丽泽小姐。所以……不，让我再想想……我要走了，还得把收集到的铁锈拿给梅尔洛兹小姐进行分析呢。"

毕杰罗拿着装有铁锈的玻璃瓶朝天文台遗迹走去。他的话虽然没有说完，但我心里已经知道他想说的是什么。他一定是想说："艾尔·阿修比，杀死丽泽·利普顿小姐的人，不就是你吗？"

4-2

自从空军分队升到横梁上进行作战准备，丽泽·利普顿小姐在地面上复活，然后她又外出不知去向，到现在已经过去十来天了。就在这一天，情况发生了变化，最先注意到这一变化的是在"星空之丘"的星光旅馆中避难的人们。

“最近，我感觉地震似乎减少了呢。”

“嗯，是没有以前摇晃得厉害了。”

“大猿”所引发的地震主要分为两种——“步行地震”和“攻击型地震”。今天，“步行地震”的频率好像降低了，而且强度也减弱了。难道“大猿”变老实了？人们都在心中猜测着，并相互议论着。但实际情况并非如此。

“这到底是怎么回事……”

正在康亚姆·康尼姆也感到不解的时候，被派往“大森林”进行侦察的深绿军团成员们回来了。根据他们的报告，人们感觉“步行地震”减少了、变弱了，只是地理上的原因。因为“大猿”的活动地点发生了变化。之前，“大猿”在整个房间中四处阔步前行，而最近，它的活动场所只集中于南面。

“也许那个怪物不喜欢寒冷，喜好温暖。”侦察小队的深绿军团成员说道。

“大森林”北面与“冷气洞窟”相邻，所以北边气温低，比较寒冷；而南面与“火焰之沼”相邻，故此南边气温高，很暖和。

“特别是最近，‘大猿’多出现在南面的墙壁附近，而我们‘星空之丘’在‘大森林’的西北方，和‘大猿’所处位置的距离比较远，因此它造成的‘步行地震’传导到我们这里就显得很弱了。”

其实，“大猿”的活动范围越小，对于深绿军团的作战准备越有利。为了最终将“大猿”吸引到苹果园，深绿军团计划在“大森林”的各个地方建造瞭望塔，并将大镜子设置在瞭望塔顶端。如果“大猿”行踪不定、四处乱走的话，必定会对深绿军团的工作和人身安全造成威胁。一开始大家都很担心，纷纷揣度计划中的那些瞭望塔到底能有几个顺利建成。可是，如果“大猿”把自己的活动范围局限在房间南部的话，那瞭望塔建设起来就容易多了，也安全多了。

但是有一天，一个突如其来的状况发生了。

"咚——！"

"咚——！"

"咚——！"

一阵低沉的轰响从远处传来，人们感觉地面和天顶都在震颤。这个令人心惊肉跳的声音和震动，让星光旅馆里的所有人都停止了手中的工作，大家望着窗外，旅馆里一片寂静。

"咚——！"

"咚——！"

"咚——！"

随着那遥远而空洞的声响，杯子里的水也泛起一圈圈波纹。虽然这种程度的震动不会给星光旅馆带来任何损害，但给人们内心造成的影响却不容小觑。虽然大家嘴上不说，但心里都增添了几丝不安。

康亚姆·康尼姆亲自挑选了一些深绿军团的成员组成了一个调查小组，并率领他们赶往"大森林"南边的墙壁附近进行调查。到了预定位置，他们看到的是"大猿"正挥舞着巨大的拳头攻击墙壁的身姿。墙壁有一处已经凹陷下去，大量的瓦砾掉落下来，在墙角处已经堆积得犹如一座小山。"大猿"专心致志地攻击着墙壁，似乎非常有耐心。连续几日，调查小组对"大猿"的行为进行了观察，结果发现，"大猿"每天都会做同一件事情，那就是用拳头砸南边的墙壁。虽然每天攻击的位置多少有点不同，但"大猿"没有一天放过这面墙壁，每天都会狠狠攻击一段时间。所以，那面墙壁简直惨不忍睹，在距离地面大约一百五十米的高度上，到处可见犹如散弹枪攻击留下的凹坑。只要一刮风，那些凹坑中就会有碎裂的瓦砾落下来。从这里飞过的鸟群不得不随时注意头上的情况，以免被瓦砾砸中。

听说这种情况之后，格雷·阿修比想：这么长时间以来"大猿"一直只能在"大森林"里活动，它可能厌烦了，想换个地方看看其他房间的样子，所以才在墙壁上挖洞。

“看来我们必须得加快行动速度了。”康亚姆·康尼姆皱着眉头说，“短时间内，这面墙壁还能承受住‘大猿’的攻击。因为墙壁那边是‘火焰之沼’，为了抵御熔岩的高温，这面墙壁是用特制的耐热砖建筑的，与一般墙壁相比强度要高很多。但是，如果那墙壁出现裂缝，‘大森林’恐怕就要遭受灭顶之灾。因为墙壁那边正是一个熔岩池，一旦墙壁出现裂缝，熔岩就会流过来，而这边又全是树木，那么势必引起熊熊大火。到时整个房间就会是一片火海，如果不逃亡到其他房间的话，地面上的人将难逃火灾。可是，横梁上的空军分队，如今哪儿也去不了，就只能坐等被烟熏死了。”

在星光旅馆的院子里闲逛的时候，格雷·阿修比发现，几名深绿军团的成员搬来了一些带有钻头的小型挖掘机。其中还有超小型迷你挖掘机，格雷一个人就能抱起来。

格雷好奇地问：“这是什么机器呀？”

“挖洞的机器。据说是要在‘大森林’的地面上挖洞。”

“我知道啦，想让来自隔壁的熔岩流进洞里。你们想得还挺长远，都为墙壁破裂做好了准备。”

“这个我们就不知道了。不过，在‘大猿’开始攻击南面的墙壁以前，乌龙博士就已经把这机器送来了。而且，当时就已经确定了挖洞的地点，在苹果园的周边地带。如果是用来对付熔岩的，那应该在南边的墙壁附近挖洞才对呀，那样才能减少熔岩给这个房间带来的危害。”

“嗯，有道理。人们常说‘四肢发达，注定头脑简单’，没想到你也能说出这么聪明的话。”

“小子，我正想给你的脑袋上开几个洞。不过，等等，这里有点不对劲儿。”那名深绿军团的大汉一边看着相关文件一边歪着脑袋皱着眉头说。

“怎么了？”格雷问。

“挖掘机数量不够啊。按照这个设备管理文件上的数字，应该还有一台才对呀。谁给弄丢了一台？”

梅尔洛兹的信又从横梁上投了下来。根据信上所说，空军分队的准备工作正在顺利进行，吊灯的铁链也腐蚀到了一定的程度。而地面的陆军分队也在“大猿”所造成的地震中，坚持搭建瞭望塔的作业。虽然有一定的危险，但进展也算顺利。这段时间，格雷·阿修比无事可做，整天到处闲逛，非常无聊。一天，他正坐在旅馆正门前的台阶上发呆，忽然，哈罗兹经理来喊他，希望他帮忙打扫旅馆内的卫生。哈罗兹还说：“可不白干活哟，作为报酬，我给你香甜的点心吃。”

“想奴役童工？没门！”

“你不干是吗？那以前给你的那些巧克力、糖果，以后你就吃不着了。我还是给其他孩子好了。”

“好啊，随便你给谁。我可不是几块巧克力和糖果就能收买的人。再说了，吃太多的甜食，会像你一样长出一个大肚子的，我可不想成为胖墩儿。”

“唉，好吧，你赢了。本来我是看你一个人闲得慌，怕你觉得无聊才来找你说话，没想到我的身材也成了你攻击的对象。”

“我本来就是一个招人讨厌的人，你们尽管讨厌我吧。这样一来，当我被铁锤女孩处刑的时候，你们也不用跟着心痛了，这不挺好嘛。”

说着，格雷就跑开了。其实，除了哈罗兹经理之外，格雷对这里的所有人都态度恶劣。来找他玩耍的孩子、负责做饭的厨师长、给他分配食物的大婶、帮他洗衣服的姐姐……见到谁他都会冷语相对。别人关心他，他就会来一句：“哼，不要管我，我想一个人待着！”因此，有的人见了他就皱眉，有的人甚至当面对他说：“要是铁锤女孩敲碎你的脑袋就好了。”可是，每每听到别人这样说，格雷倒是会长出一口气，心里面感觉很轻松。

“你为什么要故意说一些讨人厌的话呢？”斯琼跟格雷搭话说。

格雷把头扭向一边回答说：“我跟你很熟吗？别假装很了解我的

样子。”

听到这样的回答，能让人联想到罗宾汉的这个男子耸了耸肩，接着说道：“你这么一说我倒是想起来了，我不是你的救命恩人吗？”

“你说你是我的什么人？”

“你忘了吗？就是你哥哥和丽泽·利普顿掉进河里的那天，桥面垮下去的时候，你朝岸边纵身一跳，是谁伸手抓住了你？”

“我当然记得了。不过，我当时也没有求你救我呀，那不是你自作主张要救我的吗？”

“你这个浑蛋小子，你要是我儿子的话，我早就揍你一顿了。”

“哼！不是你的儿子，我真幸运。”

格雷从斯琼眼前逃开了。如果哥哥艾尔在场的话，他肯定要责备弟弟：“你怎么能用那样的态度对人说话？”不过，对于这样的责备，格雷心中早就想好了应对的话，他会告诉哥哥：“被人讨厌很开心，非常开心！”

在苹果园的地面发现了大量的昆虫尸体，好像是从正上方的豪华吊灯那里落下来的。就在深绿军团成员对苹果园里的那些昆虫尸体进行调查的时候，还不时有昆虫尸体从天上噼里啪啦地落下来。那些正是锈蚀蚂蚁的尸体。这种现象意味着什么，大家心里都清楚。说明空军分队的准备工作已经完成了。

空军分队从横梁上投下来的信都会绑一段橙色的布条，那是从帐篷上撕下来的，目的是让信更醒目，更容易被地面上的同伴发现。而负责捡信的陆军分队成员，会随时用望远镜观察横梁附近的天空，当看到有系着橙色布条的东西落下来时，就赶快去相应的地面寻找。捡到之后就会马上交到康亚姆·康尼姆手中。这天，康亚姆·康尼姆看着刚收到的信，首先确认了梅尔洛兹的笔迹，然后看了内容之后他点了点头，“嗯……”接着他掏出梳子开始梳理头上的狗毛。

那封信通知地面，空军分队的作战准备已经完成，吊灯的铁链已经被锈蚀蚂蚁腐蚀到了适当的程度，只要一爆破，那铁链注定会断裂。为了防止锈蚀蚂蚁进一步腐蚀铁链，梅尔洛兹已经命令空军分队成员将所有锈蚀蚂蚁杀死了。而且，电子炸弹也已经安装完毕，只要一按按钮，那盏由钢铁和玻璃制成的巨大豪华吊灯就会掉落下来。

地面上计划建设的瞭望塔也基本建成了。只要空中、地面的准备工作都完成，就该决定正式作战的日期了。梅尔洛兹在信中表示，希望由地面的陆军分队最终决定正式作战的日期。因为天气情况是最大的决定因素，所以对“大猿”的作战必须选在晴天。为了把“大猿”引诱到苹果园来，需要利用它对光线敏感的特性，所以要利用瞭望塔上面的大镜子反射豪华吊灯的光线晃“大猿”的眼睛。如果作战当天云层太厚的话，光线不够强烈，就难以完成预定的作战计划。

“大森林”的居民中，有几个人可以根据空气的湿度、云层变化的情况，预测第二天的天气。康亚姆·康尼姆就找了几个有这种才能的人，准备在听取他们对天气的预测之后，再决定作战的具体日期。

因为横梁上的无线电对讲机被破坏了，所以空中与地面的沟通变得非常麻烦。而且，由于豪华吊灯的光线非常强烈，因此横梁上的空军分队也看不见吊灯正下方的苹果园的情况。所以只能借助音响火箭炮作为信号。如果在正式作战的过程中，在“大猿”被吸引到苹果园之前，音响火箭弹走火，不小心被发射出去的话，那可就耽误大事了。音响火箭弹是通知空军分队采取行动的唯一信号，如果这时空军分队炸断铁链让吊灯落下，那就砸不到“大猿”的头上，作战也就失败了。

“无论如何也得想办法送一台无线电对讲机上去呀。”这样的议论声在深绿军团成员间不绝于耳。

确实，如果横梁上有一台可以使用的无线电对讲机，那么和地面的沟通就会方便很多。

“我也知道啊，可是怎么才能送上去呢？用氢气球？或者再去弄一个热气球？也许谋害丽泽小姐的那个怪物现在依然在横梁上呢。被它发现的话，它一定又会搞破坏。怎么才能既不让怪物发觉，又把通信设备安全送到空军分队手中呢？”

听康亚姆·康尼姆这么一说，大家都沉默了，狗头也无奈地叹了口气。过了一会儿，他接着说道：“说实话，还是有办法的。实际上，我们正准备把一台新的无线电对讲机通过怪物不会察觉的途径送上去呢。可是，就怕时间上来不及了。和‘大猿’的决战迫在眉睫，我们没有时间等了。”

“咚——！”

“咚——！”

“咚——！”

“大猿”所制造的咚咚巨响彻夜不止。侦察小队报告说，“大森林”南边的墙壁已经开始出现裂缝了。虽然暂时还没有熔岩渗过来，但那只是时间问题。

一天，几名擅长观察天气的人来到“大森林”，通过观察天空中的云层、感受空气的湿度等，这几个人一致判断第二天将是个大晴天。当他们把这一预测结果报告给康亚姆·康尼姆之后，狗头发出了号令，他把第二天定为正式决战日期。然后，他通过无线电对讲机把这一决定通知了全体深绿军团成员，并立刻向位于“中央楼层”的 Arknoah 特别灾害对策总部进行了汇报。而且，仅仅十分钟之后，收音机就将这一消息通知了 Arknoah 的全体居民。

康亚姆·康尼姆和几名深绿军团成员站在苹果园中，他们连续发射了三枚音响火箭弹。因为梅尔洛兹曾经在信中指示康亚姆·康尼姆，如果决定了正式作战日期，那么就在正式作战的前一天连续发射三枚音响火箭弹，作为通知空军分队的信号。音响火箭弹用尖锐的呼啸声撕破“大森林”的天空，在很高的空中爆炸。待第一枚的声音消失之后，再发射第二枚，接下来是第三枚。当三枚音响火箭弹发射完毕，天空又归于平静之后，狗头咳嗽两声清了清嗓子，然后开始给同行的深绿军团成员泡红茶。

4-3

"'大猿'的行为模式好像发生了变化。到底发生了什么情况，我们在这里难以推测，但从声音上判断，那家伙似乎是在连续攻击同一个地方。"梅尔洛兹一脸紧张地说。

不久之前，我们在横梁上也听到了咚咚咚的巨响。关于那声音的来源，空军分队的成员们你一言我一语地讨论着。

"感觉那声音好像是从南面传来的，但愿不是那家伙在砸墙……"

好像与那巨响呼应似的，每响一次，我们所在的横梁都要跟着摇晃一下。歪脖树那根伸向空中的树枝，也会跟着上下左右地乱摆一通。因为绳子的一端就绑在歪脖树的那根树枝上，所以我们沿着绳子滑到铁链上的作业变得异常辛苦和危险。因此，我们尽量选在"大猿"造成的声响不太频繁的时候去铁链表面作业。

铁链的表面已经出现了无数洞穴，那都是被锈蚀蚂蚁挖出来的。我们会测算单位面积内的洞穴数量，再测量洞穴深度。根据对这些数据的分析，一天，梅尔洛兹宣布铁链的腐蚀工作已经完成。接下来，根据梅尔洛兹的指示，队员们开始往铁链表面和洞穴中洒盐水。盐水对于锈蚀蚂蚁来说，是致命毒药。只见它们在盐水中痛苦地扭动了一会儿，然后就不动了。还有大批锈蚀蚂蚁，在挣扎过程中或死后落下了铁链，像下雨一样掉在了地面上。

下一项工作就是安装炸弹。用来炸断铁链的电子炸弹，外观就像一个箱子，大小相当于一个小型旅行箱。我们要把它安装到吊灯的供电电缆上。至于由谁去安装，我们进行抽签决定，结果纳普克抽中了这艰巨而光荣的任务。只见这位雀斑青年抱起电子炸弹，可能是因为害怕，他表情有些僵硬地通过绳子滑到了铁链表面上。他先伸手摸了摸那根供电电缆。电缆的表面有绝缘体覆盖，赤手去摸也不会有触电的危险，但出于安全考虑，我们让纳普克戴上了橡胶手套。梅尔洛兹则站在歪脖树旁举着望远镜张望，她是在检查纳普克的工作情况。黑暗之中，只有纳普克的头灯照亮了铁链上的一点空间。顺利地将电子炸弹安装在供电电缆上之后，纳普克拿出一根细电线连接在电子炸弹上，然后发出信号通知歪脖树上的我和毕杰罗开始拉动安全绳。纳普克一边随滑轮向斜上方滑动，一边释放手中的电线，不一会儿，他就回到了歪脖树上。

在天文台遗迹的大厅中，有一个基座，不知以前是放什么东西的，如今，我们把电子炸弹的起爆开关放在这个基座上。我们把纳普克带回来的那根细电线连接到起爆开关上，炸弹就算安装完毕了。

接下来我们要做的工作，就是等待地面正式作战的信号。一旦地面发信号，我们就按下起爆开关的按钮。我们这边一按开关，安装在供电电缆上的炸弹就会产生连锁反应。首先是由炸弹的箱体伸出尖锐的金属针，刺穿电缆的绝缘体包裹物，接触到电缆芯，巨大的电流便会通过金属针流入电子炸弹，接下来就会发生大爆炸。

“起爆的时候，全体空军分队成员都要进入天文台遗迹躲避，绝对不可以外出。不要想着去观赏爆炸的壮观场面，外面都是不安全的。”梅尔洛兹对我们下了一条死命令。

乌龙博士发明的这个电子炸弹有一个特点，就是遇到的电流越大，爆炸的威力就越大。试想一下，能把那么巨大的豪华吊灯点亮，得需要多么庞大的电流啊。所以，到时候爆炸的强度肯定小不了，估计横梁边上的歪脖树都会被爆炸的冲击波震飞。

“在天文台遗迹内，相对会比较安全。”

说完，梅尔洛兹开始给地面的同伴写信，告诉他们空军分队的准备工作已经就绪，同时请康亚姆·康尼姆根据实际情况决定正式开战的日期。写完后，从横梁上稍微偏离吊灯的地方把信丢了下去。

连续发射三枚音响火箭弹，是信中约好的暗号，即表示第二天就是正式开战日。我喝着纳普克沏的红茶，等这三声音响火箭弹已经等了好几天。这几天来，因为没有工作可做，大家就各自找乐子来消磨时间。

梅尔洛兹在笔记本上画画，把横梁上的景色素描下来，她还调查研究了在这里生活的植物和昆虫的种类、数量等情况。她说回到地面后，要把这里的情况向乌龙博士汇报。

“作战结束后，我们就得离开横梁，说不定大家还得分开呢，真有点舍不得。”纳普克红着脸说道。

听到这话，梅尔洛兹的脸上浮现出柔和的笑容，她用一只手理了理亚麻色的头发，对纳普克说：“谢谢你！纳普克。你做的美味饭菜，我永远不会忘记的。”

这些天来，鲁夫纳不是在树上就是在天文台遗迹的屋顶上。他总是望着远方，手里还拿着一把小刀在不停地削木头。有一次，趁鲁夫纳不在屋顶的时候，我偷偷爬去，看到了他雕刻的作品。在一堆木屑之中，躺着一个用木头雕出来的蛇头。看起来还没有完工，但已经非常精美。真没想到，平时对我那么冷淡的黑发少年，拥有如此高的艺术天分，令我吃惊不小。

而毕杰罗则在不停砍树，他用鸡蛋粗的树枝不知又在制作什么东西。

“我做的是诱捕你那个怪物的陷阱。”他对我说。

把丽泽·利普顿从横梁上丢下去，又破坏了无线电对讲机、收音机、热气球的那个怪物，至今依然没有找到它的踪影。它长什么样子、在哪里，我们都不知道。对于这个怪物，毕杰罗也改变了策略，他放弃了外出寻找线索，转而制作陷阱，以图守株待兔。

“啾——！”

“啾——！”

“啾——！”

一天，约定好的暗号终于响起来了——撕裂天空的三声尖锐啸叫，那是我们熟悉的音响火箭弹的声音。坐在天文台遗迹屋顶上的鲁夫纳下来了，纳普克丢下刚采集的坚果跑了过来，毕杰罗也放下了手里制作陷阱的工作，全体空军分队成员都集合在梅尔洛兹面前。

梅尔洛兹向大家宣布："明天天亮，陆军分队就开始向指定地点吸引'大猿'，正式作战开始。今晚大家要好好休息，禁止打扑克牌。"

晚饭是煮南瓜，纳普克最拿手的菜之一。他把煮好的南瓜盛在盘子里分给大家。我用勺子舀了一勺，送入嘴中，那橙色的南瓜蓉在嘴里扩散，一股甜味包裹了整条舌头，真是妙不可言。我们的主食是从地面带来的面包，而配菜主要是在横梁上采摘的新鲜蔬菜——横梁上生长着各种蔬菜和野菜。一想到明天作战结束就要结束在横梁上的生活，我的心中还颇有几分感慨呢。如果按照丽泽·利普顿的计划，能够顺利消灭"大猿"的话，弟弟格雷就可以回到外面的世界，见到妈妈了。明天的这个时候，应该已经有了结果吧。想到这儿，我的心里袭来一阵紧张。

用石头堆的临时行军灶中依然还有火，上面架着的锅中还有南瓜蓉在咕嘟咕嘟地煮着。现在已经过了晚上六点，"大森林"的吊灯都已熄灭。如果没有行军灶里的那一点火光，我们这里将是一片漆黑。木制的穹顶上，没有一颗星星。我们五个人的脸都被灶里的火光映红了。

"喂，艾尔，你过来一下好吗？"毕杰罗凑过来跟我说。

平时，毕杰罗比别人吃得都多，可今天他似乎没什么胃口，盘子里还剩了不少煮南瓜。

"我的陷阱做好了，你能不能过来帮我搬一下？"

吃完晚饭后，梅尔洛兹和纳普克都回到了各自的房间，想要睡个好觉以保证有充足的精力应对明天的战斗。鲁夫纳也不知去了哪里，去洗澡了，还是又爬到屋顶上去了？反正不见了人影。我就跟着毕杰罗一起去搬他制作的陷阱。他那个木格子装的东西到底是个什么陷阱，我不太清楚，感觉就像一个缝隙很大的木筏子。

"要搬到哪里去呀？"

"遗迹里面。"

"我还以为陷阱要设置在外面呢。"

在毕杰罗的指示下，我们搬着那个所谓的陷阱小心翼翼地进了遗迹，在通过放着电子炸弹起爆器的那个台子时，得留意脚下，不要踩到连接炸弹和起爆器的细电线。在走廊里，有好几个小房间。凡是挂着用帐篷布做的门帘的，都是已经住人的房间。

“好啦，艾尔，你到那个房间里去。”毕杰罗指着一个没人住的空房间对我说。

于是，我抬着木格子向后退入了那个房间。不过，那木格子比房间门大，进不去。

“不行啊，木格子进不去。”

“是吗，你稍等一会儿。”

说着，毕杰罗把木格子立在房间门口，然后拿起旁边摆放的绳子，开始干活。也不知他在干些什么。这时，我才注意到，在这个房间入口周围的墙壁上，已经事先打好了几个桩子，那是固定帐篷四角用的铁桩。毕杰罗用绳子绑住木格子，然后把绳子固定在铁桩上。

“毕杰罗大叔，你在做什么呢？”

“啊，我只是把这个木格子固定住。”

我环视了一下身处的这个小房间，没有窗户，就是一个空空的石屋。

“那我怎么出去呢？”

这个房间唯一的出入口已经被毕杰罗用木格子封住了。如果他把木格子固定的话，我就出不去了。

“要的就是这种效果。我不是说过了嘛，这是一个陷阱。艾尔，就是为了把你关起来而制作的陷阱。”

“哈哈，毕杰罗大叔，不要开玩笑了，一点也不好笑。”

但是，毕杰罗似乎并不是在开玩笑，他一脸严肃，不发一言。他用力拉了几下木格子，检验一下是否牢固，结果那木格子被绳子牢牢绑在铁桩上，纹丝没动。

“毕杰罗，你适可而止吧！”梅尔洛兹双臂抱在胸前斜靠在墙壁上说。不知她是什么时候来的，眼镜后面的眼睛里充满了困惑。

楼道中的蜡烛台上点着蜡烛，而梅尔洛兹和毕杰罗就在摇曳的烛光映照下对峙着。在不远的地方，纳普克的脸上现出了不安的表情。鲁夫纳也来了，他倚靠在墙上静观着事态的发展。

“我不打算把他放出来，不过也只限于作战的这段时间。如果作战顺利结束，就放他出来。”毕杰罗堵在木格子前一步不离。

刚才，听到我和毕杰罗争论，大家都赶来了。然后就是毕杰罗和梅尔洛兹无言地对峙了一段时间。这段时间里，我把手从木格子间隙中伸出来，想解绳子，可是毕杰罗用小刀逼迫我缩回了手。看来，他是真的不想放我出去。

“把丽泽小姐从横梁上推下去的人，没准就是他。破坏热气球、无线电对讲机、收音机的人也可能是他……你觉得呢，梅尔洛兹小姐？按照这样的假设，一切都可以解释了。比如，为什么横梁上找不到怪物的痕迹？怪物是怎么来到横梁上的？其实，这里根本没有怪物。横梁上只有我们空军分队。而其中，能够谋害丽泽小姐的，就是艾尔一个人。其余的都是 Arknoah 的居民，我们不可能杀人，因为杀人会被剥夺复活的权利。”

“那艾尔为什么要谋害丽泽小姐？动机何在？”

“因为他害怕。外邦人害怕丽泽小姐，没什么奇怪的。”

“可是，艾尔参加战斗是为了帮助弟弟呀。你觉得他会阻止作战计划吗？破坏无线电对讲机和收音机，对他有什么好处？”

“破坏这些装备也许是个意外，他也没想到。当他想谋害丽泽小姐时，两人发生了激烈的搏斗，没准是搏斗过程中不小心把无线电对讲机和收音机损坏的呢？不管怎么说，作战顺利结束之后，我就把他放出来。艾尔，对不起了！安全起见，你暂时在里面待一段时间吧。”最后，隔着木格子，那个身材矮小但肌肉强健的深绿军团成员对我说。

“我知道了，毕杰罗大叔。我就待在房间里，如果这能让你相信我的话，我愿意被关一段时间。不过，我重申一遍，我比任何人都希望这次作战能够成功，因为它关系到我弟弟的性命。”

“这个事情，要通知地面的陆军分队吗？”纳普克问梅尔洛兹。

“不用通知他们了。明天天一亮，正式作战就开始了。即使现在把信投下去，天那么黑他们也难以拾到，即使拾到，也只会动摇他们的战斗决心，没有什么益处。”

这时，沉默寡言的鲁夫纳开口了，他说：“我同意梅尔洛兹小姐的意见，此事暂时不要声张了。等作战结束后就还给艾尔自由，现在就委屈他在里面待一段时间吧。我觉得，现在更重要的事情应该是睡觉。”

说完，这个黑发少年就匆匆回到了自己的房间。

我隔着木格子对梅尔洛兹说：“梅尔洛兹小姐，您也回房间休息吧，现在大家都应该睡觉。我在这儿挺好的，你们不用担心。如果你们因为睡眠不足、精神恍惚，错过了明天地面发射的信号，那可是会贻误战机的，到时后果不堪设想。”

梅尔洛兹的脸上现出了一丝犹豫，但最后她还是点了点头，对我说：“嗯，知道了。那就不好意思了，不过也许现在去睡觉才是最明智的选择。对不起了，艾尔……”

“不用管我，我没问题的。纳普克，你也快去睡吧。”

纳普克也是一脸担心，不过还是点了点头说：“嗯，虽然有点担心你，但既然大家已经做出决定，你就暂时委屈一下吧，晚安。毕杰罗大叔，您也休息吧。”

“嗯，明天见！”

最后，只剩我和毕杰罗两个人，其他人都回房间休息了。这时，这个像小坦克一样的汉子才深深地出了一口气。

“艾尔·阿修比，你恨我也没关系。”

“不会的，我不介意，我们也该休息了。”

“不，我不睡，谁知道你会干出什么事来！”

“我什么也不会做……”

毕杰罗靠着遗迹里的一根柱子坐了下来，隔着木格子，目不转睛地监视着我。看来，整个晚上他都要这样度过了。他身体的轮廓被烛光投影在背后的柱子上。他不睡，我可要睡了。这个房间里什么也没有，我只好躺在冰凉的石板地上，没有毯子盖，真的很难入睡。这个时间，“大猿”似乎也在休息，横梁上已经挺长时间没有感觉到震动了。

过了零点，已经是第二天了。我想，今天的战死者，将会失去零点之后的记忆。而且，今天恐怕会死很多人吧。在地面上，负责把“大猿”引到苹果园的深绿军团成员们，最后能有几个生还呢？虽然对这个世界的居民来说，死亡只不过是一个新起点——一个通往重生的起点，但是，死亡那一瞬间的痛苦却是实实在在的，所以，如果有可能的话，谁也不愿意去死。冒着这样的风险，奋不顾身去与“大猿”战斗的深绿军团，他们到底是为了救我弟弟回家呢，还是为了守护这个世界的世界观呢？

我们空军分队，明天只要竖起耳朵仔细听就行了。梅尔洛兹和康亚姆·康尼姆的约定是，当陆军分队把“大猿”引入以苹果园为中心的半径三千米的范围内时，就先发射一枚音响火箭弹。当“大猿”来到豪华吊灯正下方的时候，再发射第二枚音响火箭弹。我们听到第二枚音响火箭弹的声音时，就按下电子炸弹起爆器的开关。相比之下，我们空军分队的作战任务要简单得多。

如果“大猿”并未按照预期的路线行动，陆军分队的作战就算失败，届时他们将不发射音响火箭弹。如果到了天黑也没有听到音响火箭弹的声音，横梁上的我们就知道今天的作战失败了。炸断铁链让吊灯落下的工作只能延后了，再次作战日期还是由陆军分队根据具体情况决定。如果事态真的发展到那一步，毕杰罗会怎样对待我呢？他会把我放出去吗？

到时候，格雷还能好好地活着吗？总是阴沉着脸，尽说刻薄话的他，真是让我担心啊。如果那“大猿”真是弟弟内心阴暗感情的产物，那么杀死“大猿”会给弟弟的内心带来怎样的变化呢？会不会像做手术切除了癌变的组织一样，弟弟心中的阴暗感情也会被彻底消除，从此弟弟性格大变，变成一个乖孩子呢？或者，还是像往常一样，没有什么变化呢？

在胡思乱想中，一阵睡意袭来，我昏昏沉沉地睡着了。

4-4

因为天一亮，作战就正式开始了，所以星光旅馆中的人们凌晨就忙碌了起来。做准备工作的人们大呼小叫，也不管会不会吵醒熟睡中的孩子。格雷·阿修比悄悄地走出房间，在走廊里堆积的各种物资中左躲右闪地悄然移动着。旅馆的院子里并排停着很多马车。格雷小心翼翼地在马车间穿行，一方面要防止被人发现，另一方面又要防止被马蹄踩死。在马车车厢的侧面，用油漆写着马车要去的目的地。

“前往三号瞭望塔·苹果园”。

当看到写着上述字样的马车时，格雷停下了脚步。车上还没有人，但车厢里已经堆上了来复枪和火箭炮的木箱，以及装有罐头食品的袋子。格雷迅速爬上车厢，钻进装罐头的袋子，偷偷藏了起来。

“你就留在‘星空之丘’吧，厨师会烤蛋糕给你吃。”哈罗兹经理昨天这样对格雷说。

“好的，我知道啦。虽然我不想吃什么蛋糕，但还是决定不去‘大森林’了。我可不想目睹战斗的画面，那太危险了。”

格雷说完，就回到了自己的房间，不过他早已下定决心，不会按照刚才所说的去做的。他必须目睹“大猿”被杀死的场面，因为“大猿”是他自己内心的产物。躲在安全的地方，等待最后的结果，那对自己也说不过去呀。格雷想亲眼见到“大猿”的最后时刻。

袋子里很黑，罐头又冷又硬，硌得格雷非常不舒服。这时，周围传来了说话声，而且声音越来越大。看来是有人走近了，他们好像是要登上马车了。一群意气风发的男子大声说笑着，马儿也跟着发出了嘶鸣。看来，离出发时间不远了。有几个人登上了格雷隐藏的这辆马车，车厢的底板上传来了噔噔的皮靴踏地声。

远处，又传来了康亚姆·康尼姆的声音，那是他催促深绿军团赶快出发的喊叫声。他站在高处向深绿军团发号施令，那一瞬间，他的吼声就像一只公狗在狂吠。

格雷周围被一片男子汉的雄壮吼叫声、马蹄声和车轮转动声所包围。他想从袋子里伸出头来打探一下外面的情况，又担心被发现，只好放弃了这个想法。格雷躲藏的马车也开始移动。前来送行的人们的欢呼声和加油鼓劲的喊声逐渐远去，最后只听见马蹄和车轮的声音。看来，星光旅馆已被抛在了后面。

突然，有什么东西压在了格雷的肚子上。这突如其来的一击，让格雷忍不住发出了一声痛苦的呻吟。

“刚才你说什么？”

“我没说话呀。”

格雷听到车厢里深绿军团成员的谈话声，他们把装罐头的袋子当成脚垫踩在了上面。

“今天，我们还能活着回来吗？”一名深绿军团成员说。

根据他们的对话，格雷猜测这辆马车上一共有五到六名深绿军团的成员。

“因为我们负责的是三号瞭望塔，所以估计生还的希望不大。如果作战顺利的话，‘大猿’必然会被引诱到我们附近，‘大猿’的攻击强度可不是闹着玩儿的，估计我们都难以幸免。即使躲过这一劫，还有更大的危险等着我们呢。别忘了我们那儿可是吊灯的正下方，即使不被‘大猿’打死，多半也要被吊灯砸死。”

“康亚姆·康尼姆和我们在一起，我就不怕了。”

“我们这儿可没有怕死的人，再怎么说明天一早也会活过来。”

“但是，明早复活的时候，就不会记得我们现在的谈话了吧，今天的记忆都会被抹去吧。”

“那些都无所谓啦。”

“是啊，管不了那么多了。”

没过多久，格雷听到车轮声音发生了变化。现在的车轮声显示马车应该是进入了房间与房间之间的隧道——穿越厚厚墙壁的隧道。在隧道之中，各种声音都是有回声的。不知又过了多久，回声消失了，像是进入了一个开阔的空间。格雷知道，“大森林”已经到了。马车飞快地行驶在“大森林”的石板路上，因为路面坚硬又不太平整，所以震动是在所难免的。袋子里的罐头和格雷也跟着震动，这可苦了格雷，他快被坚硬的罐头硌死了。

马车驶进了森林。格雷无法看到外面的情况，因此完全不知道具体到了什么地方。深绿军团成员们的对话减少了，马蹄声也停了下来。踩在格雷身上的大脚挪开了，接着又发出一阵噔噔的踩踏车厢地板的声音，深绿军团成员们下了马车。格雷·阿修比从袋子口探头观察外面的情况。天还没亮，空气中还有黎明前的凉意。马车上的车灯照亮了周围不大的空间，可见马车周围笼罩着一片白色的雾霭。

四周满是苹果树，地面上到处都是腐烂的苹果，几乎没有下脚的地方。由于“大猿”造成的地震频繁，将苹果从树上震了下来，现在树上已经很难见到苹果了。一地苹果大部分开始腐烂，因此空气中弥漫着一股带有酒味的既甘甜又酸腐的气息。耳边还能听到苍蝇乱飞的嗡嗡声。附近停着好几辆马车，但比格雷在星光旅馆大院里见到的马车数量少多了。因为其余的马车都分散驶往了“大森林”的各个指定地点。

而就在眼前，矗立着一座高三十米左右的瞭望塔。它是一个细高的四方形柱体。看到这个瞭望塔，格雷想到了以前在电视里见过的火箭发射塔，二者有几分相似。只不过这瞭望塔是由圆木搭建而成，塔的周围还有曲折的楼梯，那是从无意义的台阶地带砍伐来的。瞭望塔的最顶端是一个平台，那里视野开阔，可以环视四周。平台中央是一个可动的基座，上面就是粘在底板上的巨大镜子，像帆船的风帆一样，被绳子牵拉着。

“喂！你在这儿干什么？”

突然，格雷的胳膊被人抓住从袋子里拽了出来，一个戴着绿色臂章的大汉盯着格雷的脸看。

分散到“大森林”各地的深绿军团成员们，都在各自的岗位上等待着黎明的到来。此时，空气中没有一丝风，鸟儿振翅的声音清晰可闻。森林依然笼罩在一片黑暗之中。深绿军团的大汉们没有人大声喘气，都睁大了眼睛、竖起耳朵留心观察着黑暗中的动静。大地也没有震动，估计“大猿”正在某个地方休息呢。有人借助灯光看了下手表，当表针指向六点的那一瞬间，大家都抬起了头仰望天空。在很高的空中，出现了亮光，那亮光的强度逐渐增强，开始将黑暗驱走。周围笼罩的浓雾，在光线的照射下，变成了白色的烟。在苹果园的三号瞭望塔，康亚姆·康尼姆通过无线电对讲机向“大森林”中的全体深绿军团发出了号令。

“作战开始！望大家奋勇向前！”

号令虽短，但掷地有声。随着晨雾渐渐变淡，“大森林”的地面传来了令人不快的震动。树木随之摇动，鸟儿被惊飞一片。一名正在瞭望塔上用双筒望远镜瞭望的深绿军团成员，发现对面的森林中一个巨人般的身影正直立起来，直冲天际。于是，他赶紧抓起了无线电对讲机：

“这里是十四号瞭望塔！在 B19 地区发现目标！”

“这里是十三号瞭望塔！同样，在 B19 地区发现目标！”

好几个地点的深绿军团，同时观测到了“大猿”的身影。在湖边的瞭望塔上，人们目击了湖面上倒映的“大猿”身影；在无人村庄的瞭望塔上，人们隔着一排屋顶看到了远处那庞大的身影……有些正在往嘴里塞面包的深绿军团成员，见到那正直立起来的“大猿”身影时，不禁呆住了，嘴里的面包也忘记了吞咽。那怪物全身覆盖着浓密的体毛，就像一个猿猴，但它行动的时候却是腰背挺直、双腿行走，从动作上看又像人类。全体人员都被那家伙庞大的身躯所震慑，谁都说不出话来。在之前的准备工作期间，深绿军团的成员们虽然已经多次目睹过“大猿”的样子，但依然无法适应。每每看到在遥远的地平线上矗立的那个双足直立行走的怪物，人们的心中都会产生恐惧。深绿军团成员们不禁想：现在我们竟然要杀死这个家伙，这种行为是不是有些荒唐？

“大猿”开始缓慢地移动，它每迈出一步，地面都会发出巨响，那声音就像是用大炮近距离轰击地面所发出来的。而且，它落脚的地方还会腾起一阵土烟。大森林中最高的树木，还不及它的腰高。“大猿”每走一步都会踩到一片小树林。只要它一开始活动，“大森林房间”的每一个角落都能感受到震动。

在准备炸落的豪华吊灯的正下方，就是三号瞭望塔，康亚姆·康尼姆就在这里待机，指挥战斗。而此时，格雷·阿修比也出现在了三号瞭望塔的顶上。从这里眺望远方的风景，还是非常刺激的。格雷双手抓着平台边上的栅栏，极目远眺。苹果园是一块小平原，而它的周边被一圈小山丘围住了，山丘上生长着针叶树。山丘和树木遮挡了视线，从瞭望塔上看不到更南边的情况。

“B19 地区在哪里？”

格雷刚才听到了无线电对讲机里的对话，于是提出了这个问题。

“在大南边，那里气温比较高，盛产好吃的杧果。以前我经常带着妻子露丝、女儿梅丽尔去那边摘杧果。现在，估计已经被‘大猿’夷为平地了吧。”

回答格雷问题的是斯琼，他和格雷一起站在栅栏的旁边，不时往嘴里丢一颗坚果吃。

铁锤女孩将“大森林”分成了若干个一千米见方的区域，用英语字母和数字表示每个区域的坐标。她在“大森林”的地图上画出了横竖交错的直线，将其隔出了若干个小正方形。横坐标从左到右用 A、B、C、D 四个字母表示，纵坐标从上到下用 1 到 20 的数字表示。B19 地区，就在左数第二列，下数第二行。这个地区很靠近南面的墙壁。

“没想到现在我要像看孩子一样守着你。”

“我又没要求你守着我，不高兴的话你可以回去呀。”

“我不会丢下你不管的。”

斯琼本来是作为马车夫赶着马车把深绿军团和装备运到这里的。按照原计划，他现在应该赶着空马车离开“大森林”了。但是，格雷的突然出现打破了原定计划，斯琼不得不留下来照顾格雷。

发现格雷之后，本来大家打算把他送回“星空之丘”的，但得知这个决定之后，格雷又吵又闹，咬人踢人，还试图逃跑，大家拿他没有办法。

于是，康亚姆·康尼姆对格雷说：“好啦，格雷·阿修比，就允许你暂时留在这里。但是有个条件，你要保证，当‘大猿’向这个方向接近的时候，你要在危险到来之前离开这里去安全的地方避难。”

此时的斯琼正在收拾东西准备打道回府，但是狗头要求他留下来照顾格雷，在危难的时候协助格雷去安全的地方避难。

“大猿”的“步行地震”传了过来。在摇晃之中，由粗大的圆木构筑的瞭望塔也发出了咯吱咯吱的声音。深绿军团的成员们个个一脸认真，甚至略带紧张地坚守着自己的岗位。康亚姆·康尼姆则抱拢双臂站在多部无线电对讲机前。格雷把视线望向南边，但是耳朵则灵敏地捕捉着对讲机中的对话。

“这里是十四号瞭望塔！目标正在向 B20 地区移动！它在向南移动！”

“看来，今天‘大猿’还是会继续它每天的工作。”

康亚姆·康尼姆用他那类似低声犬吠一样的声音发出了指示：“这里是苹果园！十四号瞭望塔！开始行动！不要让目标接近南面墙壁！”

“这里是十四号瞭望塔！我们开始行动！”

晨雾渐渐散去，视野变得清晰起来。空中没有一丝云彩，木制穹顶附近显现出了几何图形的影子。那不是花纹，而是纵横交错的横梁。高空中浮着十三个光源，便是那十三盏豪华吊灯。输电电缆将强大的电流输送到吊灯中，然后吊灯将电流转化成光洒向整个“大森林”。

深绿军团在“大森林”里一共建造了十四个瞭望塔，并按照从北到南的顺序为所有瞭望塔编了序号。十四号瞭望塔，就修建在B19地区和C19地区的交界处，是最南端的一个瞭望塔。十四号瞭望塔周围被热带植物包围，有各种色彩鲜艳的昆虫在其间自由飞舞。因为这里距离“大猿”活动的区域最近，所以“大猿”的“步行地震”在十四号瞭望塔感受得最为强烈。瞭望塔上的人就像站在软绵绵的东西上，随时都在上下左右摇晃。不过话又说回来，在建造十四号瞭望塔的过程中，这里的深绿军团成员们就一直处于这种摇摇晃晃的状态中。他们不但要和“大猿”的“步行地震”做斗争，还要忍受“大猿”攻击南面墙壁造成的冲击波，最艰难的是还要扛着圆木建造瞭望塔。

一小队深绿军团成员从十四号瞭望塔出发了，他们一边安慰因不停地震而畏首畏尾、裹足不前的胯下坐骑，一边沿林中小路南下。一路上，他们得时刻保持警惕，以免被倒下的树木砸中，同时还得小心翼翼地向“大猿”靠近。终于，在前进了一段路程之后，马因为害怕再也不愿意往前走一步了。深绿军团成员们只得下马步行，他们扛起火箭筒，在热带丛林中徒步穿行。

在南面的墙壁根处，堆积着如小山一般的瓦砾。那是“大猿”攻击墙壁时，被打碎的墙壁表面材料。那个双腿直立行走的庞大怪物，一边发出雷鸣一般的吼声，一边脚踩着瓦砾往瓦砾堆上走去。它站在了这个分隔两个房间的墙壁面前。在距离地面大约一百五十米的墙壁上，排列着很多凹坑。破坏严重的凹坑，甚至有几十米深，墙壁的内部构造都露了出来，可以看见里面的柱子、砖瓦、混凝土等。

“大猿”开始挥舞拳头，朝墙壁猛击过去。在一阵震耳欲聋的轰响声中，周围的一切都被卷入了巨大震动之中。只见以“大猿”为中心，砖石瓦砾像爆炸了一样向四面八方飞去。

深绿军团的成员架好火箭炮，透过飞扬的灰尘瞄准了那个庞大的身躯。他们用的可不是音响火箭弹，而是破坏力极强的攻击型火箭弹。

火箭弹发射的瞬间，随着一道闪光，释放出了大量的烟雾，弹头高速飞向“大猿”，尾部的白烟在空中留下了一条略带弧度的弹道痕迹。最终，弹头刺入了那高大如大厦一般的“大猿”背部，并在浓密的黑毛之中爆炸，产生了一个火球和滚滚的浓烟。不过，“大猿”并没有因此而发出哀嚎，也没有因为受到攻击而吓一跳，甚至连哼都没哼一声。但是，“大猿”感受到了攻击，不能对此置之不理，它把那山一样的身躯扭了过来。深绿军团成员们正观察着“大猿”的动向，突然听到了愤怒的嘶吼声。如此近距离感受“大猿”的怒吼，他们的内脏都快被震碎了。

不管怎样，眼下的作战目标实现了。这一小队深绿军团成员的任务就是让“大猿”把脸转过来。接下来，他们要做的就是迅速撤离危险地带。

与此同时，十四号瞭望塔上设置的大镜子也开始动了起来。有一个人拿着双筒望远镜观察着“大猿”的动向，同时指挥同伴调整镜子的角度。镜子安装在可以转动的底座上，倾斜角度也可以调整。深绿军团的成员们用这面镜子反射吊灯的光芒，照到了“大猿”的脸上。

4-5

因为没有毛毯可盖，渗入肌肤的寒意将我从睡梦的旋涡中拉到了清醒的彼岸。蜡烛已燃烧了大半。毕杰罗还和我最后看他那一眼时保持着完全相同的姿势。他始终没有睡，正如他之前宣称的那样，一直保持着清醒。当蜡烛燃烧到最后，火苗像不愿退出舞台的演员，狂舞着它那妩媚的腰肢，但最终还是啪的一声消失在了空中。而几乎与此同时，第一道曙光从天文台遗迹的入口射了进来。那光线用了十秒钟的时间，慢慢增强起来。

“作战开始啦！艾尔·阿修比。”隔着木格子，毕杰罗一脸严肃地说道。

地面上发生的事情，我只能凭借想象力去猜测了。康亚姆·康尼姆应该正扯着脖子像犬吠一样指挥着深绿军团，而落到地面的丽泽·利普顿此时也应该和康亚姆·康尼姆在一起。丽泽·利普顿骑着迪尔马赶向“大森林”的身影浮现在了我的脑海中。

梅尔洛兹、纳普克以及鲁夫纳早已经醒了，大家都一脸紧张的神色。在纳普克准备早餐的这段时间，梅尔洛兹开始检查电子炸弹的起爆装置，看电线和开关是否已经连接无误。安装在天文台遗迹基座上的电子炸弹起爆器，外观像白铁箱一样，只是上面分布着几个开关和按钮。梅尔洛兹教会了所有人炸弹的引爆方法，因此，不管发生什么事情，任何人都可以随时引爆炸弹。

“早餐已经准备好了，可是，艾尔怎么吃呢？”

纳普克端着早餐盘站在房间外。木格子的间隙非常小，盘子是无论如何也递不进来的。

“勺子可以从格子里伸进去嘛，好吧，我来喂艾尔。”

毕杰罗接过盘子，舀了一勺蔬菜汤，从格子里伸了进来，示意我该吃早餐了。毕杰罗有着小坦克一样的身躯，让这样一位大叔喂我吃饭，那感觉还真是够奇怪的。每吃一口，我都有点反胃的感觉。

就在这时，梅尔洛兹走过来对毕杰罗说：“我吃完了，我来替你吧，想必你也饿了。”

我心想：如果有梅尔洛兹小姐喂我吃饭，那再多关我几天也没关系呀。可谁知道，毕杰罗把脸一横，说：“你去专心做你的事吧，以便随时应对不测情况。如果错过了地面发出的信号，那可就前功尽弃了。”

"说的也是。"梅尔洛兹被毕杰罗说服了，转身朝遗迹外走去。为了不错过地面发射的音响火箭弹信号，梅尔洛兹到遗迹外面去了，因为外面比里面能听得更清晰些。我叹了一口气，望着毕杰罗伸进来的勺子。突然，勺子随着毕杰罗的手臂震动了起来，汤都差点洒出来。横梁开始上下左右地摇晃，同时，我们还听到了"大猿"那惊心动魄的嘶吼声从很远的地方传来。那声音在墙壁和穹顶之间回响，让人非常不舒服。而且，第二声、第三声也紧跟着传来了。

"地面上现在一定跟地狱差不多。但还早得很，估计再过段时间，就会像十八层地狱一样吧。"毕杰罗说。

我们竖起耳朵，把全部的注意力都放在了听觉神经上。梅尔洛兹和纳普克就像热锅上的蚂蚁，在遗迹和院子里来回穿梭。鲁夫纳去哪儿了？"大猿"的咆哮和震动没有停歇的意思，可是地面也没有发出信号，横梁上的我们也只能等待。在这个过程中，纳普克干脆去准备午饭了。

上午，我们感受到的震动已经明显比早晨要强烈了，这是"大猿"正在接近苹果园的证据。因为无事可做，我就抱着膝盖坐在小石屋的底板上熬时间。可是，每次一发生强烈的震动，我的屁股就会被震得生疼，石屋的天花板上还会有沙尘被震落。我仿佛穿越到了战争年代，为了躲避轰炸机的轰炸，钻到了地下防空洞中，那感觉应该和现在差不多。

"陆军分队的伙伴们，没事吧？"我隔着木格子对毕杰罗说。

"没什么大不了的！他们不会逃跑，一定会奋力战斗，那是一群可靠的家伙。"

"毕杰罗大叔，你为什么要加入深绿军团呢？"

"为了战斗！"毕杰罗一只手攥成拳头捶了自己的前胸两下，露出了胳膊上强健的肌肉，然后接着说，"你觉得为什么会有怪物出现在我们这个世界中？而造物主为什么要创造这样一个世界呢？"

"怪物的出现，是不是造物主也没料到呢？"

"如果怪物的出现，也是造物主一手设计的呢？换句话说，怪物、外邦人什么的，可能是造物主有意召唤到这个世界里来的。他为什么要这么做呢？因为他希望 Arknoah 的居民不要忘记恐惧。在我们这个世界，只要自己愿意，人想活多久就活多久，而且贫困、饥饿也和我们无缘，不幸的事情也少有发生。所以我们容易忘记一些事情，比如恐惧、死亡……”

说着，毕杰罗站了起来，隔着木格子与我相对。也许是光线昏暗的关系，我感觉他的眼睛中流露着一丝阴沉。

“我说，你应该知道吧，我们的年龄是不会增长的。但是，你们外邦人即使是在 Arknoah 期间，还是在不停成长的。对于你们来说，死亡是无论如何也无法逃避的。这真是很痛苦，也很可怕。但是，也正因为如此，你们的心灵才会成长。”

不知何时，我发现毕杰罗的手中拿着一个我非常熟悉的东西，那正是丽泽·利普顿腰间挂着的铁锤。锤柄上有金银装饰，锤头上则镶嵌着宝石。前段时间，丽泽·利普顿消失之后，我们在遭到破坏的无线电对讲机和收音机旁发现了她的这柄锤子，然后就把它保存在了仓库里。注意到我的视线之后，毕杰罗开口说道：“怎么样？真是把漂亮的铁锤吧。据说，在迫不得已要用它来处决外邦人的时候，丽泽·利普顿总会趁大家都睡觉的时候偷偷下手，因此所有人都不会觉察到。”

毕杰罗面无表情地看着手里那柄铁锤。地板和天花板还是不停地震动着。横梁上栖息的鸟儿惊慌失措地到处乱飞，胡乱拍打翅膀的声音传向四面八方，我在天文台遗迹的石屋中也能听到。

“脑袋被这锤子砸裂的孩子的尸体，会被清洗干净，再由康亚姆·康尼姆为其包上裹尸布，运到一个神秘的地方，挖坑埋掉。那里是我们这个世界中唯一的一块墓地。”

我咽了一口口水，攥着的手心已经被汗水打湿。

我的视线说什么也无法离开丽泽·利普顿那柄不祥的铁锤。

“我想问一句，为什么你现在要拿着那柄锤子？”

摇晃剧烈起来，天文台遗迹中的柱子、墙上的装饰品开始出现裂纹，还不时传来有东西掉在地上摔得粉碎的声音。过了一会儿，毕杰罗像自言自语似的说道：“嗯……我，不再贪恋我的生命。我不想再让丽泽小姐的手沾上更多外邦人的血。在这个世界中，几乎所有人都害怕丽泽小姐，其实那是他们太自私了。他们没有想到，丽泽小姐一个人肩负如此重的责任和残酷的工作，会有多么辛苦，她心中又是多么悲哀。但是，我现在下定了决心！今天我要做一个尝试！自从丽泽小姐从横梁上失踪，我就想到了这个方法。我，要面对……死亡！即使被剥夺复活的权利也没关系！我，不要丽泽小姐再弄脏她的手！我来代替她！我要直面死亡！我已经超越了对死亡的恐惧！”

我终于明白了他接下来要做的事情。如果杀死我，那么我创造的那个隐藏在 Arknoah 某个地方的怪物也就消失了。毕杰罗要代替丽泽・利普顿处决我。

“艾尔・阿修比，请原谅我！”

毕杰罗喘着粗气，开始解固定木格子的绳子。我则急忙四下环顾，看这个房间里是否有可以逃出去的出口。如果地面上有个缝隙的话，此时的我可能也会钻进去。

“快来人啊！救命啊！”

梅尔洛兹和纳普克此刻应该就在天文台遗迹的大门外。但是，在他们赶来之前，木格子已经被毕杰罗卸下来了。小石屋的出入口又像原来一样敞开了。毕杰罗手握丽泽・利普顿的行刑工具，进入室内朝我走来。

不知我从哪儿冒出来一股勇气，朝毕杰罗扑了过去。我想从他的身旁穿过，夺门而出，那样就可以跑到天文台遗迹的外面了。可是，就在我要穿过毕杰罗身边的时候，脚下被什么东西一绊，整个人直挺挺地飞了出去，虽然飞出了石屋的门，但头硬生生地撞在了对面楼道的墙壁上。原来是毕杰罗敏捷地伸脚将我绊倒了。虽然头痛欲裂，眼前金星四射，但我已经顾不了那么多，站起身来想继续往外逃跑，可是毕杰罗已经提着铁锤挡住了我的去路。

我的头一晕，就瘫倒在了地上。可正是这一摔，恰巧救了我一命。只听头顶上一阵风掠过，紧接着咚的一声，然后就看见墙壁的碎片四处崩落。如果不是我瘫倒在地，那一锤肯定就砸在我脑袋上了，到时四处迸溅的不是墙壁碎片，而是我的脑浆了。

我感觉双腿像灌了铅一样，怎么也站不起来。

“原谅我……原谅我……”

毕杰罗就像高烧的病人说胡话一样，反复不停地说着这句话。在“大猿”引起的“攻击型地震”中，整个天文台遗迹都在摇晃。地板和墙壁上的裂痕有如藤蔓植物一样，不停地延伸着。墙壁和天花板的一部分已经剥落，不时有碎片掉下来。

毕杰罗提着锤子继续向我走来。我就像做噩梦一样，害怕得无法移动身体。来到我的面前之后，毕杰罗慢慢地举起了锤子。接下来的一击，我必死无疑。我想，任何人看到这一场景，都会认为我没救了。毕杰罗咬着下嘴唇，将锤子用力挥了下来。可就在这一瞬间，我听到了一个既熟悉又陌生的声音。

“爸爸！我来救你！”

与此同时，开始有鲜血滴到毕杰罗的脚下。当的一声，铁锤落地，毕杰罗转身向后看的时候，我看见他背上插着一把刀，刀刃插得很深，只剩刀柄留在外面。这个场面瞬间把我惊呆了，我一句话也说不出来。远处继续传来“大猿”的破坏之声，我们也跟着一起在摇晃、震动。过了不知多久，我才发出一声尖叫。听到我的尖叫声后，梅尔洛兹迅速赶来，可是她跑到天文台遗迹的大门口就站住了。

毕杰罗那小坦克一样的身躯，变成了发着淡淡光辉的白烟升腾而起。他死了。插在他后背的刀掉在地上，发出清脆的金属撞击声。当白烟渐渐散去后，对面出现的竟然是纳普克那张长满雀斑的脸。

“刚才真是危险啊！爸爸，我来保护你！”

4-6

“大猿”对于光照的反应非常强烈。用望远镜观察“大猿”动向的深绿军团成员们，被它释放出来的破坏力震惊了。十四号瞭望塔附近腾起了一阵土烟。地面上出现了一个深深的凹坑，圆木、树枝、石块散落一地，在土烟之中还有几缕白烟升向空中。那些发光的白烟，正是十四号瞭望塔上没来得及撤退的深绿军团成员牺牲后留下的痕迹。但是，“大猿”的怒火并没有因此而平息，它不停地咆哮着，还不时用拳头猛砸地面。它那弓背弯腰的姿势，正是战斗的姿态。

“这里是十三号瞭望塔！十四号瞭望塔已经消失！”

“没问题！战斗进展顺利！”

康亚姆·康尼姆通过无线电对讲机回答十三号瞭望塔的报告。开战之前，大家就已经预想到了“大猿”会破坏反光照射自己的瞭望塔。十四号瞭望塔被破坏，说明吸引“大猿”离开南边墙壁的作战已经成功。而且，这还意味着“大猿”已经向北方前进了一千米的距离。

“十三号瞭望塔！准备好了吗？按计划开战！”康亚姆·康尼姆用无线电对讲机指挥着战斗。

“十三号瞭望塔收到！马上战斗！”

地处“大猿”北方、距离“大猿”最近的十三号瞭望塔开始用镜子反光照射“大猿”的脸。这个由破坏欲望构成的怪物再次被激怒，快速朝十三号瞭望塔逼近，并在瞬息之间用它那惊人的臂力砸碎了瞭望塔。接下来要采取行动的就是更北面的十二号瞭望塔。如此几经反复，“大猿”在不断破坏瞭望塔的过程中，也不知不觉向北方前进。最终把它引诱到苹果园中，就是陆军分队此次作战的任务。

“绝不能让‘大猿’再次南下，听明白了吗？”

被破坏的瞭望塔不能再次使用，也没有时间进行修复。

站在苹果园三号瞭望塔顶端的格雷·阿修比，听着“大猿”那爆发力十足的咆哮。因为三号瞭望塔南面被一座长满针叶树的小山丘所阻隔，所以刚才那一连串的作战行动，他无法亲眼看见。

“我应该去那儿，站在那儿应该能看得更远。”格雷指着小山丘上那个像火箭发射架一样的建筑说。那是位于三号瞭望塔南边一千五百米处的四号瞭望塔。

“即使到了那里，也不一定能看清楚，因为空气中的湿气还有乱飞的鸟群，远处的情景是非常模糊的。”斯琼不赞成格雷的意见。

地面的震颤更加剧烈了，由粗大的圆木搭建的瞭望塔也发出了咯吱咯吱的声音。康亚姆・康尼姆抓着平台栏杆，将狗头探出平台外，对地面上待机的深绿军团成员喊道：“请做最后的检查，以便随时能够对付‘大猿’！”

在瞭望塔周围设置了不少闪光炸弹。向空军分队发出最后信号的同时，这些闪光炸弹也会引爆。在豪华吊灯落下来之前，每隔几秒钟就会引爆一枚闪光炸弹。

经过计算，从铁链被炸断算起，豪华吊灯从天上落到地面大约需要二十七秒。因此，当“大猿”把苹果园中的三号瞭望塔破坏之后，必须保证它在这二十七秒钟之内不会离开。

于是，丽泽・利普顿想出了使用闪光炸弹来吸引“大猿”的点子，然后请乌龙博士专门制造了一批闪光炸弹。作为信号的音响火箭弹发射之后，每隔几秒钟就有一枚闪光炸弹爆炸，借这个闪光继续刺激“大猿”，以防止它向其他地方移动。而且，为了防止被破坏的三号瞭望塔的残骸压住闪光炸弹使之失效，陆军分队特意在分散的地点设置了多枚闪光炸弹，提高其爆炸的概率。

“这里是八号瞭望塔！九号瞭望塔已经被破坏。目标正朝我们的方位移动！”

“这里是七号瞭望塔！目标正向八号瞭望塔接近！八号瞭望塔持续用光照射目标的脸！”

瞭望塔被“大猿”破坏的报告一个接一个传到康亚姆·康尼姆这里，作战似乎比较顺利。在建造的所有瞭望塔中，有两个不在“大猿”前进的路上，那就是比苹果园更北面的一号、二号瞭望塔。之所以要建造这两个瞭望塔，是当初担心“大猿”会出现在北方，现在看来，这两个瞭望塔是派不上用场了。而一直坚守在一号、二号瞭望塔的深绿军团成员们，现在也带着火箭筒、物资撤离了自己的岗位。其中有些人去帮助其他瞭望塔的同伴，参与吸引“大猿”的作战，也有一些人去抢救伤员。

随着时间的流逝，三号瞭望塔感觉到的震动越来越强烈了，格雷感到“大猿”已经很接近了。瞭望塔上摇晃得比地面强烈多了，斯琼、康亚姆·康尼姆以及瞭望塔平台上的其他人，都抓紧了栏杆，以防被甩出瞭望塔。

“照这样下去，恐怕‘大猿’还没来，这个瞭望塔就会塌了吧。”格雷说。

刚才，他差点被甩出瞭望塔，幸好斯琼反应快，一把抓住了他，才救了他一命。这时，瞭望塔上好几处用来固定的绳子都被晃断了。

“保护好镜子！”康亚姆·康尼姆大声喊道。

将镜子固定在底座上的一根绳子断了，如果镜子从瞭望塔上掉下去，那么就可以提前宣布作战失败了，而之前付出的努力和牺牲也都白费了。于是，深绿军团的成员们手忙脚乱地爬上瞭望塔试图修复绳子断开的地方。看他们忙乱的样子，不禁让人想到在狂风大浪中航行的帆船上的水手。

康亚姆·康尼姆来到格雷面前，用满是尖牙的狗嘴说：“格雷·阿修比，你打算在这里待到下午茶时间吗？不久之后，这里将被夷为平地，连一点痕迹都找不到。在那之前，你最好离开瞭望塔到安全的地方去避难。”

“我也是这么想的，这里太危险了！”斯琼说。

说完，斯琼就抱起格雷那瘦弱的身体准备下塔，格雷手乱挥、腿乱蹬地拼命反抗。

“我不走！我要再看一会儿！说实话，我想在这里一直待到最后！因为‘大猿’是我的怪物！”

“好疼！好疼！快松口！”格雷朝斯琼的胳膊狠狠地咬了一口，斯琼忍受不住，松手把格雷放了下来，“你这个浑小子，我不管了！随便你你想怎么样！”

无线电对讲机里又传来一个瞭望塔被“大猿”摧毁的消息。

“这里就交给你了，斯琼，拜托了！”说完，康亚姆·康尼姆就回到了对讲机前。

斯琼来到格雷面前，弯下腰语重心长地说：“你不知道吗，大家都是为了保护你的生命，才来这里出生入死的。所以，你最好还是尽快撤到安全的地方吧。”

“嗯，你说得没错。但是我想反问你一句，我一直是一个顽固任性、我行我素的人，你以前没看出来吗？”

斯琼一脸愕然，不知该说点什么好。

“大猿”的咆哮让整个“大森林”中的空气都在震动，那是它为有人用光照射自己的眼睛而发出的极度愤怒的吼叫声。此时的“大猿”有没有注意到自己正在被一步一步地引向北方？有没有意识到自己正在走向死亡之地？格雷把目光投向了小山丘，可是依然无法望见那个由自己内心的坏感情创造出来的怪物。

“我一想到那怪物，心中总有一种放不下的情结。”

“有什么放不下的？”

“‘大猿’是我的怪物，我想近距离地看看它。所以，现在我还不想离开这里。那家伙，简直就是我的化身呀。被光晃到眼睛就会发怒，这和教室里的我很像。每当同学用光晃我的眼睛的时候，我都想像‘大猿’那样发怒，真想挥起拳头给那些坏蛋一顿胖揍！但是，在学校里不能那样做，所以我就一直忍受着。只能用愤恨的眼神盯着那帮家伙，除此之外，我什么也做不了。因此，第一次看到‘大猿’的时候，我心中充满了难以言喻的兴奋，那种感觉我永远也忘不了。”

第一眼见到“大猿”的时候，格雷感觉它并不陌生，而且，他等它出现似乎已经等很久了。看到“大猿”后，格雷就确信，这家伙确实是他创造出来的。

“如果那家伙不在了，我将会多么寂寞啊！”

即使那怪物是由自己心中的破坏欲望创造出来的，格雷也不希望它消失。他想，他长大成人之后，也还会想起这个怪物吧。所以，他现在只想尽量靠近，尽量长时间地看看“大猿”，哪怕只是和“大猿”同处一个空间里也行啊。

小山丘的背后腾起了一阵土烟，天空也阴沉下来。那是被风吹到空中的尘土遮挡住了吊灯的光线。无线电对讲机中报告说，“大猿”已经把五号瞭望塔破坏了。五号瞭望塔位于C8地区，距离苹果园三千米。

“音响火箭弹，准备！”

康亚姆·康尼姆对部下下达了命令。之前空军分队的梅尔洛兹已经通过书信与他约好，当“大猿”进入距离苹果园三千米的范围之内时，陆军分队就发射一枚音响火箭弹通知横梁上的伙伴，让他们做好战斗准备。

“大家都把耳朵堵起来！”

在地面上，一名深绿军团成员戴着耳塞，扛着火箭筒做好了发射准备。康亚姆·康尼姆在瞭望塔顶上探出身子把手臂一挥，示意发射。随着火药爆炸的一道闪光，火箭筒的后面喷出一股烟雾，音响火箭弹被发射了出去。一声尖锐的啸叫撕扯着空气，直指天空飞去。虽然这声音的音量比不上“大猿”的吼叫，但如果附近的人不堵住耳朵的话，鼓膜恐怕也得被震穿。

“啾——！”

康亚姆·康尼姆朝格雷走来，他那狗头上的一对狗眼似乎在说，还是赶快离开这里吧。斯琼把一只手搭在格雷的肩膀上。

康亚姆·康尼姆对格雷说："要我们 Arknoah 的居民理解你的感情，确实有点困难。因为我们生活的世界差别太大。好吧，允许你离开这座瞭望塔，到其他相对安全的地方继续观看我们作战。这虽然有点危险，但没办法，还是满足你吧，让你看见你那怪物的最后时刻。这样行吗？"

"……好吧，我知道了。"

格雷终于答应离开三号瞭望塔。在斯琼的引导下，他沿着瞭望塔侧面设置的楼梯走下去。在下楼梯的过程中，格雷还不时向小山丘的方向张望，此时他可以看到四号瞭望塔顶上的镜子已经开始移动。是深绿军团成员在调整角度，用光照射"大猿"的脸。

当格雷下到地面的时候，突然一波猛烈的震动袭来，他和斯琼一起被掀翻在地。格雷只感觉视野一转，人就飞出去趴在了地上。

"快看那边！"一名负责管理闪光炸弹的深绿军团成员指着南面大喊道。

格雷不顾疼痛爬起来，把目光投向了南方。当小山丘上的土烟被风吹散之后，覆盖着黑色体毛的巨大头部和肩膀出现在了小山丘那边。那个家伙就像要把天空覆盖一样，随着身体越往上伸展，呈现出的体格越来越大。渐渐地，它的胸部、腹部、腰部、双腿都已经高于小山丘。它那巨体一动，就会带动一阵风，可以清晰地看到空中的土烟在它身旁形成旋涡。承担着它那庞大体重的地面，都被它踩出了裂痕。"大猿"落脚之处，苹果树就像草一样被踏平。搭建在小山丘上的四号瞭望塔，在它面前就像用火柴棍拼起来的小玩具。

"大猿"的手臂用力一砸，小山丘就出现一个缺口。它横向一挥，四号瞭望塔就四散分离，飞上了天空。脸上刻着仇恨和愤怒表情的"大猿"，挺直了腰身对着空中一阵怒吼。那是一种让所有生命都会屈服的咆哮。以"大猿"为中心，一股冲击波向四周扩散开去，整个"大森林"

都在颤抖。脸上长着黑毛的怪物，从面容上看像猿猴，但从某个角度看又像狼或者熊。它龇牙咧嘴的样子异常狰狞，让它看起来就是一个愤怒的浓缩体，看过它面容的人，无不从灵魂深处感到畏惧。

“怪物过来啦！”斯琼大喊着，抓起格雷的手腕拉住他便跑。

接下来即轮到康亚姆·康尼姆所在的三号瞭望塔登场了。狗头命令深绿军团的成员调整镜子的角度，将光线反射到“大猿”脸上。通过这种办法应该会把“大猿”吸引到豪华吊灯的正下方。也就是说，过不了多久，豪华吊灯就将掉下来砸在苹果园上，这里的人都将难逃一死。所以，斯琼得趁灾难来临之前把格雷带到安全的地方。

4-7

地面上的震动通过“大森林房间”的墙壁传到了横梁上。那座石头建造的天文台遗迹还在左摇右晃，墙壁和柱子上的裂痕也像有生命一样在不停生长。但是看样子短时间内还不会整体坍塌。我呆坐在地上，仰头看着眼前的雀斑青年。

“已经安全了，爸爸。”

他在说些什么？这位一头红发、满脸雀斑的深绿军团青年用一脸得意的神情看着我。正当毕杰罗要对我下杀手的时候，他救了我，可是他说的话也太奇怪了吧。

“刚才，你叫谁爸爸？”

我以为是自己听错了。但是，纳普克却点了点头。

“没错，你就是我的爸爸。”

站在天文台遗迹门口的梅尔洛兹吃惊地睁大了眼睛。

“喂！纳普克！现在可不是开玩笑的时候。这会让梅尔洛兹小姐很为难的。啊！我知道了，毕杰罗大叔并没有死，是刚才你变了个魔术，把他变成烟了。你们事先串通好了来捉弄我的吧？”

“不是的，毕杰罗真的死了，他已经变成白烟了。”

“你是在逗我笑吗？”

“不是的，爸爸，关于如何开玩笑，我还正在学习呢。”

就在此时，一阵难以言喻的巨响从下面传上来，就像黑暗洞穴中吹出的一股劲风，让人不寒而栗。那是“大猿”进行破坏的声音，经过地面和木制穹顶的反射形成了一种特殊的闷响。

“因为爸爸想找我，所以我就来到了这里。纳普克，也不是我的真名，只是这副躯体的名字，他以前是海港小镇的一个邮递员。我把他杀了，但他现在应该已经不记得曾经有人杀死过他。”

“艾尔……”梅尔洛兹用充满恐惧的声音叫我，“刚才那不是魔术，我亲眼看见了。毕杰罗确实被人杀死了……在这个世界里，敢于毫不犹豫杀人的，除了丽泽小姐之外，就只有外邦人，或是怪物。”

怪物？难道她也想逗我笑吗？在和“大猿”战斗的关键时刻，可不是开玩笑的时候啊。大家到底都怎么了？就在这时，纳普克看了看我，又看了看梅尔洛兹，然后开始向大厅中的基座走去。基座上放着电子炸弹的起爆器。

“现在，我的兄弟不知道有多愤怒。”

“你的兄弟？”

“就是下面那个身体强壮、头脑简单、脾气暴躁的家伙啊。”

说着，一脸雀斑的红发青年拿起了起爆器。

“纳普克，别碰那个，快放回去！”

“梅尔洛兹小姐，不如让我把这上面的按钮按下去试试。”

纳普克熟练地把起爆器面板上的好几个开关都拨到了“ON”的位置。这是梅尔洛兹教给大家的操作方法。此时的梅尔洛兹只能一脸恐惧地盯着他。面板上的好几个小灯都亮了起来，说明起爆器已经准备就绪，随时可以一键起爆。梅尔洛兹紧张地吞了一口口水。

这次作战，只有一次机会。如果不等地面的同伴发出信号，我们就把铁链炸断，让吊灯落下的话，作战就宣告失败了。到那时，为了消灭“大猿”，只好让丽泽·利普顿用铁锤敲碎格雷的脑袋了。但是，就在梅尔洛兹和我冲过去阻止纳普克之前，他按下了最后的起爆按钮。

我吓得闭上眼睛，堵上耳朵，准备迎接大爆炸造成的冲击，结果只感觉到一阵轻微的震动，而且还是地面上的“大猿”所造成的地震。我慢慢睁开眼睛，观察周遭的情况，从外面射入天文台遗迹入口的光线亮度并没有变化。如果豪华吊灯被炸落的话，我们这里应该变暗才对。我和梅尔洛兹四目相对，看样子她也没有搞清楚状况。

“开玩笑，还真不容易呢。”纳普克耸了耸肩膀说。

不知他那瘦弱的手臂从哪儿来的巨大力量，只见他双手一用力，便把那个金属的起爆器盒子捏扁了，就像捏碎一个火柴盒一样轻松。再看那起爆器，火星四射，零件散落了一地。

“这……到底是怎么回事？”梅尔洛兹困惑地自言自语道。

“非常偶然，没想到去铁链上安装炸弹的机会竟落在了我的头上。于是，在安装的时候，我并没有把电线和炸弹连接到一起，只是把电子炸弹固定在了输电电缆上而已。你们从远处不会看清我的这些小动作。但我知道梅尔洛兹小姐正在用望远镜监视我，所以我就表面上装作认真安装的样子。”

听到这儿，我和梅尔洛兹一句话也说不出来。原来，一开始那个电子炸弹就不可能爆炸。这样的话，即使没有发生刚才的那一系列意外事件，当收到地面发出的信号时，我们也无法炸断铁链让吊灯落下去。到时候，“大猿”无法消灭，就只有杀死弟弟格雷一个办法了。

“我干扰你们作战，是想帮我兄弟一把。因为那个头脑简单又暴躁的家伙和我一样，都是爸爸内心阴影的产物。我们都想尽量活得久一点，哪怕多活一天也好。反正到最后，那家伙也难逃一死，因为铁锤女孩可以杀死他的爸爸。”

“你，到底是什么人？”

“这个问题，我最想知道。以前我想，见到了爸爸，我就能得到答案。但事实并非如此，真的见到爸爸之后，我只弄清了一件事，那就是爸爸是我的一切。爸爸想做的事情，我都会帮爸爸实现。如果爸爸愿意的话，我可以毁掉全世界。”一脸雀斑的红发青年看着我的脸说。

他并不是在开玩笑，我曾经在哪儿听过类似的台词。那是刚刚进入Arknoah不久，住在基曼大叔家里的时候做的一个梦。在梦中，我听到过类似的话。

看着我的表情，纳普克似乎很高兴。

“我的爸爸！我一直都想这样叫你的。我可以大声叫出来了，我的爸爸！我的爸爸！我的爸爸！”

就在这时，站在天文台遗迹门口的梅尔洛兹掉转方向向外面跑去。她跑下大门前的矮台阶，一只脚已经踏上地面。只见院子里散乱地放着锅、砧板、蔬菜。刚才，纳普克还在这里准备午餐呢。这里都是由纳普克使用、收拾的。

纳普克的身体也开始移动。他用脚尖把地上的菜刀挑起，踢到空中，然后伸手抓住了菜刀柄。那正是刺入毕杰罗的后背，让他化作一团白烟的凶器。就在下一个瞬间，这把刀已经刺入了梅尔洛兹的大腿。他的动作实在太快，以至于他是如何抛的刀，我几乎没有看清。梅尔洛兹在地面上只迈出了第二步，就直挺挺地摔倒在地。

“梅尔洛兹小姐！”

我想跑过去帮她，可是刚一抬脚就被什么东西绊了一下，一个踉跄险些摔倒。纳普克以更为迅速的动作赶到了院子里，站在梅尔洛兹身旁。在室外明亮光线的照射下，他的红头发就像一团燃烧的火。

“你认为现在还来得及？你觉得现在沿着绳索到铁链上去，把电线和炸弹连接好就能把吊灯炸下去？那样就能把我那头脑简单、脾气火暴的兄弟杀死？”

从梅尔洛兹大腿伤口淌出来的血已经染红了地面。

“但我不会让你们得逞的。虽然我兄弟的爸爸早晚会被铁锤女孩杀死，但我还是希望他尽量多活一会儿。”

大腿后侧插着菜刀的梅尔洛兹双手撑地，想要站起来，却只能用痛苦的表情看着站在遗迹入口处的我。

“艾尔……装好炸弹……还来得及！”

雀斑青年蹲下身去，像照顾病人般抱住梅尔洛兹的双肩，将她翻转过来，让她仰面躺在地上，然后轻轻把她的头放到地上。梅尔洛兹的视线则向上看着他的脸。

“我刚才说笑话了吗？你为什么笑？”

雀斑青年歪着头，一脸疑惑。因为这时的梅尔洛兹不知为什么脸上露出了笑容。

雀斑青年用双手轻轻捧起梅尔洛兹的脸，像捧着什么易碎物品一样，小心翼翼。可是突然之间，他的双手用力一扭，我听到了颈椎骨被扭断的清脆响声。我知道，梅尔洛兹即将变成一股白烟。她的肉体和衣服的轮廓开始变得模糊，一股发光的白烟让这个人失去了原有的形骸，最终彻底变成白烟，随风飘散了。地面上的血迹也同样变成白烟，蒸发后消失在了空中。

我站在不远的地方目睹了这一切，雀斑青年回过头来看着我，说：“真不可思议，为什么连衣服也会一起变成白烟消失？但那把菜刀却可以留下来。自己和自己之外的东西，到底是根据什么区分的？而对我来说，‘自己’的概念又包括些什么呢？”

“你……为什么要做这种事？”胃液已经涌到了我的喉咙，梅尔洛兹的颈椎骨被扭断的声音还在我的耳中回响。

“梅尔洛兹小姐是个好人。我加入空军分队还是托了她的福，是她提议选我加入的，因为空军分队需要体重轻的人。正因为这个，我才和爸爸一起被选入了空军分队，这也让我有机会和爸爸一起生活。我认为，我们两个在一起，更有助于我们长久地活下去。”

我不停地做着深呼吸，让心情平静下来，我告诉自己：明天早晨梅尔洛兹小姐就会复活。这样想着，我的情绪稍微轻松了一点。

“你要和我在一起生活？为什么？”

“这里是我们一起生活最理想的地方了。铁锤女孩已经被赶走，没人能够阻止我们在一起了。没有人能够靠近这个横梁。这里没有人想杀害爸爸你，如果有人乘热气球靠近横梁，我立刻就能发现，并想办法把他们消灭。”

“这可不行啊！如果你长时间活在这个世界上，这里的世界观就会分崩离析。对于 Arknoah 来说，我们都是外来者。不管怎么说，大家都会想方设法找到你，杀死你。”

“自保的话，对我来说就简单多了。可是，我还要保护爸爸不被他们杀害，这就有点麻烦了。所以，爸爸你和我在一起生活要好多了，我可以随时保护你。”

雀斑青年向我伸出了手，意思是让我拉着他的手，和他一起走。但是，就在刚才，那只手才扭断了梅尔洛兹的脖子。

就在这时，空中传来了一声尖锐的呼啸。

“啾——！”

这是第一枚音响火箭弹信号，发出的呼啸声拖着长长的尾音在空中久久回荡。但是，我的视线无法从纳普克的脸上移开，他还伸着手等待着我的回应。直到音响火箭弹的尾音消失，他还保持着那个姿势一动不动。他充满期待地望着我。像这样无条件接受我的人，除了家人之外，他是第一个。此刻，我想起了爸爸、妈妈还有弟弟。

“我不能跟你走，你把手收回去吧。还有，我问你，把丽泽·利普顿从横梁上抛下去的人，也是你吧？”

纳普克有些遗憾地收回了手。

我必须抓紧时间了。刚才那一枚音响火箭弹的发射，说明“大猿”已经进入距离目标位置三千米的范围内了。不久之后，就会响起第二个信号。我必须在第二声信号响起时，让电子炸弹爆炸，把铁链炸断，让吊灯落下去。这一切都得趁“大猿”离开苹果园之前完成。

梅尔洛兹刚才说过，还来得及。我要想办法分散眼前这个怪物的注意力，趁他不备跑到歪脖树，沿绳索下降到铁链上，把电线和电子炸弹连接好，再逃到安全的地方躲避爆炸的冲击。想到这儿，我走下天文台遗迹大门前的矮台阶，朝纳普克靠近。

“我再问你一次，丽泽·利普顿是不是你杀的？”

“嗯，是的。但我也是没有办法才下手的。当时，铁锤女孩正准备用那铁锤敲你的脑袋。幸亏我整晚都在守护你，才救了你一命。”

“这个也是你编出来的笑话吗？一点都不好笑！”

“那是我们来到横梁上第一个晚上的事情。我们发现了天文台遗迹，并分配了房间，晚上大家都回各自的房间睡觉去了。半夜，铁锤女孩悄悄地来到了爸爸的房间。我躲在暗处偷偷监视她，当发现她要用铁锤砸死你的时候，我就冲过去阻止了她。”

“乱说！丽泽小姐才不会干那种事呢。”

虽然我嘴上这么说，但我并没有证据能够证明她不会杀我。据说，丽泽·利普顿以前杀死过好几个从外面世界来的孩子。我成为她杀人名单中的一员，也没什么奇怪的。

随着地面的震动，行军灶旁边的锅、餐具和食物都在震动，还不时发出叮叮当当的声响。其中，有一个略微清脆的声音传入了我的耳朵，这让我发现有一个小瓶子落在了遗迹入口处。瓶子上贴的蓝色标签我很熟悉。那是某人餐桌上的必备之物，如果没有这个东西，她就会大发雷霆，原来那是一个装花生酱的瓶子。雀斑青年似乎没有注意到这个瓶子。可它为什么会从上面掉下来呢？好像它是被人放在天文台遗迹的屋顶上，然后被地震震下来的。

突然，我想起了梅尔洛兹最后的表情。临死之前，她躺在地面脸朝上看着怪物，却诡异地露出了笑容。难道，她看见了其他什么东西？从她刚才的位置来看，她应该可以看见天文台遗迹的屋顶，莫非，那屋顶上有什么东西？

“怎么了，爸爸？”

“……啊，没什么。我只是被刚才那突如其来的一些事情吓坏了。”

听我这么一说，雀斑青年朝我走来，伸出双臂抱住了我。我也试着让自己的胳膊环绕着他那瘦弱的身体。我的头脑中出现了平时为我们做饭的纳普克的身影，还有我和他一起摘野草莓的情景。

“其实，我早就希望见到你。我恨死了我的同学，真想有人把他们都杀光。但是，我却不能给这种感情赋予外形……”

我用力抱着纳普克，并不断移动着以调整两人的位置，最后我让他背对着遗迹的大门。这样，我就可以在他的肩膀上向上仰起头，把视线投向我想看的地方，且不会被纳普克发觉。往屋顶上看去时，我发现了两个人影，并且一下子就明白了他们接下来要做的事情。但我不明白的是，她究竟是用什么魔法爬到这里来的。我用力抱紧了纳普克，让他不能移动，同时大喊起来：“就是现在！快动手！”

只见两个人影从天而降，下落的同时他们张开一张大网，把我和纳普克一同罩在了里面。他们下来之后快速把网口扎牢，我和纳普克就被困在了网里。我们两个都从网眼里向外望。外面两个人也站在那里看着网里的我们。一个是黑发少年鲁夫纳，他手里握着一根一头削尖的木棍，眼神穿过额前发丝的缝隙，正盯着怪物。

雀斑青年则把目光投向了鲁夫纳旁边的那个人。那是一个身穿深绿色外套的少女。

“艾尔，干得好！你注意到了我们。”

“你一定是在屋顶上吃过花生酱吧，瓶子都滚下来了。”

丽泽·利普顿的脸上露出了爽朗的笑容。但是，一转眼，她又开始用锐利的目光盯着和我一起被困网中的怪物。只见她的眼睛眯成一条缝，蓝色的眼珠只能看见一点点。

“我们终于找到你了，你可别想逃跑啊！巨蛇！”

蛇？丽泽·利普顿的话语在我脑中不停地回响。

4-8

斯琼拉着格雷·阿修比的手腕拼命地奔跑着。地面上到处是树上掉下来的苹果，有不少已经发酵、腐烂了，一股带着酒精气息的酸甜味扑面而来。因为跑得太快，路面又不平，所以格雷有好几次都险些跌倒。他一边被斯琼拉着跑，一边回头朝“大猿”的方向张望。透过苹果树的枝叶，可以看见那个怪物好像一座活着的大山在朝这边移动。

全身覆盖着黑色体毛的庞大怪物，站在小山丘上俯视着苹果园。而苹果园中的深绿军团成员们仰视怪物的时候，切身感受到了它的庞大，这个怪物好像要把整个天空遮住一般。它行动中激起的烟尘，让远处的森林、山丘、木制穹顶都变得一片模糊。

“你在磨蹭什么！快跑！你想被‘大猿’踩死还是被吊灯砸死？！”斯琼对格雷大叫。

格雷被“大猿”的庞大身躯惊呆了，站在那里一动也不动。当豪华吊灯落下来的时候，不仅“大猿”难逃一劫，就连整个苹果园也会毁于一旦。康亚姆·康尼姆和深绿军团的成员们坚守着自己的岗位，没有一个人想过要逃跑，他们已经做好了牺牲生命的心理准备。但是格雷和他们不一样，一旦死了，就再也不能复活了。所以，斯琼必须得把他带到安全的地方去。

在前方不远处，每隔一段距离就立着一根桩子。桩子外面的植物不是苹果树，地面上也没有苹果。看来，这应该就是苹果园的边界了。当斯琼和格雷从桩子旁边经过时，斯琼提醒格雷道：“小心！地上有坑！”

格雷仔细一看，桩子旁边有一个水井一样的深坑。刚才格雷根本没看见，如果不是斯琼提醒，说不定他现在已经在坑里了。而且，那坑貌似还是新挖的，挖出来的土就堆在旁边，还是湿的。经过观察，格雷发现这深坑还不止一个，每个桩子旁边都有一个深坑。由深坑组成的圈把苹果园围了起来。

“这些坑是怎么回事？”

“是深绿军团奉康亚姆·康尼姆之命挖掘出来的。”

斯琼这么一说，格雷想起来之前他看到的各种挖掘机械。不过，挖这些洞有什么用呢？现在没有时间思考这个问题。三号瞭望塔上的镜子已经开始调整位置了。由镜子碎片粘成的反光板随着底座一起转动，把吊灯的光反射到了“大猿”的脸上。

“开始啦！”斯琼喊道。

只见一道白色的光线穿透空气中的烟尘，直升而起，最后准确地命中了“大猿”的面部。刺入“大猿”眼睛的光线，引起了它强烈的反应。

“大猿”一边扭脸躲避，一边抬起胳膊，想挡住自己的脸。它的动作非常剧烈，因此又引起了一阵强烈的地震。深绿军团根据“大猿”眼睛的位置调整着镜子的角度，让光线始终不离开它的脸。“大猿”一边像驱赶讨厌的蚊虫般挥舞着胳膊遮挡光线，一边发出像要撕裂世界般的怒吼声。格雷心想，如果谁在“大猿”附近的话，一定会被这声波震飞吧。

斯琼拉着格雷终于出了苹果园，来到一个小山丘的斜坡前。只要爬上那个小山丘，他们就安全了。看来总算保住了格雷·阿修比的命，斯琼略微感到放心了。可就在这时，伴随着轰隆隆的巨响，一阵冲击波由地面传来。

“大猿”大臂一挥，对四号瞭望塔所在的小山丘发起了攻击。结果只见山丘上飞沙走石，树木、石块夹杂着泥土一齐向苹果园飞来。有如火车车厢大小的树木，连根带泥都飞了起来。它们在空中画出一条条抛物线，最终落在三号瞭望塔附近。落地的声音仿佛一排大炮齐射时发出的隆隆巨响。

非常不幸，一棵大树像炮弹一样砸中了三号瞭望塔的根部。由绳子固定的圆木塔架瞬间便被击碎，木片、木块四散分离。虽然当时瞭望塔似乎并没有反应，但顷刻之后，伴随着木柱折断的声音，三号瞭望塔开始倾斜。

反射到“大猿”脸上的光线，随着三号瞭望塔的倾斜也改变了方向。而且，由于飞腾起来的尘土越来越厚，吊灯的光线也被遮住了，镜子反射的光线最终消失了。就在“大猿”被吸引到吊灯正下方之前，三号瞭望塔倒掉了，完全没入苹果树中不见了踪影。

4-9

“刚才你叫我蛇？”雀斑青年问道。

“是啊，巨蛇。快现出原形吧！具有变身能力的怪物，我也不是第一次见到了。”被深绿色外套包裹着的少女，用游刃有余的口吻说。

被叫作“巨蛇”的那个青年，现在似乎并没有逃跑的想法。他和我一起站在网中。

“你不许动！现在我就要做个了断！”鲁夫纳手握他自己削的那支木枪对网中的雀斑青年说，“你是什么时候变成纳普克的？”

“一开始我就是这样啊。”

“你有这样的能力，怪不得我们一开始没有发现你。在星光旅馆的时候，我就时刻保持着警惕，并四处进行了侦察，看是否有蛇爬行的痕迹。没想到你变成了人身，走着来到星光旅馆。”

“鲁夫纳，莫非你就是那时的……”

“没时间和你废话，受死吧！”

鲁夫纳握着木枪逼近了网中的雀斑青年。为了不被误伤，我想尽量和雀斑青年拉开点距离。但是，我们俩都被缠在网中，我移动起来十分困难。就在这时，鲁夫纳那尖锐的枪尖已经瞄准了纳普克的咽喉，看来马上就要刺过来了。可是，此时的雀斑青年并没有躲闪。

“瞧你这副架势，看来是没有回旋的余地了，鲁夫纳。”雀斑青年说。

就在这紧要的时刻，地面开始摇动。“大猿”造成的强烈地震通过“大森林”的墙壁传到了横梁上，整个横梁就像被弹动的吉他弦一样震颤着。鲁夫纳的枪尖也上下左右地摇晃起来，难以瞄准纳普克。怪物可不会错过这个好机会，他隔着网子朝鲁夫纳就是一脚。鲁夫纳在这重重的一脚之下，向后飞了出去，正好砸在丽泽·利普顿身上，两人一同摔倒在地。

与此同时，我们头顶传来了一阵碎裂的声音。天文台遗迹屋顶的一部分坍塌了，大量的砖石瓦片掉落在我们身边，腾起一阵灰色的尘土，周围顿时暗了下来，沙土和灰尘让人睁不开眼睛。

“爸爸！快逃！去安全的地方躲起来！”在完全看不见任何东西的情况下，有人对我说。

那个声音和纳普克的声音多少有些不同，是一个更稚嫩的声音。随后，进入我耳朵的是网撕裂的声音、液体滴落的声音以及水分蒸发的声音。那网裂开的声音，并不是用锋利之物划破所造成的，而是靠力量硬生生撑裂所发出来的。当空中的尘埃稍微散去之后，我看见了一个可怕的身影。它的脊椎骨露在外面，内脏露在外面，但只一瞬就被一层肌肉纤维包裹了起来。它的躯体不断膨胀，变成了原来的几倍大，表面开始生出鳞片。那鳞片的颜色让我想起生了锈的铜，是蓝绿色的。而且，每一块鳞片都散发出金属般的光泽。一条足有树干粗细、全长二十多米的巨蛇出现在了我的眼前。但是，我似乎并不太吃惊，好像很久以前就认识它一样。随着一阵嗖嗖的声音，那摆动的鳞片在我眼前划过，接着，那条巨蛇就消失在了瓦砾之中。

震动渐渐平息了，尘土也被风吹散了，视线又清晰起来。但是，已经找不到巨蛇的踪影。突然，我感觉到脚边躺着什么异样的物体。当看清它的真面目后，我不禁吓得后退了几步。那是纳普克的身躯，但躯体里面已经被掏空，只剩一个空壳干瘪地瘫在地上。胳膊和腿的骨头似乎保留了下来，但脊椎骨、肋骨以及内脏已经不在了。所以，整体看上去那躯壳就像一个空了的袋子。脖子以上的部分已经支离破碎，原本长着红头发的脑袋、生满雀斑的脸，碎成了一块块的肉片，散落一地。

我感觉胃中翻涌，就快吐出来了。这时丽泽·利普顿赶了过来，就在我们的面前，纳普克那支离破碎的躯壳伴随着一阵吱吱声熔化了，冒出一堆气泡和浓烟之后，那副躯壳不见了，但把地面染成了黑色。

鲁夫纳紧握木枪，目光炯炯地向四周张望，寻找那个覆盖着鳞片的长长的蛇形怪物。

我问鲁夫纳："你之前见过那家伙？"

"现在我正忙着呢，请别和我说话！"

"啊，好的……"

我站在黑发少年旁边，和他一起寻找巨蛇的踪迹。这时，丽泽·利普顿从天文台遗迹里面走了出来。她找到了那柄带有金银和宝石装饰的铁锤，再一次把它挂在了腰间。

"鲁夫纳，我们以后再收拾那条巨蛇。现在有更重要的事情做，我们得把电子炸弹安装好。"

"好的，明白了。"

他们可能是在屋顶上时听见了梅尔洛兹和纳普克的对话。我们必须在地面的陆军分队发射第二枚音响火箭弹之前，把电子炸弹设置好。于是我们三人离开了天文台遗迹的院子，开始朝歪脖树那边跑去。

我们穿过有如迷宫一般的矮篱笆，越过倒在地上的石柱，穿过人工园林……一路向歪脖树赶去。地面上横躺着那根起爆导线，我们沿着导线前行，就可以以最短的距离到达歪脖树。

前进途中我问丽泽·利普顿："你是怎么来到横梁上的？乌龙博士又送来了另一个热气球？"

"不是，已经没有别的热气球和浮游气体。只能通过其他途径来到这里，还得不让怪物察觉。”

“其他途径，是指……”

“从上面一层的房间中把地面挖穿，就可以降落到这里了。这一路上我绕了不少远道，还曾经迷路，所以赶到这里的时候，差点错过好戏。”

看到我吃惊的样子，铁锤女孩露出了满足的表情。之前我怎么没想到，来到横梁上的方法不止有热气球一种。铁锤女孩知道这个世界的构造，于是她想到了从上面的房间中降到横梁上的办法。她失踪的这些天，就是去赶往“大森林”上面的房间，然后在那个房间相应位置的地面上挖洞，挖穿之后就可以从洞中降落到“大森林”的横梁上了。

“我带来了无线电对讲机，还没来得及和地面取得联系，就遇到了刚才的紧急情况。”

最先发现丽泽·利普顿从穹顶上降下来的人是鲁夫纳，而且他还把我们当前的情况向铁锤女孩做了简要介绍。这么说来，我终于明白了为什么鲁夫纳整天要么待在屋顶上，要么待在树上，也许他早就猜到了会有人从穹顶上降下来。

“刚才在屋顶上的时候，鲁夫纳告诉我那怪物的真身是一条巨蛇。他好像以前就目击过巨蛇的样子，以后有时间我再仔细问他。”

黑发少年鲁夫纳手持自制的木枪走在我们前面。

“听那怪物说，来到横梁上的第一个晚上，你曾经想杀死我，是真的吗？”我把心中的疑问告诉了丽泽·利普顿。

“那段记忆已经从我头脑中抹去了，我说不清楚。但我估计应该是事实。”

飞身跳过灌木丛的铁锤女孩回答道。我没有她那么好的跳跃能力，只能拨开树枝在灌木丛中艰难穿行。

“但是，我想我不会真把锤子砸下来的，只不过是装出一副要杀死你的样子。我偶尔会制造这样的假象当圈套。”

“圈套？”

“就是把怪物引出来的圈套啊。怪物看到这样的情景，都会冲出来。因为它们要保护自己的造物主啊。一般拥有较高智商的怪物，都会在暗中保护自己的造物主，看到自己的造物主将被杀害的时候，它们绝不会袖手旁观。”

原来是引蛇出洞的一种方法啊。不过，这次的情况却出乎丽泽·利普顿的意料。没想到原本是同伴的纳普克竟然扑了上来，铁锤女孩稍一迟疑，就被那家伙占了上风。

“你认为我真的会杀死你吗？现在处决你还为时尚早。今后你还有三百天左右的时间可以安心地活在这里。但过了三百天还没有消灭巨蛇的话，那到时就不好意思了，我必须得要你的性命。”

此时我们已经走进一座人工园林，电子炸弹的导线就是从这里延伸向远处。

“但是话说回来，我们该怎样引爆电子炸弹呢？”鲁夫纳问丽泽·利普顿。

“手动引爆。通过研究图纸，我已经非常熟悉那枚电子炸弹的构造。激发金属针伸出的装置中装有黑火药，只要用打火机把黑火药引爆，就能使炸弹爆炸。”她说得没错，只要黑火药一爆炸，就会推动金属针伸出。金属针刺入输电电缆的绝缘层直达内部金属导线，就能让强大的电流流入电子炸弹，引发大爆炸。

我突然想起我和丽泽·利普顿在“大森林”里遇险时，她随身带的那个金属的汽油打火机，看来这次又要派上用场了。

“但是，丽泽小姐你准备亲自去引爆炸弹吗？那肯定会被当场炸死的呀。”

“我是这样打算的。”

“那一会儿你就不在这个世界了。”

“是啊，但也只不过是失去这一天的记忆而已。所以，你们要看好了，把接下来将要发生的事情都看在眼里、记在心里。等我复活之后，我要你们给我讲述事情的详细经过。”

丽泽·利普顿沿着起爆导线进入了树木密集的地区。这里草木繁茂，树枝间还缠绕着很多藤蔓植物，俨然一派丛林的景象。但这里对于我和鲁夫纳来说并不陌生，因为我们已经走过多次了。透过前方的枝叶间隙，已经能够看到强烈的白光。再往前走不远，地面就突然消失了。那里便是断崖绝壁，就像是用刀砍出来的一样整齐。

下面那个直径达二百五十米的超大型豪华吊灯，像爆炸一样发出强烈的光。那光线好似气势磅礴的海浪，沿着垂直的崖壁奔涌而上，在我们面前形成了一道“光墙”。

在断崖的直角边缘，很多树木深深地扎根在横梁上。等我们的眼睛慢慢地适应了强烈的光线后，才看清其中一棵最高大的树。我们称之为歪脖树，因为它的枝干像长颈恐龙的脖子一样，朝断崖外伸出。

4-10

原本矗立在苹果园中的三号瞭望塔已经不见踪影。格雷·阿修比朝着三号瞭望塔原来的位置狂奔而去，背后传来斯琼喊他回去的声音。

此时的苹果园已经一片狼藉，到处都被“大猿”扬起的沙土覆盖着，呈现出一片灰色。搭建瞭望塔用的圆木也散落了一地，有的圆木已经断成几截。格雷在废墟中穿行，寻找康亚姆·康尼姆的身影。瞭望塔倾倒的时候，狗头没有时间逃离，所以他现在应该就在附近的地面上。

有几名深绿军团的成员负伤了，伤口不停地淌着血，但他们依然拼命地在地面上挖土——因为刚才瞭望塔倒塌时，火箭炮被埋在了下面，他们嘴里还咒骂着：“该死！瞭望塔竟然提前被‘大猿’给毁了。”而现在要想修复瞭望塔已经是不可能的事儿了。“畜生！”一名深绿军团成员骂了一句，原来他发现自己的肚子上有个口子，肠子正从里面流出来。

当格雷来到他身边的时候，他已经支撑不住，倒在了地上，转眼之间就变成白烟消失了。

“大猿”的身影还停留在小山丘上，距离豪华吊灯落下的地点还有相当长的一段路程。因为四周尘土飞扬，所以格雷还无法十分清楚地看到“大猿”的面貌。但根据轮廓可以看出，“大猿”的身体处于前倾的姿势，还伸着脖子四处张望，像是在寻找什么东西。不过，它现在似乎没有向三号瞭望塔靠近的意思。虽然已经没有光发射到“大猿”脸上，但它的嘴里依然发出阵阵愤怒的低吼。

格雷终于找到了康亚姆·康尼姆。他坐在废墟之中，背靠在一根横躺的圆木上，旁边有几名深绿军团的成员正在照顾他。格雷连忙跑了过去。看到格雷之后，康亚姆·康尼姆歪着脑袋用痛苦的表情看了看他，张开嘴想要说些什么，却先喷出了一口带血的唾沫。一阵痛苦的喘息之后，康亚姆·康尼姆才开口说道：“你……还没逃走啊？”

格雷看到，一根折断的柱子直直地插入了狗头的腹部，不知道他究竟还能支撑多久。

“我逃不逃有什么分别，现在三号瞭望塔也塌了，作战不是已经失败了嘛。”

“不！战斗还没有结束呢。”

康亚姆·康尼姆伸手去抓身旁的音响火箭炮。

“时机一到，就发射音响火箭弹通知空军分队。”

“但是‘大猿’停在那里不往前走了，你们也没有吸引他的方法了呀。”

旁边的深绿军团成员开始捡地面上散落的镜子碎片。那原本是瞭望塔顶端的反光板上的镜子，随着瞭望塔一起倒掉之后，反光板也被摔得粉碎，镜子的碎片散落得到处都是。深绿军团成员捡起镜子碎片之后，有的用袖子擦去上面的灰尘，有的先在镜子上吐一口口水，再仔细地擦拭镜子表面，把镜子擦得光亮如新。

“你们打算干什么？”格雷问。

一名深绿军团成员回答说：“瞭望塔已经倒了，不能用反光板发射光线照射‘大猿’了。所以我们准备手持镜子碎片接近‘大猿’，直接反射光线照它的眼睛。之前我们也说过，我们这么做不是为了帮你，而是不想再让丽泽·利普顿小姐的手沾上外邦人的血。为了她，我们愿意冒这个风险。”

那名深绿军团成员用力地握着镜子碎片，手掌都被划破淌出了鲜血。说完，他开始朝“大猿”的方向跑去。然后，另一个人跟了上去，接着又是一个……他们前赴后继地朝“大猿”跑去。格雷心想，他们真是太莽撞了。如果近距离用镜子晃“大猿”的眼睛，那怪物被激怒后这些人根本没法逃跑，会被当场踩死或砸死。虽然他们死后第二天又能复活，但他们就不怕死亡的痛苦吗？

就在这时，传来了一声撕心裂肺的咆哮。只见山丘上的“大猿”伸直了腰背，不再是前倾的攻击姿势，而是挺胸仰头向空中嘶吼。它站直了的样子更像人类，此时，与其叫它“大猿”，不如叫“巨人”更加贴切。“大猿”就在众人的眼前开始掉转方向，身体和脸都朝向了南方，只把背影留给了三号瞭望塔附近的人们。

这时格雷听到了有人咂嘴的声音，只见康亚姆·康尼姆用他的狗眼不甘心地盯着“大猿”的后背。

“有火箭炮吗？”康亚姆·康尼姆问身边照顾他的深绿军团成员，“给我拿一个火箭炮来，我要攻击它的后背，好让它转过身来，否则的话，没办法用光照射它的脸啊。”

“明白！”身边那名深绿军团成员点头答应，并起身准备去找火箭炮。

格雷拦住了他，说：“不用费力气了，火箭炮都被埋在瞭望塔的废墟下面了。”

“大猿”开始向南面进发，它每迈出一步，地面都会像被大炮轰击一样剧烈震动一番。眼看着它离苹果园越来越远了。

“真的没有火箭炮了吗，格雷·阿修比？”

“是的，火箭炮都被埋在废墟下面了，刚才我看见一些人正在徒手挖土，就是想把火箭炮挖出来。可是没有挖掘机的话，一时半会儿根本挖不出来啊。作战已经失败了。”格雷摇了摇头说道。

谁知，康亚姆·康尼姆用以前从来没人听到过的柔声细语对格雷说：“怎么你现在就放弃了呢，格雷·阿修比？”

“大家已经尽力了！尤其是你，虽然不是人类，但已经干得很出色了。虽然有些遗憾，但得到这样的结果也是没有办法的事情。”

“那个倔强、好强的浑蛋小子哪里去了？”

“唉，我只是嘴上爱逞强而已，在学校，我可是经常被欺负哭的窝囊废。”

“只要改变一下就行啦。”

“人类可不是那么容易改变的。作为一条狗，你是不能理解的。”

“不对，你们外面世界的人，都是在不断成长的，和我们 Arknoah 的人不同。”

“你不知道的不要乱说。”

“格雷·阿修比，我们还有最后的手段。”

“最后的手段？”

“你在这里正好。也可以说，你不去避难特意回到这里，就是为此而来的。”

“火箭炮也没有了，怎么才能让‘大猿’停下脚步，怎么才能让它转过身来呢？”

康亚姆·康尼姆咳嗽了一声，紧跟着吐了一口血，然后说道：“只要你大声喊。”

“大声喊？”

“嗯，没错！用你所能发出来的最大的声音喊。”

“这不现实，我的喊声那家伙根本听不见嘛。”

“你的喊声，它能听见。等它停下来并转过身之后，你就拼命地逃跑，跑到安全的地方为止。”

地面又是一阵震动，“大猿”又向南方迈出了一步。再这样下去的话，它就要走远了，到时格雷的喊声也无法传到它的耳朵里了。格雷·阿修比朝康亚姆·康尼姆点了点头，接受了他的建议。而狗头也微微扬起嘴角，露出了几颗尖锐的犬牙，他是在朝格雷微笑。

“康亚姆·康尼姆，我要说声谢谢你！”

“这句话，到明天早晨我复活的时候，就想不起来了，想到这还真有点遗憾呢。哈哈！格雷·阿修比，去吧！”

格雷把三号瞭望塔抛在背后，开始朝“大猿”的方向奔跑。地面腾起的烟尘已经逐渐被风吹散，光线从正上方倾泻下来。

格雷穿越一片狼藉的苹果园，看见庞大的怪物在小山丘那边已经越行越远。那家伙每迈出一步，地面就会剧烈震动一阵。格雷好几次都险些摔倒，他艰难地保持着平衡，在东倒西歪的圆木、树木间穿行，遇到低矮的障碍物，他就像跨栏运动员一样一跃而过。

一路上，格雷看见不少身负重伤不能行动的深绿军团成员，他们强忍疼痛勉力靠在树木或瓦砾旁，不过，他们手里都拿着一块镜子碎片。估计是刚才过去的同伴给他们的。他们虽然负伤不能行动，但也想继续战斗，所以只好在原地用镜子碎片晃“大猿”的眼睛了。当他们看见朝“大猿”的方向拼命奔跑的格雷之后，不禁都露出了惊讶的表情。“大猿”的造物主为什么这个时候还不去安全的地方避难，反而还追着“大猿”跑呢？

跑了一段路之后，格雷看到了苹果园的边界。前面横向每隔一段距离就立着一根木桩，那就是苹果园的界线了。界线外面就是小山丘倾斜的坡面。小山丘上生长着有如神殿柱子一般笔直的针叶树，随着“大猿”的“步行地震”，针状的叶子不停往下掉落。

此时，格雷还可以从针叶树的间隙看见“大猿”的身影，它被黑色体毛覆盖的宽阔后背、肩膀以及后脑勺，雄伟地矗立在灰色的天空之下。

格雷一边喘着粗气一边沿着斜坡攀登小山丘，拼命向“大猿”靠近。因为脚下打滑，他摔倒了好几次，膝盖和手掌都擦破了皮，血也渗了出来。衣服、头发上满是泥土，跌倒时身上还沾满了针状叶子，简直就像只刺猬一样。

可是，不管格雷多么努力地向前奔跑、攀登，总感觉“大猿”的背影离自己越来越远。因为他和“大猿”的步幅实在相差太大了。一段奋力奔跑之后的疲惫感向格雷袭来，有时腿一软他真想躺在地上再也不起来。“步行地震”的震动让他难以保持平衡，他只得在地上向前爬行。衣服破了，皮肤也被划出了好多口子，就连嘴唇不知何时也划破了，他的舌头品尝到一股血腥味。格雷的胸膛剧烈地起伏着，他喘着粗气把视线投向了小山丘那边渐行渐远的怪物背影，这时，他突然想起了死去的爸爸。

晚上睡觉的时候，格雷常会做相同的梦。梦见一家人都来到了机场，为即将乘飞机远行的爸爸送行。而且，那是一场生离死别，爸爸搭乘飞机将一去不返。在梦中，格雷总是对着即将进入登机口的爸爸的背影大叫，但是爸爸从来都不会回头，而是径直进入了登机口。

“等等！”

格雷使出全身的力气喊道。但是，那声音转瞬之间就被树木折断的声音，惊飞的鸟儿振翅、鸣叫的声音所掩盖了。那个庞大的背影没有丝毫反应，继续朝南方走去。

“停下来，我叫你站住！不要再走了！”

在疯狂喊叫的过程中，格雷的头脑中充满了爸爸的形象。和爸爸在一起的珍贵记忆，一股脑地涌上了心头。其中既有格雷不愿想起的事情，也有他拼命想忘记的事情。总之，他的心中被各种思绪填满，这让他的喊叫声更加有力。格雷弄不清楚，自己究竟是在对“大猿”喊，还是对梦中的父亲喊。

“不要再往前走了！你为什么要走！快回来吧！大家都在等你呢！”

格雷相信自己的喊声能够传到爸爸的耳朵里，他也祈祷会有这样的结果。格雷的头脑中只有这一个念头，因为过度的呐喊，他感到喉头充满了血腥味。

“不要一个人走啊！不要丢下我们！我想永远和你在一起！我希望你能陪在我身边！我求你了！快回来吧！我有很多话想跟你说！我很喜欢你！我爱你！爸爸，我爱你！永远！永远！”

格雷用袖子在脸上胡乱地擦了几把，想把泪水和鼻涕擦掉。结果，泥土、落叶和泪水、鼻涕混合到了一起，格雷的脸变成了画家的调色盘。

当格雷回过神来的时候，他发现周围安静了下来。大地不再震动，针叶树也不再摇晃。到底从什么时候开始变成这种状态的，格雷全然不知。

在小山丘那边，打算远去的“大猿”停住了脚步。

它的身躯远远高于远方树木的顶端。此时，它似乎处于静止状态，也停止了咆哮。慢慢地，那怪物转过了头，静静地观察着小山丘上的动静。格雷并没有感到丝毫的恐惧，那个暴躁的、破坏力极强的“大猿”依然是一副凶暴的面孔，但格雷为什么没有感到害怕呢，他自己也不清楚。

“格雷·阿修比！”斯琼赶到了格雷身边。

斯琼的视线始终不离“大猿”，担心它突然做出什么愤怒的行为。同时，他抓住格雷的手腕，把他从地上拉了起来。

“我找你找得好辛苦，趁现在，我们赶快离开这里吧。”

也就在这个时候，“大猿”的身上出现了无数个小白亮点。它那覆盖着黑色体毛的身体，就像夜晚的星空一样。那是悄悄潜伏到“大猿”脚下的深绿军团，趁“大猿”转身的时机，一起举起手中的镜子碎片所发射的光线。

“快逃！格雷·阿修比！再不跑，‘大猿’被激怒的时候你就没命啦！”

格雷擦了一把满是泪水、鼻涕的脸，然后仰头望着“大猿”。他很爱自己的父亲，这么说来，“大猿”也应该爱着自己才对。一想到这个只会破坏但不会说话的怪物的内心世界，格雷就感到一阵心痛。同时，他感到自己很对不起眼前这个怪物。

“快逃吧！你死了的话，艾尔会很难过的！”

“大猿”身上的无数亮点已经沿着它的身体滑向了它的脸部，并集中到了它的眼睛上。短暂的寂静就此结束了。“大猿”一边扬起手腕挡住眼睛，一边咧嘴露出了雪亮的獠牙。一瞬之间，它的愤怒达到了顶点，随后发出了一阵爆发性的怒吼。“大猿”脚下潜伏的深绿军团成员们，也都纷纷从树下出来，开始往三号瞭望塔的方向移动。最后一次引诱“大猿”的行动开始了。

“大猿”弯腰用巨大的手臂在地上一刨，顿时大量的沙土和大树飞上了天空。不少深绿军团成员被落下的大树、石块砸中，化作白烟升上天空。幸存下来的深绿军团成员们，一边朝三号瞭望塔方向奔跑，一边举着镜子晃“大猿”的眼睛。在尘土飞扬的空中，若干道细细的光线从地面升起，直指“大猿”的脸部。

“我要回家啦！在这里，我要和你道别了，我的怪物！”

格雷开始随斯琼一起逃跑。他们俩刚才所处的位置正好在“大猿”和三号瞭望塔之间的直线上。如果待在原地不动的话，肯定会被愤怒的“大猿”踩成碎片。但是，格雷刚才追赶“大猿”时没有察觉到的疲劳感现在终于浮出了水面，他感觉自己的双腿是软的，根本使不上力气。

格雷和斯琼听到背后传来了吓人的咆哮之声，回头一看，山丘上的一片针叶树林像小草一样倒了一地，“大猿”的巨大脚趾已经踩在了山丘上。被惊飞的鸟儿四处逃窜，不过它们飞翔的高度也只在“大猿”的脚腕附近。“大猿”那庞大的身躯和张开的手臂挡住了吊灯的光芒，格雷和斯琼所处的位置变得阴暗下来，原来他们已经处在“大猿”的影子中了。因为树木的残枝断片和沙土石块横飞，所以斯琼一把将格雷按倒在地，匍匐下来等待这股袭击风暴过去。抓住“大猿”的这波攻击告一段落，发起下一波攻击之前的短暂空当，二人迅速起身继续逃跑。

在深绿军团成员的引诱下，“大猿”的脚第一次迈入了苹果园的地面。在它大脚的冲击之下，落脚地周围的一切都被震飞了。只见苹果树，苹果园边界的木桩，深绿军团搬运来的各种机械设备，坏了的马车车厢、车轮在空中乱飞。那些受了伤跑不动的深绿军团成员，依然坚持用手中的镜子刺激着“大猿”的眼睛，而愤怒的“大猿”就像惩罚蚂蚁一样，一脚就把他们踩死了。不过，在这个过程中，“大猿”已经在一步一步向吊灯的预定落地点移动了。

“该死！‘大猿’的速度太快了！”斯琼边跑边咒骂着。此时，他已经把瘫软无力的格雷背在了自己背上，在爬小山丘的斜坡。

当豪华吊灯落下来的时候会给地面造成怎样的冲击，斯琼还无法想象，但他知道，离苹果园越远越安全。可是，他们还没跑出多远，“大猿”就已接近了倒塌的三号瞭望塔。

从作战开始到现在已经过去六个小时了。在一片狼藉的苹果园中，站立着那个暴躁的庞然大物。此时，“大猿”的影子已经缩得很小，集中在了它的脚边，这说明它已经来到了豪华吊灯的正下方。

趴在斯琼背上的格雷向小山丘的斜坡下望去，透过针叶树的间隙，可以看见“大猿”的情况。突然，一个冒着白烟的东西从“大猿”脚下笔直地升起，从它的脸旁划过，射向了天空。那是康亚姆·康尼姆发射的音响火箭弹吗？还是他已经牺牲了，由深绿军团的其他成员发射的呢？音响火箭弹那尖锐的呼啸声，划破了“大森林”的空气。

“咻——！”

斯琼忘记了逃跑，背着格雷呆立在原地仰望着天空。在其他地方幸存下来的深绿军团成员也都屏住呼吸，把目光集中到了豪华吊灯上。任何人也不想错过接下来要发生的事情。

音响火箭弹的呼啸声似乎并没有影响到“大猿”。因为它平时的吼叫声要比那大得多，音响火箭弹这种级别的声音，在它听来最多也就像只蜜蜂飞过。但是，“大猿”不会放过发射火箭弹的地方，它弯下腰去用拳头狠狠地砸向了音响火箭弹发出的地方。瞬间，那块地面腾起一阵烟尘。当“大猿”抬起拳头的时候，地面已经深深凹陷下去。就在这时，在弯着腰呈现出攻击姿态的“大猿”的鼻尖处，突然闪出了一道刺眼的亮光，像闪电一样。原来是闪光炸弹被激发了，目的是短时间内不让“大猿”离开吊灯的正下方。看来这个机关运转正常，发挥了应有的作用。“大猿”在这道如闪电般的白光的刺激下，变得更加愤怒，在原地暴跳如雷。此时，镜子发射的光线已经不见了。也许苹果园中已经没有人活着了。每隔一段时间，就有一道闪电爆出，激怒“大猿”不让它离开。

斯琼把格雷从背上放了下来，两人四目相对。距离音响火箭弹的发射已经过了几十秒钟，可还不见吊灯落下的迹象，它还在木制穹顶附近闪闪发光。

4-11

在歪脖树的树干上，有擅长木工的毕杰罗制作的楼梯和站脚的地方。这棵树较高处的一根粗大树枝伸到了横梁的外面，就像一条伸着脖子的巨龙。

“从那里可以去到吊灯的铁链上。用滑轮沿绳索滑下去，很快就到。”我指着树枝尖端对丽泽·利普顿说。

树枝尖端固定的一根绳子，直直地伸向了吊灯那炫目的光亮之中。

“知道了！”

铁锤女孩抖了抖她那深绿色的外套，一副信心十足的样子，开始攀登树干上的楼梯。我和鲁夫纳在歪脖树下戒备，以防止巨蛇悄悄靠近发动突然袭击。地下传上来的震动让我们周围的树木在不停地摇晃。距离歪脖树不远的地面上，还保留着我们以前在夜间作业时生篝火的痕迹。烧开水沏茶用的水壶、水杯也七零八落地散落在附近。忽然之间，我的头脑中回想起了当时在吊灯铁链上作业的情景。在铁链上的作业完成之后，我被同伴们用绳子拉回横梁上的时候，在一片漆黑之中看到那有如遥远星光的篝火时，心中就会感到无比安心。我还想起了跟大家一起做准备工作、见到梅尔洛兹就会脸红、用野草莓做果酱的雀斑青年。他竟然是一条怪蛇化身而成，到现在我也难以相信这是真的。

突然有一些树叶从头顶上掉落下来，我抬头一看，在树枝间垂下的无数藤蔓植物之中，好像有什么东西在动。鲁夫纳也察觉到了，他迅速地跑开了，而我则朝丽泽·利普顿大喊道："快趴下！"

丽泽·利普顿正爬到树干的中间部位，听到我的喊声之后，她连忙爬到了木制楼梯上。紧接着，一张血盆大口突然从天而降。那张大口的上下颚都布满尖利的牙齿，在少女头上几厘米的地方啪的一声闭合了。如果丽泽·利普顿没有俯下身的话，现在估计上半身已经被咬掉了。那张大嘴正是巨蛇的。它那覆盖着青铜色鳞片的细长身体缠绕在歪脖树上，头部在树上较高的地方，所以它刚才居高临下地对丽泽·利普顿发动了突然袭击。它那张大嘴，把丽泽·利普顿整个吞下去也没什么奇怪的。

"唉！"巨蛇居然还会发声，好像很遗憾地叹了口气。它将长长的蛇头伸了出来，就在丽泽·利普顿的头顶上晃悠，几乎已经触碰到她的头发了。随后，在没有任何预备动作的情况下，巨蛇的嘴又向丽泽·利普顿的后背发起了攻击。巨蛇的动作之快，就像弹射出去的一样。但是，它的大嘴最终咬到的只是一段木制楼梯。它嘴里满是木头的碎片，接着它像吐口香糖一样，把嘴里的杂物吐了出来。

丽泽·利普顿的动作也相当敏捷，察觉到巨蛇又要发动攻击，她脚下用力，蹬着楼梯向上爬了几级，就在大嘴即将咬到她的时候，窜到了安全的地方。

"咔嚓！"

巨蛇发起了第三次攻击，但这次咬到的是少女身旁的木制扶手。丽泽·利普顿这次也是在千钧一发之际闪身躲过了攻击。

“哼！”巨蛇好像很不甘心的样子。

这时，丽泽·利普顿从腰间摘下那柄铁锤，并用力朝巨蛇横着挥了过去。巨蛇毫不费力地躲过了这一击，转而进入反击。于是，铁锤女孩就和怪物在楼梯上展开了一进一退的攻防战，你来我往打了好几个回合。少女的铁锤曾经擦到了巨蛇的身体，但丝毫没有伤到怪物，甚至怪物的鳞片上都没有留下一点划痕。

毕杰罗修造的木制楼梯和站脚平台，都是因地制宜而修的，有的地方利用树枝的交错处当承力点，有的地方直接把木板钉在树干上。木制楼梯和站脚平台只供临时使用，并不精细和平整，因此有些地方有尖锐的树枝突出来。而丽泽·利普顿的外套恰巧挂到了楼梯中一根突出的树枝上，使她行动受限。心想着“糟糕”的铁锤女孩咂了下嘴，便回头伸手去摘外套，想从树枝的牵绊中挣脱出来，可越是着急越弄不下来。

巨蛇又张开血盆大口，露出两排尖牙，滴着口水瞄准了丽泽·利普顿。它的眼神中充满了杀气，看来这次是想一口咬碎铁锤女孩的脑袋。可就在这时，鲁夫纳冲了过来。

鲁夫纳手中紧握他自制的木枪，气势汹汹地冲上了楼梯，并把枪尖对准了巨蛇的头部。巨蛇把注意力全都放在了丽泽·利普顿身上，几乎没有注意到枪尖的接近。可谁也没想到，一个东西从侧面朝鲁夫纳飞来。

“咚！”

一声巨响过后，只见鲁夫纳那瘦弱的身体贴在了歪脖树的树干表面。他手里的木枪也飞出去几丈远，插在了地面上。刚才这名黑发少年所站的楼梯处的扶手也完全不见了，周围的地面上散落着无数木头碎片。

接下来的半秒钟，鲁夫纳开始沿着树干表面往下滑，而树干上留下了一条血痕。没滑下多远，他又变成了自由落体仰面跌落下来。他就这样摔在地上的话，肯定凶多吉少，所以我急忙跑过去想要接住他。就在他落地之前的瞬间，我赶到了，用自己的身体接住了他的身体。虽然鲁夫纳的身体很轻，但我实在过于瘦弱，根本没法接住他，只能做个肉垫为他缓冲一下。结果我们两人都倒在了地上，我几乎背过气去。而鲁夫纳发出了一声呻吟，看来他还活着。如果死了的话，就会化作白烟了。

巨蛇的尾巴像完成了一项工作一样，从我们头顶上通过，收了回去，又缠在了树干上。其实，刚才巨蛇早就注意到鲁夫纳接近了，它只是假装没看见，尾巴却做好了攻击的准备。

“对了，我想到一个好办法！”从巨蛇的嘴里传来了一个幼稚的声音，和之前巨蛇现出原形时说话的声音一样。巨蛇以纳普克的形象出现时，说话就是纳普克的声音，是一个青年的声音，但是现出原形后，声音就变了。

“好办法？什么好办法？”丽泽·利普顿盯着巨蛇询问道。此时的铁锤女孩站在歪脖树上搭建的站脚平台上，和巨蛇的脑袋对峙着，被树枝挂住的外套刚才已经挣脱开了。鲁夫纳的攻击虽然失败了，却成功地分散了巨蛇的精力，给丽泽·利普顿争取了宝贵的时间。

“我想到了一个帮助下面那个只有肌肉没有脑子的暴躁兄弟的方法。”

“你是说‘大猿’？你怎么帮它？”

“我每天都要在这里把你杀死一次，铁锤女孩！当你在晨雾中复活的时候，趁你还没回过神来，就给你来一口。每天早晨杀死你一次。这样一来，我下面的兄弟和我，就可以一直活下去了。每天早晨把你杀死之后，我再去准备早饭。”

这条覆盖着青铜色鳞片的巨蛇，长度有二十米以上。它将身体缠在树干上，也许是不时在缓慢移动，或者用力缠紧大树的原因，周围时常传来咔嚓、咔嚓声，像是有什么东西被挤碎一样。巨蛇还不时伸出长长的舌头，在丽泽·利普顿的鼻尖前晃悠。

铁锤女孩绷紧了全身的每一条神经，以便察觉巨蛇可能发动攻击的蛛丝马迹。如果稍不留神，躲避慢了一点，就可能成为巨蛇血盆大口下的牺牲品。

刚才巨蛇用尾巴抽打鲁夫纳的时候，也把一段楼梯抽碎了，所以我想爬到丽泽·利普顿的位置去帮她也是不可能的了。鲁夫纳受伤行动不便，而对于缺乏运动神经的我来说，爬树简直是天方夜谭。

“……说说你有什么弱点。”鲁夫纳支撑着身体勉强坐了起来，强忍身体的疼痛对我说道。看来他的神志还是很清楚的。

“弱点？什么弱点？”

“就是艾尔你不擅长的事情、讨厌的东西。”

“嗯……我讨厌蒙娜丽莎，她的笑容让我不舒服。”

“那是个什么东西？我没听说过，还有别的吗？”

“我还害怕小丑。”

鲁夫纳叹了口气。蒙娜丽莎、小丑，他似乎都不太了解。再说现在这个时候，上哪儿去找这些东西呀。

“真拿你没办法。”说着，黑发少年的目光投向了树上。

一根又细又长的舌头从巨蛇的嘴里伸出来，挑衅般地在丽泽·利普顿面前晃来晃去。

“每天早晨杀我一次？这个办法还真不错啊。”丽泽·利普顿的脸上露出了佩服的表情。

“不过，不好意思啦，死的不是我，而是你，巨蛇！”

就在此时，巨蛇的尾巴开始出现异常动向，似乎有些躁动。我和鲁夫纳从地面可以看到。但是，对于丽泽·利普顿来说，蛇尾正好在她的视线死角处，她看不见。我正想大喊一声提醒丽泽·利普顿多加小心，可是已经来不及了。那条青铜色的蛇尾像鞭子一样朝铁锤女孩的后背抽来。

“危险！”

虽然晚了，但我还是大叫了出来。在我发出喊声之前，已经传来了撞击声。巨蛇的尾巴显示出了超强的破坏力，楼梯和站脚平台瞬间被破坏了，丽泽·利普顿刚才所站的地方已经变成了一堆碎片飞散在空中。可是，铁锤女孩竟然躲过了蛇尾的攻击，她和楼梯碎片一起飞在空中。就在蛇尾要碰到丽泽·利普顿之时，她用脚一蹬楼梯扶手，蹿了起来。看样子，铁锤女孩的这次躲避算是成功了。

可是此时高兴还为时尚早。巨蛇张开嘴巴又朝空中的少女咬了过来。由于丽泽·利普顿身体在空中，所以她除了扭转身子之外，没有其他任何躲避的方法。

接下来我看到的一幕是这样的：在空中，巨蛇的嘴撞上了丽泽·利普顿，她的姿势瞬间变了样，然后就落了下来，跌倒在残存的木头楼梯上。不过，铁锤女孩的样子非常奇怪。她摇摇晃晃地站了起来，表情异常痛苦。与此同时，一阵红色的血雨落在了我和鲁夫纳头上。

丽泽·利普顿的左臂不见了。

铁锤女孩左侧肩膀以下都没有了，她咬着嘴唇忍着剧痛。

地面上又传来了强烈的震动，横梁上的植物们也开始跳舞。靠近横梁边缘的大树有大量的树叶被震落，它们是会像雨点一样飘落到地上呢，还是在下降四千米的过程中被风吹散，最终不知落到哪里呢？

我和鲁夫纳仰望着歪脖树上的情况，身子却已不听使唤，一动不动地待在原地。缠绕在树干上的巨蛇，把嘴里含着的东西吞了下去。只见它喉咙部位的肌肉一动，发出咕噜一声，然后，巨蛇露出满足的表情，扬起头，伸出舌头舔了舔嘴边的鲜血。

在巨蛇的鼻尖前，丽泽·利普顿摇晃着站起来，把身体靠在楼梯扶手上。她外套左边的袖子已经不见了，只剩一个破碎的窟窿，左侧肋下已经被血染红。她的左臂，刚才已经被巨蛇吞进了肚子。

表情痛苦的丽泽·利普顿发出一声呻吟。她斜靠着身体，弓着背，像是在努力抵抗着剧痛。此时，巨蛇又张开了它那张血盆大口，这次它似乎打算从头到脚将铁锤女孩一口吞下。我很想对巨蛇喊：“巨蛇！住手！”但是，我忽然发现了一个奇怪的现象，丽泽·利普顿疼痛得几乎扭曲的脸上竟然浮现出了一丝笑容。

“……干得漂亮！”少女自言自语似的说。同时，我听到了一个微弱但清脆的金属撞击声。

“咔嗒！”

这是一个熟悉的声音，可是，我到底在哪里听过呢？对了！想起来了，那是丽泽·利普顿的打火机盖子开关的声音。此时，打火机隐藏在她外套里面，我们看不见，但我想象得到她是在用右手打开或者关闭打火机的盖子。

巨蛇的表情突然一变。到底发生了什么事情？我和鲁夫纳困惑不解。突然，缠在树干上的巨蛇开始焦躁不安起来，时而缠紧树干，时而又松开，还到处乱甩尾巴，抽断了不少树枝和楼梯。最后，它终于从树上掉了下来。它的身体很长，中间部分先着地，然后头部和尾巴重重地摔在了地上。可是，摔下来之后，巨蛇根本顾不上疼痛，在地上乱扭乱滚起来。为了避免被满地打滚的巨蛇伤到，我和鲁夫纳尽量向后退，始终和它保持着安全的距离。

这怪物到底要干什么？我们摸不着头脑，但感觉它好像是要把吞下去的东西吐出来。巨蛇张着大嘴，左右翻滚，还不时用头猛砸地面，嘴里发出嗷嗷的声音。经过一番折腾之后，它终于吐出了一样东西，正是丽泽·利普顿的左臂。仔细看去，那条胳膊的手里还握着一个圆筒状的东西，上面还带着导火索，而且导火索还在吱吱地燃烧着。原来那是一个雷管。铁锤女孩的外套里装着很多东西，雷管就是其中之一。

刚才，丽泽·利普顿利用和巨蛇搭话的机会，从深绿色外套中拿出一个雷管，并点燃了导火索。由此可以推测，她并不是没有躲开巨蛇的攻击，被吞下一条手臂，而是故意要把这条胳膊喂给巨蛇吃。

回过神来的我和鲁夫纳连忙匍匐在地上，紧接着便听到了一声震耳欲聋的爆炸声，比过节时燃放的爆竹要响不知多少倍。我们的身体也感受到了地面的震动和空气中的冲击波。一瞬间，我们只觉得头晕耳鸣，胸口被震得喘不上气来。过了一段时间，我和鲁夫纳相互确认彼此没事之后，仰起了脸。爆炸的瞬间产生的烟雾和激起的尘土还没有散尽。

“失误啦……要是导火索再短点就好了……”树上传来了丽泽·利普顿那充满痛苦又夹杂着遗憾的声音。

铁锤女孩用右手捂着左臂的伤口，艰难地沿着已经摇摇欲坠的楼梯向上爬。而她深绿色的外套已经有很大一片被血水染成了黑色。当踏上最上面一层站脚平台的时候，她伸手去抓绳子上的滑轮。

我和鲁夫纳因为距离雷管比较远，所以在爆炸中并没有受伤。但是巨蛇就没有这么幸运了。它刚把丽泽·利普顿的左臂吐出来，还没来得及逃跑，那雷管就在它鼻尖前爆炸了。虽然它躲过了雷管在体内爆炸的致命性打击，但这近距离的爆炸也让它吃了不小的亏。有不少鳞片都被炸掉了，身上也被划出了不少口子，到处流淌着红色的血液。没想到这家伙的血也是红色的，我心中一阵感慨。巨蛇虽然受了伤，但并没有生命危险。它痛苦地慢慢抬起头来，先看了看我，又看了看鲁夫纳，最后把视线投向了歪脖树上的铁锤女孩。

歪脖树那根斜着伸出的粗大树枝的尖端，绑着一根绳索，这根绳索的另一头连接到吊灯的铁链上。丽泽·利普顿正在那根树枝上移动，她左摇右晃，步履艰难。要是没有毕杰罗在树枝上搭建的站脚平台和扶手的话，估计她早就掉下去了。

鲁夫纳开始有所动作，看他的样子是想去拿那根插在地上的木枪。可是还没走出两步，黑发少年的伤处似乎疼痛发作，他痛苦地捂着伤处，膝盖一软跪在了地上。

“该死！”鲁夫纳捂着胸口不甘心地说。估计他的肋骨已经折断了好几根。

此时的我代替鲁夫纳冲了过去，拔起插在地上的木枪朝歪脖树上跑去，挡在了即将爬上树的巨蛇面前，并用枪尖指着它的鼻子。

“不许动！不要再前进一步！”

巨蛇受的伤虽然不轻，但并不是致命的重伤。爬到树上攻击丽泽·利普顿对巨蛇来说并不是难事。

“不许你从这里通过！”

巨蛇的两只眼睛注视着我，用幼稚的声音喊了一声：“爸爸……”

从那个声音中，我听到了一丝孤独和寂寞。红色的鲜血从它身体上的创口中渗出来，它的脸依然十分可怕。但是，不知为什么我并没有感到害怕，而且，在我眼中它就像一个回家途中迷路的孩子一样。

我紧咬嘴唇，到底该拿它怎么办？我不应该有丝毫犹豫的，不是早就下定决心了吗？为了回到外面的世界、回到妈妈身边，我必须把这个怪物消灭。我和巨蛇之间有一条像脐带一般看不见的纽带连接着，如果巨蛇还活着的话，我就不可能离开 Arknoah 这个世界。但是，我手中的木枪却开始动摇起来，似乎想垂下它的枪尖。

我把视线投向了歪脖树，想确认一下那边的情况。像恐龙脖子一样向横梁外面伸出的粗大树枝，前端被奔涌的光流所吞没，而丽泽·利普顿也正迈进光流之中。

“艾尔！”鲁夫纳的一声大叫提醒了我。

当我把目光转回到巨蛇身上时，瞬间，我的鼻尖感觉到了空气的流动。当我反应过来的时候，手中的木枪已经被折断，手里只剩下一根短棒。那是巨蛇发起的进攻。

“爸爸，放我过去吧。只要十秒钟，我就可以爬上树追上铁锤女孩。”

“我不能让你过去！”我丢掉手里的那截短木棒坚决地说道。

巨蛇是不会攻击造物主的，所以，我站在它面前挡住去路，应该也不会有什么危险。对于巨蛇来说，作为造物主的我，此时成了一道麻烦的障碍。

也就在这时，一道尖锐的啸叫声划破了天空。那是我们空军分队等待了好多天的信号。那个声音拖着长长的尾音在空中回荡，当声音达到我们这个高度时，被错综复杂的横梁反射，还能听到几重回音。

“啾——！”

巨蛇伸出又细又长的舌头，小声说道：“康亚姆·康尼姆，干得好啊，发出了第二声信号。”

看来，地面的陆军分队已经成功地把“大猿”吸引到了苹果园中。那个双足直立行走的庞大怪物，此刻应该就在豪华吊灯的正下方。但是我们都知道，它不可能长时间待在原地不动。

“赶快去吧！快！”我对着树枝上的丽泽·利普顿大喊。

而丽泽·利普顿已经达到了树枝的最前端，正在把自己吊在滑轮上。

巨蛇开始移动了，它想绕开我，迂回去到歪脖树那里。而我则横着扑了过去，想要抓住它的身体。可是，就差那么几厘米，巨蛇覆盖着鳞片的身体从我手指尖前滑了过去。它朝歪脖树迅速靠近，不得不说，巨蛇的动作太敏捷了。转眼之间，它已经身体呈螺旋状缠在了树上。

丽泽·利普顿比巨蛇快了一步，已经从树枝尖端迈向了空中。从下方照射上来的强烈光线，把这个身穿绿色外套、只有一条右臂的女孩，照耀得闪闪发光。吊在空中的少女的外套迎风飞舞，她像一只翩翩起舞的蝴蝶。绳索有一个较大的倾斜度，所以，吊在滑轮上的丽泽·利普顿就一条直线般地滑进了强烈的光线。自下而上的强光，渐渐地将少女的身影吞没了。

但是，巨蛇并没有就此放弃。因为之前它还是纳普克的时候，和我们一起在这里工作过，所以它非常清楚这里的情况。虽然用滑轮沿着绳索滑向吊灯的铁链速度很快，但因为距离比较远，滑到铁链还是需要一定时间的。只要抢在铁锤女孩滑到铁链之前将绳索切断，她肯定会跌下万丈深渊。

我必须得阻止巨蛇。可是我该怎么做呢？答案马上就浮现在了我的心头。

“喂，过来！看这边！”

我站起身来，然后开始跑。我并不是跑向歪脖树去追巨蛇，我的目的地在其他地方。鲁夫纳一脸惊恐地望着我，看得出，他已经猜到了我的计划。巨蛇停止了攀爬，把那伤痕累累的头扭向了我。

我奔跑的方向直指垂直的悬崖。在横梁的边缘，侧面和上面呈直角状，就像一个悬崖。站在这个悬崖边缘的话，可以感受到从下方照射过来的奔涌的光流。那光线实在太过强烈，就连皮肤都会感觉到灼热。只有向远处看，才能隐约看到一点地面的景色，从而判断出自己处于四千米的高空。

“爸爸，你是动真格的吗？”盘踞在歪脖树上的巨蛇对我说。

“你觉得我像在开玩笑吗？”

因为要助跑，我后退了几步。在做了几次深呼吸之后，我迈步起跑，接近悬崖边缘时也没有减速。现在，我能做的也只有这个了。我用力在悬崖边缘一蹬，人就飞向了空中，脚下的地面也随之消失了。

我纵身跃进了汹涌的光流中，并开始下坠。伸出横梁外的树枝上垂着很多藤蔓植物，我在这些藤蔓植物中间笔直地向下坠落。我可能会摔死在苹果园的地面上，不，也许在落地之前就先撞上豪华吊灯粉身碎骨了。我感到恐惧，但是，我相信那家伙。我相信我所创造的怪物。虽然它是我要杀死的对象，但是我却无比信任它，是不是很不可思议？

因为我是巨蛇的造物主，所以它会不顾一切地保护我。

突然，我停在了空中。我只感觉天和地颠倒了过来，脚踝处传来一阵剧痛。只见巨蛇把尾巴缠在悬崖边的树干上，它那长长的身体则像一条直线似的吊在空中，像一根青铜色的棍子。蛇头垂在下面，嘴里衔着我的右脚脚踝。巨蛇是为了挽救我的生命，放弃了去追赶铁锤女孩，转而爬下歪脖树救了我。它的动作还真是快如闪电啊！它的牙齿咬进了我的肉里，好像都刺到了骨头，但是，脚踝的疼痛是那样实在，反倒让我产生了一种安心感。

“艾尔！”

悬崖之上传来了鲁夫纳的声音。巨蛇用力把它自己和我拉回了横梁之上，然后把我放在树下的地面上。因为脚腕实在太痛，我根本无法站立，只能趴在地上。我在心里告诉自己，我的这点痛和丽泽·利普顿失去手臂的疼痛相比，简直不值一提。

这时，鲁夫纳摇摇晃晃地朝我走了过来。我以为他是担心我才过来看我的情况，但他却从怀里掏出一把小刀，看架势是想和巨蛇决一死战。他手里的刀就是削木枪和雕刻木头时用的，跟水果刀差不多大小。鲁夫纳自己也受伤不轻，就用这样没有杀伤力的武器，怎么可能和巨蛇对抗？这不是以卵击石嘛。巨蛇朝鲁夫纳龇出了尖牙。我想爬起来帮助鲁夫纳，可是后背却被一个强有力的东西按了下去。巨蛇把我按在地面，同时爬上前去和鲁夫纳对峙。

“爸爸，请待在原地别动，我来对付他。”

“你最好趁现在逃跑，马上就要发生大爆炸了。”我对巨蛇说。

现在距离丽泽·利普顿沿绳索滑下，已经过去了足够长的时间。虽然吊灯那里的光线太过强烈，我无法用肉眼看见铁锤女孩的身影，但估计她应该在铁链上着陆了。接下来她要做的就是手动引爆电子炸弹。丽泽·利普顿现在没有安全绳保护，而且只剩一只手了，要完成引爆炸弹的工作还是相当不容易的。但是，我确信那个女孩一定能够做到，她就是这么可靠的一个人。

“爸爸，我想杀死他。”巨蛇对我说，“因为他看见了我的真面目，我想消除他的这段记忆。”

“我不允许你那么做！”

“可是现在的形势明显对我不利呀。”

“我说不行就是不行！”

巨蛇陷入了沉默，好像在思考什么，然后闹别扭似的把头扭向了一边。在豪华吊灯光线的映照下，巨蛇那青铜色的鳞片熠熠生辉。不过，有些地方的鳞片已经被雷管炸脱落了，而且它浑身上下都淌着血。

“……我……要走了。爸爸，你也赶快逃吧。我本来想背着你一起逃的，但是看来你并不想跟我一起走。那再见了，我的爸爸！”

巨蛇开始在地面上爬行，不一会儿，那长长的身体就消失在了茂密的灌木丛中。我和我所创造的怪物，就这样暂时分别了。我有一种预感，将来的某个时候，我们还会再见面的。

巨蛇消失后，我和鲁夫纳没有工夫磨磨蹭蹭。为了不被即将发生的大爆炸卷入其中，我们必须马上离开歪脖树，找安全的地方去避难。

“等等我！扶我一把呀，求你了！”我央求鲁夫纳说。

“我的肋骨还断着呢，你自己想办法，请自己走！”

我一只脚的脚踝非常痛，根本无法用力踩地，所以只能站起来单腿跳跃，偶尔用伤脚点一下地。我们艰难地穿过灌木丛，来到了一个细长的园林式庭院。本来我们是打算逃到天文台遗迹中躲避的，但以现在的情况来说，恐怕是不可能的了。庭院中沿着小路立着很多根石头柱子，其中有一根就在灌木丛旁边。那根柱子的粗细刚刚够我们两人躲在后面。于是我和鲁夫纳拖着伤痛的身体，拼命地往柱子后面躲。我们刚在柱子后面坐下来，大爆炸就发生了。

一开始，只是像照相机闪光灯闪了一下似的。我以为接下来吊灯就会落下去，周围的光线会变暗，但谁知道，我们的世界整个被染成了火焰的橙红色，接下来就是一阵暴风袭来，那是大爆炸的强烈冲击波。横梁边缘生长的树木，有很多都被连根拔起，吹到了空中。庭院中的不少雕像、喷泉池也因爆炸的冲击波被破坏了。我和鲁夫纳藏身的这根石柱，也被吹来的大树击中，不过幸好这石柱够结实，大树撞上石柱后折为两截，滚到了远处。不过，石柱的根部也出现了裂痕，不知它还能支撑多久。如果石柱倒掉，我们要么被当场砸死，要么被暴风吹走，估计也会粉身碎骨。但是，我们俩除了默默祈祷之外，没有任何办法。

“咚咚咚咚……”

横梁猛烈地震动了起来，发出巨大的轰响声，爆炸的冲击波形成的暴风也在肆意地刮着，其中还有几次闪电一般的亮光划过。我和鲁夫纳几乎无意识地抓住了对方的手。第一是因为害怕，第二也可能是担心对方被暴风吹走。“大森林”的穹顶表面也受到了爆炸的冲击，穹顶有一些木片被刮了下来。横向和纵向的震动同时袭击着我们，在轰响之中，我们的视线也跟着左摇右晃，根本看不清东西。突然，亮光消失了！

4-12

距离发射第二枚音响火箭弹，已经过去了挺长的时间。但是，天空中什么也没有发生。地面上幸存下来的人个个垂头丧气，认为这次作战失败了。吸引“大猿”留在原地的闪光弹也已经释放完了。现在的“大猿”虽然还处于愤怒之中，并不停地攻击着地面，但这种状态肯定不会持续太久。已经没有将这个直立行走的怪物吸引在原地的手段了。一旦它的兴奋劲过了，肯定会离开苹果园。

格雷·阿修比和斯琼两人站在长满针叶树的小山丘斜坡上，观察着“大猿”的动向。

“看来是不行啦。”斯琼无奈地摇摇头说。

就在这时，就像电灯接触不良一样，周围的光线突然闪了几次。一眼望去，所见之处的景色似乎都蒙上了一层淡淡的红色。抬头一看，不得了！一个巨大的火球开始将头顶上的豪华吊灯慢慢包围，而且还在不断扩大。又过了一会儿，一阵撼天动地的爆炸声从天而降。

在高空四千米发生的爆炸，居然在“大森林”的地面上也能观测到，可见这爆炸的规模有多么巨大。空中的火球沿着木制穹顶向四周扩散开去，同时释放出闪电一样的白光。因为头顶上的豪华吊灯断了电，失去了光华，以苹果园为中心的地带，突然暗了下来，但并没有陷入完全的黑暗，因为首先有爆炸发出的光芒，还有其他地区的吊灯发出的光线。苹果园一带只是陷入了黄昏一样的微暗中。这时，斯琼抱起格雷，像扛麻袋一样把他扛在了肩膀上。

“吊灯快要掉下来了！”斯琼大叫一声，扛着格雷就往山丘顶上跑。

天空中不断扩张的火球中，出现了一个亮度更高的物体，像是一个由光线浓缩而成的小点，那便是豪华吊灯的真身了。它自身并没有发光，之所以看起来很亮，是因为玻璃材质的吊灯反射了火球的光芒。它还在天上很高的地方，所以看起来并不大。格雷之前也听人介绍过整个作战计划的概要，心里清楚吊灯会掉落下来。虽然现在亲眼见到了吊灯下落的情景，但他还是不敢相信这是真的。

透过针叶树的间隙，依稀可以看见“大猿”庞大的轮廓。它就像是苹果园中耸立的一座大山。它的鼻子里发出愤怒的哼哼声，弓着腰伸着脖子四处张望。它可能也察觉到了突然之间的光线变化，似乎有点吃惊。

斯琼扛着格雷在斜坡上艰难地爬行着，他的目标是小山丘顶。在斯琼的肩膀上，格雷听到上空传来了像狂风一样的呼啸声。他抬头一看，不禁吓得心脏都缩紧了。就在刚刚把视线从天空移开这短短的几秒钟工夫，天上那个物体就变了样子。刚才还很小的那盏吊灯，现在已经变成了一个庞然大物。在微暗的环境中，爆炸的火焰以及周围吊灯的光线照射，使这个庞然大物看起来像一颗璀璨的宝石，反射和折射出瑰丽的光彩。从形状上来看，那家伙就像一个由金属骨架支撑起来的玻璃宫殿。眼看着那家伙加速度下降。由金属和玻璃组成的这个巨物，其重量可以想象，下落过程中巨物和空气摩擦发出了呼啸声。格雷感到了前所未有的压迫，甚至都有点喘不过气来。

“大猿”的身体有了反应，它似乎要移动了。可能它已经察觉到再待在原地会有危险了。也就在这时，无数的小块玻璃颗粒像从机关枪里射出来一样，从天而降。那是在大爆炸中被炸落的吊灯装饰物，它们散落的范围非常广，而且，先于吊灯主体落地了，并在地面砸出了无数的小坑。砸在“大猿”头上、身上的玻璃颗粒引起了它的注意，也许它以为这是深绿军团发起的攻击吧，于是仰起了那张充满敌意的脸，望向天空。

斯琼终于扛着格雷爬到斜坡顶上，站在了小山丘的最高处。山顶上风还挺大，也许是吊灯落下时形成的风吧。

紧接着，就是一阵像数万只玻璃杯一起摔碎的声音，豪华吊灯终于和地面亲密接触了。那盏吊灯足有好几个纽约的帝国大厦绑在一起那么大。由金属支架支撑着，活像一个倒过来的多层蛋糕，就是婚礼上常见的那种蛋糕。那金属支架，像植物的枝条一样描绘出优美的曲线，而支架的最前端则锋利无比。这个由金属和玻璃构成的重型“炸弹”重重地砸在了“大猿”的头上。

像打雷一样的轰响声，滔滔不绝地向四面八方蔓延开去。巨大的冲击波以吊灯坠落点为圆心，以同心圆的形式向周围扩散。吊灯坠落点的地面被砸出了一个大坑，周围的土也被冲击波吹飞。此时，苹果园里人们的耳朵像同时听见了全世界所有的声音一样，轰鸣不已。随着大地的震动，苹果园的地面开始向上隆起。格雷的眼前出现了一座山。不过，那并不是真正的山，而是激起的泥土、沙石在空中腾起，遮住了光线，从视觉上看就像一座山。而且这座“山”还在不断长大。

当格雷回过神来的时候，发现自己周围一片漆黑。他屏住呼吸，静静地体会着时间的流逝，希望周围环境能有所变化。但是，周围就像进入了黑夜一样，始终没有天亮的意思。格雷想大喊，可是，怎么也喊不出声来。而且，他觉得呼吸很困难。他想把手放到嘴边，摸摸嘴和鼻子，看它们是不是在正常工作，却发现手臂根本抬不起来。不仅仅是手臂，腿、脚、脖子……整个身体都动弹不得了。格雷还闻到了泥土湿润的气息，看样子自己好像是被活埋了。估计就是刚才被冲击波激起的泥土飞了过来把自己给埋了，格雷心中想。因为无法呼吸，他已经因为缺氧而有点意识模糊了，可就在紧急关头，有人抓住了他的手腕把他从泥土里拉了出来。

“你还好吗？”斯琼盯着格雷的脸问。

非常庆幸的是，刚才格雷虽然被活埋了，但他的一只手恰巧露在外面，所以一下子就被斯琼发现了。起来之后，格雷连忙用手指把嘴巴里的泥土抠了出来。此时的地面已经停止了震动，剧烈的破坏声也消失了，只有远处还传来零星的玻璃破碎声。现在空中还飘荡着灰尘，所以视线不算太好。在黄昏一样微暗的环境中，破坏现场依然显得惊心动魄。

“刚才发生了什么？”格雷一边咳嗽一边问。

“我也不太清楚，你看，视线清晰一些了。”

空中的尘土渐渐散去，苹果园的地面上出现了一个巨大的圆锥形凹陷。在圆锥的中心部分，地表的土层已经没有了，露出了和其他地方不同材质的地面，那应该是“大森林”地板的构造，而那个巨大的玻璃宫殿也摊在了圆锥的中心。这幅景象就像灾难片中的场景，任谁看了都会毛骨悚然。

在猛烈的冲击下，豪华吊灯的金属框架早已变了形，周围散落着几根粗大的铁链。这几根铁链最终都连在一根更粗的铁链上，那便是空军分队炸断的那根。只用这一根铁链就可以吊起那么大的豪华吊灯，可见它有多结实。从外观上看，这根铁链的直径足有三十米。在落地的时候，这根铁链扫倒了一大片苹果树还有一部分斜坡上的针叶树。不管铁链还是吊灯，怎么看都不是人类所能制造出来的。站在它们旁边，人会产生一种错觉，认为自己变成了蚂蚁。

斯琼发出了如释重负的笑声，笑了一会儿之后，他安心地握住了格雷的手。

“可喜可贺呀！看来这次‘大猿’彻底完蛋啦。我也暂时解放了。”说着，斯琼异常疲惫地瘫坐在了地上，“回到星光旅馆后，得好好地喝几杯庆祝一下！”

可就在这时，格雷似乎感觉到脚边的小石头在轻微地跳动。

“……不，还没结束。”格雷说。

听到这话，斯琼露出了惊讶的表情。

“那家伙，还活着。”

“它明明已经死了的嘛，你可以回家了。”斯琼说。

在苹果园那个圆锥形的凹坑中心，传来了玻璃破碎的声音。虽然从外表上看没有任何变化，但确实能听到玻璃碎裂的声音。

不一会儿，就看到了变化。随着一阵轰响，豪华吊灯的残骸竟然开始上升，吊灯下出现了那个直立行走的怪物的身影，它用肩膀把吊灯顶了起来。也许是受伤不轻的缘故，“大猿”的动作很缓慢。但是，可以明确的一点是，它还活着。它竟然承受住了那么重的吊灯的撞击。

此时的“大猿”，头部刚从坑里伸出来，在接下来的一段时间里，它慢慢地爬了出来。它一边抖掉身上的玻璃碎片一边向上爬，这情景就好像正有一座大山从地下升起一样。最后，“大猿”终于双腿直立地站了起来，它用脚踩实地面，舒展了一下背筋，又伸了个懒腰，然后在进入了黄昏一样微暗的天地之间，发出了一阵撕心裂肺的吼叫。声音在整个“大森林”中回荡，仿佛到了世界的尽头也能听见。“大猿”还活着，体内似乎还蕴藏着无穷的力量。

斯琼呆坐在原地，一句话也说不出来。而格雷也从内心深处感觉到了某种震撼。格雷心想，没能杀死“大猿”，没准自己要被丽泽·利普顿处以极刑。但与此同时，一股难以抑制的笑容也爬到了他的脸上。“大猿”的吼声，比任何生物都更有气势、更凶猛、更庄严。此时，它的吼声还在森林上空不断回响。

“现在让我死，我也能瞑目了。看来，没有任何人能够杀死那家伙。”

在周围其他吊灯投下的暗淡光线下，“大猿”的身影在格雷眼中就像一个巨大的剪影，是一个高大无比的人形轮廓。

突然，格雷想起了还在横梁上的哥哥。

“只有一件事很遗憾，我死了，艾尔一定会很难过吧。”说完，格雷愣在了那里，若有所思的样子。

就在发呆的过程中，格雷似乎听到了什么东西断裂的声音。这到底是一个声音，还是身体感觉到的震动，格雷还分不清楚。而且，这种感觉很快就被“大猿”的咆哮掩盖了。

斯琼也感觉到了异样，他的脸上露出了吃惊的表情。不过，他立刻像明白了什么似的，向森林周围张望。

“难道说……他们真的那么干了？”

过了一会儿，格雷也意识到了。圆锥形凹坑中的倾斜度发生了变化，什么东西在不断扭曲、倾斜、变形，发出的声音越来越大。而且，还不是一个地方单独发出的声音，而是很多地方同时发出的。就像以“大猿”和豪华吊灯为中心形成了一个沙漏，周围的一切都被吸入其中，仿佛整个苹果园都在向这个中心滑去，就连格雷和斯琼所处的小山丘也开始向下倾斜了。

格雷和斯琼就站在小山丘顶上，眼见着斜坡上的针叶树向下倾斜，只是因为扎根很深才没有倒下去。斯琼蹲了下去，一只手抓住一棵结实的针叶树，另一只手则用力抓住格雷的手腕。

“到底发生了什么事情？”格雷问。

“我也不太清楚。”

耳边传来了什么东西断裂的声音，就好像地层出现了断裂一样。而苹果园周围的很多地点竖直向上腾起了一根根立柱一般的土烟。这些土烟柱连起来，刚好形成了一个将苹果园包围起来的圆圈。这种现象恐怕不是自然形成的。这时，格雷想起了苹果园边界处的木桩以及木桩周围用挖掘机挖掘的深坑，那肯定是丽泽·利普顿事先命令深绿军团做的准备工作。格雷一下子明白了铁锤女孩的计划，她是想把苹果园周围的地层弄松动，然后等吊灯砸下来的时候，让“大猿”和整个苹果园都落入下层的房间。

“看！怎么回事？”斯琼大喊一声。

他们所处的地面也向下倾斜了很多，斯琼抓的那棵树几乎横倒过来了。在斯琼的帮助下，格雷趴在了树上。

在苹果园圆锥形凹陷的最底部，“大森林”的地板破裂了，泥土沙石和树木都从破裂的地方漏了下去。

“都漏到下面的房间里去了……”

“下面的房间是？”

“‘大森林’的地板正是下层房间的天花板。现在对于下层房间来说，天花板出现了破洞，并不断有泥土沙石和树木从那里掉下来。”

他们看到，“大猿”在圆锥形凹坑的中心正在奋力向上爬。它趴在倾斜的斜面上，四肢并用，用手去抓斜面上倾斜的树木，用脚努力蹬着不断下滑的土地。那些树木在“大猿”面前，就像小草一样，根本承不住它的体重。而非常偶然的是，“大猿”爬行的方向正好朝着格雷和斯琼。不！也许这并不是偶然，“大猿”可能已经觉察到自己的造物主就在附近，因此在努力朝造物主的方向爬行。“大猿”像一座覆盖着黑色体毛的大山，挣扎着向上爬。“大猿”的一条腿蹬在已经龟裂的地面上，结果蹬出了一个更大的窟窿，一道橙色的光芒从那个窟窿中照射上来，“大猿”的体毛也被染上了一层淡淡的黄色。

“下层的房间是‘晚霞之海’！”

“晚霞之海”是下层房间的名字，那道橙色的光就是晚霞的颜色。那是 Arknoah 的造物主为“晚霞之海”设计的基色。

“那个海，深吗？”

“嗯，很深。”

“大猿”蹬出的那个窟窿，加速了泥土沙石和树木下滑的速度。它们肯定都落入了“晚霞之海”中的大海。

豪华吊灯残骸所在的位置也出现了龟裂，这座玻璃宫殿也开始下陷。

吊灯那巨大的重量终于把地面压出了一个窟窿，并和“大猿”之前蹬出的窟窿连成了一个更大的窟窿。“晚霞之海”的橙色光线如火山爆发一样从这个大洞中直射上来，而豪华吊灯则消失在了窟窿中。吊灯上连接的粗铁链也跟着以飞快的速度向下滑去，在地面上划出了一道深沟。接下来发生了一个意外状况，恐怕连丽泽·利普顿当初也没有想到——铁链在下滑过程中形成了一个套，恰巧套住了“大猿”的一只脚。

只见“大猿”那山一样的巨体突然一怔，铁链绷紧了，这一冲击在“大森林”中又形成了一股强烈的震动波。而在“晚霞之海”的上空，豪华吊灯也突然停止了下落，在空中像钟摆一样摆来摆去。可是，“大森林”的地板再也承受不住这个重压，苹果园中圆锥形凹坑的倾斜角度进一步加大。最终，在一连串类似大爆炸的巨响中，苹果园的整个地面都陷落了下去，留下了一个巨大的洞。透过这个大洞，可以看见一番奇妙的景象：下面是飘浮着白云的天空，就像坐飞机的时候，透过机舱窗口看到的景色。透过云层的间隙，可以看见下面无边的大海。

格雷看了“大猿”最后一眼，“大猿”似乎也看到了自己的造物主。随后，“大猿”的身影就被那个大洞吸了进去。

“大猿”在云层间垂直下落，脚上还缠着豪华吊灯的铁链。经过几千米的下落，最终吊灯和“大猿”都落入了海中。随着一阵轰响，海面激起了上千米高的水柱。

豪华吊灯的重量正把“大猿”拖入海底的深渊。“大猿”在海面挣扎着、咆哮着……那咆哮声穿过几千米的高空，传到了在大洞边缘的格雷的耳朵中。

终于，咆哮声听不见了，“大猿”随吊灯一起沉入了海底。海面也逐渐恢复了平静，一种可怕的寂静向四周扩散，直达格雷的心里。

第五章

5-1

在电子炸弹爆炸的巨大冲击力下，天文台遗迹被毁坏了一半，拱形屋顶也基本上失去了原有的样子。被巨蛇破坏的热气球更是被暴风吹走，不知所终。周围很昏暗，虽然其他地方的吊灯送来了微弱的光，但由于这里尘土飞扬，光线被遮住了大半。爆炸时还引燃了不少树木，横梁上出现了好几处火灾，但由于规模都不大，我们就等它们自行熄灭。

“啊！找到啦！就是这个！”

我忍着脚腕的疼痛，在瓦砾废墟中前行的时候无意中发现了一个背包。看样子像是丽泽·利普顿的行李，因为里面装着花生酱瓶子和勺子，还有无线电对讲机。

来到天文台遗迹正面的广场，鲁夫纳走不动了，坐在地上休息。他的肋骨不知道折断了几根，伤比我严重多了。

“看样子应该还能用。”鲁夫纳认真察看了无线电对讲机之后说。

“你知道怎么用吗？”我问他。

“知道，因为我爸爸就有一台。”

“那太好了，这样我们就能知道地面上的情况了！”

地震已经完全停止了，咆哮声也听不见了。估计豪华吊灯已经命中

“大猿”，那个直立行走的庞大怪物多半已经被消灭了。但是，在听到地面陆军分队的直接报告之前，我还是难以安心。

无线电对讲机需要电源才能工作。我想起来，在天文台遗迹里有之前带来的手摇式发电机和蓄电池。于是我把它们搬了出来，赶快让鲁夫纳启动对讲机。鲁夫纳打开对讲机的电源开关之后，开始旋转旋钮，看样子他是在调整频率。

“这里是空军分队！这里是空军分队！收到请回答！”

一开始，听筒里传来的只有电流的噪声，但鲁夫纳反复呼叫了几次之后，终于听到了回答。

“这里是星光旅馆！我是经理哈罗兹！你是空军分队吗？”

“这里是空军分队！地面的情况如何？”

哈罗兹停顿了一段时间之后才说：“地面的情况？我们非常忙啊，因为要准备庆祝晚会！”

哈罗兹可能调整了麦克风的方向，我们听到听筒里传来众人欢呼庆祝的声音，还有人弹起了乐器，唱起了歌。就连一直对我非常冷漠的鲁夫纳，在我们四目相对的这一瞬间，脸上也浮现出了笑容。

“那怪物已经落入了下一层‘晚霞之海’中的大海，估计已经淹死了。保险起见，已经派人去‘晚霞之海’观察海面的动静。对了，艾尔·阿修比，你那毒舌的弟弟格雷在作战开始之前偷偷溜出了星光旅馆，到‘大森林’的苹果园参加了战斗。好危险啊！不过，现在斯琼已经把他带回来了，他正在洗澡呢。”

听了哈罗兹的报告之后，我终于放下心来。接着，鲁夫纳把横梁上发生的事情讲给了哈罗兹听。丽泽·利普顿如何到达的横梁，梅尔洛兹和毕杰罗是怎么死的，还有纳普克的真面目……

刚说完，蓄电池储存的电量用完了，对讲机的电源指示灯灭了。我赶紧用力摇动手摇式发电机给蓄电池充电。利用这段时间，鲁夫纳打算出去处理一下自己的伤。刚才找到的丽泽·利普顿的背包中有绷带和药物。黑发少年拿着绷带和药物朝已经毁坏大半的天文台遗迹走去。

“需要我帮忙吗？”

鲁夫纳身上多处骨折，给自己缠绷带肯定会相当困难，于是我关切地问他需不需要帮助。

“不用了，我自己能行。”

说完，鲁夫纳消失在了天文台遗迹的深处。我继续挥汗如雨地为蓄电池充电。虽然已经非常疲惫，但听到来自地面的“大猿”被消灭的消息后，我就又充满了干劲。微风已经将横梁上的土烟吹散了，天文台遗迹周围恢复了一定的光亮。

为蓄电池充满电之后，我学着鲁夫纳的样子打开了对讲机，并旋转了几下旋钮。一阵电流噪声之后，听筒里传来了地面的喊话声。

“空军分队，听到没有？听到请回答！鲁夫纳！艾尔！收到请回答！晚会已经开始了，能不能让大家听听你们的声音？”

“这里是空军分队！我是艾尔！哈罗兹大叔，我是艾尔！”

“喂！艾尔呀！我听到了，你能听到我吗？”

我再喊话时，对方好像听不见我的声音了。仔细检查一下才发现，可能是因为我太兴奋了，对着话筒讲话时一不小心把话筒的线从对讲机上拔了下来。我不知道该把话筒上的线插到那个对讲机的哪个孔里，所以打算去问问鲁夫纳。于是我走进天文台遗迹。遗迹内部也遭到了一定的破坏，我发现一个没被破坏的房间里好像有动静，于是走了过去。走进那个房间一看，鲁夫纳几乎一副全裸的状态在给自己包扎。他的胸部已经缠好了绷带，他把内裤脱到膝盖处，正在给大腿上的伤口涂药。

“那个……我有点事想问你……”听到我的声音，鲁夫纳慌张地抬起头来。

“就是那个无线电对讲机，话筒的线该插到哪个孔里呀？”

“对讲机侧面有一个孔，就是插话筒的。”鲁夫纳一边说一边慌张地提上内裤。

"好的，我去试试，谢谢你！"

我走出遗迹回到正面的小广场，在对讲机侧面找到了插话筒的孔。

因为人在横梁上，所以我只能用声音出席星光旅馆的庆祝晚会了。听筒中传来大家问候空军分队的声音，让我的心中倍感温暖。我一边用无线电对讲机和地面交流，一边准备生篝火，因为夜晚就快降临了。为自己包扎好的鲁夫纳又回到了遗迹前的小广场中，坐到篝火旁边，盯着我看。虽然鲁夫纳对我的态度一直都很冷淡，但这次他看我的眼神令我格外不舒服，我甚至从中感受到了杀意。

"怎么了？"我问。

"没什么！"黑发少年把头扭向了一旁。

"你一直对我很冷漠，就是因为我是巨蛇的造物主吗？"

"……嗯，算是这样的吧。"

"你以前就见过那条巨蛇？那时到底发生了什么事情？"

篝火中的树枝噼噼啪啪地燃烧着。望着跳动的火苗，鲁夫纳开口说话了："估计那巨蛇也正困惑不解呢。虽然我见过它的本来面目，但铁锤女孩并没有收到任何目击情报。其实，我是不想让铁锤女孩赶在我的前面抓到巨蛇，我想亲手杀死那个怪物，所以才一直保持沉默。那怪物杀死了我的妈妈，而且就在我的面前。"

一天早晨，鲁夫纳起床之后，从自家二楼的卧室来到一楼，结果看见一条覆盖着青铜色鳞片的巨大蟒蛇趴在屋子里，那条巨蛇好像刚刚咬碎鲁夫纳母亲的脑袋。母亲的尸体化作一股白烟消散在空中。而母亲肚子里的胎儿则落在了地板上。

"妈妈肚子里的胎儿不知是弟弟还是妹妹……可是，被那条巨蛇用尾巴拍死了……"

巨蛇用尾巴敲了一下地上的胎儿，胎儿就血肉横飞，变成了一股白烟。

"如果那个时候巨蛇把我也一并杀死，可能我还要幸福得多……如果那时候我死了，第二天复活的时候，就可以忘记前一天发生的一切，包括那可怕的场面。”鲁夫纳说。

鲁夫纳的母亲和胎儿第二天早晨都复活如初了，当然，她们不会记得昨天发生的事情。但是，鲁夫纳的内心却发生了变化，他的心中产生了恐惧、悲伤、仇恨。在这个世界上，死者不会产生这些感情，可是，目睹事情经过的未死之人的心中，却萌生了恐惧、悲伤、仇恨的种子。

“从那以后，我天天做噩梦，经常梦见那条巨蛇和妈妈肚子里的胎儿。”

为了消除心中的噩梦，鲁夫纳决定要亲手杀死那条巨蛇，为妈妈和妈妈肚子里的胎儿报仇。

“从收音机里听说你在星光旅馆，而且大批深绿军团也开始向星光旅馆集结，那里是消灭‘大猿’的作战指挥部，所以我也赶到了那里。听说有一些怪物会去主动寻找自己的造物主，因此去你所在的地方没准就能遇到巨蛇。我想方设法加入空军分队也是出于同样的目的。”

“但是我有一个问题，既然那巨蛇之前见过你，为什么后来没有认出你呢？巨蛇看到你的脸，应该能马上反应过来这就是当初逃掉的小孩儿，而对你下毒手吧。”

“我离开家的时候，彻底地改变了自己的装束。即便巨蛇见到我，也认不出我是谁。不能让它对我产生戒备心。”

“改变装束？是怎么改变的？”

“剪短头发，让自己说话的声音变粗，改掉那些女孩子的性格和动作。”

“以前你还有女孩子的性格和动作？难道，你还有装扮成女孩子的爱好？”

鲁夫纳沉默了，我以为伤到了他的自尊心，于是连忙补救道：“当然，装扮成女孩子的爱好，是你自己的事情，我不会感觉奇怪，也不会干涉。你和巨蛇面对面的时候，那么勇敢，一步都不后退，绝对是男人中的男人！”

鲁夫纳一脸呆然地看着我，我对他耸了耸肩，结果他打了一个哈欠。就这样，那个晚上我们两个再没有说一句话。不知何时，我沉沉地睡着了。

第二天早晨，我和鲁夫纳在浓浓的晨雾中睁开了眼睛。篝火早已熄灭了，我们感受到了冬天早晨的寒意，看来我们是被冻醒的。半毁的天文台遗迹、一片狼藉的花园、破碎不堪的石板路，都笼罩在一片乳白色的浓雾中。我重新生起了篝火，又从喷泉池中舀水洗了个脸。当我洗完脸站起身来的时候，突然发现旁边的瓦砾堆里，在浓雾之中有一个人影。那是一个矮小但壮实的身影。

“毕杰罗大叔！你活过来啦！快到我们这边来。”

在我的招呼之下，从浓雾之中走出来一个神话故事中的“矮人族”。一开始的半分钟时间里，他就像刚睡醒一样，一脸茫然地盯着跳动的篝火发呆，当他反应过来的时候，才把脸转向我，认出我之后，他说：“艾尔·阿修比……你是怎么从那个房间里出来的？”

毕杰罗的记忆还停留在前天晚上二十三点五十九分五十九秒。昨天零点之后发生的事情，他就完全没有印象了。

“艾尔，你看那边……”鲁夫纳指着另外一个方向对我说。我顺着他指的方向望去，在浓雾中又出现了一个身影。

“梅尔洛兹小姐，你回来啦！”

我把一脸茫然的梅尔洛兹小姐带到了篝火堆旁。

梅尔洛兹问道：“大家在这里，干什么呢？”

很快，毕杰罗和梅尔洛兹就意识到自己是从死亡中复活过来的。他们望着半毁的天文台遗迹，努力回忆着死前发生的事情。我在心里猜想，他们现在到底是怎样一种心情。就好像一觉醒来，发现外面的世界全然不同了。

“作战情况如何？成功了吗？”

“我们俩是怎么死的？纳普克去哪儿了？”

我首先把作战已经成功的消息向刚复活的两位进行了汇报，然后又详细地讲解了纳普克的真面目、巨蛇的来龙去脉以及丽泽·利普顿的情况。两个人吃惊不小，一句话也说不出来。

“我们分头去找丽泽小姐吧。”说着，梅尔洛兹站起身来。

丽泽·利普顿最后应该是在吊灯的铁链上，在电子炸弹的爆炸中丢了性命。我有点担心，她在高空中死去，如果也在空中复活的话，那么落到地面岂不是又被摔死了？但看其他人的举动，似乎不会发生我想象中的情况。

“当我们在晨雾中复活的时候，最开始就像雾一样飘散在空中，没有形状也没有质量。在空中徘徊一段时间，找到地面的触感之后，才会降落下来变成人形。”梅尔洛兹给我解释道。

我明白了，就是说，丽泽·利普顿会在一个安全的地方复活。于是我们分头行动，在横梁上寻找铁锤女孩的身影，比如天文台遗迹的瓦砾堆，最后和巨蛇战斗的地方……

“丽泽·利普顿！”

我一个人走进已经荒芜的园林式庭院，在白色的雾霭中发现了一个深绿色的物体。

于是连忙跑了过去。

“丽泽！”

只见铁锤女孩坐在一个倒下来的天使雕像上。在爆炸的冲击波下，倒下来的天使雕像已经破烂不堪，两只胳膊都断了，脸上的五官也不见了，翅膀还少了一只……铁锤女孩一边梳理自己淡金色的头发，一边回过头来。

“早上好啊！艾尔。”少女的眼睛眯成了一条缝，她如此明快的口吻有点出乎我的意料。

她和其他人复活时不太一样，完全看不出茫然的神色。难道说她已经复活有一段时间了，还是因为经常死而复生，已经习以为常了？

“大家正在找你呢。”我走过去对丽泽・利普顿说。

“作战结果如何？”没想到铁锤女孩的第一句话竟然是这个。

“很成功！”

“之后你再跟我详细讲讲。总之成功了，真是太好了！”灿烂的笑容在女孩脸上扩散开去。

丽泽・利普顿那条被巨蛇咬下去的左臂已经完好无损地又长出来了。但是，那只胳膊似乎有点异样，在不停地轻微抖动。

“你的胳膊没事吧？”

可能丽泽・利普顿左臂的神经还没有完全修复，但感觉又不像神经的问题。

“你不用担心，我一感到安心，手臂就会不停地抖。因为作战成功了，我就不用处死你弟弟格雷了。”铁锤女孩用右手抓住了颤抖的左臂，想让它安静下来。

我曾经听说，以前这个世界里出现过几只单凭人类的力量无法制服的怪物，所以，最后只能由丽泽・利普顿来处死怪物的造物主。然后我又在头脑中展开了一连串的想象。铁锤女孩在行刑的时候，一定非常冷酷。我能够理解，把世界的安定和个人的生命放在天平的两端，结果肯定要牺牲个人的生命来维护世界的安定。处死怪物的造物主是铁锤女孩的职责所在，我们没有理由责怪她。

虽然丽泽・利普顿说不想和外邦人交朋友，还经常把“友情什么的，拿去喂狗好了”之类的话挂在嘴上，但是，现实中她给人的感觉并没有那么冷酷。我想那应该是一种自我保护吧。毕竟她担负着处决怪物造物主的职责，谁也不想亲手处决自己的好朋友。

注意到我的视线之后，丽泽・利普顿把左臂藏进了外套里。

“艾尔，你创造的那个怪物呢？怎么样了？它在横梁上吗？看到它的真面目了吗？”丽泽・利普顿一口气问了我好几个问题，但都是跟我的怪物有关的。

“当时你差一点就把它消灭了。它的真身是一条巨蛇。”

“蛇啊！嗯，明白了！”

“那家伙为了活下来，会不择手段的。”

“嗯，没准现在它正琢磨将我永远杀死的方法呢。”

“怎么可能有那种方法？”

“如果是这个世界的造物主，没准可以办到。”

“Arknoah 的造物主确实有可能，但巨蛇不可能见到造物主啊。”

“以前曾有目击情报显示，造物主就在这个世界的某个地方。”

这句话让我吃惊不小。

“造物主也在这个世界里？他生活在这里？”

“嗯，他装扮成普通人的样子。我也在找他。”

“你找到他的话，会怎么样？”

“我有些话要问他。问为什么只有我是特殊的。然后，请他给我换一个工作。我不想当刽子手了，想开个面包店什么的。”

“如果造物主说你的工作不能换，那该怎么办？”

“那没有办法，我只能把造物主给处决了。”丽泽·利普顿那天蓝色的眼珠配上黑色的瞳孔，使得她的眼睛看上去十分清澈，让人看不出她说话的情绪。“哈哈！跟你开个玩笑！”她马上接着说道。

说完，丽泽·利普顿从天使雕像上站起身来。看到这幅情景，我突然感觉在 Arknoah 这个世界里居然也有天使这种形象，真是有点奇妙。在这个世界里，原本就有一个神——造物主，所以根本不再需要其他任何宗教，这里的人应该没有天使的概念，因为天使是犹太教和基督教中的形象。

晨雾渐渐散去，因大爆炸而毁坏的庭院展现在了我们眼前。

“破坏得还真彻底呀。”铁锤女孩一脸不好意思的表情。因为这个作战方案是她一手策划出来的。

“丽泽小姐！”

“梅尔洛兹！”

再会的喜悦让这两人拥抱在了一起。随后，我们在通过无线电对讲机和地面取得了联系后，便开始收拾东西，准备离开横梁。

丽泽·利普顿是将上层房间的地板挖穿，然后通过绳索从“大森林”的穹顶降落到横梁上的。现如今，热气球已被毁，找不到了，没有办法下去，只好向上面想办法。丽泽·利普顿挖的那个洞刚好在天文台遗迹的正上方。我聚拢目光仔细观察天花板，才看到被爆炸剥落的天花板表面，有一个很小的洞，洞里垂下来一根绳索，从远处看就像蜘蛛丝一样在空中随风飘荡。据铁锤女孩介绍，那根绳索虽然很轻但超级结实，还具有耐火、耐热性。因此，虽然它经受了爆炸的冲击，却丝毫没有损伤。

“迪尔马在上面等着我呢。希望它不要因为昨天的爆炸，受惊逃走就好。”

首先，丽泽·利普顿一个人先沿着绳索上到上一层房间。她给自己系好安全带，安全带固定在一个自动绞车上。只要把绳索的一头插进绞车，并开启绞车的开关，绳索就会被卷到绞车的滚轴上，从而将铁锤女孩的身体提升起来。横梁到穹顶的距离大约有五十米。只见丽泽·利普顿的身体不断升高、不断变小，最后被“吸”进了穹顶上的那个小洞中。房间与房间之间的隔板，也有一百米左右的厚度，所以丽泽·利普顿到达上层房间的地面见到迪尔马，恐怕还需要一定的时间。

“那么小一个洞，就怕我这胖身子过不去呀。”望着天花板上那个小洞，毕杰罗担心地说。

过了一会儿，绳索又从小洞里垂了下来，看来丽泽·利普顿已经到达了上层的地面。

下一个轮到梅尔洛兹小姐了。她用绳索在自己身上缠了几圈，固定牢靠后大喊了一声：“我准备好了！”接着又用力拉了一下绳索，这是给丽泽·利普顿的信号。没多久，只见梅尔洛兹的身体飞快地离开了地面，并迅速上升。恐怕这不是丽泽·利普顿的拉力，而是利用了迪尔马的脚力。

“你要不要在身上涂一些肥皂或油脂，这样可以起到润滑作用，穿过那个小洞的时候可能会比较顺畅。”我对毕杰罗说，其实这只是我的一句玩笑话。

“真是个好办法！”没想到毕杰罗当真了，转身就去天文台遗迹中寻找肥皂和油脂。

下一个轮到我，我在身上缠好绳子后，向上面发出了拉绳子的信号。感觉到脚底失去支撑，身体就开始迅速升高。横梁上的景色也离我越来越远，此时的我心中充满了无限感慨。再往上升一段距离，我就可以看到四千米以下的地面上的情况了。之前我们一直在横梁上，看不到苹果园中发生的状况。现在亲眼见到，还真是非常震撼。整个苹果园已经不见了，只留下一个大洞，不过从高空中看也不算太大。橙色的光从那个洞中照射上来。下面应该就是名为“晚霞之海”的房间，而“大猿”就落入了那里的深海中。

我穿过穹顶上那个又长又小的洞，终于到达了上层房间的地面。出来一看，我大吃一惊，我竟然出现在了一个西洋式的小房间中。房间里有沙发和木制的壁橱，墙壁上还挂着油画作为装饰。一上来，我的鼻尖刚好碰到马屁股上。那正是迪尔马，它负责拉绳子。在这样一个西洋式的小房间中，站着一匹黑马，确实有点格格不入的感觉。我身上所绑的绳子和迪尔马身上所绑的绳子之间有一个复杂的滑轮组，其中有很多大小各异的滑轮。有了这个滑轮组，迪尔马拉动一米的距离，我的身体就可以上升十米。

地上还倒着一个小型挖掘机，挖掘机的前端是一个钻头。这肯定也是乌龙博士发明的挖掘机械。丽泽·利普顿就是使用它连续工作了好几天，才把这里的地板挖通了。

下一个被拉上来的是鲁夫纳，因为他有好几根肋骨骨折，所以被拉上来的过程中一定非常痛苦，但他很坚强，一直忍受着剧痛没有哼一声。最后被拉上来的是毕杰罗，他的身体矮胖，很结实，所以穿过那小洞的时候可能不太容易。上来时只见他满身油污，我真想笑。因为往身上涂油可以起到润滑作用，只是我的一句玩笑话。

“大森林”的上层是一个叫作“小房间集群地带”的房间。那里有很多像普通民居屋一样的小房间，上下相连、纵横交错，有成千上万间。其中有些房间因为太小，在地图上都被省略了。所以，至今仍有很多房间还没有人进去过。在整个 Arknoah 的世界里，有好几处类似的“小房间集群地带”，是冒险家们热衷的探险之地。

丽泽·利普顿手拿指南针，走在最前面，带领大家向“大森林”进发。伤势不轻的鲁夫纳趴在迪尔马背上。我们一路走过的房间真可谓千奇百怪，既有配备了冰箱、橱柜、燃气灶的厨房，也有放着木马、毛绒玩具的儿童房……我们这群人和迪尔马一起在这些房间中穿行，真的感觉很奇妙。

还有更奇特的房间，里面竟然生长着茂密的植物，躺椅上垂下藤蔓植物的茎叶；也有的房间里有好几十个鸟巢。有一次我们还看到一条走廊的尽头横卧着一头狮子，大家赶紧慌慌张张地登上楼梯逃跑了。在穿过一间浴室的时候，为了不惊动浴缸中的鳄鱼，我们只能蹑手蹑脚地行走……终于，我们穿出了“小房间集群地带”。

又穿越了几个中等规模的房间后，我们来到了一个名为“双重螺旋楼梯”的房间，这是一个纵向很深的房间。

在这个房间中，有两条螺旋形的楼梯交错着向下延伸开去，一眼望不到头。我们沿着楼梯向下走，途中有专门的休息平台，平台上有餐馆和旅店。经过几次休息之后，我们终于沿楼梯下降了四千米的高度。

一路上擦肩而过的 Arknoah 居民都给我们送上了祝福和慰问。丽泽·利普顿在这个世界中本来是让人恐惧的角色，只有像今天这种消灭怪物的日子，才会听到慰问的话语。

“但是，世人很快就会忘记的。过不了几天，大家又会像老鼠见猫一样躲着我。不过，还有一只怪物留在这里，等过段时间把它也消灭时，人们多半还会对我展露笑脸吧。”铁锤女孩一边向当地居民招手一边冷静地对我说。

从横梁上出发，经过好几天的“跋涉”，我终于又回到了想念的“星空之丘”。

“回来的路上我们没有迷路，也没有绕远，所以要比我去的时候快了一些。”丽泽·利普顿嘟囔道。看来她在“小房间集群地带”中寻找天文台遗迹的正上方，还是费了不少力气的。

“星空之丘”的小山丘上覆盖着绿油油的草地，我们已经可以看见不远处的城堡了，就是改造成星光旅馆的那座城堡。城堡的瞭望台上肯定有人已经通过望远镜看到了归来的我们，并通知了旅馆里的人。所以，不一会儿，就见很多人拥出了城堡的大门，来迎接我们。他们的欢呼声震天动地。我看到了来自“大森林”的避难者、深绿军团成员、哈罗兹经理、康亚姆·康尼姆，还有格雷·阿修比——我的弟弟。我朝他们跑了过去。

格雷身穿旅馆给他准备的衣服。估计妈妈买的衣服和裤子已经破烂不堪了，他才穿的这个世界的服装。见面后，我和弟弟紧紧地拥抱在了一起。虽然只是短短几天没见，但我感觉弟弟似乎长高了不少。

“艾尔！快放开我！你身上太臭了。”

“哪有那么臭？”

“很臭！不过，这正是你的味道。”

丽泽·利普顿和康亚姆·康尼姆的再会，则显得非常冷淡。天蓝色的眼睛和狗眼对视了一下，然后相互招了下手，仅此而已。

康亚姆·康尼姆先开口道：“我们都在作战中牺牲了，所以重要的记忆都丢失了，这样根本没有什么成就感嘛。”

“希望下次我们都活下来。”丽泽·利普顿回应道。

听到他们俩这段对话，周围的人不禁都笑了起来。

“大猿”已经被消灭了，所以在星光旅馆中的避难者有一部分已经先行回到自己的故乡——“大森林”了。托了他们的福，旅馆里有了空余的房间，我和格雷也就可以搬出那个阴暗潮湿的地下室了。哈罗兹经理给我们分配了一个舒服的房间，床上的床单既干净又整洁，看了让人心里都舒服。

“我从无线电对讲机里听哈罗兹经理说了，你给斯琼添了不少麻烦呢。”

“给他添麻烦？要是没有我的话，作战肯定要失败。大家都应该感谢我才对。”

“是你应该感谢大家吧，我想你心里也清楚。”

我和弟弟互相汇报了分手之后各自身边发生的事情。这段冒险经历实在是太惊心动魄了，说上几天也说不完。

当天晚上，星光旅馆里举行了欢迎空军分队归来的庆祝晚会。我洗了一个热水澡，换上了哈罗兹经理给我送来的新衣服。我一看，竟然是专门出席晚会用的晚礼服。

旅馆大厅中有很多美味的肉食、鱼和面包。只要有喝酒的机会，深绿军团的成员们是绝对不会错过的。所以，整个大厅中就数他们的喧哗声最大。康亚姆·康尼姆不断给周围人的杯子中斟红葡萄酒。而哈罗兹经理则忙得不亦乐乎，他要照顾喝醉的人，还要把那些撒酒疯的人驱赶回房间。在乐器的演奏声中，有优美的女声在歌唱。整个大厅沉浸在一片欢乐的海洋中。同时，这里还大批量地生产出葡萄酒和啤酒的空瓶。突然，有人搂住了我的肩膀，我还以为是毕杰罗喝醉了来抱我，回头一看吃惊不小，原来是梅尔洛兹小姐邀请我跳一支舞。梅尔洛兹小姐的这一举动，引来了周围深绿军团成员对我的一阵羡慕嫉妒恨，我甚至能感觉到他们眼神中的杀意。在他们炙热得简直可以把我烧死的眼神下，我和梅尔洛兹小姐跳了一支舞。跳完之后，我匆匆挤出了人群。

我突然想起了格雷，怎么半天没有见到他了，于是我四处寻找弟弟，结果在大厅的角落里发现他和一位黑发少女站在一起。那少女的面容让我感觉似曾相识，但我实在不记得自己曾经认识一个头戴发卡、身穿连衣裙的黑发少女。正想过去和弟弟打招呼，可转念一想，还是不打扰他了。

话说回来，鲁夫纳去哪儿了？也是半天没有见到他了。

我想呼吸一下夜晚凉爽的空气，于是就来到了露台上。夜空中飘浮着无数的光点，那些光点还会随风摇摆，像极了一片星星的海洋。虽然那些光点不是真正的星星，但那种美丽却不输给真正的星星。在我所生活的那个世界上，据说星星就是燃烧的一团气体，而这里的星星是电灯，管它是燃烧的气体还是电灯，只要够美就好。

“艾尔！”

忽然听见有人叫我，我回头一看，身后站着一位年纪和我差不多的少女。第一眼我并没有认出她是谁，因为她这次没穿深绿色外套。为了不踩到裙摆，丽泽·利普顿提着裙摆小心翼翼地朝我走来。铁锤女孩说过，那件装有各种工具的深绿色外套，就像她的盔甲一样。而脱下那套盔甲，换上女孩装的她，整个人感觉都小了一圈。

露台中央点着一堆篝火，跳动的火光将丽泽·利普顿的脸颊映照得更美了。连衣裙是露肩设计，所以她一脸紧张和不自在。淡金色的头发盘在脑后，让我不禁想到了迪士尼动画片中的著名人物Tinker Bell[①]，她今晚的发型尤其像。因为头一次见到丽泽·利普顿打扮得如此淑女，我的眼睛不禁在她身上多停留了几秒钟。结果，铁锤女孩哼了一声，把头扭向了一边。

“不要盯着我看哟！”

“啊，不好意思！”

---

① Tinker Bell：可译为叮当小仙女、小叮当，是迪士尼1953年推出的经典动画片《小飞侠》中的人物。

“再看我会把你眼睛戳瞎。”

“不看不看！绝对不看！”

“我也不想打扮成这样，是梅尔洛兹小姐非要我这样穿的……”

脑袋扭向一边的丽泽·利普顿刚好把脖子和肩膀展现在了我的眼前，只见她从耳根到脖子，都变成了桃红色。

“我看远处呢，没看你，我可不想眼睛被戳瞎。”

“你用余光看，我可以接受。”

我们两个人并排站在露台上，视线都投向远方，几乎不看对方。因为不知道说什么好，于是我们互相又说了一些祝贺作战成功、消灭“大猿”之类的话。虽然我所创造的那个怪物还活在这个世界上，但今天还是应该庆祝一下。其实，对于星光旅馆里的人来说，在我们空军分队回来之前，他们已经开过好几次庆祝晚会了。

夜晚凉爽的微风吹得我全身都很舒服。在摇曳的星光之下，我问了丽泽·利普顿一些和美妙夜景格格不入的问题，比如有关 Arknoah 这个世界以及怪物的一些问题。关于丽泽·利普顿个人的兴趣爱好、过去的经历、交友情况等，我都不敢随便问。因为她说过“友情什么的，拿去喂狗好了”。即使我问，她应该也不会告诉我。我感觉自己和丽泽·利普顿之间有一条很深的鸿沟。我们生活的世界不一样，世界观的基础也不一样。而且，说不定哪一天我还会死在她的手里呢。她现在友善地对待我，说不定是在演戏，没准是她作战计划的一部分，当我放松警惕的时候，也许她会在背后对我下手。

“好吧，我们来握个手吧。”铁锤女孩对我说。

“为什么？”

“因为你协助我完成了那个莽撞的作战计划。”

铁锤女孩用她那纤细的手指握住了我的手，我感觉她的手几乎没有暖意，冰凉冰凉的。

“谢谢你！辛苦你了，艾尔！”

我顿时感觉一阵胸闷，脸上也有点发烧。这次我能感觉到，她说的话不是在演戏，而是发自内心的。而且，我们之间的那道鸿沟，似乎瞬间就被跨越了，事情就是这么简单。

“我有一件事情一直想问你。”丽泽·利普顿握着我的手说，“你和你弟弟格雷的脸，我好像在哪里见过。我似乎很久很久以前就认识你们似的。”

“不太可能吧，你多半是认错人了。”

“我想也是。不过，我还是和‘中央楼层’的办公室取得了联系，请他们帮我查阅了资料，结果发现我预想的没错。现在，我单刀直入地问你一句：布莱恩·阿修比这个名字你有印象吗？”

看着惊呆的我，铁锤女孩的脸上展现出了笑容。

“果然如此。为什么我一直没反应过来呢？其实我一直记得那孩子的事情，他的那次冒险可真不得了，不过最后他还是成功消灭了怪物，回到了自己的世界中。”

丽泽·利普顿仰望着星空，回忆过去的时候充满了怀念。

布莱恩·阿修比，那是我爸爸的名字呀！

5-2

在庆祝晚会的第二天，星光旅馆来了三名僧侣。丽泽·利普顿把格雷·阿修比叫到了旅馆大堂旁的休息室中，哥哥艾尔·阿修比紧张地跟在后面。

“到底有什么事啊？”艾尔问丽泽·利普顿。

“我不用敲死那个浑蛋小子了。”铁锤女孩回答。

来到大堂旁的休息室中，三位身穿黑袍的男人已经等在那里。丽泽·利普顿向大家介绍说：“这三位是来自‘千门寺院’的使者。他们将把格雷·阿修比带到‘千门寺院’去。”

“千门寺院”这个名字以前艾尔听说过。当时有人跟他说，到了“千门寺院”就可以从 Arknoah 回到外面的世界。

“也就是说，我弟弟可以回家了？”艾尔问。

“在‘晚霞之海’进行侦察的深绿军团成员发回了报告，他们说‘大猿’已经被消灭。”

报告称，在海底只找到了豪华吊灯和铁链，并没有发现‘大猿’。和 Arknoah 当地人死后变成白烟消失一样，怪物死后也不会留下尸体，而是彻底消失。

“格雷和‘大猿’之间那条看不见的纽带应该已经斩断了。格雷，你可以回到外面的世界了。不过遗憾的是，艾尔暂时还不能回去。我们就先把格雷送走吧。”

三名僧侣中的一名年轻男子低下头对格雷说：“格雷，你必须在这里和你哥哥道别了。我的任务就是把你送到‘千门寺院’去。”

“我不能把弟弟送到‘千门寺院’吗？”艾尔问。

“‘千门寺院’是一个非常特殊的场所，和怪物还有牵连的外邦人是不可以前往那里的。另外，为了保守‘千门寺院’的秘密，也不能让你去那里。”

在 Arknoah 这个世界中，知道“千门寺院”位置的只有极少数几个人，普通居民都不知道。

“我明白啦，实际上根本没有什么‘千门寺院’。你们肯定是打算把我带到深山中遗弃。是不是这样的？”格雷依然抱着怀疑一切的态度。

“你应该问这几位僧侣。‘千门寺院’是真实存在的。而且，你们的爸爸就是通过‘千门寺院’回到外面世界的呀。”丽泽·利普顿稍微俯下身，平视着格雷说，“看来你乱说话的毛病还是没有改掉啊，不过也罢，杀死怪物之后，造物主的内心也不会马上出现变化。没准，什么都不会改变呢。不过这样也好。如果因为杀死一个怪物，你的性格就变好了，那也就不是真正的你了。不过，在这次的冒险中，如果你体会到了某些变化，希望你能珍惜这种感受，也希望它成为你一辈子的回忆。”

今天就得出发，格雷赶忙回房间收拾行李。不知道从这里到“千门寺院”要走几天，格雷把更换的衣服塞进了麻袋改装的旅行袋中。还有在“图书馆海角”中基曼大叔送的钥匙链，在“大森林”中哥哥捡回来的玻璃颗粒，格雷都没有忘记，一并把它们装进了旅行袋。

“回家之后，妈妈就拜托你照顾了。她一定担心死了。告诉她我很好，过段时间就回去了。”

哥哥艾尔还给妈妈写了一封信，格雷把信也揣进了旅行袋。

“妈妈见到你肯定要大发雷霆，毕竟我们已经好几个礼拜没回家了。估计报纸上已经登出我们失踪的消息了。也许妈妈当我们死了，把我辛辛苦苦收集的漫画书都扔了……”艾尔对格雷说。

“我们在 Arknoah 发生的一切，要对妈妈讲吗？”格雷问。

“讲了她肯定也不相信。不过，我还真羡慕你呢，很快就可以回家啦。窝在沙发里，一边吃冰激凌一边玩电子游戏，啊！真是太美啦……”艾尔躺在床上，闭着眼睛，似乎在想象外面世界中的生活。

格雷也躺了下来。

“这个该死的世界，我终于可以离开它了！真是受够了！但是，要离开了，多少还有点舍不得。”

“要是没有生命危险的话，这个世界还是挺有意思的。没有学校，不用上学。啊，对了，格雷，回到外面的世界之后，你一个人应付得来吗？”艾尔担心地问。

“应该没问题吧。”

“以前欺负你的那群家伙，估计以后也不会再招惹你了。你失踪了那么久，他们肯定认为你不吉利而不愿再来碰你。对了，你要跟妈妈说一声：艾尔·阿修比不久之后也要回来，千万别把他的漫画书扔了。”

“其他还有什么需要我转达的吗？”格雷问。

“还有就是代替我多拥抱妈妈几次。这件事非常重要，你可不要忘了哟！”

格雷收拾好行囊，走出房间，走廊里和楼梯上擦肩而过的人都为他送上了祝福。还有很多人来到星光旅馆的大厅中，专门来为格雷·阿修比送行。丽泽·利普顿、康亚姆·康尼姆以及三名僧侣已经站在大门口等待格雷·阿修比。

“这个，你带着路上吃。”哈罗兹经理递给格雷一个口袋，里面装满了糖果。

“要回去啦，可不要忘记我这个救命恩人啊。”说着，斯琼给格雷的脑袋上轻轻来了一拳。斯琼的太太和女儿也都亲切地向格雷挥手致意。

格雷不经意间看到了双手抱在胸前靠在墙边的鲁夫纳，于是朝她跑了过去。

“这些大人骗我说能回家了，还要把我带到一个叫‘千门寺院’的鬼地方去，不知道他们到底打算把我怎么样。”格雷对鲁夫纳说。

“如果这些都是骗你的鬼话，那说明我们Arknoah的大人们都太闲了，没事干，才会编出一堆谎话来骗小孩子玩。”鲁夫纳回应道。

为了不让巨蛇认出自己，鲁夫纳一直女扮男装。但是在昨天的庆祝晚会上，她终于暂时露出了本来的面目。其实，她原来并不打算出席晚会的，是梅尔洛兹非要让她参加的，还专门给她送来了女孩子的服装。看来梅尔洛兹早就识破了鲁夫纳的伪装。

“真是败给梅尔洛兹了。”鲁夫纳叹了口气说道。

格雷一扭头正好和康亚姆·康尼姆四目相对。今天，康亚姆·康尼姆脱下军装，换上了一身笔挺的黑色西装，显得干练、潇洒。

“打领带的狗，还真是少见啊。我感觉项圈更适合你。”格雷此时还不忘调侃狗头。

“信不信我现在一口咬死你？”康亚姆·康尼姆龇着尖利的犬牙威胁道。

“好啦，连玩笑都开不起吗？多亏了你，我才能回家。”

“这还像句人话。那天到底发生了什么，我一点都想不起来了，真是遗憾啊。”

“我告诉你吧，我对你说了一句‘谢谢’，可是你永远也不会想起来啦，哈哈。”

说完，格雷握住了康亚姆·康尼姆的手，那是一只人类的手。

走出星光旅馆的大门之后，格雷感受到了外面强烈的阳光。在天花板上设置的人工太阳，会根据天气和时间段调整光照的强度，以使这里的环境和外面世界的更为接近。在这座石头城堡前面，格雷和哥哥握了握手，然后和大家做了最后的道别，便跟着三名僧侣上路了。

一路上，他们渡过了好几片海洋，翻过了很多座大山，在僧侣们的引导下，格雷看到了各种各样的奇妙景色。刚才，乘坐一只快要散掉的木筏渡过了一条河，现在又要乘上类似雪橇一样的东西滑下一个大斜坡。途中还经过了一个建造在巨大台阶上的村子。在那个村子里，就连居民家的院子也是阶梯状的。一个男主人正在用割草机清理自家的院子，只见他割完一层之后，还要把割草机抬到下一层继续割。真是够辛苦的。

三名僧侣的名字分别叫乔治伍德、达洛维和特罗瓦格。虽然他们的身份是僧侣，但实际上他们并不信仰某种宗教。本来，在 Arknoah 这个世界里，造物主是真实存在的，大家没有信仰其他宗教的必要。他们只是打着僧侣的名义，实际上是“千门寺院”的管理者，同时，也负责观测 Arknoah 外围的“起伏之海”。

越是往 Arknoah 边境地区走，人烟就越稀少。到了后来，他们就基本上见不到人了，宽阔的房间中都是荒野。前进的途中，他们还遇到了像大地裂痕一样的断崖深谷。格雷走到断崖边向下一看，不禁吓了一身冷汗。悬崖下深不见底，而且其中堆积着各种各样的碎片、遗迹，那些都是人类文明的残骸。那些将被埋没掉的人类文明残骸，让格雷从内心深处感到了恐惧，于是他赶快离开了断崖边，不敢再往下看一眼，而且想把刚才看到的一切都忘掉。

再往前走一段时间，Arknoah 的地面和墙壁都变得有些不对劲。墙面上很多地方的壁纸都剥落了，有发霉的痕迹，而路上还遇到了不少烂尾的工程。抬头看时，天花板都露了大洞，能看到上一层的房间，有些位置甚至能看到上上层的房间。

在房间内穿行的过程中，僧侣们时不时要拿出手绘地图查看一番，有时还要经过一番讨论才能确定前进的方向。因为已经处于 Arknoah 的边境地带，有很多无人房间，以前也从没人走过，有的时候前面明明是一面墙壁，可走到近前却能在墙角下发现通往其他房间的隧道。据说因为距离“起伏之海”已经很近，因此这里的一切都处于慢慢的变化之中。在三名僧侣小心谨慎的引领下，他们终于到达了“千门寺院”。

“看！那就是‘千门寺院’啦！”说着，僧侣乔治伍德伸手指向远方。格雷顺着他手指的方向望去，可是并没有看见什么寺院啊，眼前只有一片荒凉的大地，还刮着萧瑟的风，而远处则是一大片灰色的山脉。但是，看了一会儿之后，格雷终于意识到，那不是山脉，而是由石头砌成的寺庙。那真是一座巨大的建筑物，所以才会让格雷误认为是山脉。等他们走到近处的时候，格雷只感觉自己的全部视线都被这座“千门寺院”占据了。寺庙的屋顶直上云间，都顶到了这个房间的天花板。寺庙的气势之恢宏，简直有将整个宇宙都吞入其中的架势。

寺院的大门有如一座大坝，光是穿越这个大门，格雷他们就走了不少时间。寺院内部比外面要凉，因为没有任何照明，所以给人一种阴森的感觉。据僧侣们介绍，他们熟识的居住在这里的人只有十名。但实际上，还有其他人居住，只是他们的行踪飘忽不定，根本无法统计。没准其中还有很多人居住的村落，只是目前尚未发现。

僧侣们给格雷找了一间布置非常朴素的房间，作为格雷暂时住宿的地方。

“你可以在寺院里自由行动，但是要多加小心，注意安全。因为这个建筑物不太稳定，什么事情都有可能发生。”一名僧侣对格雷说。

“那接下来，我要做什么呢？”格雷问。

“做一扇门。”

“做门？”

“所有材料这里都有。如果你不会做的话，还会有专门的技术人员来指导、帮助你。不过，并不是随便做一扇门那么简单。你必须先考虑好自己最想回到哪里，然后回忆那个地方的一扇门，就仿照那扇门，在这里自己做一扇门。”

“最想回的地方？”格雷最先想起的就是自己的家，因为妈妈在那里。然后他开始回想自家大门的样子。

“你先考虑一下，然后就可以开始做门了。”

“做完之后又该干什么？”

“我们会把你做的那扇门设置在寺院深处的房间中。那个房间伸入‘起伏之海’里，是一个很不稳定的地方，在那里什么样的事情都有可能发生。如果我们用强烈的意念进行祷告的话，你做的那扇门就有可能和你想去的地方连接起来。”僧侣给格雷解释道。

在寺院的一间大仓库里，存放着制作门所需的各种材料。有木板、油漆、合页，以及各种形状的门把手。估计世界上任何一种款式的门，都可以在这里组合出来。一开始，格雷有点不安，因为自家大门到底是什么样子，他有点记不清了，以前他可从来没有特意关注过自家大门的样子。

仓库中还存放着一些半成品的门，各种零件都已经组装好了，只差刷油漆了。格雷想从这些半成品门中寻找点灵感，可是左看右看都没有和自家大门相似的。用了很长时间，把所有半成品门都检查一遍之后，格雷有点灰心丧气，不过他至少明确了一件事情——这些半成品门中没有自己想要的。

格雷一一触摸着那些门板的材料，仔细审视木材的纹路，最后终于找到一块似乎和自家大门花纹有点像的木板。乔治伍德、达洛维和特罗瓦格三人帮格雷把这块材料搬了下来。

在和僧侣们一起吃饭的时候，格雷听他们讲述了“千门寺院”中发生的各种奇妙的事情。因为这个地方和“起伏之海”非常近，因此经常会发生一些意想不到的怪事。比如，在空无一人的房间中传来美妙的音乐声；原本只有十个人的房间，不知什么时候变成了十一个人……

“有的时候，这里所有人的名字都会莫名其妙地被换掉。本来我叫彭巴德尔，后来被换成了乔治伍德。”

在格雷身上，也发生了不可思议的神奇事情。一天，格雷正在仓库中寻找合适的门把手。这个仓库中排列着很多高大的货架，上面摆放着成千上万种门把手。格雷徜徉在其中，想找一款和自家大门上的把手设计相似的，可是实在太多了，他挑花了眼。选了大半天也没找到合适的，格雷累得不行。正当他准备放弃的时候，突然感觉有人拍了自己的肩膀一下。格雷停住脚步回头一看，刚好看见货架上有一个熟悉的门把手，那不就是自家的门把手吗！可是，当格雷回过神来四处张望的时候，却没有发现一个人。那么，刚才到底是谁拍了他的肩膀呢？

经过一番努力，格雷制作的木门已经有了大致的样子。他还要给大门刷油漆，等油漆干了，基本上就快完工了。格雷制作的门，从工艺和技术上讲，谈不上好，只能算是小孩子过家家的玩具。但乔治伍德却说：“很不错，完全没问题。”

在制作大门的过程中，格雷想起了爸爸。当年爸爸是不是也在这个地方制作了一扇大门呢？在孩提时代，爸爸也曾在 Arknoah 经历过一次大冒险。在出发来“千门寺院”前一天的晚会上，丽泽・利普顿专门找到格雷，并给他讲了他爸爸的事情。

“你们的爸爸也是顺水漂来的，被人发现时已经奄奄一息了。发现他的当地人把他保护了起来，并请人救活了他。我赶去见你爸爸的时候，他意识很混乱。在你们那个世界里，他好像经常遭到殴打，心中的憎恨所化身的怪物，在 Arknoah 兴风作浪，造成了不小的破坏。”

爸爸创造的怪物到底是个什么样子，最后是怎么消灭的，格雷向丽泽·利普顿问了很多问题，而铁锤女孩也一一回答了他。当时哥哥艾尔并不在场，他好像帮忙收拾晚会残局去了。

“以后有机会，我再把这些讲给艾尔听吧。”丽泽·利普顿说。

看来，爸爸在 Arknoah 的详细经过，艾尔还不知道。

“你们的爸爸布莱恩·阿修比曾经说，如果回到了外面的世界，将努力过一个无悔的人生。吃自己喜欢的食物，做自己喜欢的工作，遇到真心喜欢的人，就向她表白。过着自己喜欢的人生，什么时候死都无所谓。”

望着几近完工的大门，格雷想象着妈妈在大门另一边忙碌的样子。

在准备回家的这一天，乔治伍德送给了格雷一本书。这本书虽然不是很厚，却很大，足有格雷肩膀那么宽。对于书的封面，格雷有印象，封面印着“Arknoah”的书名。打开书，内页有点褶皱，一看就是被水打湿之后又晾干的结果。

“这是在‘边远的瀑布’的河里捞到的。”乔治伍德说。

格雷翻开书页，里面是用细腻的笔触描绘了房屋截面图。有的房间里有森林，有的房间里有大海或者火山。在图中描绘的人物中，格雷找到了很像基曼、斯琼、哈罗兹以及鲁夫纳的人。后来又看到了长着狗头的男人、裹着深绿色外套的少女。还有跟自己和哥哥很像的两个少年。说不定，在某个地方还能找到少年时代的爸爸呢。

格雷的大门终于完工了。僧侣们把这扇门抬到了“千门寺院”的深处。寺院的深处很暗，基本上什么也看不见，只有微弱的烛光可以照亮身边的一点空间。当然，在行进的过程中也发生了意想不到的状况。格雷每次数同行的僧侣人数时，都会数出不同的结果。

“虽然和你相处的时间很短，但是要分手了，还是有点舍不得呢。”乔治伍德说。

格雷正想说点什么，就在开口之前，不知从什么地方传来了一个声音：“我可没有什么舍不得的，我巴不得尽快离开这个鬼地方。”

格雷听得很清楚，那个声音和自己的声音完全一样。看来，这里的某个地方似乎还生活着一个叫格雷·阿修比的人，但那并不是自己。格雷借助着蜡烛的光亮四处寻找说话的那个人，可是周围没有一个人影。

“好，到这里就行了。再往里面走的话，‘起伏之海’的影响就太强烈了，到时恐怕就难以控制了。”

听到乔治伍德这句话，所有人都停下了脚步。手中蜡烛照亮的范围之内，可以看见墙壁上并列着很多门。僧侣们把格雷制作的大门搬到这排门的最前端，用钉子将其固定到墙面上。这项工作完成之后，僧侣们一一和格雷进行了道别。格雷握着乔治伍德的手，向他们表达了谢意。随后，这些身穿黑袍的僧侣就排着队离开了，只留下格雷和一截蜡烛。

僧侣们的脚步声渐行渐远，直到最后完全听不见了，最后只剩格雷一个人。周围一片黑暗，只有微弱的烛光照亮了格雷身边很小的范围。这个小小的光亮，让格雷制作的那扇大门从墙面上浮现了出来。不管怎么看，格雷都觉得这就是自家的大门。虽然这扇门的做工和专业木匠的没法比，但它静静地伫立在那里的样子，就是格雷无数次进出的那扇大门。格雷和爸爸、妈妈还有哥哥一起生活的那个家的大门。

熔化的蜡油沿着蜡烛流淌下来，跳动的烛光，让墙壁上的大门似乎活了起来。它仿佛是一个会呼吸的生物，一会儿膨胀起来，一会儿又缩小回去。

格雷坐在地上，头脑中回忆着和家人一起生活的点点滴滴，他感觉时间仿佛过去了几个小时，甚至几天。可当他回到现实中，发现蜡烛的长度几乎没有缩短的时候，他才意识到，时间并没有过去多久。

忽然，一阵困意袭来，格雷自然地闭上了眼睛，心想，先稍事休息一下。结果一闭眼就睡着了，还做了很长的梦。格雷感觉在梦中好像度过了好几年的时光。当他从梦中醒来的时候，一下子忘记了自己是谁、在哪里，他过了好久才清醒过来。当他再次检查蜡烛的长度时，却发现蜡烛并没有短多少。

格雷与大门之间隔着蜡烛，仿佛他在和那扇大门对峙，格雷抱住了膝盖。

蜡烛的火苗摇动得厉害起来，格雷的影子也跟着忽长忽短。似乎有风吹来，才使烛火摇晃不已。为了不让蜡烛被风吹灭，使自己陷入完全的黑暗之中，格雷伸手护住了烛火。这时，格雷感觉到，那风是从对面的门缝下面吹过来的。

格雷连忙站起身来，走到门边，侧耳倾听大门那边的动静。果然，大门那边有人走动的声音，好像是在厨房中准备晚餐的声音。

“妈妈……”格雷向大门喊了一声。

门那边的脚步声停了下来。

此时，格雷再也不怀疑，这就是自家的大门！

“妈妈！我回来啦！”

格雷伸手握住了门把手，轻轻一转，慢慢推开了大门。从不断扩大的门缝之中，一注温暖的光线倾泻而下。那耀眼的光明，让格雷不禁眯起了眼睛……

5-3

为消灭“大猿”集结而来的深绿军团已经解散，大家回到了各自的家中。他们是遇到怪物灾害的时候，作为志愿兵义务加入深绿军团的。没有任何统一的军事训练，也不属于任何组织、团体。只是发生怪物灾害时，他们会根据从收音机中得到的情报集结到丽泽·利普顿身边。而平时，他们都是 Arknoah 的普通居民。

“我家里经营着一个家具店，这段时间把生意都交给我老婆打理了，如果时间长了，她肯定要不耐烦的。”毕杰罗说。

和毕杰罗分别的时候，他紧紧地握住了我的手。

“在横梁上，我曾怀疑过你，真是对不住啊！如果发现巨蛇的动向，请马上联络我。我一定会来给你帮忙的！”

渐渐熟悉的伙伴纷纷离开了星光旅馆，这让我多少感觉到一些寂寥。他们回到家后，第一件事就是清洗臂章。在下一次戴上臂章之前，他们会在家中和亲人一起过普通、平凡的生活。想到这儿，我也把胳膊上的深绿色布条取了下来，拿到水池边仔细地清洗起来。

丽泽·利普顿骑着迪尔马四处奔忙，通过收音机收集有关巨蛇的目击情报。在横梁上，那巨蛇逃跑之后，就再也没有人见到过了。有人猜测，那家伙会不会被卷入大爆炸中，当场炸死，或者跌下横梁摔死呢？但是，有一天，我们收到了一个不祥的消息。“大森林”正上方的“小房间集群地带”是探险者们的钟爱之地。有探险者称，在那里发现了一具狮子的尸体，从外观上判断狮子是被什么东西咬死的，而且几乎被肢解，狮子的四肢散落在不同地方。那头狮子会不会是我们之前看到的那头？难道那巨蛇沿着“大森林”的墙壁爬到了天花板上，然后又找到了丽泽·利普顿挖的那个洞，从那里爬到了“小房间集群地带”？如果是这样的话，那巨蛇很有可能是在一路跟踪我们。能够咬死狮子，并将其肢解的动物，在自然界中恐怕不存在吧。

“大猿”被消灭之后，已经不再有地震了。住在“大森林”中以及周边一些房间里的居民，不用再担心家中的家具倒掉了。整个 Arknoah 恢复了往日的平静，湖水波澜不兴，夜晚万籁俱寂。

据收音机中播报的消息称，Arknoah 对居民进行了一项问卷调查，调查的目的是针对这次讨伐“大猿”的作战听取居民的意见。收音机中播报了一些具有代表性的肯定意见和否定意见。否定意见大多是对“大森林”中留下的“创伤”感到不满。有人还专门写来抗议信，信中说：“既然你们早就知道要在地上留下一个大洞，那为什么不一开始就设计一个将‘大猿’引诱过来，让其陷落到下层房间的作战计划呢？那样的话，就不用浪费一盏吊灯了。”乌龙博士通过收音机，对这种论调进行了反驳。

乌龙博士说：“正如您所说的，如果只留下一个大洞就可以消灭

‘大猿’的话，丽泽·利普顿肯定不会浪费一盏吊灯。因为在地面上作业要容易得多，只要在预定地点周边挖小洞，让地层变得松动，把‘大猿’引诱过来就有可能让其陷落下去。但是，让地面陷落需要一个强大的冲击力呀，所以就需要利用吊灯落下来的冲击力。可以说，这是一个双重保险的作战计划。如果吊灯没有把‘大猿’砸死的话，地面的陷落就是第二重保险。”

后来我也去“大森林”地面上那个大洞附近参观了一下。原来的苹果园基本上全部消失了，地面出现了一个倒圆锥形的凹坑，圆锥的底部漏了个大洞。这都已经过去好几天了，可圆锥凹坑的斜面上还不断有树木、石块向大洞中滚落，然后掉入下层房间“晚霞之海”的深海之中。抬头看时，原本在头顶上的那盏豪华吊灯不见了，因此正下方只有傍晚时的亮度。不过，从大洞下面会有橙色的晚霞之光照射上来。

“这个大洞什么时候修补好？还是就一直这样放着了？”我站在安全的地方看着大洞，同时问丽泽·利普顿有关大洞的善后处理问题。

“基本上就这样放着了。不过，当大家都忘记它的时候，这里又会恢复原来的状态。”

“就像人受伤之后的自我修复一样吗？”

“差不多吧。这里的人都相信造物主会来修复这个世界。事实是否如此，我就不知道了。”

通过收音机，我们听到了有关巨蛇的各种各样的新情报。但是，我们估计其中大部分不是看错了，就是有人故意搞的恶作剧。尽管如此，我们还是要具体调查一下，否则难以下结论。不过，这些情报来自Arknoah的各个地方，如果去当地一条条地确认情报的真假，那可要花费相当长的时间和精力。于是，丽泽·利普顿决定招募志愿者，派他们分头去各地确认情报。

“我会继续帮助你们的。不过我得先回去，一路上会帮你们确认当地有关巨蛇的情报。我想这样做即使晚回去几天，乌龙博士也不会发脾气的。”梅尔洛兹说。

梅尔洛兹决定先回乌龙博士的实验室，向他汇报作战情况，研究下一步行动计划。在回去的路上，梅尔洛兹会沿途帮我们确认当地有关巨蛇情报的真伪。她还拿出一个挺难看的偶人，那是她用在“大森林”里收集的坚果和松枝亲手制作的。她说要把这个偶人当作这次出来旅行的特产带回去送给乌龙博士。

“这次，多谢你了，梅尔洛兹！替我问候乌龙博士。”

说完，丽泽·利普顿和梅尔洛兹紧紧握住了彼此的手。随后，这位戴着隐框眼镜的白衣美女朝我走了过来。还没等我反应过来，她就给我来了一个热情的拥抱。

“不久以后，我们还会有机会见面的。我相信，你回家见到妈妈的一天不会太远了！”

连我自己都知道自己脸红了，因为感觉两颊一阵发热。

黑发的少女也要帮我们去寻找巨蛇的踪迹，她对我说：“我这么做不是为了你，而是为了我自己。”

留下这句冰冷的话语之后，鲁夫纳也出发了。在她离开之前，我伸出手想和她握一握，可是完全被她无视了。

之后不久，我们也出发了。就要离开这个暂时的根据地——星光旅馆，踏上寻找巨蛇的旅程了。出发那天，康亚姆·康尼姆坐进了老爷车的驾驶室，而丽泽·利普顿坐在了驾驶员后面的位置上。他们让我坐在副驾驶席上，拿着我看不太懂的地图导航。哈罗兹经理和旅馆中的其他工作人员也都出来为我们送行。迪尔马被暂时饲养在星光旅馆的马厩中，它看到老朋友丽泽·利普顿要离开了，不舍地发出阵阵嘶鸣。车子发动了，开始朝大门外移动，我把上半身探出车窗，向送行的人们挥手道别。

一路上，我们会见了一些提供情报的人，向他们详细询问了目击巨蛇的情况。主要是问他们在何时、何地、何种状态下看见的巨蛇，巨蛇大体长什么样子……之前，丽泽·利普顿有意让收音机报道隐瞒了巨蛇鳞片的颜色。所以，当听到目击者说“那是一条黄色的大蛇”、“那家伙身上有黑白相间的花纹，非常恐怖”之类的证言时，我们都会感到很失望。不过，我们也不能断言“那你看到的不是怪物巨蛇”，因为那怪物的变身能力相当了得，说不定它可以自由改变身上鳞片的颜色呢。

我们穿过了很多奇妙的房间，饿了就找饭店吃饭，晚了就找旅馆投宿，一路上和许多 Arknoah 居民进行了一生只有一次的谈话。我和丽泽・利普顿、康亚姆・康尼姆一起，吃了很多当地的美食，还顺便游览了不少“名胜古迹”。坐在汽车里，每当隔着车窗看到外面有父亲带着孩子的身影，我都会想起那个曾经叫我“爸爸”的家伙。

我和那家伙之间，有一条看不见的脐带连在一起。巨蛇，也就是我自己。以前我一个人在教室里的时候，心中诞生出了这个怪物，并把它一点点培养长大。来到 Arknoah 之后，我遇到了很多人，戴上了深绿色的臂章，找到了自己应有的位置，找到了归属感。可是，巨蛇还是孤孤单单的，世界上的所有人都是它的敌人。下次遇到巨蛇的时候，我有一句话想对它说。我要告诉它，我比任何人都爱它。有机会的话，我还会给它取个名字。至少要这样安慰它一番。

这辆老爷车，是由康亚姆・康尼姆和丽泽・利普顿轮流驾驶的。铁锤女孩开车的时候还是那么生猛，有好几次我都差点晕死，心想，估计再次见到巨蛇之前，我就会没命的。

我们来到了一间名为“荒野十字路口”的煞风景的房间。以前也曾到过这个房间。汽车飞快地行驶着，车窗外是无尽的荒野，偶尔会看见横尸路边的牛，一群秃鹫你争我抢地在享受这顿盛宴。在十字路口处，孤零零地伫立着一家餐馆。上次也在这里吃过饭。

“正好，我们就在这里吃午饭吧。”

丽泽・利普顿提了一个不错的建议。于是，接下来她猛踩油门，加速冲向那家餐馆，然后又突然猛踩刹车，停在了餐馆门口。当丽泽・利普顿推开活动门，一步迈进餐馆的时候，餐馆中就餐的男人们纷纷扭过头来，用犀利的目光望向门口。这是一家具有美国西部风格的餐馆，而里面就餐的人也都是像美国西部牛仔那样桀骜不驯的大汉。可是，当这些面目凶狠的大汉看到身穿深绿外套的少女和长着狗头的男人之后，个个都不自然地把视线移开了。还有不少人低着头逃进了卫生间，也有人干脆直接夺门而出。

“老板！来杯牛奶！再加一瓶花生酱！”丽泽·利普顿斜靠在吧台上开始点餐。

店主一脸紧张地端来一杯牛奶和一瓶花生酱。康亚姆·康尼姆则先借用餐馆的电话和位于“中央楼层”的 Arknoah 特别灾害对策总部的办公室取得了联系。我在铁锤女孩旁边坐下，点了一份汉堡包。

店内的收音机里，传来了我熟悉的乐曲声。

“我听过这首歌，在我们那个世界里听过，是很久以前流行的歌曲。没想到在这里竟然能听到外面世界的歌曲，真有点不可思议。”

“在这里偶尔能发掘到外面世界的唱片，这种唱片在我们这里能卖上很好的价钱，所以还有专门的唱片发掘者。”

“你们这个世界里也有音乐家吗？”

“当然有，还有画家、小说家……”

“真想带点你们这里的艺术家的作品回去，说不定到了外面的世界，这些作品能让我发财呢。”

“好吧，但先找到巨蛇再说。”

到现在，我们依然没有掌握巨蛇所在的位置。有人说，为了保护我的性命，巨蛇可能就隐藏在我的附近；也有人说，为了找到永久杀死铁锤女孩的方法，巨蛇可能正在到处寻觅。不管怎么说，当地居民汇报上来的目击情报，大多没有什么意义。唯一吸引人的一则消息，是鲁夫纳提供的。

鲁夫纳正在某个海港小镇向目击者核实情报的准确性，在那里，鲁夫纳偶然遇到了一张熟悉的面孔，一位青年正在骑自行车送邮件。鲁夫纳把他叫住，问他：“你有没有遇到过像蟒蛇一样的怪物？”

“怪物怎么可能出现在我们这个简陋的小镇子里？”长着红头发、一脸雀斑的邮递员青年摇了摇头。

这个青年自称纳普克，鲁夫纳问他是不是前段时间丧失了一天的记忆，结果那名青年以“我正在工作”为由，骑上自行车又去送信了。

和总部取得联系后，康亚姆·康尼姆也来到吧台前，点了一份沙拉，他对店主加了一句：“不要放洋葱。谢谢！”店主不敢怠慢，赶紧去准备了。

这时，餐馆的活动门又开了，走进来一帮彪形大汉。可是，当他们看到丽泽·利普顿之后，灰溜溜地扭头就走。

“有什么新消息吗？”铁锤女孩问狗头。

“有好的，也有坏的。看起来总部好像挺忙的。”

“先把好消息说来听听。”

“‘千门寺院’送来消息，说格雷·阿修比应该已经回到了外面的世界。”

他们俩同时扭过头来看着我，我不知该说点什么好，只得将视线从少女脸上移到狗头脸上，再从狗头脸上移回少女脸上，最后，我的目光落到了店主的眼睛上。

“恭喜你啊！真替你弟弟高兴。”店主对我说。

“谢谢！”我对店主点了点头。

过了一会儿，我才反应过来，这才真实感受到，原来弟弟已经回到了妈妈身边，真是太好啦！

这时，丽泽·利普顿用拳头捶了我的肩膀一下，说：“下一个就轮到你了。很快就能回家和妈妈、弟弟见面了。”少女又回过头去看着康亚姆·康尼姆说，“那坏消息呢？”

康亚姆·康尼姆张开他的狗嘴正要说话，餐馆收音机中播放的音乐突然中断了，转而传来了播音员的声音。播音员以稍显紧张的口吻插播了一条突发新闻。

狗头开口说道：“看来我要告诉你的情报已经解禁了，正好我可以省点口舌。”

突发新闻的内容是，Arknoah 又出现了新的怪物。这个怪物背上长着翅膀，有长长的脖子和尾巴，很像西方传说中的龙。这家伙嘴里还会喷火，据说沙漠地带的一个村落都被它给毁了。看来，肯定又有外邦人进入了 Arknoah，他内心的负面感情创造了这只龙怪。但是，至今尚未收到有外邦人被人救起的报告。

店主给康亚姆・康尼姆端来了沙拉，狗头开始用叉子斯文地吃了起来。听着这则收音机中反复播报的突发新闻，丽泽・利普顿盖上了花生酱瓶的盖子。她把手指上残留的花生酱舔干净之后，问狗头说：“我们怎么去沙漠地带最方便？”

“开汽车肯定不行。不过这里的铁路网很发达。”

“坐火车旅行，也不错啊。”少女朝狗头点了点头，然后朝向我说，“艾尔，我收回刚才说过的话。刚才说下一个就轮到你回家，但现在看来恐怕你要再等等了。”

“没关系，你们先去消灭那只龙怪嘛，我在一个安全的地方等你们就行了。之前我们路过的‘常夏房间’就不错，那里的酒店最高级了，坐在游泳池边晒太阳，一边喝果汁一边从收音机里听你们和龙怪作战的消息，好惬意啊！”

“做什么美梦呢！你也要跟我们一起去！”

“什么？那不是很危险吗？”

“留下你一个人我们也不放心啊。说不定巨蛇什么时候就出现在你身边，如果把你拐走，反倒会给我们添很多麻烦。不好意思，这次你还是得和我们一起行动。如果你不愿意，我就强迫你去。”

看来我是没法拒绝了，只好叹了口气说：“我明白了，你是为了随时可以用锤子敲死我，所以才把我带在身边的。”

“你想得还真多。其实，去冒险不是很有意思吗？”

“那倒是。不过，我有一个要求，你必须得答应我。”

“什么要求？”

“汽车必须得让康亚姆·康尼姆开。坐你开的车，还不如你直接用锤子把我敲死！”

“好啦，接下来都让康亚姆·康尼姆开车就是了。到了火车站以后，就坐火车了，你不用担心了。只要火车不脱轨，就会很舒服。”

丽泽·利普顿站起身来，一边整理外套一边朝餐馆的大门走去，我手拿着汉堡包跟在她后面，而康亚姆·康尼姆则连忙掏出几枚派克硬币放在吧台上当作饭钱，然后也追了出来。

走出店外，立刻有一股干燥的热风吹来，强烈的阳光照在皮肤上有一种灼热感，仿佛要把皮肤里的水分全都晒干一样。我们又乘上了那辆黑色的老爷车，引擎发动后，汽车动了起来。

“不过，如果突然遭到龙怪的袭击，火车真的不会脱轨吗？我们可是要去龙怪所在的房间啊！”谨慎起见，我提出了这样一个问题。

驾驶席上的康亚姆·康尼姆回头和丽泽·利普顿交换了一下眼神，但两个人谁也没说话。

顿时，我有一种不祥的预感。此时老爷车的轮胎已经开始高速旋转，把一阵烟尘甩在了后面，在荒野上飞驰起来。

抬头看时，比云还高的地方是一张巨大的平面，那是这个房间木制的天花板。天花板附近也有纵横交错的横梁。我的心中涌起一阵感慨，心想：我是多么怀念真正的蓝天啊！不过，看看丽泽·利普顿的眼睛就有望梅止渴的作用，因为她的眼睛也是天蓝色的。每当我看到她的眼睛，就会想起外面世界的蓝色天空。